民國文化與文學^{研究}^{文叢}

十六編

李 怡 主編

第 2 冊

民初政論雜誌與新文化的發生
——以《甲寅》（1914～1915）為中心

孟 慶 澍 著

國家圖書館出版品預行編目資料

民初政論雜誌與新文化的發生——以《甲寅》(1914～1915)
為中心／孟慶澍 著 -- 初版 -- 新北市：花木蘭文化事業有限
公司，2023〔民112〕
目 2+258 面；19×26 公分
（民國文化與文學研究文叢 十六編；第 2 冊）
ISBN 978-626-344-524-6（精裝）
1.CST：五四新文學運動 2.CST：期刊文獻 3.CST：中國文學史
820.9   112010617

特邀編委（以姓氏筆畫為序）：

ISBN-978-626-344-524-6

9 786263 445246

民國文化與文學研究文叢
十六編　第二冊　　　　　　　ISBN：978-626-344-524-6

民初政論雜誌與新文化的發生
——以《甲寅》(1914～1915)為中心

作　　者　孟慶澍
主　　編　李 怡
企　　劃　四川大學中國詩歌研究院
總 編 輯　杜潔祥
副總編輯　楊嘉樂
編輯主任　許郁翎
編　　輯　張雅淋、潘玟靜　美術編輯　陳逸婷
出　　版　花木蘭文化事業有限公司
發 行 人　高小娟
聯絡地址　235 新北市中和區中安街七二號十三樓
　　　　　電話：02-2923-1455／傳真：02-2923-1452
網　　址　http://www.huamulan.tw 信箱 service@huamulans.com
印　　刷　普羅文化出版廣告事業
初　　版　2023 年 9 月
定　　價　十六編 18 冊（精裝）台幣 45,000 元

民初政論雜誌與新文化的發生
——以《甲寅》(1914～1915)為中心

孟慶澍　著

作者簡介

孟慶澍，1975 年生，河南湯陰人。首都師範大學文學院教授，博士生導師。中國老舍研究會副會長、常務理事，中國近代文學學會理事，中國茅盾研究會理事。著有《無政府主義與五四新文化——圍繞〈新青年〉同人所作的考察》、《歷史·觀念·文本——現代中國文學思問錄》、《激流中的文本、主義與人》等，主編《報刊史料與 20 世紀文學史（現代卷）》。在《文學評論》、《文藝研究》、《中國現代文學研究叢刊》、《文藝理論研究》等國內外學術刊物發表論文 70 餘篇。主持兩項國家社科基金項目，兩項國家社科基金重大項目子課題。獲省級社科優秀成果二等獎一次。

提　　要

　　以章士釗為靈魂人物的《甲寅》雜誌出現於新文化運動之前，在辛亥革命至五四前夕的中國思想文化界扮演著相當重要的角色。一方面，章士釗本人以政論文著稱，其文風上承桐城、湘鄉，又融嚴復、章太炎之長，自成一體，《甲寅》雜誌成員包括陳獨秀、李大釗、高一涵、易白沙等在文體上均受其影響。因此，在從《新民叢報》、《民報》到《新青年》的近代報刊政論文發展鏈條中，《甲寅》雜誌承上啟下，是極為重要的一環，在中國散文文體從古典向現代轉變的過程中起到了相當關鍵的作用。對《甲寅》政論文進行研究，不僅可以從文體學角度辨析「甲寅派」的存在，從中見出大眾傳媒對文體形態的影響方式，更可由此揭示中國近代報章文學從「策論」模式向「輿論」模式的轉變正是白話散文興起的內在動力，從而再現新舊文學之間的複雜辯證關係；另一方面，《甲寅》對《新青年》影響深遠，《新青年》所討論的許多話題如憲政、孔教、邏輯、翻譯等都可追溯到《甲寅》。更重要的是，《甲寅》代表了民初中國知識分子一種新型的社會參與方式。章士釗、黃遠庸、張東蓀、李大釗、李劍農等人雖然以論政為主，但他們在鼓吹憲政的同時，也不遺餘力地將社會文化批評引入報刊，促進了民初公共輿論空間的發展。以《甲寅》為代表的政論刊物的興起，為《新青年》等現代大型綜合性文化批評雜誌的出現奠定了良好的輿論基礎；同時也為新文學的參與主體——新知識分子確立了一種介入社會文化的有效模式。本書共分六章，分別對《甲寅》的組織與作者群、《甲寅》與《新青年》的關係、「甲寅文體」與新文學、章士釗與民初文化思想、《甲寅》與新文學的思想淵源、民初公共空間的興起等問題進行深入探討，這些研究不僅可以彌補民初政論文學研究不足的缺憾，發掘清末民初中國散文現代轉型的內在結構，釐清《甲寅》雜誌與新文學運動之間的淵源關係，而且對解決散文文體與現代「文學」概念的生成和限定、民初公共輿論空間與現代知識分子社會參與方式的起源與形成等問題，都有重要的理論價值。

鬱結、盤桓與頓挫：中國現代文學中的國家—民族敘述——《民國文化與文學研究文叢・十六編》引言

李 怡

　　1921 年 10 月，「新文學運動以來的第一部小說集」由上海泰東圖書局推出〔註1〕，這就是郁達夫的《沉淪》。從 1921 年至 1923 年，這部小說集被連續印刷十餘次，銷量累計至 20000 餘冊，在新文學初創期堪稱奇觀。「對於他的熱烈的同情與感佩，真像《少年維特之煩惱》出版後德國青年之『維特熱』一樣」〔註2〕，因為，「人人皆可從他作品中，發現自己的模樣。……多數的讀者，由郁達夫作品，認識了自己的臉色與環境」〔註3〕。當然，小說中能夠引起讀者共鳴的應該有好幾處，包括性愛的暴露、求索的屈辱等等，但足以令讀者產生一種普遍的情緒激昂的還是其中那種個人屈辱與家國命運的相互激蕩和糾纏，這樣的段落已經成為了中國現代文學史引證的經典：

　　　　他向西面一看，那燈檯的光，一霎變了紅一霎變了綠的，在那裡盡它的本職。那綠的光射到海面上的時候，海面就現出一條淡青的路來。再向西天一看，他只見西方青蒼蒼的天底下，有一顆明星，在那裡搖動。

　　　　「那一顆搖搖不定的明星的底下，就是我的故國，也就是我的

〔註1〕成仿吾：《〈沉淪〉的評論》，《創造》季刊 1923 年 2 月第 1 卷第 4 期。
〔註2〕匡亞明：《郁達夫印象記》，載《郁達夫研究資料》，北京：知識產權出版社，2010 年，第 52 頁。
〔註3〕賀玉波編：《郁達夫論》，上海：光華書局，1932 年，第 84 頁。

生地。我在那一顆星的底下，也曾送過十八個秋冬。我的鄉土嚇，
我如今再不能見你的面了。」

　　他一邊走著，一邊盡在那裡自傷自悼的想這些傷心的哀話。走
了一會，再向那西方的明星看了一眼，他的眼淚便同驟雨似的落下
來。他覺得四邊的景物，都模糊起來。把眼淚揩了一下，立住了腳，
長歎了一聲，他便斷斷續續的說：

　　「祖國呀祖國！我的死是你害我的！」

　　「你快富起來，強起來吧！」

　　「你還有許多兒女在那裡受苦呢！」〔註 4〕

在這裡，一位在異質文明中深陷焦慮泥淖的中國青年將個人的悲劇置放在了
國家與民族的普遍命運之中，並且在自己生命的絕境中發出了如此石破天驚
般的吶喊，一瞬間，個人的生存苦難轉化為對國家與民族的整體控訴，鬱積已
久的酸楚在這一心理方式中被最大劑量地釋放。這也就是作者自述的，「眼看
到的故國的陸沉，身受到的異鄉的屈辱」〔註 5〕，「我的消沉也是對國家，對社
會的。現在世上的國家是什麼？社會是什麼？尤其是我們中國？」〔註 6〕所以，
在文學史家看來，這部作品的顯著特點就在於「性、種族主義、愛國主義在他
心底裏全部纏結在一起」〔註 7〕。

　　《沉淪》主人公于質夫投海之前的這一段激情道白擊中的是近代以來中
國人的普遍心理與情緒，1921 年的「《沉淪》熱」、百年來現代中國文學與現
實人生的不解之緣從根本上都與這樣的體驗和情緒緊密相關：在中國現代文
學的普遍主題中，國家觀念和民族意識的凸顯格外引人注目，或者說，個人命
運感受與國家、民族宏大問題的深刻聯繫就是我們文學的最基本構型。

　　在很大的程度上，我們的中國現代文學研究自始至終都沒有否認過這一
基本事實。1922 年，胡適寫下新文學的第一部小史《五十年來中國之文學》，
就是以「國」定文學，是為「國語的文學」。1923 年，瞿秋白署名陶畏巨發表
新文學概觀，也是以「西歐和俄國都曾有民族文學的先聲」為參照，將新文學

〔註 4〕郁達夫：《沉淪》，《郁達夫文集》第一卷，廣州：花城出版社，1982 年，第 52
　　　　～53 頁。

〔註 5〕郁達夫：《懺餘獨白》，《郁達夫文集》第七卷，廣州：花城出版社，1982 年，
　　　　第 250 頁。

〔註 6〕郁達夫：《北國的微音》，《郁達夫文集》第三卷，廣州：花城出版社，1982 年，
　　　　第 91 頁。

〔註 7〕李歐梵：《李歐梵自選集》，上海：上海教育出版社，2002 年，第 38 頁。

視作「民族國家運動」的一部分，宣布「他是民族統一的精神所寄」〔註8〕。王瑤的《中國新文學史稿》奠定了新中國現代文學的學科基礎，在以「新民主主義革命」為核心話語的歷史陳述中，「外爭國權，內除國賊」、「民族解放」的政治背景十分清晰。唐弢主編《中國現代文學史》繼續依託「新民主主義革命時期」的階級狀況展開，反對帝國主義對中華民族的侵略、挽救民族危機也是這一歷史過程的重要組成部分。新時期以降，被稱作代表「新啟蒙」思潮的二十世紀中國文學觀更是將國家民族的現代化進程作為文學探索的基本背景，明確指出：「爭取民族的獨立解放，民族政治、經濟、文化，民族意識的全面現代化，實現民族的崛起與騰飛，是本世紀全民族的中心任務，構成了時代的基本內容，社會歷史的中心，民族意識的中心，對於這一時期包括文學在內的整個意識形態起著一種制約作用，決定著這一時期文學的性質、任務、歷史內容，以及歷史特徵，等等。」〔註9〕新時期影響中國現代文學研究的思想，在內有李澤厚《中國現代思想史論》的「啟蒙／救亡雙重變奏」說，在外則有夏志清《中國現代小說史》的「感時憂國」說，它們的思想基礎並不相同，但卻在現代文學的國家民族意識上有著高度的共識。直到新世紀以後，儘管意識形態和藝術旨趣的分歧日益加大，但是平心而論，卻尚未發現有誰試圖根本否認這一基本特徵的存在。

在我看來，《沉淪》主人公于質夫將個人的悲劇追溯到國家民族的宏大命運之中，於生存背景的揭示而言似乎勢所必然，不過，其中的心理邏輯卻依然存在許多的耐人尋味之處：于質夫，一個多愁善感而身心屏弱的青年在遭遇了一系列純粹個人的生活挫折之後，如何情緒爆發，在蹈海自盡之際將這一切的不幸通通歸咎於國家的弱小？這是羸弱者在百般無奈之下的洗垢求瘢、故入人罪，還是被人生的苦澀長久浸泡之後的思想的覺悟？一方面，我不能認同徐志摩當年的苛刻之論：「故意在自己身上造些血膿糜爛的創傷來吸引過路的人的同情」〔註10〕，那是生活優渥的人的高論，顯然不夠厚道，但是，另一方面，從1920年代的爭論開始，至今也有讀者無不疑惑：「『零餘人』不僅逃避承擔時代的重任，而且自身生活能力低下，在個人情慾的小圈子裏執迷不悟，一旦

〔註8〕陶晶巨：《荒漠裏》，《新青年》季刊1923年12月20日第2期。
〔註9〕陳平原、黃子平、錢理群：《二十世紀中國文學三人談——民族意識》，《讀書》1985年第12期。
〔註10〕見郭沫若：《論郁達夫》，載《回憶郁達夫》，長沙：湖南文藝出版社，1986年，第3頁。

得不到滿足，連生命也毫不猶豫地捨棄。這樣的人物是時代的主旋律上不和諧的音符，他的死是一種歷史的必然。郁達夫在作品主人公自殺前加上這麼一條勉強的『尾巴』，並不能讓主人公的思想高尚起來。」〔註11〕郁達夫恐怕不會如此的膚淺，但是《沉淪》所呈現的心理邏輯確有微妙隱晦之處，至少還不曾被小說清晰地展開，這就如同現代文學史上的二重組合──個人悲劇／國家民族命運的複雜的鏈接過程一樣，其理昭昭，其情深深，在這些現象已經被我們視作理所當然的歷史事實之後，我們是不是進一步仔細觀察過其中的細節？究竟這些「國家觀念」和「民族意識」有著怎樣具體的內涵，有沒有發生過值得注意的重要變化，它們彼此的結構和存在是怎樣的，是不是總是被奉為時代精神的「共主」而享有所向披靡的能量，在它們之間，內在關聯究竟如何，是不容置辯的相互支撐，一如我們習以為常的「國家民族」的關聯陳述，還是暗含齟齬和衝突？

這就是我們不得不加以辨析和再勘的理由。

一

中國現代文學在表達個人體驗與命運的時候，總是和國家與民族的重大關切緊密相連，然而，「國家」與「民族」這兩個基本語彙及其現代意涵卻又是近代「西學東漸」的一部分，作為西方思想文化的複雜構成，其本身也有一個曲折繁蕪的流變演化歷史。所以，同一個「國家觀念」與「民族情懷」的能指，卻很可能存在著千差萬別的所指。

大約是從晚清以降，中國知識界開始出現了越來越多的「國家」與「民族」的表述，以致到後來形成了大家耳熟能詳的名詞、概念、主義和系統的思想。自 1960 年代開始，當作為學科知識的「民族學」等需要進一步理性建設的時候，人們再一次回過頭來，試圖深入追溯「民族」理念的來源，以便繪製出清晰的知識譜系，這樣的追溯在極左年代一度中斷，但在新時期以後持續推進；新時期至今，隨著政治學、社會學、文化學領域對中外文明史、國家制度史的理論思考的展開，「國家」的概念史、意義史也得到了比較充分的總結。

百餘年來中國知識分子對「民族」的理解來源複雜，過程曲折，我們試著將目前學界的考證以圖表示之：

〔註11〕吳文權：《感性縱情與理性斂情──從〈沉淪〉和〈遲桂花〉看郁達夫前後期的創作風格》，《重慶工學院學報》2005 年第 7 期。

考證人	時間結論	來源結論	最早證據	學界反應
林耀華《關於「民族」一詞的使用和譯名問題》（《歷史研究》1963年第2期）	不晚於1900年	可能從日文轉借過來	章太炎《序種姓上》	1980年代以後不斷更新中國學者的引進、使用時間
金天明、王慶仁《「民族」一詞在我國的出現及其使用問題》（《社會科學輯刊》1981年第4期）	1899年	從日文轉借過來	梁啟超的《東籍月旦》	韓錦春、李毅夫等考證《東籍月旦》作於1902年；此前梁啟超已經使用該詞
彭英明《中國近代誰先用「民族」一詞？》（《社會科學輯刊》1984年第2期）	1898年6月	近代中國開始使用	康有為的《請君民合治滿漢不分摺》	經過多人考證，最終確認康有為此摺乃是其1910年前後所偽造
韓錦春、李毅夫《漢文「民族」一詞的出現及其初期使用情況》（《民族研究》1984年第2期）	1895年	從日文引入	《論回部諸國何以削弱》（《強學報》第2號）	新世紀以後開始被人質疑
韓錦春、李毅夫編《漢文「民族」一詞考源資料》，（中國社會科學院民族研究所民族理論研究室1985年印）	近代中國人開始使用	在中國古代典籍中未曾出現，近代以前「民」、「族」是分開使用的		新世紀以後開始被人質疑
彭英明《關於我國民族概念歷史的初步考察》（《民族研究》1985年第2期）	1874年前後使用	可能來自英語	王韜《洋務在用其所長》	
臺灣學者沈松僑《我以我血薦軒轅——皇帝神話與晚清的國族建構》（《臺灣社會研究季刊》第二十八期，1997年12月）	20世紀中國知識分子	從日文引入		新世紀以後開始被人質疑

【英】馮客《近代中國之種族觀念》（楊立華譯），江蘇人民出版社 1999 年	1903 年，晚清維新派，梁啟超首次使用		
茹瑩《漢語「民族」一詞在我國的最早出現》（《世界民族》2001 年第 6 期）	唐代	與「宗社」相對應，但與現代意義有差別	李筌所著兵書《太白陰經》之序言：「傾宗社滅民族」
黃興濤《「民族」一詞究竟何時在中文裏出現？》（《浙江學刊》2002 年第 1 期）類似觀點還有方維規《論近代思想史上的「民族」、「Nation」與中國》（香港《二十一世紀》2002 年 4 月號）	1837 年或之前出現；1872 年已有華人在現代意義上加以使用	很可能是西方來華傳教士的偶然發明	《論約書亞降迦南國》（1837 年 10 月德國籍傳教士郭士臘等編撰《東西洋考每月統記傳》）
邱永君《「民族」一詞見於〈南齊書〉》（《民族研究》2004 年第 3 期）	南齊	中國自身的語彙，意義與當今相同	道士顧歡稱「諸華士女，民族弗革」（《南齊書》卷 54《高逸傳・顧歡傳》）
郝時遠《中文「民族」一詞源流考辨》（《民族研究》2004 年第 6 期）	就詞語而言至少魏晉以降即有；古漢語「民族」一詞在 19 世紀 70 年代或之前傳入日本	古漢語「民族」一詞在中國有早於日本的且接近現代的含義；國人對「民族」對應的西文 nation、volk 及其含義的理解，無疑主要來自日本翻譯的西學著作；中國現代民族（nation）觀念受到日譯西書的影響	從魏晉以降至清，作為詞語使用不絕，總體傾向於各種具體的族群分類，現代抽象的意義概念屬於近代產物；日文「民族」為中文輸入的結果，與近代中國的西書漢譯有關

　　此表列出了新中國成立至今學界所考證的概念史，以考證出現的時間為序。從中，我們大體上可以知道這樣一些基本事實：

1. 在近現代中國的思想之中，雙音節詞彙「民族」指的是經由長期歷史發展而形成的穩定共同體，它在歷史、文化、語言等方面與其他人群有所區別，「血緣、語言、信仰，皆為民族成立之有力條件」〔註12〕。相對而言，在古代中國，「民」與「族」往往作為單音節詞彙分開使用，「族」更多的指涉某一些具體的人群類別，近似於今天所謂的「氏族」、「邦族」、「宗族」、「部族」等等，所以在一個比較長的時間裏，我們從「民族」這個詞語的近現代含義出發，傾向於認定它的基本意義源自國外，是隨著近代域外思潮的引進而加進入中國的外來詞語，大多數學者認為它來自日本，原本是日本明治維新之後對西方術語的漢譯，也有學者認為它可能就是對英文的中譯。

2. 漢語詞彙本身也存在含義豐富、歷史演變複雜的事實，所以中國學者對「民族」的本土溯源從來也沒有停止過。雖然古代文獻浩若煙海，搜索「民族」一詞猶如大海撈針，史籍森森，收穫艱難，然而幾經努力，人們還是終有所得，正如郝時遠所總結的那樣，到新世紀初年，新的考證結論是：在普遍性的「民」、「族」分置的背景上，確實存在少數的「民族」合用的事實，而且古漢語的「民族」一詞，已經出現了近似現代的類別標識含義，在時間上早於日本漢文詞彙。在日本大規模地翻譯西方思想學術之前，其實還出現過借鑒中國語彙譯述西方書籍的選擇，日本漢文中的「民族」一詞很可能就是在這個時候從中國引入的。「『民族』一詞是古漢語固有的名詞。在近代中文文獻中，現代意義的『民族』一詞出現在 19 世紀 30 年代。日文中的『民族』一詞見諸 19 世紀 70 年代翻譯的西方著述之中，係受漢學影響的結果。但是，『民族』一詞在日譯西方著作中明確對應了 volk、ethnos 和 nation 等詞語，這些著作對 nation 等詞語的定義及其相關理論，對清末民初的中國民族主義思潮產生了直接影響。『民族』一詞不屬於『現代漢語的中—日—歐外來詞。』」〔註13〕

3. 「民族」一詞更接近西方近代意義的廣泛使用是在日本，又隨著其他漢文的西方思想一起再次返回到了中國本土，最終形成了近現代中國「民族」概念的基本的含義。

總而言之，「民族」一語，從詞彙到思想，都存在一個複雜的形成過程，這裡有歷史流變中的意義的改變，也有中國／西方／日本思想和語言的多方

〔註12〕梁啟超：《中國歷史上民族之研究》，《飲冰室合集》第 8 冊，北京：中華書局，1989 年，第 860 頁。

〔註13〕郝時遠：《中文「民族」一詞源流考辨》，《民族研究》2004 年第 6 期。

對話與互滲。從總體上看，現代中國的「民族」含義與西方近代思想、日本明治維新後的思想基本相同，與古代中國的類似語彙明顯有別。1902 年，梁啟超在《論中國學術思想變遷之大勢》一文中，第一次提出了「中華民族」的概念，五年後的 1907 年，楊度《金鐵主義說》、章太炎《中華民國解》又再次申述了「中華民族」的觀念，雖然他們各自的含義有所差異，但是從一個大的族群類別的角度提出民族的存在問題卻有著共同的思維。民族、中華民族、民族意識、民族主義、民族復興，串聯起了近代、現代、當代中國思想發展的重要脈絡，儘管其間的認知和選擇上的分歧依然存在。

與「民族」類似，中國人對「國家」意義的理解也有一個複雜的演變過程，所不同的在於，如果說在民族生存，特別是中華民族共同命運等問題上現代知識分子常常聲應氣求的話，那麼在「國家」含義的認知和現實評價等方面，卻明顯出現了更多的分歧和衝突。

「國家」一詞在英語裏分別有 country、nation 和 state 三個詞彙，它們各有意指。Country 著眼於地理的邊界和範圍，側重領土和疆域；nation 強調的是人口和民族，偏向民族與國民的內涵；state 代表政治和權力，指的是在確定的領土邊界內強制性、暴力性的機構。現代意義上的國家概念就是政治學意義的 state。作為政治學的核心術語，state 的出現是近代的事，在這個意義上說，古代社會並沒有正式的國家概念。這一點，中西皆然。

就如同「民」與「族」一樣，古漢語的「國」與「家」也常常分置而用。早在先秦時期，也出現了「國」與「家」的合用，只是各有含義，諸侯的封地謂之「國」，卿大夫的封地謂之「家」，這是不同等級的治理區域；然而不同等級的治理區域能夠合用為「國家」，則顯示了傳統中國治理秩序的血緣基礎。先秦時代，周天子治轄所在曰「天下」，周天子的京師曰「中國」，「禮崩樂壞」之後，各諸侯國的王畿也稱「中國」，再後，「中國」範圍進一步擴大，成了漢族生存的中原地區具有「德性」和「禮義」的文明區域的總稱，最早的政治等級的標識轉化為文化優越的稱謂，象徵著「華夏」（「以德榮為國華」〔註14〕）之於「夷狄」的文明優勢，是謂「中國有文章光華禮義之大」〔註15〕。「天下」與「中國」相互說明，構成了一種超越於固定疆域、也不止於政治權力的優越

〔註14〕 上海師範大學古籍整理組校點：《國語》，上海：上海古籍出版社，1978 年，第 183 頁。

〔註15〕 （漢）孔安國傳，（唐）孔穎達等正義：《尚書正義》，上海：上海古籍出版社，1990 年，第 43 頁。

的文明自詡。隨著非漢族統治的蒙元、滿清時代的出現，「中國」的概念也不斷受到衝擊和改變，一方面，蒙古帝國從未被漢人同化，「中國」一度失落，另一方面，在清朝，原來的「四夷」（滿、蒙、回、藏、苗）卻被重新識別而納入「中國」，而夷狄則成了西洋諸國。儘管如此，那種文明的優越感始終存在。到了晚清，在「四夷」越來越強大的威懾下，「中國」優越感和「天下」無限性都深受重創，「近代中國思想史的大部分時期，是一個使『天下』成為『國家』的過程」〔註16〕，這裡的「國家」觀念就不再是以家立國的古代「國家」了，而是邊界疆域明確、彼此獨立平等的國際間的政治實體，也就是近現代主權時代的民族國家。1648 年《威斯特伐利亞和約》的簽訂，標誌著歐洲國家正式進入主權時代。到 19 世紀，一個邊界清晰、民族自覺的民族國家成為了國際外交的主角。國家外交的碰撞，特別是國際軍事衝突的失敗讓被迫捲入這一時代的中國不得不以新的「國家」觀念來自我塑形，並與「天下」瓦解之後的「世界」對話，一個前所未有的民族—國家的時代真正到來了。現代中國的民族學者早就認識到：「民族者，裏也，國家者，表也。民族精神，實賴國家組織以保存而發揚之。民族跨越文化，不復為民族；國家脫離政治，不成其為國家。」〔註17〕

然而，正如韋伯所說「國家」（state）是「到目前為止最複雜、最有趣」的概念〔註18〕，一方面，「非人格化」的現代國家觀念延續了古羅馬的「共和」理想，國家政治被看作超越具體的個人和社會的「中立」的統治主體，一系列嚴謹、公平的社會治理原則成為應有之義，另外一方面，從西方歷史來看，現代意義的國家的出現與十七、十八世紀絕對王權代替封建割據，與路易十四「朕即國家」（L'État, c'est moi）的事實緊密相關，這些原本與中國歷史傳統神離而貌合的取向在有形無形之中進入了現代中國的國家理念，成為我們混沌駁雜的思想構成，那些巨大的、統一的、排他性的權力方式始終潛伏在現代國家的發展過程之中，釋放魅惑，也造成破壞。此外，置身普遍性的現代民族國家的歷史進程，中國的民族—國家的聯結和組合卻分外的複雜，與西方世界主

〔註16〕 【美】約瑟夫·列文森著、鄭大華、任菁譯：《儒教中國及其現代命運》，桂林：廣西師範大學出版社，2009 年，第 84 頁。

〔註17〕 吳文藻：《民族與國家》，《人類學社會學研究文集》，北京：民族出版社，1990年，第 35～36 頁。

〔註18〕 Max Weber, "'Objectivity' in Social Science and Social Policy," in The Methodology of Social Sciences, trans. & ed., Edward A. Shils & Henry A. Finch, Glencoe: The Free Press, 1949, p. 99.

流的單一民族的國家構成,多民族的聯合已經是中國現代國家的生存基礎,在我們內在結構之中,不同民族的相互關係以及各自與國家政權的依存方式都各有特點,當然從「排滿革命」到「五族共和」,也有過齟齬與和解,民族主義作為國家政治的基礎,既行之有效,又並非總能堅如磐石。

二

西方馬克思主義的重要代表弗雷德里克‧詹姆森有一個論斷被廣泛引用:「所有第三世界的本文均帶有寓言性和特殊性:我們應該把這些本文當作民族寓言來閱讀,特別當它們的形式是從占主導地位的西方表達形式的機制——例如小說——上發展起來的。」「第三世界的本文,甚至那些看起來好像是關於個人和利比多趨力的本文,總是以民族寓言的形式來投射一種政治:關於個人命運的故事包含著第三世界的大眾文化和社會受到衝擊的寓言。」〔註 19〕魯迅的小說就是這一論斷的主要論據。拋開詹姆森作為西方學者對魯迅小說細節的某些誤讀,他關於中國現代文學與國家民族深度關聯的判斷還是基本準確的。中國現代文學史上的幾乎每一場運動都與民族救亡的目標有關,而幾乎每一個有影響的作家都有過魯迅「我以我血薦軒轅」式的人生經歷和創作衝動,包括抗戰時期的淪陷區文學也曾經以隱晦婉曲的方式傳達著精神深處的興亡之歎。即便文學的書寫工具——語言文字也早就被視作國家民族利益的捍衛方式,一如近代小學大家章太炎所說:「小學」「這愛國保種的力量,不由你不偉大。」〔註 20〕晚清語言改革的倡導者、切音新字的發明人盧戇章表示:「倘吾國欲得威振環球,必須語言文字合一。務使男女老幼皆能讀書愛國。除認真頒行一種中國切音簡便字母不為功。」〔註 21〕

只是,詹姆森的「民族寓言」判斷對於千差萬別的「第三世界」來說,顯然還是過於籠統了。對於這一位相對單純的現代民族國家的學者而言,他恐怕很難想像現代的中國,既然有過各自不同的「國家」概念和紛然雜陳的「民族」意識,在真正深入文學的世界加以辨析之時,我們就不得不追問,這些興亡之

〔註 19〕【美】弗雷德里克‧詹姆森:《處於跨國資本主義時代中的第三世界文學》,見張京媛主編《新歷史主義與文學批評》,北京:北京大學出版社,1993 年,第 234、235 頁。

〔註 20〕章太炎:《我的生平與辦事方法》,《章太炎的白話文》,瀋陽:遼寧教育出版社,2003 年,第 74 頁。

〔註 21〕盧戇章:《中國第一快切音新字》原序,《清末文字改革文集》,北京:文字改革出版社,1958 年,第 2 頁。

慨究竟意指哪一個國家認同，這民族情懷又懷抱著怎樣的內容？現代中國知識分子所經歷的複雜的國家—民族的知識轉型，因為情感性的文學的介入而愈發顯得盤根錯節、撲朔迷離了。

在中國新文學史的敘述邏輯中，近現代中國的歷史進程就是一個義無反顧的棄舊圖新的過程。

王瑤《中國新文學史稿》一開篇就認定了五四新文學的「徹底性」與「不妥協性」：「反帝反封建是由『五四』開始的中國現代文學的基本特徵，這裡『徹底地』、『不妥協地』兩個形容詞非常重要，這是關係到對敵鬥爭的重大課題。」〔註22〕

唐弢主編《中國現代文學史》這樣立論：「清嘉慶以後，中國封建社會已由衰微而處於崩潰前夕。國內各種矛盾空前尖銳，社會危機四伏。清朝政府極端昏庸腐朽。」「為了挽救民族危亡的命運，從太平天國到辛亥革命，中國人民進行了一次又一次的革命鬥爭。」「在這一歷史時期內，雖然封建文學仍然大量存在，但也產生了以反抗列強侵略和要求掙脫封建束縛為主要內容的進步文學，並且在較長的一段時間裏，不止一次地作了種種改革封建舊文學的努力。」「『五四』文學革命運動的興起，乃是近代中國社會與文學諸方面條件長期孕育的必然結果。」〔註23〕

嚴家炎主編《二十世紀中國文學史》的最新表述：「歷史悠久的中國文學，到清王朝晚期，發生了前所未有的重大轉折：開始與西方文學、西方文化迎面相遇，經過碰撞、交匯而在自身基礎上逐漸形成具有現代性的文學新質，至五四文學革命興起達到高潮。從此，中國文學史進入一個明顯區別於古代文學的嶄新階段。」〔註24〕

這都是中國現代文學研究的經典性論述，它們都以不同的方式告訴我們，自晚清以後，中國的社會文化始終持續進步，五四新文學展開了現代國家—民族的嶄新的表述。從歷史演變的根本方向來說，這樣的定位清晰而準確，這就如同新文化運動領袖陳獨秀在當時的感受：「我生長二十多歲，才知道有個國

〔註22〕王瑤：《中國新文學史稿》上冊，《王瑤文集》第 3 卷，太原：北嶽文藝出版社，1995 年，第 7 頁。
〔註23〕唐弢主編：《中國現代文學史》，北京：人民文學出版社，1979 年，第 1～2 頁、6 頁。
〔註24〕嚴家炎主編：《二十世紀中國文學史》，北京：高等教育出版社，2010 年，第 1 頁。

家，才知道國家乃是全國人的大家，才知道人人有應當盡力於這大家的大義。」
〔註25〕換句話說，是在歷史的進步中我們生成了全新的國家—民族意識，而
新的國家—民族憂患（「盡力於這大家的大義」）則產生了新的現代的文學。

但是，這樣的棄舊圖新就真的那麼斬釘截鐵、一往無前嗎？今天，在掀開
新文學主流敘述的遮蔽之後，我們已經發現了歷史場域的更多豐富的存在，在
中國現代文學（而不僅僅是現代的「新文學」）的廣袤的土地上，歷史並非由
不斷進化的潮流所書寫，期間多有盤旋、折返、對流、纏繞……現代的民族國
家——中華民國雖然結束了君主專制，代表了歷史前進的方向，但卻遠遠沒有
達到「全民認同」的程度，在各種形式的理想主義的知識分子那裡，更是不斷
遭遇了質疑、批評甚至反叛，而「民族」所激發的感情在普遍性的真誠之中也
隱含著一些各自族群的遭遇和體驗，何況在中國，民族意識與國家觀念的組合
還有著多種多樣的形式，彼此之間並非理所當然的融合無隙。這也為現代文學
中民族情感的轉化和發展留下了豐富的空間。

1933 年 8 月，上海世界書局出版了錢基博的《現代中國文學史》。這部早
期的中國現代文學史著也是最早標舉「現代」之名的文學論著。然而，有意思
的是，與當下學者在「現代性」框架中大談「民族國家」不同，錢基博的用意
恰恰是借「現代」之名表達對彼時國家的拒絕和疏離：「吾書之所為題現代，
詳於民國以來而略推跡往古者，此物此志也。然不題民國而曰現代，何也？曰
『維我民國，肇造日淺，而一時所推文學家者，皆早嶄然露頭角於讓清之末
年；甚者遺老自居，不願奉民國之正朔；寧可以民國概之！』」〔註26〕「不願
奉民國之正朔」就必須以「現代」命名？錢基博的這個邏輯未必說得通，不過
他倒是別有意味地揭示了一個重要的事實：「一時所推文學家者」成長於前朝，
甚至以前朝遺民自居，缺乏對這個新興的民族國家——中華民國的認同。近年
來，隨著現代文學研究空間的日益擴大，一些為「新文化新文學」價值標準所
不能完全概括的文學現象越來越多地進入了文學史家的視野，所謂奉「民國乃
敵國」的文學群體也成了「出土文物」，他們的獨特的感受和情感得以逐漸揭
示，中國現代作家的精神世界的多樣性更充分地昭示於世。正如史學家王汎森
所說：「受過舊文化薰陶的讀書人在面對時代變局時，有種種異於新派人物的

〔註25〕陳獨秀：《說國家》，《陳獨秀著作選》第一卷，上海：上海人民出版社，1993
年，第 44 頁。
〔註26〕錢基博：《現代中國文學史》，上海：上海世界書局，1933 年，第 8～9 頁。

回應方式，包括與現代截然迥異的價值觀和看法。以往我們把焦點集中在新派人物身上，模糊或忽略了舊派人物。」「儘管我們無須同意其政治認同，可是的確值得重新檢視他們的行為與動機，以豐富我們對近代中國思想文化脈絡的瞭解。」〔註27〕這樣一些拒絕認同現實國家的知識分子還不能簡單等同於傳統意義上的「遺民」，因為他們的焦慮不僅僅是對政權歸屬的迷茫，更包含了對現代社會變遷的不適，和對中西文化衝突的錯愕，這都可以說是現代文化進程中的精神危機，是不應該被繼續忽視的現代文學主流精神的反面，它包含了歷史文化複雜性的幽深的奧秘。「清遺民議題呈現豐富的意涵，除了歷史上種族與政治問題外，也跟文化層面有著密切的關聯。他們反對的不單來自政治變革，更感歎社會良風善俗因而消逝，訴諸近代中國遭受西力衝擊和影響。」「充分顯現了忠清遺民的遭遇及面對的問題，固然和過去有所不同，非但超乎宋元、明清易代之際士人，而且在心理與處境上勢將愈形複雜。」〔註28〕在「現代文學」的格局中，他們或以詩結社，相互唱酬追思故國，「劇憐臣甫飄零甚，日日低頭拜杜鵑」〔註29〕；或埋首著述，書寫「主辱臣死」之志，吟詠「辛亥濺淚」之痛〔註30〕，試圖「託文字以立教」；或與其他文學群體論爭駁詰，一如林紓以「清室舉人」自居，對陣「民國宣力」蔡元培，反對新文化運動，增添了現代文壇的斑斕。在這一歷史過程中，一些重要代表如王國維的文學評論，陳三立、沈曾植、趙熙、鄭孝胥等人的舊體詩，辜鴻銘的文化論述，都是別有一番「意味」的存在。

中華民國是推翻君主專制而建立起來的「民族國家」，然而，眾所周知的史實是，這個國家長期未能達成各方國民的一致認同，先是為創立民國而流血犧牲的國民黨人無法接受各路軍閥對國家的把持，最後是抗戰時代的分裂勢力（偽滿、汪偽）對國民政府國家的肢解，貫穿始終的則是左翼知識分子對一切軍閥勢力及國民黨獨裁的抨擊和反抗，雖然來自左翼文學的批判否定還

〔註27〕王汎森：《序》，林誌宏著《民國乃敵國也：政治文化轉型下的清遺民》，北京：中華書局，2013年，第2頁。
〔註28〕王汎森：《序》，林誌宏著《民國乃敵國也：政治文化轉型下的清遺民》，北京：中華書局，2013年，第3、4頁。
〔註29〕丁仁長：《為杜鵑庵主題春心圖》，《丁潛客先生遺詩》，第32頁，廣州九曜坊翰元樓刊行1929年刻本（轉引自110頁）。
〔註30〕「主辱臣死」語出清末湖北存古學堂經學總教習曹元弼，晚清經學家蘇輿著有《辛亥濺淚集》（長沙龍雲印刷局石印本），作於辛亥年間，凡四卷，收錄七言絕句33首。

不能說他們就是「民國的敵人」，因為在推翻專制、走向共和、反抗侵略等國家大勢上，他們也多次攜手合作，並肩作戰，但是，關於現代國家的理想形態，左翼知識分子顯然與國家的執政者長期衝突，形成了現代史上最為深刻的無法彌合的信仰分裂。另外，數量龐大的自由主義知識分子群體，其思想基礎融合了近代以來的西方啟蒙思想和中國傳統士人精神，作為現代社會的公民，民主、自由、科學的理念是他們基本的立世原則，雖然其中不乏溫和的政治主張者，甚至也有對社會政治的相對疏離者，但都莫不以「天下大任」為己任，他們不可能成為現實國家秩序的順從者，常常表達出對國家制度和現狀的不滿和批評，並以此為自我精神的常態。在民國時代，真正不斷抒發對現實國家「忠誠無二」的只有三民主義、民族主義文學運動的參與者以及國家主義的信奉者。但是，問題在於，與國民黨關聯深厚的三民主義、民族主義文學運動卻始終未能成為文學的主導力量，至於各種國家主義，本身卻又與國民黨意識形態矛盾重重，在文學上影響有限，更不用說其中的覺悟者如聞一多等反戈一擊，在抗戰結束以後以「人民」為旗，質疑「國家」的威權。

　　總而言之，在現代中國的主流作家那裡，國家觀念不是籠統的一個存在，而是包含著內部的分層，對家國世界的無條件的憂患主要是在族群感情的層面上，一旦進入現實的政治領域，就可能引出諸多的歧見和質疑，而且這些自我思想的層次之間，本身也不無糾纏和矛盾，于質夫蹈海之際，激情吶喊：「祖國呀祖國！我的死是你害我的！」在這裡，生死關頭的情感依託是「祖國」，說明「國家」依舊是我們精神的襁褓，寄寓著我們真誠的愛，然而個人的現實發展又分明受制於國家社會的束縛，這種清醒的現實體驗和篤定的權利意識也激發了另外一種不甘，於是，對「國家」的深愛和怨憤同時存在，彼此糾結，令人無以適從。

　　關於民國，魯迅也道出過類似的矛盾性體驗：

　　　　我覺得彷彿久沒有所謂中華民國。

　　　　我覺得革命以前，我是做奴隸；革命以後不多久，就受了奴隸的騙，變成他們的奴隸了。

　　　　我覺得有許多民國國民而是民國的敵人。

　　　　我覺得有許多民國國民很像住在德法等國裏的猶太人，他們的意中別有一個國度。

　　　　我覺得許多烈士的血都被人們踏滅了，然而又不是故意的。

我覺得什麼都要從新做過。〔註31〕

在這裡，魯迅對「民國」的失望是顯而易見的：它玷污了「革命」的理想，令真誠的追隨者上當受騙。然而，當魯迅幾乎是一字一頓地寫下「中華民國」這四個漢字的時候，卻也刻繪了對這一現代國家形態的多少的顧惜和愛護，猶如他在《中山先生逝世後一週年》中滿懷感情地說：「中山先生逝世後無論幾週年，本用不著什麼紀念的文章。只要這先前未曾有的中華民國存在，就是他的豐碑，就是他的紀念。」〔註32〕從君主專制的「家天下」邁入現代國家，民國本身就是這樣一個「先前未曾有」的時代進步的符號，也凝聚著像魯迅這樣「血薦中華」的知識人的思想和情感認同，所以在強烈的現實失望之餘，他依然將批判的刀鋒指向了那些踏滅烈士鮮血的奴役他人的當權者，那些污損了民國創立者的理想的人們，就是在「從新做過」的無奈中，也沒有遺棄這珍貴的國家認同本身。在這裡，一位現代作家於家國理想深深的挫折和不屈不撓的擔當都躍然紙上。

民族認同通常情況下都是與國家觀念緊緊聯繫的。但是，近現代中國，卻又經歷了「民族」意識的一系列複雜的重建過程，而這一過程又並不都是與國家觀念的塑造相同步的，這也決定了現代中國文學民族意識表達的複雜性。在晚清近代，結束帝制、創立民國的「革命」首先舉起的是「排滿」的旌旗，雖然後來終於為「五族共和」的大民族意識所取代，實現了道義上的多民族和解。但是，民族意識的整合、中華民族整體意識的形成並沒有取消每一個具體族群具體的歷史境遇，尤其是在一些特殊的歷史時期，這些細微的民族心理就會滲透在一些或自然或扭曲的文學形態中傳達出來。例如從穆儒丐到老舍，我們可以讀到那種時代變遷所導致的滿人的衰落，以及他們對自己民族所受屈辱的不同形式的同情。老舍是極力縫合民族的裂隙，在民族團結的嚮往中重塑自身的尊嚴，「老舍民族觀之核心理念，便是主張和宣揚不同民族的平等和友好。他的全部涉及國內、國際民族問題的著述，都在訴說這一理念。他一生中所有關乎民族問題的社會活動，也都體現著這一理念。」〔註33〕穆儒丐則先是書寫著族人命運的感傷，在對滿族歷史命運的深切同情中批判軍閥與國民黨

〔註31〕魯迅：《忽然想到》，《魯迅全集》3卷，北京：人民文學出版社，2005年，第16～17頁。

〔註32〕魯迅：《中山先生逝世後一週年》，《魯迅全集》7卷，北京：人民文學出版社，2005年，第305頁。

〔註33〕關紀新：《老舍民族觀探賾》，《中國現代文學研究叢刊》2015年第4期。

政治，曲曲折折地修正「愛國」的含義：「我常說愛國是人人所應當做的事，愛國心也是人人所同有的，但是愛國要使國家有益處，萬不能因為愛國反使國家受了無窮的損害。國民黨是由哄鬧成的功，所以雖然是愛國行為，也以哄鬧式出之。他們不能很沉著的埋頭用內功，只不過在表面上瞎哄嚷，結局是自己殺了自己。」〔註34〕到東北淪陷時期，他卻落入了日本殖民者的政治羅網，在意識形態的扭曲中傳遞著被利用的民族意識。同為旗人作家，老舍與穆儒丐雖然境界有別，政治立場更是差異甚巨，但都提示了現代民族情感發展中的一些不可忽略的複雜的存在。

除此之外，我們會發現，作為一種總體性的民族意識和本族群在具體歷史文化語境中形成的人生態度與生命態度還不能劃上等號。例如作為「中華民族」一員的少數民族例如苗族、回族、蒙古族等等，也有自己在特定生存環境和特定歷史傳統中形成的精神氣質，在普遍的中華民族認同之外，他們也試圖提煉和表達自己獨特的民族感受，作為現代中國精神取向的重要資源，其中，影響最大的可能就是沈從文對苗文化的挖掘、凸顯。在湘西這個「被歷史所遺忘」的苗鄉，沈從文體驗了種種「行為背後所隱伏的生命意識」，後來，「這一分經驗在我心上有了一個分量，使我活下來永遠不能同城市中人愛憎感覺一致了」〔註35〕。沈從文的創作就是對苗鄉「鄉下人」生命態度與人生形式的萃取和昇華，為他所抱憾的恰恰是這一民族傳統的淪喪：「地方的好習慣是消滅了，民族的熱情是下降了，女人也慢慢的像中國女人，把愛情移到牛羊金銀虛名虛事上來了，愛情的地位顯然是已經墮落，美的歌聲與美的身體同樣被其他物質戰勝成為無用的東西了」〔註36〕。

三

國家觀念與民族意識的多層次結合與纏繞為中國現代文學相關主題的表達帶來了層巒疊嶂的景象，當然也大大拓展了這一思想情感的表現空間。從總體上看，最有價值也最具藝術魅力的國家—民族表現，最終也造成了中國現代作家最獨特的個人風格。

〔註34〕穆儒丐：《運命質疑》（6），《盛京時報・神皋雜俎》1935 年 11 月 21、22 日。
〔註35〕沈從文：《從文自傳》，《沈從文全集》第十三卷，太原：北嶽文藝出版社，2002 年，第 306 頁。
〔註36〕沈從文：《媚金、豹子與那羊》，《沈從文全集》第五卷，太原：北嶽文藝出版社，2002 年，第 356 頁。

在中國現代文學中，雖然對國家、民族的激情剖白也曾經出現在種種時代危機的爆發時刻，但是真正富有深度的國家—民族情懷都不止於意氣風發、高歌猛進，而是纏繞著個人、家庭、地域、族群、時代的種種經歷、體驗與鬱結，在亢奮中糾結，在熱忱裏沉吟，在焦灼中思索，歷史的頓挫、自我的反詰，都盡在其中。從總體上看，作為思想—情感的國家民族書寫伴隨著整個中國現代文學跌宕起伏的歷史過程，在不同的歷史關節處激蕩起意緒多樣的聲浪，或昂揚或悲切，或鏗鏘或溫軟，或是合唱般的壯闊，或是獨行人的自遣，或是千軍萬馬呼嘯而過的酣暢，或是千迴百轉淺吟低唱的婉曲，或者是理想的激情，或者是理性的思考，可以這樣說，現代中國的國家—民族書寫，絕不是同一個簡單主題的不斷重複，而是因應不同的語境而多次生成的各種各樣的新問題、新形式，本身就值得撰寫為一部曲折的文學主題流變史。在這條奔流不息的主題表現史的長河沿岸，更有一座座令人目不暇給的精神的雕像，傲岸的、溫厚的、孤獨的、內省的……

從晚清到新中國建立的「現代」時期，中國文學的國家—民族意識的演化至少可以分作五大階段。

晚清民初是第一階段。在國際壓迫與國內革命的激流中，國家—民族意識以激越的宣言式抒懷普遍存在，改良派、革命派及更廣大的知識分子莫不如此。正如梁啟超所概括的，這就是當時歷史的「中心點」：「近四百年來，民族主義，日漸發生，日漸發達，遂至磅礴鬱積，為近世史之中心點。」〔註37〕從革命人于右任的「地球戰場耳，物競微乎微。嗟嗟老祖國，孤軍入重圍。」（《雜感》）「中華之魂死不死？中華之危竟至此！」（《從軍樂》）到排滿興漢的汗血、愁予之「振吾族之疲風，拔社會之積弱」〔註38〕，從魯迅的《斯巴達之魂》、《自題小像》到晚清民初的翻譯文學乃至通俗文學都不斷傳響著保衛民族國家的豪情壯志。亦如《黑奴傳演義》篇首語所說：「恐怕民智難開，不知感發愛國的思想，輕舉妄動，糊塗一世，可又從哪裏強起呢？作報的因發了一個志願，要想個法子，把大清國的傻百姓，人人喚醒。」〔註39〕近現代中國關於民族復興的表述就是始於此時，只是，雖然有近代西方的民族—國家概念的傳入，作為

〔註37〕梁啟超：《論民族競爭之大勢》，《飲冰室文集》之十第10頁，中華書局1989年版。

〔註38〕《崖山哀》，《民報》1906年第二號。

〔註39〕彭翼仲：《黑奴傳演義》篇首語，1903年（光緒二十九年）3月18日北京《啟蒙畫報》第八冊。

文學情緒的宣言式表達有時難免混雜有中國士人傳統的家國憂患語調。

五四是第二階段。思想啟蒙在這時進入到人的自我認識的層面，因而此前激情式宣言式的抒懷轉為堅實的國家—民族文化的建設。這裡既有作為民族文化認同根基的白話文—國語統一運動，又有貌似國家民族意識「反題」的個人權力與自由的倡導。白話文運動、白話新文學本身就是為了國家的新文化建設，傅斯年說得很清楚：「我以為未來的真正中華民國，還須借著文學革命的力量造成。」〔註40〕胡適說：「我的『建設新文學論』的唯一宗旨只有十個大字：『國語的文學，文學的國語』。我們所提倡的文學革命，只是要替中國創造一種國語的文學。」〔註41〕這裡所包含的是這樣一種深刻的語言—民族認識：「事實上，因為一個民族必須講一種原有的語言，因此，其語言必須清除外來的增加物和借用語，因為語言越純潔，它就越自然，這個民族認識它自身和提高其自由度就越容易。……因此，一個民族能否被承認存在的檢驗標準是語言的標準。一個操有同一種語言的群體可以被視為一個民族，一個民族應該組成一個國家。一個操有某種語言的人的群體不僅可以要求保護其語言的權利；確切而言，這種作為一個民族的群體如果不構成一個國家的話，便不稱其為民族。」〔註42〕後來國語運動吸引了各種思想流派的參與，國家主義者也趕緊表態：「近來有兩種大的運動，遍於全國，一種是國家主義，一種是國語。從事這兩種運動的人不完全相同，因此有人疑心主張國家主義者對於國語運動漠不關心，甚至反對，這就未免神經過敏，或不明了國家主義的目的了。國家主義的目的是什麼，不外『內求統一外求獨立』八個大字，現在我要借著這次國語運動的機會，依著國家主義的目的，說明他與國語運動的密切關係，並表示我們國家主義者對於國語運動的態度。」〔註43〕而在近代中國，對「國家主義」的理解有時也具有某些模糊性，有時候也成為對普泛的國家民族意識的表述，例如梁啟超胞弟、詞學家梁啟勳就認為：「國家主義與個人主義，似對待而實相乘，蓋國家者實世界之個人而已。」〔註44〕陳獨秀則說：「吾人非崇拜國家主義，而作絕對之主張。」「吾國國情，國民猶在散沙時代，因時制宜，

〔註40〕傅斯年：《白話文學與心理的改革》，《新潮》1919 年 5 月第 1 卷第 5 期。
〔註41〕胡適：《建設的文學革命論》，胡適選編《中國新文學大系·建設理論集》，上海：上海良友圖書印刷公司，1935 年，第 128 頁。
〔註42〕【英】埃里·凱杜里著、張明明譯：《民族主義》，北京：中央編譯出版社，2002 年，第 61～62 頁。
〔註43〕陳啟天：《國家主義與國語運動》，《申報》1926 年 1 月 3 日。
〔註44〕梁啟勳：《個人主義與國家主義》，《大中華雜誌》1915 年 1 月第 1 卷第 1 期。

國家主義，實為吾人目前自救之良方。」「近世國家主義，乃民主的國家，非民奴的國家。」〔註45〕五四的思想啟蒙雖然一度對個人／國家的關係提出檢討和重構，誕生了如胡適《你莫忘記》一類號稱「只指望快快亡國」的激憤表達，表面上看去更像是對國家—民族價值的一種「反題」，但是在更為寬闊的視野下，重建個人的權力與自由本身就是現代民族國家制度構建的有機組成，我們也可以這樣認為，在五四時期更為宏大而深刻的文化建設中，個人意識的成長其實是開闢了一種寬闊而新異的國家—民族意識。劉納指出：「陳獨秀既將文學變革與民族命運相聯繫，又十分重視文學的『自身獨立存在之價值』，他的文學胸懷比前輩啟蒙者寬廣得多。」〔註46〕

　　1920中後期至1930後期是第三階段。伴隨著現代國家民族的現代發展，中國文學所傳達的國家—民族意識也在多個方向上延伸，不同的文學思潮在相互的辯駁中自我展示，三民主義、民族主義、國家主義、自由主義、左翼無產階級、無政府主義對國家、民族的文學表達各不相同，矛盾衝突，論爭不斷。其中，值得我們深究的現象十分豐富。三民主義、民族主義對國家、民族的重要性作出了最強勢的表達，看似不容置疑：「我們在革命以後，種種創造工作之中，要創造一種新文藝，要創造出中華民族的文藝，三民主義的文藝。因為文藝創造，是一切創造根本之根本，而為立國的基礎所在。」〔註47〕然而，國家—民族情懷一旦被納入到政治獨裁的道路上卻也是自我窄化的危險之舉，三民主義、民族主義文學的強勢在本質上是以國民黨的專制獨裁為依靠，以對其他文學追求特別是左翼文藝的打壓甚至清剿為指向的，在他們眼中，「民族文藝最大的敵人，是普羅毒物，與頹廢的殘骸，負有民族文化運動的人，當然向他們掃射。」〔註48〕這恣意「掃射」的底氣來自國家的政治權威，例如委員長的宣判：「要確定，總理三民主義為中國唯一的思想，再不好有第二個思想，來擾亂中國」〔註49〕。這種唯我獨尊的文學在本質上正如胡秋原當年所批評的那樣，是「法西斯蒂的文學（？），是特權者文化上的『前鋒』，是最醜陋的警犬，他巡邏思想上的異端，摧殘思想的自由，阻礙文藝之

〔註45〕陳獨秀：《今日之教育方針》，《青年雜誌》1915年1月15日第1卷第2號。
〔註46〕劉納：《嬗變》修訂版，北京：中國人民大學出版社，2010年，第19～20頁。
〔註47〕葉楚傖：《三民主義的文藝底創造》，《中央週報》1930年1月1日。
〔註48〕劉百川：《開張詞》，《民族文藝月刊》創刊號，1937年1月15日。
〔註49〕蔣介石：《中國建設之途徑》，《先總統蔣公全集》第1冊，臺北：中國文化大學出版社，1984年，第557頁。

自由創造」〔註50〕。國家主義在思維方式上與三民主義、民族主義如出一轍，只不過他們對國民黨的文藝政策尚有不滿，一度試圖獨樹旗幟，因而也曾受到政府的打壓；在文學史的長河中，國家主義最終缺少自己獨立的特色，不得不匯入官方主導的思潮之中。在這一時期，內涵豐富、最有挖掘價值的文學恰恰是深受官方壓迫的左翼無產階級文學、自由主義文學，甚至某些包含了無政府主義思想的文學。左翼文學因為其國際共產主義背景而被官方置於國家—民族的對立面，受到的壓迫最多；自由主義、無政府主義因為對個人權力與自由的鼓吹也被官方意識形態視作危險的異端。但是，平心而論，在現代中國，共產主義、自由主義和無政府主義本身就是思想啟蒙的有機組成，而思想啟蒙的根源和指向卻又都是國家和民族的發展，因此，在這些個人與自由的號召的背後，依然是深切的國家—民族情懷，正如自由主義的領袖胡適所指出的那樣：「民國十四五年的遠東局勢又逼我們中國人不得不走上民族主義的路」，「十四年到十六年的國民革命的大勝利，不能不說是民族主義的旗幟的大成功」〔註51〕。換句話說，在自由主義等文學思潮的藝術表現中，存在著國際／民族、國家／個人的多重思想結構，它們構織了現代國家—民族意識的更豐富的景觀。

抗戰時期是第四階段。因為抗戰，現代中國的民族復興意識被大大地激發，文學在救亡的主題下完成了百年來最盪氣迴腸的國家—民族表述，不過，我們也應該看到，由於區域的分割，在國統區、解放區和淪陷區，國家—民族意識的表達出現了較大的差異。在國統區，較之於階級矛盾尖銳的 1920～1930年代，國家危亡、同仇敵愾的大勢強化了國家認同，民族意識更多地融合到國家觀念之中，「抗戰建國」成為文學的自然表達，不過，對國家的認同也還沒有消弭知識分子對專制權力的深層的警惕，即便是「戰國策派」這樣自覺的民族主題的表達者，也依然自覺不自覺地顯露著民族情懷與國家觀念的某些齟齬〔註52〕。在解放區，因為跳出了國民黨專制的意識形態束縛，則展開了對「民族形式」問題的全新的探索和建構，其精神遺產一直延續到當代中國，

〔註50〕胡秋原：《阿狗文藝論》，《文化評論》1931 年 12 月 25 日創刊號，參見上海文藝出版社編輯《中國新文學大系 1927～1937 第 2 集文藝理論集 2》，上海：上海文藝出版社，1987 年，第 503 頁。

〔註51〕胡適：《個人自由與社會進步》，《獨立評論》1935 年 5 月 12 日第 150 號。

〔註52〕參見李怡：《國家觀念與民族情懷的齟齬——陳銓的文學追求及其歷史命運》，《文學評論》2018 年第 6 期。

成為了二十世紀下半葉中國國家—民族文學表達的重要內容。在淪陷區，文學
的國家表達和民族表達曖昧而曲折，除了那些明顯「親日媚日」的漢奸文學
外，淪陷區作家的思想複雜性也清晰可見，對中華民族的深層情懷依然留存，
只不過已經與當前的「國家」認同分割開來，因為滿漢矛盾的歷史淵源，對自
我族群的記憶追溯獲得鼓勵，卻也不能斷言這些族群的認同就真的演化成了
中華民族的「敵人」。總之，戰爭以極端的方式拷問著每一個中國作家的靈魂，
逼迫出他們精神深處的情感和思想，最後留給歷史一段段耐人尋味的表達。

　　抗戰勝利至新中國成立是第五階段。抗戰勝利，為國家民族的發展贏來了
新的歷史機遇，如何重拾近代以後的國家—民族發展主題，每一個知識分子都
在面對和思考。然而，歷經歷史的滄桑，所有的主題思考也都有了新的內容：
例如，近代以來的民族復興追求同時還伴隨著一個同樣深厚的文藝復興或曰
文化復興的思潮，兩者分分合合，協同發展，一般來說，在強調國家社會的整
體發展之時，人們傾向以「民族復興」自命，在力圖突出某些思想文化的動態
之時，則轉稱「文藝復興」，相對來說，文藝復興更屬於知識界關於國家民族
思想文化發展的學術性思考。抗戰勝利以後，國家—民族話題開始從官方意識
形態中掙脫出來，民族復興不再是民族主義的獨享的主張，它成為了各界參與
的普遍話題，因為普遍的參與，所以意義和內涵也大大地拓展，不復是國民黨
政治合法性的論證方式，左翼思想對國家—民族的表述產生了更大的影響，
這個時候，作為知識界文化建設理想的「文藝復興」更加凸顯了自己的意義。
這是歷史新階段的「復興」，包含了對大半個世紀以來的國家—民族問題的再
思考、再認識，當然也包含著對知識分子文化的自我反省和自我認識。早在抗
戰進行之時，李長之就開始了對五四新文化運動的反思，試圖從發揚本民族文
化精神的角度再論文藝復興，掀起「新文化運動的第二期」，1944 年 8 月和
1946 年 9 月，《迎中國的文藝復興》一書先後由重慶與上海的商務印書館推出
「初版」，出版的日期彷彿就是對抗戰勝利的一種紀歷。新的民族文化的發展
被描述為一種中西對話、文明互鑒的全新樣式：「近於中體西用，而又超過中
體西用的一種運動」，「其超過之點即在我們是真發現中國文化之體了，在作
徹底全盤地吸收西洋文化之中，終不忘掉自己！」〔註 53〕這樣的中外融通既
不是陳腐守舊，又不是情緒性的激進，既不是政治民族主義的偏狹，又不等同
於一般「西化」論者的膚淺，是對民族文化發展問題的新的歷史層面的剖解。

〔註53〕李長之：《迎中國的文藝復興》，上海：上海商務印書館，1946 年，第 58 頁。

無獨有偶，也是在抗戰勝利前後，顧毓琇發表了多篇關於「中國的文藝復興」的文章，1948 年 6 月由中華書局結集為《中國的文藝復興》，被視作「戰後『復員』聲中討論中華民族復興問題的比較系統、全面的論著」〔註54〕。在顧毓琇看來，文藝復興才是民族復興的前提，而「創造精神」則是文藝復興的根本：「中國的文藝復興乃是根據於時代的使命，因此不能不有創造的精神。中國的文藝復興，乃是根據於世界的需要，因此不能違背文化的潮流。以文化的交流培養民族的根源，我們必定會發揮創造的活力，貫徹時代的使命。」〔註55〕1946 年初，誕生了以《文藝復興》命名的重要文學期刊，「勝利了，人醒了，事業有前途了。」〔註56〕《文藝復興》的創刊詞用了一連串的「新」，以示自己創造歷史的強烈願望：「中國今日也面臨著一個『文藝復興』的時代。文藝當然也和別的東西一樣，必須有一個新的面貌，新的理想，新的立場，然後方才能夠有新的成就。」「抗戰勝利，我們的『文藝復興』開始了；洗蕩了過去的邪毒，創立著一個新的局勢。我們不僅要承繼了五四運動以來未完的工作，我們還應該更積極的努力於今後的文藝復興的使命；我們不僅為了寫作而寫作，我們還覺得應該配合著整個新的中國的動向，為民主，絕大多數的民眾而寫作。」〔註57〕創造和新並不僅僅停留於理想，《文藝復興》在 1940 年代後期發表了一系列對個人／國家／民族歷史命運的探索之作：小說《寒夜》、《圍城》、《引力》、《虹橋》、《復仇》，戲劇《青春》、《山河怨》、《拋錨》、《風絮》，以及臧克家、穆旦、辛笛、陳敬容、唐湜、唐祈、袁可嘉等人的詩歌；求新也不僅僅屬於《文藝復興》期刊一家，放眼看去，展開全新的藝術實踐的不只有解放區的「大眾化」，1940 年代後期的中國文學都努力在許多方面煥然一新，中國現代作家的自我超越也大都在這個時期發生，巴金、茅盾、沈從文、李廣田……

此時此刻，思想深化進入到了一個新的歷史階段，一些基於國家、民族現狀的新的命題出現了，成為走向未來的歷史風向標，例如「民主」與「人民」，解放區的政治建設和文化建設是對這兩個概念的最好的詮釋。不過，值得注意

〔註54〕《顧毓琇全集》編輯委員會：《顧毓琇全集‧前言》，《顧毓琇全集》第 1 卷，瀋陽：遼寧教育出版社，2000 年，第 3 頁。

〔註55〕顧一樵：《中國的文藝復興》，原載《文藝（武昌）》1948 年 3 月 15 日第 6 卷第 2 期。

〔註56〕李健吾：《關於〈文藝復興〉》，《新文學史料》1982 年第 3 期。

〔註57〕鄭振鐸：《發刊詞》，《文藝復興》1946 年 1 月 10 日創刊號。

的是，這兩大主題也不僅僅出現在解放區的語境中，它們同樣也成為了戰後中國的普遍關切和文學引領。前者被周揚、馮雪峰、胡風多番論述，後者被郭沫若、茅盾、艾青、田漢、阿壟、聞一多熱烈討論，也為穆旦、袁可嘉、朱光潛、沈從文、蕭乾深入辨析，現實思想訴求與藝術的結合從來還沒有在藝術哲學的深處作如此緊密的結合〔註 58〕。「人民」則從我們對國家—民族的籠統關懷中凸顯出來，成為一個關乎族群命運卻又拒絕國民黨專制權力壓榨的強有力的概念，身在國統區的郭沫若與聞一多等都對此有過深刻的闡發。左翼戰士郭沫若是一如既往地表達了他對專制強權的不滿，是以「人民」激活他心中的「新中國」：「文藝從它濫觴的一天起本來就是人民的。」「社會有了治者與被治者的分化，文藝才被逐漸為上層所壟斷，廟堂文藝成為文藝的主流，人民的文藝便被萎縮了。」「一部文藝史也就是人民文藝與廟堂文藝的鬥爭史。」「今天是人民的世紀，人民是主人，處理政治事務的人只是人民的公僕。一切價值都要顛倒過來，凡是以前說上的都要說下，以前說大的都要說小，以前說高的都要說低。所以為少數人享受的歌功頌德的所謂文藝，應該封進土瓶裏把它埋進土窖裏去。」〔註 59〕曾經身為「文化的國家主義者」的聞一多則可謂是經歷了痛苦的自我反省和蛻變。激於祖國陸沉的現實，聞一多早年大張「中華文化的國家主義」〔註 60〕，但是在數十年的風雨如晦之後，他卻幡然警悟，在《大路週刊》創刊號上發表了《人民的世紀》，副標題就是：「今天只有『人民至上』才是正確的口號」。無疑，這是他針對早年「國家至上」口號的自我反駁。這樣的判斷無疑是擲地有聲的：「假如國家不能替人民謀一點利益，便失去了它的意義，老實說，國家有時候是特權階級用以鞏固並擴大他們的特權的機構。」「國家並不等於人民。」〔註 61〕倡導「人民至上」，回歸「人民本位」，這是聞一多留在中國文壇的最後的、也是最強勁的聲音，是現代中國國家—民族意識走向思想深度的一次雄壯的傳響。

〔註 58〕 參見王東東：《1940 年代的詩歌與民主》，臺北：政治大學出版社，2016 年。

〔註 59〕 郭沫若：《人民的文藝》，1945 年 12 月 5 日天津《大公報》。

〔註 60〕 聞一多：《致梁實秋》（1925 年 3 月），《聞一多全集》第 12 卷，武漢：湖北人民出版社，1993 年，第 214 頁。

〔註 61〕 聞一多：《人民的世紀》，原載於 1945 年 5 月昆明《大路週刊》創刊號，《聞一多全集》第 2 卷，武漢：湖北人民出版社，1993 年，第 407 頁。

目

次

引　論

　　自中國現代文學學科建立以來，研究者們對新文學的理論內容、本體特徵、傳播過程、實質影響進行了廣泛而深入的討論，取得了令人矚目的成果。但由於種種原因，一些研究者往往偏重於從政治經濟學角度解讀新文學的發生背景，而對中國文學自身演進的必然性、演進形態的豐富性及其與近代劇烈變動的社會文化之間的互動關係認識不足。二十世紀九十年代以降，海內外學人從歷史發展的連續性角度出發，對晚清文學與文化的變革給予了更多的關注，有意識地將晚清與五四作為一個文學「現代化」的整體階段加以觀照，並在此基礎上發掘其對於中國文學現代化的貢獻。由此，新文學的發生學研究（即清末民初文化與文學的現代性研究）正變得日益生動起來，出現了《中國小說敘事模式的轉變》（陳平原）、《嬗變——辛亥革命時期至五四時期的中國文學》（劉納）、《被壓抑的現代性——晚清小說新論》（王德威）、《多重對話：中國新文學的發生》（陳方競）等一批有影響的著作，其中以報刊研究尤為引人矚目，《一份雜誌和一個「社團」》（王曉明）、《思想史視野中的文學——〈新青年〉研究》（陳平原）、《〈新青年雜誌〉研究》（李憲瑜，博士論文未刊稿）等皆可代表這一新的研究路向。在這一學術背景下，將《甲寅》雜誌以及以章士釗為代表的民初政論散文納入現代文學研究的視野、研究其與發生期新文學的內在聯繫便顯得極為必要。

長期以來，近代史學科給予《甲寅》〔註1〕及章士釗相當的注意。由於歷史原因，他們多關注於《甲寅》及章士釗的後期政治思想，將其作為封建復古主義的代表、新文化運動的反對者以及進步學生運動的壓制者進行批判，對前期《甲寅》雜誌與後期面貌迥異的事實多有忽略。近年來這一狀況有所改變，《李大釗早期思想與近代中國》（朱成甲）、《章士釗社會政治思想研究（1903～1927）》（鄒小站）、《章士釗傳》（白吉庵）、《「甲寅派」與現代中國社會文化思潮》（郭雙林）、《〈甲寅〉月刊與中國新文學的發生》（趙亞宏）等專著以及李華興、郭華清、浮新才等人的論文對章士釗以及《甲寅》雜誌的早期政治、文化、哲學、邏輯思想都有客觀的評價，肯定了其中的積極因素；《五四新文化的源流》（陳萬雄）、《陳獨秀與〈甲寅〉雜誌》（鄭超麟）、《略論章士釗與胡適》（白吉庵）、《章士釗對李大釗政治思想的影響（〈言治月刊時期〉）》（龍敏賢、王宜放）、《民初進步報刊與五四新思潮》（楊琥，博士論文未刊稿）等論著對陳獨秀、李大釗、高一涵、胡適等《新青年》同人與《甲寅》的「人事與思想的淵源」進行了細緻的考察，初步梳理了《甲寅》與新文化運動的歷史聯繫。由於這些成果出自史學界，多以辨正《甲寅》的政治思想為目的，因而較少涉及與新文學的關係。

另一方面，文學研究界很早就注意到《甲寅》與民初文學潮流之間的關係。五四時期羅家倫即指出，《甲寅》是集「邏輯文學」之大成、代表了民初一個時代的精神（《近代中國文學思想的變遷》）。胡適在他著名的《五十年來中國之文學》中明確提出了「《甲寅》派」的概念，並認為這一派文章「把古文變精密了；變繁複了」、有歐化的一面，其中健將李大釗、李劍農等後來都成為白話文的作者。陳子展在《中國近代文學之變遷》、《最近三十年中國文學史》對胡適的觀點專門做了進一步的補充。錢基博在《現代中國文學史》中以兩萬

〔註1〕章士釗所辦《甲寅》，實為不同的三個刊物，分別是：《甲寅》月刊，1914 年 5 月 10 日創刊於日本東京，出版第 4 號後因故停刊半年，1915 年 5 月 10 日續出第 5 號，至 1915 年 10 月 10 日出版第 10 號後停刊；《甲寅》日刊，1917 年 1 月 28 日創刊於北京，後改為週刊，1917 年 6 月 19 日出版第 150 號後停刊；《甲寅》週刊，1925 年 7 月 28 日創刊於北京，於 1926 年 3 月 27 日出版第 35 號後停刊，直至同年 12 月 18 日才出版第 36 號，此後按時出版至 44 號（1927 年 2 月 26 日），又脫期月餘，至 1927 年 4 月 2 日出版 45 號後停刊。這三個刊物雖同名為《甲寅》，且都為章士釗所創辦，但卻有著各自的獨立性，是三個有連續性而並不相同的刊物。在本書中，分別以《甲寅》、《甲寅日刊》、《甲寅週刊》命名。

多字專門論述章士釗，並從自身的文化立場出發，把邏輯文作為「新文學」的三種代表性文體之一。尤其值得注意的是，常乃惪在《中國思想小史》中明確提出章士釗「培養了新文化運動的種子」，《甲寅》的一些特點經《新青年》發揚光大，因而成為了「新文化運動的鼻祖」。這是學界第一次指出《甲寅》與新文化運動之間的淵源關係，顯示了他非同凡響的眼光。解放後，由於種種原因，一般文學史著在很長時間內不再討論《甲寅》的文體意義，而是直接把《甲寅》與新文學概括為一種對立關係。進入九十年代以來，研究者開始祛除過於意識形態化的固有結論，在接續前人研究思路的基礎上，試圖重新確定《甲寅》及章士釗的文學史意義。陳平原對前人「自報章興，吾國之文體為之一變」的論斷加以發揮，並結合西方文化研究理論，著力發掘近代報刊與文體變革之間的內在關聯，為此類研究奠定了方法論基礎（《文學史家的報刊研究》）；李怡從思想史角度出發，認為《甲寅》雜誌在對民初政治思想的反思中，重新調整了個人與國家關係的架構，從而為確立新文學的基礎立場——個人主體立場打開了通道，因而成為了五四新文學運動的思想先聲（《〈甲寅〉月刊：五四新文學運動的思想先聲》）；沈永寶則根據清末民初報章文學演變的歷史脈絡指出，正是包括《甲寅》在內的政論文的變革動搖了「舊文學」的根基，直接導致了五四文學革命的發生（《政論文學一百年——試論政論文學為新文學之起源》）；徐鵬緒、周逢琴在梳理、辨析章士釗文學觀念與散文創作的基礎上認為，章士釗的政論文是中西合璧的產物，以自身鮮明的文體特點構成了一種新的文類，在中國散文現代化的過程中發揮了潛在而深刻的作用（《論章士釗的文學觀及其「邏輯文」》）；王觀泉、楊曉、莊森、閔銳武、楊早等在對《甲寅》與《新青年》兩種刊物進行多方比較之後，不約而同地指出《新青年》在作者隊伍、辦刊宗旨、欄目設置、注重小說等方面都繼承了《甲寅》的風格。可以看到，研究者們已經觸及到了關鍵性的問題：以《甲寅》為代表的民初政論雜誌與新文學的發生有著密不可分的關係。但是，這其中仍有廣闊的研究空間等待開掘。

如前所述，以章士釗為靈魂人物的《甲寅》雜誌出現於新文化運動之前，在辛亥革命至五四前夕的中國思想文化界扮演著相當重要的角色。一方面，章士釗本人以政論文著稱，其文風上承桐城、湘鄉，又融嚴復、章太炎之長，自成一體，《甲寅》雜誌成員包括陳獨秀、李大釗、高一涵、易白沙等在文體上均受其影響。因此，在從《新民叢報》、《民報》到《新青年》的近代報刊政論

文發展鏈條中，《甲寅》雜誌承上啟下，是極為重要的一環，在中國散文文體從古典向現代轉變的過程中起到了相當關鍵的作用。對《甲寅》政論文進行研究，不僅可以從文體學角度辨析「甲寅派」的存在，從中見出大眾傳媒對文體形態的影響方式，更可由此揭示中國近代報章文學從「策論」模式向「輿論」模式的轉變正是白話散文興起的內在動力，從而再現新舊文學之間的複雜辯證關係；另一方面，《甲寅》對《新青年》影響深遠，《新青年》所討論的許多話題如憲政、孔教、邏輯、翻譯等都可追溯到《甲寅》。如要勾勒新文學發生的思想史背景，就無法迴避《甲寅》的存在。更重要的是，《甲寅》代表了民初中國知識分子一種新型的社會參與方式。章士釗、黃遠庸、張東蓀、李大釗、李劍農等人雖然以論政為主，但他們在鼓吹憲政的同時，也不遺餘力地將社會文化批評引入報刊，促進了民初公共輿論空間的發展。以《甲寅》為代表的政論刊物的興起，為《新青年》等現代大型綜合性文化批評雜誌的出現奠定了良好的輿論基礎；同時也為新文學的參與主體——新知識分子確立了一種介入社會文化的有效模式。但是，這些問題迄今都還缺乏系統、深入的探討。因此，開展這一課題的研究，不僅可以彌補民初政論文學研究不足的缺憾，發掘清末民初中國散文現代轉型的內在結構，釐清《甲寅》雜誌與新文學運動之間的淵源關係，而且對解決散文文體與現代「文學」概念的生成和限定、民初公共輿論空間與現代啟蒙知識分子社會參與方式的起源與形成等問題，都有重要的理論價值。

第一章 《甲寅》雜誌研究

第一節 《甲寅》的發起、傳佈和停刊

晚清至五四，以《時務報》、《清議報》、《蘇報》、《新民叢報》等近代報刊為代表的政論雜誌逐漸興起並成為了雜誌出版的主流。胡適曾斷言：「二十五年來，只有三個雜誌可代表三個時代，可以說是創造了三個新時代。一是《時務報》，一是《新民叢報》，一是《新青年》。而《民報》與《甲寅》還算不上。」〔註1〕姑且不論胡適的評價是否恰切，只看他選擇的這五家雜誌，除了《新青年》有一段時間偏重於「學術思想藝文」的鼓吹，幾乎全都是道地的政論刊物。即使是《新青年》，以它前期和後期的表現來看，也不能不算是政論性的雜誌。政論雜誌在清末民初中國社會的重要性，由此可見一斑。清末民初政論雜誌的發展歷程，約略分來，大致可斷為三個時期：維新運動時期、海外筆戰時期與民國成立之後。它的日漸發達，自有難以縷述的歷史與現實的動因。要而言之，這一時期的中國社會，不存在西方式的超然中立的政論雜誌，政論刊物的命運完全取決於現實政治，其興衰與政治形勢息息相關。因此，儘管一些政論雜誌的影響已遠遠超出政治層面，成為重要的文化與思想事件，但要探尋它的誕生，便不能不首先顧及它所處的政治環境。1913～1914 年間，正值二次革命失敗，袁世凱政府掃除異己、獨攬大權，不僅解散了國會，廢除了《臨時約法》，

〔註1〕 胡適：《與一涵等四位的信》，《胡適文集》第 3 卷，北京大學出版社 1999 年版，第 400 頁。以下引文凡出自《胡適文集》皆為此版本，不再另行注明出版單位和出版時間。

而且將進步黨一腳踢開，瓦解了以熊希齡為國務總理的「第一流內閣」，使國內「成為北洋軍閥官僚的獨佔舞臺」〔註2〕。高壓之下，大批國民黨人流亡海外。章士釗雖不是國民黨人，但因參與二次革命，也不得不攜婦將雛，再次違難東京。〔註3〕此時，處於低谷的國民黨可謂困難重重：外有袁世凱政府威逼利誘、分化瓦解，拉攏了胡瑛等一批老黨人背叛革命，內部則矛盾激化、歧見迭出，孫中山與黃興之間意見不同，日趨公開化。《甲寅》雜誌正是在這樣的背景下艱難問世。

　　關於《甲寅》的創刊，多年之後章士釗曾有這樣的回憶：「余在東京，創刊《甲寅》雜誌，人謗之曰：此黃克強私人喉舌也，或又曰：此歐事研究會宣傳機關。實則此誌伊始，為胡漢民所發起。（有克強與余一劄，證實此事，別有記載。）以余非同盟會會員，亦非國民黨黨員，顧鼓吹革命，資格頗老，對孫、黃相當尊重，無甚軒輊，此時主辦此誌，應最合宜，爾時同人之公言如是。」〔註4〕按說章士釗一手創辦了《甲寅》，其回憶應有頗高之可信度，實則這段回憶頗有語焉不詳之處。首先，黃興致章士釗一信收在《黃興集》，從中可知，雖孫、黃意見不同，但為顧全大局，黃興仍願與孫中山派合作，由孫派的胡漢民動議，邀請非國民黨人的章士釗共創國民黨機關刊物，而章士釗因與國民黨激進分子意見不同，且此時正欲自辦《甲寅》，遂未應允。〔註5〕因此，《甲寅》的問世並非「胡漢民所發起」，胡漢民所動議的刊物為國民黨機關刊物《民國》，後由胡漢民自任總編輯，戴季陶、朱執信、田桐、李滄白、李根源分任撰述。〔註6〕其次，章士釗文中之意，似否認《甲寅》為黃興個人或歐事研究會之喉舌，實則《甲寅》確與黃興及歐事研究會有密切之關係。章士釗與黃興相識甚早。1901年，章士釗即在武昌兩湖書院結識黃興，後章又參與籌備發起華興

〔註2〕 李劍農：《中國近百年政治史》，上海：復旦大學出版社2002年版，第365頁。

〔註3〕 白吉庵：《章士釗傳》，北京：作家出版社2004年版，第84頁。又見袁景華：《章士釗先生年譜》，長春：吉林人民出版社2001年版，第74頁。

〔註4〕 章士釗：《歐事研究會拾遺》，《章士釗全集》第8卷，上海：文匯出版社2000年版，第282頁。

〔註5〕 黃興：《致章士釗》，《黃興集》，北京：中華書局1981年版，第351頁。在該篇題注中，編者認為：「時黃興、章士釗均在日本東京。關於籌辦雜誌之事，指國民黨機關刊《民國》雜誌，而章士釗正另欲辦《甲寅》雜誌，故黃興函中有『兩者之間，孰緩孰急，惟兄察之』等語。而章士釗不願主持《民國》雜誌事，《甲寅》雜誌遂於一九一四年五月十日創刊。」

〔註6〕 李根源：《雪生年錄》卷二，1929年夏印，出版地不詳。

會,「起從黃興往來江湖間」,〔註7〕對黃興的革命事業多有襄助。民國成立之後,章士釗婉拒黃興入閣之請,轉而擔任了《民立報》主筆。二次革命起,章士釗輔佐黃興,任江蘇討袁軍總司令部秘書長,代擬《討袁通電》並參與軍機要務。二次革命失敗後,章士釗隨國民黨人一同流亡日本,與黃興等交往尤為密切。章士釗在回憶《甲寅》命名時曾說:「愚違難東京,初為雜誌時,與克強議名,連不得當。愚倡以其歲牒之,即曰《甲寅》。當時莫不駭詫,以愚實主此誌,名終得立。」〔註8〕可見黃興不僅知道章士釗辦雜誌之事,而且參與了刊物的命名等籌備事務,以實際行動表示對《甲寅》的支持。此外,《甲寅》的創刊與黃興一派國民黨人的活動也有關。二次革命失敗後,孫、黃矛盾漸趨公開。孫中山總結軍事失敗教訓,認為宋案發生後應立即興師討袁,不應等到大借款成立後始舉事,以致袁世凱得以從容布置,優勢在握,所以對黃興頗有責難;在黨務方面,孫中山認為國民黨人心渙散,黨員不聽號召,遂組織中華革命黨,要求黨員以立誓打手模形式,表示服從。黃興對孫中山的這些主張均持保留態度,而一些支持黃興的老黨員如李根源、李烈鈞、陳炯明、鈕永建、程潛、熊克武、柏文蔚等對此也表示反對。章士釗此時顯然也站在黃興一邊。後黃派軍人組織歐事研究會,名義上是因歐戰爆發將影響到中國局勢,故對之進行研究,其實質則在於反袁。其宗旨則「別樹一幟,與孫對抗」〔註9〕:「(一)力圖人才集中,不分黨界。(二)對於中山先生取尊敬主義。(三)對於國內主張浸潤漸進主義,用種種方法,總期取其同情主義。(四)關於軍事進行,由軍事人員秘密商決之。」〔註10〕章士釗為歐事研究會發起人之一併擔任該會書記,該會所有對外文字,大多由章執筆,可謂歐事研究會中之要角。〔註11〕雖然從時間上來看,《甲寅》創刊在前,歐事研究會成立在後,〔註12〕因此不能簡單地將《甲寅》視作歐事研究會的「機關刊物」,但由於章士釗、谷鍾秀、

〔註7〕 章士釗:《伯兄太炎先生五十有六壽序》,《制言》第41期,1937年5月16日。
〔註8〕 《甲寅週刊》第1卷第10號,第15頁。
〔註9〕 章士釗在回憶歐事研究會的緣起時認為,孫、黃意見不同,黃興離開日本,遊美晦跡,「顧黃派軍人不甚謂然,黃去而仍未即投孫,依舊別樹一幟,與孫對抗。歐事研究會,於焉支持一段較長時期。雖其時世界第一次大戰,業經爆發,此不過假借世運,掩飾內訌,非本會之真實職志也。」見氏著:《歐事研究會拾遺》,《章士釗全集》第8卷,第280頁。
〔註10〕 蔣永敬:《歐事研究會的來由與活動》,《傳記文學》(臺)第34卷第5期。
〔註11〕 章士釗:《歐事研究會拾遺》,《章士釗全集》第8卷,第280頁。
〔註12〕 《甲寅》創刊於1914年5月,而歐事研究會成立於同年8月。

陳獨秀等與歐事研究會的密切關係，《甲寅》能夠反映歐事研究會部分重要人物的政治觀點，卻是無可置疑的。

　　雖然《甲寅》與黃興及歐事研究會有如此緊密之關係，但另一方面，它仍有極強的獨立性和較大的言論自由度，很少帶有派系鬥爭的痕跡。這種獨立性首先來自於刊物的個人色彩。《甲寅》基本上是章士釗自家的刊物，雖然黃興等人也給予支持，但無論雜誌的取名或用人，都是章士釗說了算。谷鍾秀、陳獨秀、楊永泰、易培荃、高一涵、劉叔雅、李大釗等雖然先後參與協辦，但始終處於輔佐地位。由此章士釗能夠不受外部政治勢力影響，比較自如的控制刊物的走向。其次，《甲寅》的獨立性也來自於章士釗本人的自由主義政治思想。章士釗深受英國議會政治影響，曾發表多篇文章鼓吹言論、出版自由。他極為重視輿論的獨立自主，將獨立不倚的新聞記者職業視作值得珍惜的「鐵飯碗」。因此，他所編輯的《甲寅》也能夠自覺地體現新聞自由的原則，既堅持自己反對帝制也反對激進革命的政治立場，也能夠容納、發表不同的政治意見，不受黨爭的約束，表現出對言論獨立和自由的一以貫之的尊重。

　　由於史料的缺乏，《甲寅》雜誌初創時的具體情形，現今已不可考。同時代人的回憶，也大多為隻言片語，只能勾勒其大略而已。如章太炎便只提到：「行嚴復東竄日本，知袁氏不可與爭鋒，始刊《甲寅雜誌》，言不急切，欲徐徐牖啟民志，以俟期會。」〔註13〕從中很難瞭解刊物創辦的詳細過程。今人陳平原曾總結清末民初同人雜誌的特點，認為它們「既追求趣味相投，又不願結黨營私，好處是目光遠大，胸襟開闊，但有一致命弱點，那便是缺乏穩定的財政支持，且作者圈子太小，稍有變故，當即『人亡政息』。」〔註14〕以之比照《甲寅》，則既有吻合處，也有不符之處。《甲寅》當然以章士釗為靈魂，但是否有一個正式編輯部，尚成疑問。章士釗曾有「爰約同人，創立雜誌」〔註15〕之語，因此刊物草創之際，章士釗當非孤家寡人。據現有材料來看，谷鍾秀、楊永泰、易培基、陳獨秀、易白沙、高一涵、李大釗等都曾先後參與《甲寅》的工作，但似乎並不存在一個固定的編輯部。一則《甲寅》雖然只出了十期，但時間拖延甚長，其中人員多為在日流亡黨人，行蹤不定，似難固定為一家刊

〔註13〕章太炎：《重刊〈甲寅雜誌〉題詞》，《甲寅週刊》第1卷第2號，1925年7月25日。
〔註14〕陳平原：《觸摸歷史與進入五四》，北京大學出版社2005年版，第53頁。
〔註15〕孤桐（章士釗）：《大愚記》，《甲寅週刊》1卷1號，1925年7月18日。

物服務兩年。二則清末民初報刊之組織往往極為簡單，除了《申報》、《新聞報》等大報組織嚴密、人員較多之外，一般中小型報紙往往只有十數人，甚至三五人乃至只有一個編輯、一個僕役也可以辦起一份報紙，運轉得法，照樣每天能夠出版。〔註16〕何況《甲寅》雜誌為本為月刊，出版週期更為寬裕。章士釗為主筆兼經理，另有一二人協助便可周轉起來，而雜誌的郵寄和發行，則可以請家人代勞〔註17〕，並不需要太多人手。因此，雖然《甲寅》很早就掛出了「日本東京小石川區林町甲寅雜誌社編輯部」的牌子，卻實際上卻是章士釗在唱獨角戲。〔註18〕

但是，就是這樣一個家庭作坊式的雜誌，卻讓章士釗辦的虎虎有生氣，「一時中外風行」，成為1914～1915年間中國輿論界的翹楚。一家雜誌能夠產生廣泛的社會影響，固然與其內容有關，但也必須以一定的銷量為前提。為了推銷刊物，章士釗也採取了當時新聞界一些慣用的營銷手法。例如在發刊之前，章士釗就曾以雜誌介紹書或廣告的形式向讀者推介自己的刊物，〔註19〕第一期《甲寅》出版後，亦循例廣贈，以招徠讀者。〔註20〕《甲寅》的確切銷數現在已不可考，但從零星的記載來看，《甲寅》在當時應屬於較為暢銷的雜誌。據《吳虞日記》記載，僅僅成都的一家「粹記書莊」，就可以代派《甲寅》五十份。〔註21〕而這樣的代派處在全國一度有46家。從第五期開始，《甲寅》的印刷、發行事務轉由與章士釗相熟的上海亞東圖書館代理〔註22〕，廣告登出之後，「來買的人擠滿客堂間，一面又忙著去寄郵包，有小包的，有一卷一卷的，真很忙碌。」〔註23〕除了京津滬等各大商埠，《甲寅》還可以順利發行到中國

〔註16〕 見包天笑《釧影樓回憶錄》以及黃天鵬《中國新聞事業》（上海聯合書店1930年版），蔣國珍《中國新聞發達史》（上海：世界書局1927年版）第61頁之記載。

〔註17〕 章士釗初辦《甲寅》，郵寄發報工作即由家人承擔。見氏著：《寄贈——答吳行餘、鍾夏生》，《章士釗全集》第6卷，第449頁。

〔註18〕 《甲寅》編輯部所在地就是章士釗當時的住所，地址為「東京小石川林町七十番地」。

〔註19〕 《甲寅》第1號周悟民來函中即有「頃接友人緘並貴志介紹書。閱悉，廣告所揭主旨內容，用意翔審，擇體精嚴，雜誌之林，於斯為美」之句，可見發刊之前已經有宣傳活動。

〔註20〕 章士釗：《寄贈——答吳行餘、鍾夏生》，《章士釗全集》第6卷，第449頁。

〔註21〕 吳虞：《吳虞日記》（上），成都：四川人民出版社1984年版，第209頁。

〔註22〕 亞東圖書館主人汪孟鄒之兄汪希顏為章士釗江南陸師學堂同學，後因病早逝。

〔註23〕 汪原放：《回憶亞東圖書館》，上海：學林出版社1983年版，第29頁。

腹地，無論是湖南長沙還是四川成都，一個月內都可看到東京出版的《甲寅》。
〔註24〕因此在被袁世凱政府查禁之前，《甲寅》的銷路應該不壞，能夠基本保
證刊物正常的運轉，這在當時經常依靠政客經濟補貼的政論雜誌中實屬難能
可貴。負責發行的亞東圖書館也憑藉東風，從一家默默無聞的小書店變得廣為
人知。

　　雖然《甲寅》頗受讀者歡迎，但它也避免不了當時期刊的一個通病──脫
期，這大大損害了它的生存能力。按時出版了兩期之後，第三期便因為章士釗
「驟患時症，移居病院」〔註25〕而脫期一個月，第四期又脫期兩月，第五期則
乾脆半年之後才出版，其原因則是由於章士釗「兼理數事，過於勞劇，每不免
印刷遲緩」。〔註26〕雖然也有學者認為其中另有隱情〔註27〕，但可以想見，以
一人之力承擔一份大型雜誌的組稿、撰稿、編輯、印刷、發行、經營等全部工
作，短時尚可支撐，長期以往，縱有梁啟超那樣過人的精力，也將不堪重負。
為了能夠繼續維持《甲寅》，自第五期開始，章士釗就把繁瑣的印刷、發行工
作交給自己熟悉的亞東圖書館代理。這種將編務與發行分開的做法在當時並
不少見，後來《新青年》將發行包給群益書社，賠賺不管，〔註28〕就是採取了
同樣的策略。如此一來，雜誌主編可專注考慮內容編排，刊物也可以保持正常
運轉。因此，《甲寅》實際上是在日本出了4期，在上海亞東圖書館出了6期，
而由亞東圖書館擔任發行的這6期雜誌均按月出版，無一脫期。同時，在全國
各地的代派處也增至46處，各省的中華書局、商務印書館分部也開始代售《甲
寅》，銷路漸次打開。〔註29〕

〔註24〕楊昌濟在1914年7月9日日記中記載了閱讀《甲寅》雜誌1卷2號文章之
　　　　事，而此號出版於6月10日，可見在一個月內湖南即可看到《甲寅》，見氏
　　　　著：《達化齋日記》。1914年吳虞時任四川省川西道公署顧問兼內務科長，吳
　　　　虞之弟君毅在日本留學。吳虞在6月21日的日記中記載「君毅本月廿二日曾
　　　　寄《甲寅雜誌》五月號一冊」，7月17日記載收到《甲寅》，可見從日本到成
　　　　都大約25天就可以寄到。見吳虞：《吳虞日記》（上），第134頁。
〔註25〕《特別社告》，《甲寅》1卷3號，1914年8月10日。
〔註26〕《亞東圖書館啟事》，《甲寅》1卷5號，1915年5月10日。
〔註27〕白吉庵在《風雨滄桑九二春》一文中認為，《甲寅》出版第四期後，因章士釗
　　　　和一個大佐夫人戀愛，被大佐偵知，寫信來要和他決鬥，陳獨秀、蘇曼殊讓章
　　　　士釗躲避，才避免了糾紛。章士釗回國半年，在上海恢復出版《甲寅》第五期。
　　　　轉引自袁景華：《章士釗先生年譜》，第91頁。
〔註28〕見傅斯年：《〈新潮〉之回顧與前瞻》，《新潮》2卷1號，1919年10月30日。
〔註29〕見《甲寅》1卷6號封底代派處名錄。

　　就在《甲寅》運營走上正軌，影響日益擴大之際，它卻在出版第 10 期之後突然停刊。從第 10 期的內容以及編者的語氣來看，章士釗似乎並無主動停刊之意。換言之，《甲寅》的停刊是由於外力作用所導致。首要原因，當然是因為觸怒了袁世凱政府。據《回憶亞東圖書館》，發表《帝政駁議》的第九期《甲寅》就已經被查禁，郵局也停止郵寄。〔註30〕而《甲寅》的正式被禁，則是在 1915 年 9 月 22 日，由北洋政府內務部下令，以「妨害治安」的罪名和《正誼》一起被查禁。〔註31〕作為主編，章士釗還和《正誼》的主編谷鍾秀一起遭到通緝。〔註32〕由於禁止郵遞，雜誌不能出租界一步，《甲寅》的銷路大減，以至於無法維持，停刊便是最合理的選擇。其次，自 1915 年 8 月籌安會成立，袁世凱的帝制運動漸入高潮，而國內外的反袁運動也緊鑼密鼓地開展起來。作為岑春煊、李根源等人的重要智囊，章士釗的工作重心逐漸偏於實際政治，與歐事研究會同仁奔走於西南諸省，聯絡粵桂滇的軍事力量，籌劃反袁軍事行動，因此也已經無暇他顧。刊物此時被禁，正好使章士釗可以全身心投入政治活動之中。在這內外兩方面原因的作用之下，《甲寅》剛剛出滿十期，便不得不戛然而止。

　　《甲寅》雖然停刊，但其發行卻並未完全停止。〔註33〕由於北洋政府勢力不能達到租界，因此其禁令只限於禁止向內地郵寄，並不能阻止在租界內的書店進行零售，〔註34〕也不能要求書店銷毀存刊。因此亞東圖書館仍然想方設法，以各種方式銷售《甲寅》，甚至遠在美國的胡適也替亞東圖書館代賣出不少《甲寅》。〔註35〕1916 年 7 月 8 日，北京政府內務部明令通知各省區，為前

〔註30〕汪原放：《回憶亞東圖書館》，第 29 頁。

〔註31〕《內務部查禁中外報刊目錄清單》，《中華民國史檔案資料彙編・第二輯・文化》，中國第二歷史檔案館編，南京：江蘇古籍出版社 1991 年版，第 509 頁。

〔註32〕《吳虞日記》（上）1915 年 10 月 22 日記載「晚馬光瓚來談，言《國民公報》登有政事堂來電，通飭緝捕章士釗、谷鍾秀，謂其莠言亂政也。」，見《吳虞日記》（上），第 223 頁。

〔註33〕《甲寅》在第十期登出廣告，聲明將發行權從亞東收回。但其發行和停刊後的善後工作實際上仍由亞東代理。汪孟鄒在給胡適的信中說：「《甲寅》名義上雖另立發行所，仍由敝處經理。」轉引自袁景華：《章士釗先生年譜》，第 97 頁。

〔註34〕見汪原放：《回憶亞東圖書館》，第 29 頁。

〔註35〕汪孟鄒在 1916 年 5 月 19 日給胡適的信中說：「《甲寅》已代售出不少，好極。《甲寅》遲未出版之故，一則前被禁止郵遞，內地無法寄送，銷場頓減；一則秋桐前與西林赴日，又與任公赴粵，僕僕無暇。但秋桐與煉之意，俟時局略定，務必繼續出版，以期永久。將來撰稿有需於吾兄者甚多，當求竭力相助。」見《胡適往來書信選》（上），北京：中華書局 1979 年版，第 2 頁。

此被停郵和被查禁的《民國雜誌》、《甲寅》等二十一家報刊宣布解禁。〔註36〕亞東圖書館便馬上在報紙上登出廣告，繼續推銷《甲寅》。〔註37〕同年，亞東圖書館還印刷發行了由章士釗編選、署名「《甲寅》雜誌社出版」的《名家小說》共三冊，收入了《甲寅》雜誌上發表的文言筆記與小說，由於《甲寅》停刊而沒有登完的小說，收入此集時都成完璧。〔註38〕此書出版後頗受歡迎，「幾十年來，這部小說時常還有讀者要來尋訪購讀的。」〔註39〕這些都說明，即便是停刊之後，《甲寅》對於讀者仍保有其吸引力。

第二節 《甲寅》作者群

　　章士釗曾說，自己創辦《甲寅》的目的是「圖以文字與天下賢豪相接」〔註40〕。章氏身為資深報人，此語可謂揭出時人創辦政治雜誌的一層潛在真意。正如筆者此前所言，清季以來的政論報刊，絕少坐而論道、言不及物者，相反總是注目於現實政治。它們除了鼓吹政見之外，另一重要的功能就是豎起大旗、集合同志，以謀實際行動。因此，雖然《甲寅》有著揮之不去的個人色彩，但章士釗仍然希望把它辦成一個眾聲喧嘩的公共論壇，在國內知識界製造更大的影響。他在第三號的《特別社告》中發出呼籲：「同人創為此報，社友無多，見聞尤隘，純仗海內外鴻達相與扶持，投稿一層，或通信體，或論文體，俱所企望，如有斐然作者，不以同人為不屑與，願為擔任長期著述，尤為感禱，紙筆之資，從優相奉……」，〔註41〕語氣很是懇切。也正是因為如此，《甲寅》逐漸聚集了一批背景複雜、面目各異而彼此之間頗有淵源的作者，其內在關係和特徵值得認真分析。

　　在欄目設置上，《甲寅》闢有「社論」〔註42〕、「時評」、「評論之評論」、

〔註36〕見方漢奇：《中國近代報刊史》，第726頁。

〔註37〕見汪原放：《回憶亞東圖書館》，第29頁。

〔註38〕1916年亞東圖書館還以「甲寅雜誌社」名義，將《甲寅》上發表過的筆記和小說如《女媧記》、《說元室述聞》、《白絲巾》、《啁啾漫記》等以單行本形式出版。

〔註39〕汪原放：《回憶亞東圖書館》，第31頁。

〔註40〕章士釗：《李大釗先生傳序》，《章士釗全集》第8卷，第82頁。

〔註41〕《特別社告》，《甲寅》1卷3號，1914年8月10號。

〔註42〕《甲寅》在雜誌目錄中並沒有明確標出「社論」一欄，但每期均有多篇分量較重之主打論文，放在其他欄目之前，此處且以「社論」視之。

「論壇」、「通信」、「文錄」「詩錄」、「文苑」等項，與當時的政論雜誌沒有太大的區別。這些欄目大體可分為「議論」和「文學」兩部分。這兩部分的作者雖偶有客串，但大致各有側重，形成了兩個特點鮮明的作者群，以下試分述之：

一、在論說欄出現的作者，除名號不可考以及日後不見經傳者，其中值得一提的有以下諸位〔註43〕：

章士釗（1881～1973），字行嚴，又字行年，筆名章邱生、黃中黃、青桐、秋桐、孤桐等，湖南長沙善化人。1901 年赴武昌，寄讀於兩湖書院，結識黃興，為莫逆之交。翌年入南京江南陸師學堂。後與同學三十餘人轉入上海愛國學社。1903 年 6 月任《蘇報》主筆，引起震動一時之「蘇報案」。後又與陳獨秀等創辦《國民日日報》。1905 年赴日，思想一轉而為「苦學救國」。1907 年赴英，入阿伯丁大學，習邏輯、政治、法律，期間常為國內報刊撰稿，於立憲政治尤多發揮。1912 年回國，主持同盟會喉舌《民立報》筆政，因意見與黨人多有齟齬，遂與王無生創辦《獨立週報》。二次革命失敗後亡命日本，創辦《甲寅》月刊，鼓吹兩黨政治，反對袁氏專權，加入歐事研究會。護法運動之後，1917 年任北大教授，主講中國古代邏輯思想史。《新青年》作者之一。〔註44〕

高一涵（1884～1968），名永浩，別名涵盧、夢迅、受山，筆名一涵，安徽六安縣人。1910 年畢業於安徽高等學堂。1911 年赴日本明治大學攻讀政法學。1914 年 5 月應約協助章士釗在東京創辦《甲寅》，並因此與陳獨秀相識。1915 年《新青年》（《青年雜誌》）創刊作者。1916 年任留日學生總幹事，與李大釗組織「神州學會」並籌備出版《民彝》雜誌。同年回國，與李大釗、白堅武、秦立庵、田克蘇等出版《憲法公言》。1917 年初應章士釗之邀，和李大釗一起主持《甲寅》日刊。1918 年入北京大學任教。

易培基（1880～1937），字寅村，號鹿山，湖南長沙善化人。畢業於武昌方言學堂，後赴日本留學。加入同盟會，參加武昌起義，曾任黎元洪秘書。因不願隨黎元洪依附袁世凱而棄職回湘，先後任湖南高等師範學堂、長沙師範以及湖南省立第一師範教員。

易白沙（1886～1921），名坤，字越村，後更名白沙，湖南長沙善化人，

〔註43〕其他發表正式論文的還有秉心、放鶴、敬庵、梵音、天鈞、洗心、陶庸、楊超（楊端六）、竹音、勞勉、易培荃、詔雲、胡涯、後聲、白惺亞、戴承祥、林平、周子賢、漆運鈞、劉相無等。為節省篇幅，此處作者簡歷截止新文化運動前後。

〔註44〕見袁景華《章士釗先生年譜》。

易培基之弟。從 1903 年至民初一直旅居安徽，主講懷寧中學，並任師範學堂
旅皖中學校長，曾參與辛亥革命。二次革命起，協助皖督柏文蔚反袁。失敗後
流亡日本，協助章士釗辦《甲寅》雜誌。〔註45〕

　　李大釗（1889～1927），名耆年，又名守常，字壽昌，河北樂亭人。1905
年入永平府中學堂。1907 年入天津北洋法政專門學校。1912 年參加北洋法政
學會，同年參加中國社會黨。1913 年 3 月任北洋法政學會編輯部長，編《言
治》月刊，從事反袁活動。從湯化龍、孫洪伊遊，政治觀點接近進步黨。同年
受湯化龍資助赴日留學，入早稻田大學政治經濟科。1914 年因投稿結識章士
釗，並開始協辦《甲寅》雜誌。1915 年任留日學生總會文牘幹事。1916 年主
編留日學生總會機關刊物《民彝》，同年回國，參加憲法研究會活動。曾任湯
化龍私人秘書，並短期主編《晨鐘報》、《憲法公言》。1917 年應章士釗之請，
與高一涵主持《甲寅》日刊。同年底，為章士釗所薦入北京大學，任圖書館館
長。《新青年》主要編輯、作者之一。〔註46〕

　　陳獨秀（1879～1942），安徽懷寧人，原名乾生，又名仲、由己，字仲甫，
別號熙州仲子、獨秀山民，筆名獨秀、CC 生等。1903 年與時任《蘇報》主筆
的章士釗相識並成為好友。《蘇報》被封後，與章士釗、謝旡量、何梅士、蘇
曼殊等辦《國民日日報》。1914 年二次革命失敗後亡命日本，協助章士釗辦《甲
寅》雜誌。〔註47〕

　　楊昌濟（1871～1920），名懷中，字華生，筆名CZY 生〔註48〕，湖南長沙

〔註45〕　見易培基：《亡弟白沙事狀》，易白沙：《帝王春秋》，上海：中華書局 1924 版，
　　　　　第 1～3 頁。

〔註46〕　見李大釗年譜編寫組：《李大釗年譜》，蘭州：甘肅人民出版社 1984 年版。

〔註47〕　見陳萬雄：《新文化運動前的陳獨秀：1879 年～1915 年》，香港中文大學出版
　　　　　社 1979 年版；《五四新文化的源流》，北京：三聯書店 1997 年版。

〔註48〕　《甲寅》雜誌的第六號上，有兩篇署名「CZY 生」的文章《宗教論》與《改
　　　　　良家族制度箚記》。「CZY 生」其實是楊昌濟（懷中）的筆名。首先，這兩篇
　　　　　文章與《達化齋日記》中 1914 年的部分文字多有雷同，顯係楊昌濟將自己日
　　　　　記中相關部分綴合而成。其次，章士釗在《宗教論》的「編者識」中有：「作
　　　　　者本吾國宿儒，又治學日本英倫柏林逾十年，篤實輝光，當今無輩。編者與共
　　　　　講席，風義介乎師友之間。雖彼此所見，不必盡同，而作者片語單詞，皆足生
　　　　　吾敬憚。適者樸學寖廢，時論樊然，老成之言，轉見輕侮。斯篇之出，在吾志
　　　　　固為北斗，於斯世亦屬靈光。有心世道者，幸一澄心讀之」之語。按：章士釗
　　　　　師友中，1915 年之前曾到日英德三國遊學者並與章為同學者唯有楊昌濟。楊
　　　　　昌濟 18 歲中秀才，自 1903 年入日本弘文學院，後赴英國蘇格蘭阿伯丁大學
　　　　　留學，其間與楊毓麟（守仁）、章士釗為同學，其後又遊歷德、瑞等國，至 1913

縣人。自幼受傳統教育，18 歲中秀才。1898 年就讀於嶽麓書院，1903 年考取官費留日學生，在弘文學院、東京高等師範等校攻讀教育學，期間與黃興、陳天華、蔡鍔、楊毓麟等遊。1909 年得楊毓麟、章士釗之薦，由日本轉赴英國，入蘇格蘭阿伯丁大學，與章士釗、楊毓麟等同學，攻讀哲學、倫理學。1912 年畢業後遊歷德、瑞諸國。1913 年回國，先後在湖南省立第四師範、第一師範任教。1918 年，應蔡元培之聘任北京大學倫理學教授。1920 年 1 月 17 日病逝於北京。《新青年》作者之一。

張東蓀（1886～1973），原名萬田，字東蓀，號獨宜老人，筆名聖心，浙江杭縣（今杭州市）人。1905 年留學日本，就讀於東京帝國大學哲學系。1912 年參加南京臨時政府並任臨時內務部秘書。與梁啟超及進步黨關係密切，雖未正式入黨，但被視為進步黨骨幹。主張走第三種路線，既反對袁世凱復辟，也反對二次革命，同時企圖調和國民黨與進步黨的關係。1918 年與梁啟超共同領導研究系參與國會選舉，嘗試成為第一大黨，失敗後放棄直接政治活動，轉入思想界。1917 年起，接替張君勱主編研究系喉舌《時事新報》。1918 年 3 月創辦該報副刊《學燈》。1919 年 9 月在上海創辦《解放與改造》雜誌並任主編。

楊端六（1885～1966），原名楊勉，後易名楊超，原籍江蘇常州，祖輩落籍湖南長沙。1903 年畢業於湖南省師範學堂。1906 年赴日本留學，先後在宏文學院、東京正則英語學校、東京第一高等學校、崗山第六高等學校等留學，留日期間加入中國同盟會。辛亥革命期間回國，擔任海軍陸戰隊秘書長。後回長沙，在《長沙日報》社擔任撰述。1912 年任《漢口民國日報》總經理。1913 年 3 月因《漢口民國日報》發表反袁文章，與同事周鯁生、皮宗石、李劍農等四人被逮捕，拘禁於法租界巡捕房。後經漢口法國領事會審判決無罪，楊被護送至上海釋放。得黃興資助，同年初到英國，入倫敦大學政治經濟學院攻讀貨幣銀行專業。

皮宗石（1887～1967），字皓白，別號海環，湖南長沙人。1902 年在長沙

年初回國，在國外恰正十年。（見王興國《楊昌濟的生平及思想‧附錄楊昌濟年譜》，長沙：湖南人民出版社；又見李肖聃《本校故教授李懷中先生事蹟》，《北京大學日刊》1920 年 1 月 28 日；曹典球《楊昌濟先生傳》，章士釗《楊懷中別傳》，載《楊昌濟文集》，長沙：湖南教育出版社 1983 年版）因此「CZY生」應為楊昌濟無疑。這一筆名應是取楊昌濟之名，按西方姓氏在後習慣，以威妥瑪拼音第一字母連綴而成。章士釗在文章之前附「編者識」，其目的也可能是為了提醒讀者，勿因作者化名而忽略其文章。

讀書，次年考取湖南官費，以實習生名義赴日本留學，入東京帝國大學攻讀政治經濟學。1905 年加入中國同盟會，辛亥革命後回國。1912 年與周鯁生、楊端六、任凱南等創辦《漢口民國日報》。該報因反袁被查封，遂赴英國倫敦大學攻讀經濟學。1920 年回國，隨即應蔡元培之聘，任北京大學法學教授兼圖書館館長。

周鯁生（1889～1971），又名周覽，湖南長沙人。1906 年赴日本早稻田大學留學，並加入中國同盟會。辛亥革命前回國，在漢口參與創辦《民國日報》，進行反袁宣傳。1913 年赴英國愛丁堡大學繼續攻讀，獲政治學碩士學位及金質獎章，後又赴法國巴黎大學深造，獲法學博士學位。

李劍農（1880～1963），字鐵星，號德生，又名劍龍，湖南邵陽人。幼時與楊端六等為湖南省立第一小學（第一師範前身）同學。1910 年入日本早稻田大學學習政治經濟學，期間加入同盟會。1911 年回國參加辛亥革命。1912 年任《漢口民國日報》編輯。因參與反袁活動，被法租界巡捕房逮捕。獲釋後得黃興支持，於 1913 年官費留學英國倫敦大學政治經濟學院，1916 年夏回國。先為《甲寅》主要作者，後又在《中華雜誌》、《中華新報》上發表文章。1917 年與楊端六、周鯁生、皮宗石等創辦《太平洋》雜誌。先後受聘擔任漢口明德大學、武漢大學、湖南大學等校教授。

潘大道（1888～1927），字力山，又字立山，四川開縣人，吳虞之婿。早年留學日本，入早稻田大學政治經濟科，課餘從章炳麟習國故之學，其間加入同盟會。1911 年回國，被聘為四川省法政專門學校教授。1912 年 4 月，任成都法制局局長，參與創辦共和大學。二次革命失敗後，共和大學被迫解散，離蓉去滬，常為《雅言》、《大中華》、《甲寅》、《學藝雜誌》等刊物撰稿。1917 年秋，回四川任省府秘書長，同年被選為國會議員。不久任四川省政務廳廳長，並曾一度代理省長。1918 年任北京大學教授。1919 年再次赴美攻讀政治學。對新文學多有貢獻。

劉文典（1890～1958），原名文聰，字叔雅，筆名劉天民，安徽合肥人。自幼入教會學校學習英語，1906 年入蕪湖安徽公學，受老師陳獨秀、劉師培影響，積極參加反清活動，1907 年加入同盟會。1909 年東渡日本，就讀於早稻田大學，其間參加革命活動，隨章太炎習《說文》。1912 年回國，同于右任、邵力子等在上海辦《民立報》，任編輯和翻譯。1913 年再度赴日，任孫中山秘書，並參加中華革命黨。1916 年回國，由陳獨秀介紹到北京大學任教，《新青

年》英文編輯及主要作者之一。

梁漱溟（1893～1988），原名煥鼎，字壽銘、蕭名、漱溟，後以其字行世，原籍廣西桂林，生於北京。1906 年入順天中學。1911 年入京津同盟會。1912 年任《民國報》編輯及記者，始以漱溟作筆名。其後曾在《正誼》、《東方雜誌》發表文章。1916 年，任民國司法部機要秘書。1917 被蔡元培聘為北京大學哲學系講師，主講印度哲學。

章士夐（1885～1924），字勤士，筆名運覽〔註49〕，湖南長沙人，章士釗之弟。曾留學日本學習經濟學。

張重民，生卒年不詳，筆名重民，四川成都人。時在日本留學，與章士釗相識並代章向吳虞約稿。

劉少少（1870～1931，一說 1929），原名劉鼎和，字少雙，又字少珊，筆名劉少少，湖南善化（長沙）人。清末時曾主張君主立憲。民國成立後成為著名記者，曾在《閩誓雜誌》、《湖南教育雜誌》、《共和言論報》、《震旦》、《公言》、《中華雜誌》、《每週評論》等報刊發表文章。1916 年後為北京《中華日報》主筆。〔註50〕

以通信形式發表文章的作者，其中較為人所熟知的有〔註51〕：

〔註49〕 《章士釗全集》編者在《〈人患〉識語》一文的注釋中認為是黃侃筆名（見《章士釗全集》第 3 卷，第 525 頁）。但此處似有誤。運覽確為黃侃筆名之一，但署名「運覽」的作者在《甲寅》發表的《立銀行制之先決問題》、《非募債主義》、《歐洲戰爭與中國財政》、《人患》等文卻都是以經濟金融財政為主。黃侃一生並未學習過西方經濟學理論，因此這些文章似非黃侃所能作，其行文風格也不同於黃侃。作者在《歐洲戰爭與中國財政》一文中曾有「納稅義務一語，吾人亦恒不能了然，此其故叔兄秋桐亦嘗言之」之語，而章士釗在《人患》編者識語中也說：「季弟運覽，頗習生計之學，使試為之，遂成廣幅，姑揭於此」，因此這位「運覽」似乎應是章士釗的四弟章士夐。章士夐，字勤士，又字陶嚴，曾在日本留學，與熊崇熙合譯《經濟學概論》於 1910 年出版。「運覽」一語典出自晉裴度《語林》所錄陶侃事，喻指因立志建功立業而勤勉自勵，正暗合「勤士」之義。因此，「運覽」很有可能就是章士夐的筆名。

〔註50〕 另外，洗心為民初政論作家，曾在《獨立週報》發表《省之性質》。竹音，為民初政論作家，曾在《新中華》第一卷第三號發表《分權論》。汪馥炎等暫未考出。

〔註51〕 其他通信欄的作者還有周悟民、鄭逸、李荵、吳宗谷、CWM、李北村、陳遽、劉陔、吳市、黃枯桐、詹瘦庵、韓伯恩、朱芰裳、顧一得、梁士賢、陳敏望、高吾寒、周銳鋒、孫毓坦、GPK、羅侯、張企賢、戴承志、陳樂、王謂西、梁天柱、孫叔謙、容挺公、WKY、朱存粹、陳濤、伍子余、張溥、張農、徐天授、儲亞心、張企賢、張振民、陳蘿、徐衡、譚仁、容孫、李垣、吳醒儂、劉夷、何震生、梁鯤、CMS、王燧石、張效敏、胡知勁、張繼良、魯相、黃戮民、陳傑等。

　　胡適（1891～1962），原名洪騂，後改名適，字希彊，又字適之，安徽績溪人。幼年受傳統教育，1904 年赴上海，先後就讀於梅溪學堂、澄衷學堂、中國公學。1910 年以庚款資格赴美就讀康奈爾大學農科。1914 年在《甲寅》發表譯作《柏林之圍》，並與章士釗書信往還。1915 年改入哥倫比亞大學學習哲學，師從杜威。1917 年回國任北京大學教授。《新青年》主要作者之一。

　　陶孟和（1887～1960），原名陶履恭，祖籍浙江紹興，生於天津。1906～1910 年在日本東京高等師範學校學習歷史和地理。1910 年赴英國倫敦大學經濟政治學院學習社會學和經濟學，1913 年獲經濟學博士學位，同年歸國，任北京高等師範學校教授。1914～1927 年任北京大學教授、系主任、文學院院長、教務長等職。《新青年》主要作者之一。

　　郁嶷（1890～？），又名祖述，字憲章，湖南澧縣人。北洋法政專門學校學生，李大釗同學，二人曾同任北洋法政學會編輯部長，並一同籌辦《言治》月刊。曾赴日本留學，畢業於早稻田大學法科，歸國後歷任遼寧地方審判庭長、民國政府法制局編審、奉天省立法政專門學校教授、京師大學法科講師、朝陽大學、中國大學教授等。1934 年任河北省立法商學院法律系主任兼教授，後任北京大學教授。與李大釗、白堅武合稱「北洋三傑」。著有《法學通論》等。

　　曹亞伯（1876～1937），原名茂瑞，字慶雲，號工丞（？），因信奉基督教，禮名亞伯，江西興國州（民國改稱陽新縣）（今屬大冶市）人。1897 年前後，考入武昌農務學堂，補博士弟子員。後轉武昌兩湖書院就讀，與黃興、周震麟同班，同呂大森、宋教仁、陳天華等交往密切。1902 年冬赴日本，1903 年回國，任長沙中學教員。竭力協助黃興、陳天華、宋教仁等組織華興會。1905 年 2 月，與劉靜庵積極活動，成立日知會。隨後去日本留學，參與籌備同盟會。1906 年，以官費留學英國，1910 年畢業於牛津大學。1912 年回國，入黎元洪幕府，贊襄機要。後參與二次革命，討袁失敗後，復東渡日本，加入中華革命黨。1914 年，奉命主持舊金山美洲支部黨務。

　　張爾田（1874～1945），原名采田，字孟劬，號遁堪，又號許村樵人，杭縣（今杭州）人，張東蓀之兄。曾任刑部主事、知事等職。1914 年清史館成立，參加纂修。1915 年曾應沈曾植邀請參加編修《浙江通志》。1921 年後，先後在北京大學、北京師範大學、中國公學、光華大學、燕京大學等校任中國史和文學教授，後在燕京大學哈佛學社研究部工作，為成就卓著的學者。

　　桂念祖（1869～1915），字伯華，又名赤，江西德化人，著名佛教居士。

與夏敬觀同師皮錫瑞，經詞章，根柢深厚。1898 年參加康、梁變法，主滬萃報館。梁啟超離湖南，舉念祖代時務學堂講席。未行而難作，先匿於鄉，旋趣金陵，依楊文會學佛。嗣後留學日本十餘年，研習密宗。1915 年客死日本。〔註52〕

黃遠庸（1885～1915），名為基，字遠庸，又字遠生，江西九江縣人。1904 年中進士，後赴日留學，入中央大學專攻法律，1909 年畢業。回國後歷任郵傳部員外郎、參議廳行走、編譯局纂修、法政講習所講員等職，亦從事報業活動。辛亥革命後辭去官職，先後任《申報》、《時報》、《東方日報》、《少年中國》、《庸言》、《東方雜誌》、《論衡》、《國民公報》等報刊特派記者、主編和撰述，加入進步黨。袁世凱籌備稱帝期間，聘其擔任御用報紙《亞細亞日報》上海版總撰述，堅辭不就，並在上海各報刊登啟事表明立場。1915 年冬赴美訪問，12 月 27 日被革命黨人槍殺。

李寅恭（1884～1958），字韺宸，亦作協丞，別號百卉園農，安徽合肥縣人。童年喪父，寄食同里名儒蒯光典門下。1909 年，蒯光典被任命為歐洲留學生監督。李寅恭作為蒯的隨員，與章士釗、楊昌濟等同船赴英。辛亥革命推翻清室後歸國。1914 年再度自費赴英國阿伯丁大學攻讀農林課程。1918 年畢業後曾在劍橋大學充當林業技師。1919 年回國，先後任安徽省第一農業學校林科主任和安徽省第二農業學校校長。1916～1922 年間，常在《農商公報》、《科學》、《東方雜誌》、《新青年》、《太平洋》等雜誌上發表文章，後曾任北大講師，《新青年》作者之一。

吳稚暉（1865～1953），原名眺，字敬恒，又字朏盦，江蘇武進人。1901 年 4 月東渡日本，就讀日本東京高等師範。是年與鈕永建回國，籌辦廣東大學堂及廣東武備學堂。次年再渡日本，因駐日公使蔡鈞不允保送江蘇、浙江、江西九名自費生入成城學校，出而力爭，被日本政府驅逐出境。回上海後，參與創辦愛國學社。後因蘇報案亡命英國倫敦，次年入愛丁堡大學。1905 年入同盟會。1907 年與李石曾等辦《新世紀》，鼓吹無政府主義。辛亥革命後回國，鼓吹「八不主義」，組織進德會。1913 年任教育部「讀音統一會」議長。又與張繼、蔡元培、汪精衛等辦《公論》報，撰文討袁。二次革命失敗後再赴歐洲。

〔註52〕桂伯華生平參見歐陽漸：《桂伯華行述》(《競無詩文》)；楊文會《致李小芸書》(《楊仁山居士遺書》)；于凌波《中國近現代佛教人物志‧佛教江西「三傑」之首的桂伯華》以及龍榆生編《近三百年名家詞》等。

1915 年與蔡元培、張繼等組織勤工儉學運動。1916 年與鈕永建、谷鍾秀、楊永泰等創《中華新報》。《新青年》作者之一。

蔣智由（1866～1929），原名國亮，字觀雲、星儕、心齋，號因明子，浙江諸暨人。早年就讀於杭州紫陽書院。1897 以廩貢生應京兆鄉試舉人。1902 年與蔡元培、葉瀚等在上海創辦中國教育會，參加光復會，任愛國女校經理。同年冬赴日本，政治立場有所轉變，參加《新民叢報》的編輯工作，後與梁啟超發起組織政聞社，任《政論》主編，鼓吹君主立憲。辛亥革命後，擁護共和政體，參加「詩界革命」。晚年寓居上海，思想漸趨保守。長於詩詞，與黃遵憲、夏穗卿並稱為近世「詩界三傑」。

二、發表散文（包括信牘）、詩詞、小說等文學作品的主要作者：

黃節（1873～1935），原名純熙，字晦聞，又字玉崑，廣東順德人。清末在上海與章太炎、劉師培、馬敘倫、陳去病等創立國學保存會，創辦《國粹學報》，又刊印《風雨樓叢書》。民國成立後加入南社，長居北京，任北京大學文學院教授、清華大學研究院導師。以詩名世，與梁鼎芬、羅瘿公、曾習經合稱嶺南近代四家。

龍璋（1854～1918），字研仙，別號蟄勤，晚號潛叟，湖南攸縣人。出身官宦之家，22 歲中舉人，後會試屢次不第。1894 年以中書改官知縣，先後任江蘇沭陽、如皋、上元、泰興、江寧等地知縣，1907 年因母丁憂辭官回籍。思想先傾向於維新，後同情於革命，與楊毓麟、黃興、蔡鍔、宋教仁等結交。1903 年，黃興、章士釗同赴泰興拜訪龍璋。〔註 53〕1904 年參與華興會的成立。曾任湖南商務總會總理、湖南農會會長。章士釗曾說：「辛亥以前，湖南新起形勢，不論激隨緩急，大小輕重，都不能違離龍氏，惟克強革命亦然。」〔註 54〕辛亥革命之後，積極參與二次革命和護國運動，反對袁世凱政府。

朱孔彰（1842～1919），原名孔陽，字仲我，又字仲武，晚年自署聖和老人，江蘇長州（今蘇州）人。清末舉人，曾國藩督師皖南，延攬人才，朱孔彰詣安慶上書，被曾國藩所器重，遂入曾幕。後襄校江南官書局。後又聘修《兩淮鹽法志》、《鳳陽志》兼主淮南書局、江楚譯書局，辛亥革命後曾被聘清史館編修。

程演生（1888～1955），譜名存材，又名衍生，字源銓，又字總持，別號

〔註 53〕章士釗：《與黃克強相交始末》，《章士釗全集》第 8 卷，第 311 頁。
〔註 54〕章士釗：《與黃克強相交始末》，《章士釗全集》第 8 卷，第 313 頁。

天柱外吏、寂寞程生，安徽懷寧人。早年留學英、法、日等國，獲法國考古研究院博士學位，並任該院研究員。歸國後歷任杭州華嚴大學文學主任、北京大學預科教授、暨南大學教授、安徽省第一師範學校校長。1920年，與胡適、高一涵等發起「旅京皖事促進會」。1932至1935年任安徽大學校長。《新青年》作者之一。

趙藩（1851～1927），字樾村，一字介庵，別號蝯仙，晚號石禪老人，雲南省劍川縣人。1875年中舉人，官至川南道按察使，後因營救同盟會會員謝奉琦不果，憤而辭官。1911年應門生蔡鍔、李根源等電請，出山總理滇西政務。1913年被選為眾議員，入京主持臨時議會，不久因作詩譏諷時事，被袁世凱下命逮捕，遂逃回雲南，參與籌劃蔡鍔等發動的護國運動。1918年廣州軍政府改組，代表唐繼堯赴任交通部長。1920年辭職回滇。〔註55〕

謝无量（1984～1964），名蒙，又名沉、大澄，字仲清，號希範，別號嗇庵，四川樂至人。1896年拜湯壽潛為師，習經世之學。1901年入上海公學，與李叔同、邵力子、黃炎培等同學。參加愛國學社活動，任《蘇報》編撰。蘇報案發，逃往日本。後又與陳獨秀、章士釗等辦《國民日日報》。1911年與蒲殿俊、張瀾等人參加四川保路運動。二次革命失敗後，潛伏於中華書局編書十餘種。五四時期受陳獨秀等影響，提倡白話文。《新青年》作者之一。

馬一浮（1882～1967），原名浮，又字一佛，號湛翁、被揭，晚號蠲叟、蠲戲老人，浙江紹興人。幼習經史。1899年赴上海學習英、法、拉丁文。1901年與馬君武、謝无量合辦《翻譯世界》。後遊歷美、德、日諸國，研究西方哲學、文學。1911年回國，贊同辛亥革命，常撰文宣傳西方思想。後潛心考據、義理之學，研究古代哲學、佛學、文學等，著述等身。

劉師培（1884～1919），字申叔，號左盦，江蘇揚州人。1903年到上海與章太炎、蔡元培、謝无量等參加反清革命，結識章士釗。參與《俄事警聞》、《警鐘日報》和《國粹學報》的編輯工作，並加入中國教育學會、光復會、同盟會、國學保存會。1906年與陳獨秀在安徽公學組織岳王會。1907年應章太炎等邀請，東渡日本，結識孫中山、黃興、陶成章等，參加同盟會東京本部的工作，與章太炎等參與發起亞洲和親會。同年發起成立社會主義講習會，創辦《天義報》和《衡報》，宣傳無政府主義。1907年底被端方收買，充當端方暗

〔註55〕王明達：《趙藩年譜》，《劍湖風流：文化奇才趙藩傳》，昆明：雲南民族出版社2003年版，第265～307頁。

探。1909 年，公開入端方幕，為其考訂金石，兼任兩江師範學堂教習。辛亥革命後任成都國學院副院長，與謝无量、廖季平、吳虞等共同發起成立四川國學會。1915 年 8 月與楊度等發起成立籌安會。洪憲帝制失敗後流落天津。1917 年被蔡元培聘為北京大學教授。1919 年 1 月與黃侃、朱希祖、馬敍倫、梁漱溟等成立國故月刊社。

王無生（1880～1914），原名鍾麒，字毓仁，別署郁仁、一塵不染等，安徽歙縣人。曾在中國公學讀書，同盟會會員。著名報人，曾先後參與《神州日報》、《民吁日報》和《民立報》的籌備工作。南社社員。1912 年與章士釗合辦《獨立週報》。

章炳麟（1869～1936），初名學乘，字枚叔，後改名絳，號太炎，浙江餘杭人。1897 年任《時務報》撰述，因參加維新運動被通緝，流亡日本。1900 年剪辮髮，立志革命。1903 年任愛國學社教員，與章士釗、鄒容、張繼約為兄弟，昌言革命。同年因蘇報案被捕入獄。1904 年與蔡元培等合作，參與發起光復會。1906 年出獄後再次東渡日本，參加同盟會並主編《民報》，與改良派展開論戰。1911 年上海光復後回國，主編《大共和日報》，並任孫中山總統府樞密顧問。曾參加張謇統一黨，鼓吹「革命軍興，革命黨消」。1913 年宋教仁被刺後參加反袁，為袁禁錮，袁死後被釋放。1917 年脫離孫中山改組的國民黨，在蘇州設章氏國學講習會，以講學為業。〔註56〕

葉德輝（1864～1927），宇煥彬，號直山，湖南湘潭人。17 歲就讀嶽麓書院，1885 年中舉人，後再中進士，授吏部主事，不久乞假返鄉，以藏書家名。精於版本目錄學，編撰、刻印有《觀古堂書目叢刻》、《書林清話》、《古今夏時表》、《元朝秘史》等。反對維新變法，曾輯錄《翼教叢編》以護衛綱常倫理。辛亥革命時避往南嶽僧寺。1915 年任湖南省教育會長，發起成立經學會，編寫《經學通訪》講義。贊成復辟君主制，袁世凱復辟時組織籌安會湖南分會。

曹佐熙（1867～1921），字擄滄，派名文濟，湖南益陽人。曾任省議會議員，辛亥革命後棄官歸里，精於經史，倡修《湖南通志》，平生著述宏富。

康有為（1858～1927），又名祖詒，字廣廈，號長素，廣東南海人。初年從朱次琦學。後購讀西書，思想為之一變。1894 年發動「公車上書」，創《萬國公報》、強學會、《強學報》，推動各地設立學會、報館，成為維新派領袖。1898 年策劃發動「百日維新」，失敗後流亡海外。1907 年，改保皇會為國民憲

〔註56〕 參見湯志鈞：《章太炎年譜長編》（上下），北京：中華書局 1979 年版。

政會。辛亥革命成功後，仍鼓吹「虛君共和」。1913 年返國，在上海主編《不忍》雜誌，並任孔教會會長。1917 年和張勳策劃復辟。晚年在上海辦天遊學院，講授國學。

陳三立（1852～1937），字伯嚴，號散原，江西義寧（今修水）人。1889年進士，官吏部主事。1895 年曾列名上海強學會。是年輔佐其父陳寶箴在湖南推行新政，結交康有為、梁啟超、譚嗣同、黃遵憲等。戊戌政變發生後，陳氏父子同被革職，侍父回籍。此後無意於政事，以詩詞為業。1905 年之後，逐漸參與社會事業，與李有芬等共同創設江西鐵路公司。1908 年又與湯壽潛等共同組織中國商辦鐵路公司。入民國，先後移居上海、南京、杭州，與遺老時相過從，參與主持超社、逸社等詩社活動。

王國維（1877～1927），字靜安、伯隅，號觀堂、永觀，浙江海寧人。初屢應鄉試不中，後至上海《時務報》館充書記校對。1901 年在羅振玉資助下赴日留學，次年因病歸國。後執教南通、江蘇師範學校。1906 年隨羅入京，歷任學部總務司行走、圖書館編譯名詞館協修等。辛亥革命後，隨羅振玉避居日本京都，以遺民處世。1916 年應哈同之聘，返滬任倉聖明智大學教授。1922年任北京大學國學門函授導師。1925 年任清華國學研究院導師。〔註57〕

金天翮（1873～1947），又名金一，字松岑，號壯遊，後名天翮、天羽，筆名麒麟、愛自由者、天放樓主人等，江蘇吳江人。1898 年薦經濟特科不就。1903 年參加愛國學社。曾翻譯宮崎寅藏《三十三年落花夢》等書。民國初年曾任江蘇省議員，後主要從事教育工作。五四運動後與章太炎等提倡國學、尊崇孔子，曾在蘇州國學會講學，後任教於上海光華大學。

吳之英（1857～1918），字伯朅，號蒙陽漁者，四川名山人。曾任資州藝風書院及簡州通材書院講席、灌縣訓導、成都尊經書院都講、錦江書院襄校、國學院院正。1898 年響應康梁變法，組織蜀學會，與宋育仁、廖平、楊道南、吳之英等創辦《蜀學報》並任主筆。戊戌維新失敗後回鄉隱居，專心著述，有《壽廬叢書》七十二卷傳世。

汪兆銘（1883～1944），字季新，號精衛，廣東三水人。1901 年以廣州府縣第一名考取秀才。1904 年與胡漢民等考取日本政法大學速成科公費留學生。1905 年參加興中會。後參與創建中國同盟會，被選為評議部部長。曾任《民報》編輯。1910 年謀刺攝政王載灃，事泄被捕，被判終身監禁。辛亥革命之後

〔註57〕參見袁英光、劉寅生：《王國維年譜長編》，天津：天津人民出版社 1996 年版。

被釋，參加南北議和，1912 年赴法留學。參與二次革命，失敗後再度亡命法國，入里昂大學攻讀社會學。袁世凱稱帝後回國參加反袁鬥爭。1924 年當選為國民黨中央執行委員並任宣傳部長。

楊瓊（1846～1917），字叔玉，號迴樓、柿坪，雲南鄧川柿坪人，白族。1891 年鄉試舉人，授普寧州學正。1905 年赴日本考察學務，入東京宏文學院速成師範，次年畢業回國，從事教育。辛亥革命後任雲南省第二模範中學校長。1912 年當選為國會議員。1913 年初國會開幕後被推舉為會議臨時主席。袁世凱稱帝後辭職回滇。1916 年袁世凱死後，再次入臨時國會參議國政，次年在上海醫院逝世。以詩詞名，有著述傳世。

王闓運（1833～1916），字壬秋、壬父，號湘綺，湖南湘潭人。咸豐舉人。曾為蕭順所賞識。太平天國時期入曾國藩幕，後因意見不合而退出。以講學為業，先後主講成都尊經書院、長沙思賢講舍、衡州船山書院等。1902 年主辦南昌高等學堂，但不久即辭退回湘。1912 年被聘為清史館館長，兼任參議院參政。後因反對袁世凱復辟辭歸。

吳虞（1872～1949），字又陵，又字幼陵，原名寬，四川成都人。自幼接受傳統教育，曾列名廖平門下。1905 年赴日本留學，入法政大學速成科。1907 年回國，在成都教書，曾任《蜀報》主編。1911 年因撰文反對儒教及家族制度，為護理四川總督移文各省逮捕。1913 年在成都《群醒報》撰文主張家庭革命、宗教革命。後參加共和黨並任參事。1917 年參加南社。1918 年先後在外國語專門學校、法政學校及國學專門學校任教。《新青年》主要作者之一。

蘇曼殊（1884～1918），原名戩，字子谷，小字三郎，又名元瑛、玄瑛，號曼殊、燕子山僧，廣東中山縣人。1898 入讀日本大同學校，與馮自由同學。1902 年與陳獨秀、張繼、葉瀾等組織革命團體青年會。1903 年在上海與陳獨秀、章士釗等辦《國民日日報》，任翻譯。1904 年在長沙與黃興、楊毓麟、張繼等創辦華興會。1905 年任南京陸軍小學教習，與趙聲、劉三、柏文蔚等遊。1907 年至日本從事革命活動。1913 年主講安慶高等學堂，結識程演生、易白沙等。1913 年再赴日本東京，先後在《民國雜誌》、《甲寅》發表作品。《新青年》作者之一。

諸宗元（1875～1932），字貞壯，別號大至居士，浙江紹興人。光緒副貢生，官知府，同盟會會員，南社社員，任江蘇巡撫瑞莘儒幕僚，掩護南社的革命行動。與黃節等創國學保存會於滬，發行《國粹學報》。民國後，曾參朱瑞、

盧永祥幕。馬敘倫為教育部次長，聘為秘書。清末民初著名詩人，詩風近黃節。

陳白虛，筆名白虛，著名報人，1908 年與高語罕、朱蘊山等創辦《安徽通俗公報》，1915 年曾主編《中華新報》副刊。

談善吾（1868～1937），又名談治、談長治，別號談老談，筆名老談，江蘇無錫人（一說安徽人）。清末民初著名報人。曾有文章發表於《小說月報》、《獨立週報》、《民國彙報》、《共和雜誌》、《神州叢報》等。南社社員，曾主《民呼》、《民吁》、《民立》等報筆政，人稱「三民記者」。1923 年主編《中華新報》。曾出版社會小說《真因果》等多種。〔註58〕

此外，章士釗、易白沙、桂念祖、陳獨秀、楊昌濟、蔣智由、張爾田、無涯、胡適等人既發表有論文或通信，也發表有文學作品。《甲寅》還刊登有姜實節、戴名世、龔自珍、魏源、唐景崧、楊守仁、舒潤祥、袁昶、文廷式、鄧藝孫、楊篤生、龍繼棟、釋敬安、王鵬運等人的詩文遺作。下面我們按發表詩文的數量列表，希望能夠較直觀的展示《甲寅》文學部分作者群的面貌：

序 號	姓 名	篇 數	備 註	序 號	姓 名	篇 數	備 註
1	文廷式	36	遺作	16	龍璋	8	
2	桂念祖	23		17	海外蚍蜉	8	
3	王國維	20		18	王闓運	7	
4	吳虞	20		19	程演生	7	
5	劉師培	15		20	易白沙	7	
6	龍繼棟	14	遺作	21	楊守仁	6	遺作
7	鄧藝蓀	14	遺作	22	章太炎	5	
8	陳獨秀	12		23	諸宗元	4	
9	袁昶	12	遺作	24	謝旡量	4	
10	朱孔彰	12		25	金天翮	4	
11	姜實節	10	遺作	26	蘇曼殊	4	
12	易培基	9		27	魏源	4	遺作
13	蔣智由	9		28	王鵬運	4	遺作
14	戴名世	8	遺作	29	舒閏祥	4	遺作
15	釋敬安	8		30	黃節	3	

〔註58〕此外，文學欄還有張文昌、江聰、海外蚍蜉、康率群、茲、匏夫等作者的經歷一時難以查詢。

31	吳之英	3		41	康率群	1	
32	江聰	3	遺作	42	汪兆銘	1	
33	龔自珍	3	遺作	43	唐景崧	1	遺作
34	張爾田	3		44	胡適	1	
35	楊瓊	3		45	章士釗	1	
36	馬一佛	2		46	匏夫	1	
37	老談	2		47	無涯	1	
38	葉德輝	2		48	康有為	1	
39	王無生	1		49	曹佐熙	1	
40	茲	1		50	陳三立	1	

　　經過以上對《甲寅》作者背景的簡單梳理，可得出以下幾點結論：

　　一、《甲寅》的政論作者和文學作者有著較為明顯的區分，除了章士釗、易白沙等少數作者既寫政論、也發表詩文之外，大致是兩個比較獨立的作者群體。

　　二、《甲寅》的政論作者有鮮明的省籍背景。如不把通信欄作者計算在內，在已考出籍貫的 18 位政論主要作者中，湖南籍 10 人，安徽籍 3 人，四川籍 2 人，河北、浙江、北京各 1 人。這顯然是由於刊物主持人章士釗為湖南人，所熟識的師友大多為同鄉的緣故。這似乎是當時同仁刊物的一個共同特點，陳萬雄曾統計《青年雜誌》的首卷作者，有名號可考諸人中絕大多數是安徽人，只有謝无量和易白沙非安徽省籍，而這顯然也和主編陳獨秀的皖籍背景有關。〔註59〕與之相應，《甲寅》文學欄的作者省籍背景則不明顯。在前述姓名可考之 22 人中，浙江籍 5 人，湖南籍 4 人，廣東籍 4 人，江蘇籍 3 人，安徽、雲南各 2 人，四川、江西各 1 人。湘籍作者已經遠不像在政論作者群中那麼顯著。這也從另一方面說明，《甲寅》的文學作品來源更為廣泛。

　　三、在《甲寅》姓名可考的 18 位主要政論作者中，16 人均有過留學日本經歷（劉鼎和待考），其中還有 6 人有過留英經歷。在通信欄姓名可考的 10 位主要作者中，除張爾田待考之外，9 人有過留學經歷，其中留日 7 人，留英 4 人，留美 1 人（有重合）。這說明《甲寅》政論主要出自有留學背景的作者之手，其中主編章士釗以及後期主要作者楊端六、李劍農、周鯁生、皮宗石均有長期留英背景。這充分說明，《甲寅》討論的現代政治理論要求作者必須在具

〔註59〕陳萬雄：《五四新文化的源流》，北京：三聯書店 1997 年版，第 6 頁。

備一定西學素養的基礎上，具有對現代民主政治的信念和認識。討論的學理性和達到的深度，無形中起到了篩選作者的作用。反之，作者的留學背景對《甲寅》政論產生的影響，也值得認真討論。與此相應，在文學欄 24 位姓名可考的作者之中，曾經遊歷海外的有 12 人，其中曾明確有留學經歷的則只有 7 人，其餘多是畢生未出國門一步的名士宿儒，與政論作者的「西化」形成了鮮明的對比。

四、《甲寅》的政論作者有較為明確而接近的政治傾向。在籍貫可考的 18 位主要政論作者中，曾參與二次革命或明確反對袁世凱復辟的 16 人（梁漱溟、劉鼎和暫不可考），基本上都主張維護共和國體，施行民主政治。文學欄作者則立場不一，觀點各異。既有堅決反袁的龍璋、趙藩、章太炎、汪兆銘、楊瓊，也有列名籌安會、支持復辟的劉師培、葉德輝；既有以清代遺老自居的康有為、王國維，也有日後成為新文化運動主將的陳獨秀、胡適、吳虞，作者的政治立場在這裡似乎並不重要。如此安排，分明可以看出編者在設計不同的欄目時，秉持著不同的標準——政論當以主持清議、發揚公論為主，需要講究「政治上正確」；詩文則可純粹以古典審美趣味為標準，無需認真挑剔作者的政治色彩。此外，《甲寅》經常選取前清名士名臣的遺詩遺札充實篇幅，對今人佳作也往往是先發表再告知，更表明編者是把「文苑」一欄當作一個欣賞、消遣為主，自由而隨意的園地。

五、據目前搜集的資料可知，《甲寅》作者中至少有 16 人日後成為了《新青年》的作者。如果考慮到《甲寅》斷斷續續僅出了十期，那麼這一比例實在相當可觀。《甲寅》雜誌的主要政論作者如高一涵、易白沙、李大釗、劉叔雅等，成為了陳獨秀創辦《青年雜誌》時的基本班底，而在《甲寅》偶露崢嶸的胡適、吳虞，則成為了《新青年》的骨幹。如此深厚的人事淵源，很難完全以巧合來解釋。以下為《新青年》之作者在《甲寅》發表文章一覽表：

《新青年》之作者	在《甲寅》發表之作品及署名
陳獨秀	1 卷 2 號通信《生機》，署名 CC 生 1 卷 3 號「文苑」詩七首，署名陳仲 1 卷 4 號《愛國心與自覺心》，署名獨秀 1 卷 4 號《雙枰記‧敘》，署名獨秀山民 1 卷 5 號「文苑」《述哀》詩一首，署名陳仲 1 卷 7 號「文苑」詩二首，署名陳仲 1 卷 7 號《絳紗記‧敘》，署名獨秀

李大釗	1卷3號通信《物價與貨幣購買力》，署名李大釗
	1卷3號論壇《風俗》，署名李守常
	1卷4號論壇《國情》，署名李大釗
	1卷8號通信《厭世心與自覺心》，署名李大釗
高一涵	1卷3號通信《民國之禰衡》，署名高一涵
	1卷4號通信《宗教問題》，署名高一涵
	1卷4號論壇《民福》，署名高一涵
	1卷5號通信《章太炎自性及與學術人心之關係》，署名高一涵
胡適	1卷4號「短篇名著」《柏林之圍》，署名胡適
	1卷10號通信《非留學》，署名胡適
易白沙	1卷2號「評論之評論」《教育與衛西琴》，署名白沙
	1卷2號「評論之評論」《轉注》，署名白沙
	1卷3號《廣尚同》，署名白沙
	1卷3號時評《國務卿》，署名白沙
	1卷3號評論之評論《平和》，署名白沙
	1卷4號《鐵血之文明》，署名白沙
	1卷8號通信《涓蜀梁》，署名易坤
	1卷10號「文苑」詩七首，署名易坤
謝无量	1卷1號「文苑」《與馬一佛書三首》，署名謝无量
	1卷1號「文苑」詩一首，署名謝无量
吳敬恒	1卷1號通信《人心》，署名吳敬恒
楊昌濟	1卷3號詩一首《濟南攜手日》，署名楊昌濟
	1卷4號《蹈海烈士楊君守仁事略》，署名楊昌濟
	1卷6號《宗教論》，署名CZY生
	1卷6號《改良家族制度剳記》，署名CZY生
	1卷8號「通信」《國之大憂》，署名CZY生
劉叔雅（文典）	1卷9號《唯物唯心得失論》，署名叔雅
蘇曼殊	1卷5號「文苑」詩二首，署名蘇元瑛
	1卷7號《絳紗記》，署名曇鸞
	1卷8號《焚劍記》，署名曇鸞
吳虞	1卷7號「文苑」《辛亥雜詩》等二十首，署名吳虞
陶履恭（孟和）	1卷6號通信《學二》，署名陶履恭
程演生	1卷8號《贈馬浮》詩六首，署名程演生
	1卷9、10號文苑《西冷異簡記》，署名寂寞程生

李寅恭	1 卷 4 號通信《白種人之救國熱》〔註60〕，署名李寅恭
潘力山	1 卷 7 號通信《讀秋桐君學理上之聯邦論》署名潘力山
章士釗	1 卷 1 號《政本》等數十篇（具體篇目略）

　　綜上所述，可以見出，在當時犬牙交錯、劍拔弩張的政治情勢下，章士釗的辦刊態度卻相當開放，因此集合了一批各具才華、背景各異的作者，使刊物擺脫了一般政論刊物黨同伐異的偏狹習氣，表現出生動活潑的氣象。但是，章士釗並沒有刻意為《甲寅》打造一個全新的班底，事實上，除了極個別的作者係與章士釗初次結交之外，絕大多數作者都或多少與章士釗有過聯繫，或對章士釗的文名早有耳聞，這顯然與章士釗豐富的社會經歷有關。因此，《甲寅》之所以能夠擁有如此五彩斑斕、面貌各異的作者群，實在與章士釗在民初政治界、輿論界、文化界的重要地位與影響有莫大的關係。通達深廣的人脈使章士釗辦起刊物來遊刃有餘，事半功倍，這一點也是我們應該注意的。

〔註60〕目錄中標題為《歐洲人之愛國熱》，正文標題則為《白種人之救國熱》。

第二章 《甲寅》與《新青年》

第一節 「同是曾開風氣人」〔註1〕

在簡單梳理《甲寅》作者群之後，我們發現，《甲寅》雜誌與稍後創刊的《青年雜誌》（《新青年》）有密切的人事淵源，同時與五四時期另一著名刊物《太平洋》也有千絲萬縷的聯繫，而這很難單純以巧合來解釋——事實上，這三家刊物之間的關係絕非僅僅限於人事。一方面，由於作者是刊物的主幹，是刊物主要思想和觀點的來源，因此作者群的重合往往意味著刊物某些主要觀點和風格的延伸和繼續；另一方面，作者群的出版刊物既是一種思想文化行為，也是一種經濟行為，需要一定的出版空間和出版機構的支持，也離不開讀者和宣傳、發行等外在物質資源。因此，刊物之間某種貌似巧合的內在淵源（包括思想觀念上的聯繫）卻往往有著外在的經濟性動因。而這一點總是被人所忽略。

然而，也許是由於「新文學本位」的文學史觀過於強勢，長期以來，《甲寅》與《新青年》之間的這種淵源關係在文學史敘述中彷彿並不存在，人們總是對這一事實視而不見，哪怕它是如此確鑿清晰，以至於同時代人都可以明白無誤地指出而無需歷史的過濾與沉澱。《新青年》創刊不久，就有讀者來信道：「近年來各種雜誌，非全為政府之機關，即純係黨人之喉舌，皆假名輿論以各遂其私……唯《甲寅》多輸入政法之常識、闡明正確之學理，青年輩受惠匪細。

〔註1〕 胡適：《題章士釗、胡適合照》，《胡適文集》第9卷，第313頁。

然近以國體問題，竟被查禁，而一般愛讀該誌者之腦海中，殆餉源中絕（邊遠省分之人久未讀該誌矣），飢餓特甚，良可惜也！今幸大志出版，而前之愛讀《甲寅》者，忽有久旱甘霖之快感，謂大志實代《甲寅》而作也。愚以為今後大志，當灌輸常識，闡明學理，以厚惠學子，不必批評時政，以遭不測，而使讀者有糧絕受饑之歎。」〔註2〕不僅注意到兩刊之間的淵源，而且指出《新青年》的發展策略應是既借鑒《甲寅》富於學理的長處，也要吸取《甲寅》的教訓，少談時政。另一讀者也來信認為：「《甲寅》說理精闢，其真值為當時獨一無偶，昔被查禁，今出版與否，尚不可知。《甲寅》〔不〕續出，《甲寅》之真值固在，獨惜吾輩青年，失此慈母也。繼續之任，不得不望於大志負之。」〔註3〕類似的來信在《新青年》前幾卷上還有不少，足見這並非個別人的牽強附會之說，而是當時青年讀者普遍的認識。曾經也是《新青年》作者的常乃惪在他稍後所寫的《中國思想小史》中指出，《新青年》最初出版時「也不過是做些勉勵青年的普通文章，並沒有什麼特色，不過因為《新青年》做文章的人有一多半都是《甲寅》上做過文章的人，《甲寅》式的通信又早已引起青年自由討論的興趣，因此《新青年》出版未久就得了人的注意。」〔註4〕熟悉文壇掌故的曹聚仁也認為，《新青年》「創刊之初，只是繼續《甲寅》的老路線，那幾位愛國傷時的書生，如李大釗、李劍農、高一涵、陳獨秀，也都是《甲寅》的舊人，他們用《甲寅》體的邏輯文學，發為《甲寅》式的論調就是了。」〔註5〕應該說，經過前人如此確鑿肯定的陳述之後，如果沒有意識形態的遮蔽，發現這一事實的存在並不困難。近年來，一些研究者已經從主編和作者隊伍、發刊宗旨（辦刊思想）、編輯思路、欄目設置、刊物風格、政治理念等角度，相繼對《甲寅》與《新青年》之間的淵源關係進行了較為深入的考察，得出了一些中肯平準的結論。〔註6〕然而，較之於這些研究所採取的傳統視角，我卻更願意從雜誌形成、發展的外部因素，包括編輯和作者的人際關係互動以及刊

〔註2〕 貴陽愛讀貴志之一青年：《通信》，《新青年》2卷1號，1916年9月1日。

〔註3〕 王醒儂：《通信》，《新青年》2卷2號，1916年10月1日。

〔註4〕 常乃惪：《中國思想小史》，上海古籍出版社2005年版，第137頁。

〔註5〕 曹聚仁：《文壇五十年》，上海：東方出版中心2006年版，第107頁。

〔註6〕 參見王觀泉：《陳獨秀與〈新青年〉說述》，《魯迅研究月刊》1999年第12期；閻銳武：《〈甲寅雜誌〉與〈青年雜誌〉的淵源關係》，《河北師範大學學報》2001年第3期；楊琥：《〈新青年〉與〈甲寅〉月刊之歷史淵源——〈新青年〉創刊史研究之一》，《北京大學學報》第39卷第6期，2002年11月；莊森：《〈青年雜誌〉相承〈甲寅〉論》，《學術研究》2005年第5期等。

物所依託的出版機構等角度切入,探尋新知識者在民初特殊的時代背景下,如何圍繞報刊雜誌這一新興的言論空間進行交往和互動,構築自己的思想和文化網絡,製造出引導時代進步的新思潮,從而指出一些顯性的思想文化現象如《新青年》與《甲寅》雜誌之間的承繼關係背後,往往有不可忽視的人事與經濟因素。也許正是這些微小而偶然的細節,改變了歷史的走向。

晚清以降,報刊業日漸興盛。一個顯而易見的事實是,無論是商業報刊、黨派機關刊物還是同人雜誌,凡獲得成功者其背後必有一支得力的作者隊伍。這或許正是「雜誌」作為一種現代出版物的特點。《甲寅》草創於危難亂離之際,倉促間章士釗當然難以組織起一班整齊的人馬,因此第一期的主要政論和時評看似出自眾人之手,實則都是章士釗變換不同筆名一人操辦。但出版大型期刊畢竟不同於沒有時間限制的私家著述,即使才高如章士釗者也不可能以一人之力長期包打天下,況且這也有違章士釗「以文字與天下賢豪相交接」的創刊初衷。因此,打造一支像樣的作者陣容,開拓更豐富的稿源,就成了章士釗的當務之急。從第二期開始,陳獨秀、李大釗、楊昌濟、吳虞、胡適、易白沙、高一涵、劉文典等人逐一登場亮相,給《甲寅》增色不少。這樣一批背景不同、經歷各異的作者如何聚集在《甲寅》帳下,而章士釗又是如何處理與他們的關係,本來就是文化史、出版史和民國期刊研究中不應忽略的重要課題,而如果考慮到這批作者日後均成為新文化運動的領軍人物,這一過程就更值得認真尋味。如果將章士釗的作者群粗略分為革命舊友、文字新朋、海外新銳、國內名宿等四種身份,那麼陳獨秀、李大釗、胡適、吳虞或者正可以作為代表。以下本文就以章士釗與這四人的交往為例,對這一歷史過程進行力所能及的復原、敘述與想像。

在《甲寅》諸作者之中,與章士釗交往最早且最久者無疑當屬陳獨秀。章士釗與陳獨秀相識甚早,可謂「總角舊交」,「於其人品行誼知之甚深」。〔註7〕1902 年,章士釗從武昌順江而下,到南京江南路師學堂求學,結識了同學汪希顏(後亞東圖書館主人汪孟鄒之兄)、趙聲(伯先)等,並通過汪希顏結識了因宣傳反清而逃至南京的陳獨秀。〔註8〕1903 年《蘇報》案發之後,章士釗與陳獨秀、張繼、蘇曼殊、何梅士等在上海創辦《國民日日報》,繼續宣傳革命,負責主要編輯工作的就是章士釗和陳獨秀,兩人「夜抵足眠,日促膝談,

〔註7〕章士釗:《致冀代總理函》,《章士釗全集》第 4 卷,第 107 頁。
〔註8〕見汪原放:《回憶亞東圖書館》,袁景華:《章士釗先生年譜》。

意氣至相得」〔註9〕，結下深厚友誼。1904年章士釗和楊篤生一同組織了華興會的外圍組織愛國協會，自任副會長，陳獨秀、蔡元培、蔡鍔等為會員，準備實施暗殺等暴力革命行動。其後由於黃興在長沙事泄失敗，萬福華在上海刺殺前廣西巡撫王之春又不中，上海的革命團體遭到破壞，同志星散，章、陳也各謀出路。章士釗後在日本及英國「苦學救國」，陳獨秀則繼續自己職業革命者的冒險生涯，但兩人友誼並未中斷。因此，1914年，當因二次革命失敗遭通緝而困居上海、「靜待餓死而已」〔註10〕的陳獨秀來信尋求謀生之計時，章士釗便很自然地想起邀請這位文才出眾、擅長辦報的老友來協辦《甲寅》。雖然陳獨秀在《甲寅》上除幾首舊詩之外，只發表了一篇正式論文《愛國心與自覺心》、一篇小說序言《〈雙枰記〉敘》和一封通信，實在算不上多產，但這並不妨礙陳獨秀成為《甲寅》的幕後英雄，留下自己的印跡。吳稚暉就曾經說過：「今日章先生視《甲寅》為彼惟一產物，然別人把人物與甲寅聯想，章行嚴而外，必忘不了高一涵，亦忘不了陳獨秀。」〔註11〕事實上，雖然由於材料的缺乏，今天已不可能再現陳獨秀加入《甲寅》工作的具體過程，但從一些蛛絲馬蹟仍可看出，陳獨秀在編輯過程中發揮著重要的作用。吳虞曾在《甲寅》1卷7號發表自己的得意之作《辛亥雜詩》，而這些詩就是陳獨秀選載並加以圈點的。〔註12〕一年多之後，吳虞又向《新青年》投稿，陳獨秀不僅大加歡迎，而且表示已經停刊的《甲寅》正準備續刊，如果吳虞願意把自己的文章全部寄來，可以「分載《青年》、《甲寅》，嘉惠後學，誠盛事也。」〔註13〕與此同時，在給胡適的信中，陳獨秀也代《青年雜誌》和《甲寅》同時向胡適約稿。〔註14〕由此可見，陳獨秀不僅確實在《甲寅》承擔編輯工作，推出吳虞等一批有廣泛影響的作者，而且在籌劃《甲寅》復刊的過程中也發揮著重要的作用──即使

〔註9〕 唐寶林等編：《陳獨秀年譜》，上海人民出版社1988年版，第26頁。又見孤桐（章士釗）：《吳敬恒─梁啟超─陳獨秀》，《甲寅》週刊1卷30號，1926年1月30日。

〔註10〕 C.C生（陳獨秀）：《通信》，《甲寅》1卷2號，1914年6月10日。

〔註11〕 吳稚暉：《章士釗─陳獨秀─梁啟超》，《中國新文學運動史資料》，張若英編，上海：光明書局1934年版，第254頁。

〔註12〕 《獨秀復吳虞》，《新青年》2卷5號，1917年1月1日。

〔註13〕 《吳虞致獨秀》、《獨秀復吳虞》，《新青年》2卷5號，1917年1月1日。

〔註14〕 《胡適來往書信選》（上），北京：中華書局1979年版，第6頁。原文為「《甲寅》準於二月間可以出版，秋桐兄不日諒有函與足下，《青年》、《甲寅》均求足下為文。足下回國必甚忙迫，事畜之資可勿顧慮。他處有約者倘無深交，可不必應之。」

他此時已經擁有了自己的刊物《新青年》。事實上，陳獨秀是將《甲寅》與《新青年》視為有密切關係的姊妹刊物，從而盡心盡力為它們籌劃稿源。

如果說陳獨秀是《甲寅》作者群中章士釗革命舊友的代表，那麼李大釗則堪稱章士釗以文會友策略的一大收穫。1914 年春，李大釗入日本早稻田大學政治本科。他主動向章士釗投稿，稿件和信函都得以在《甲寅》刊出，從此開始了與章士釗長達十餘年的深厚友誼。章士釗對此有詳細的回憶：「1914 年，余創刊《甲寅》於日本東京，圖以文字與天下賢豪相接，從郵件中突接論文一首，余讀之，驚其溫文醇懿，神似歐公，察其自署，則赫然李守常也。余既不識其人，朋遊中亦無知者，不獲已，巽言復之，請其來見。翌日，守常果到。於是在小石川林町一斗室中，吾二人交誼，以士相見之禮意而開始，以迄守常見危致命於北京，互十有四年，從無間斷。兩人政見，初若相合，卒乃相去彌遠，而從不以公害私，始終情同昆季，邇晚尤篤。」〔註15〕雖然對章士釗而言，李大釗只是初識的新朋，但李大釗在與章士釗謀面之前，已經是《獨立週報》的熱心讀者，對章士釗「敬慕之情，兼乎師友」。〔註16〕雖然李大釗在《甲寅》連通信在內也只發表了四篇文章，但李、章的結交，對雙方而言卻產生了重大的影響。朱成甲在《李大釗早期思想與近代中國》一書中，對早期李大釗所受章士釗影響有全面而深入的論述，其中特別指出，東京《甲寅》雜誌時期的章士釗對李大釗之影響尤為重要。〔註17〕可以說，李大釗這一時期的思想變化可以從一個側面充分反映出章士釗在當時輿論界、知識界的地位和影響。反之，李大釗也以其文筆和品德得到了章士釗的高度信任，成為倚若股肱的重臣。

〔註15〕章士釗：《李大釗先生傳序》，《章士釗全集》第 8 卷，第 82 頁。
〔註16〕李大釗：《物價與貨幣購買力》，《甲寅》雜誌 1 卷 3 號「通信」，1914 年 8 月 10 日。
〔註17〕朱成甲指出，李大釗對章士釗《民立報》、《獨立週報》時期的文章就十分敬仰，並以一人之力承擔了《獨立週報》在天津的發行代派工作；在通過向《甲寅》投稿結識章士釗之後，李大釗更是突破了北洋法政學會的狹小圈子，廣泛地接受革命黨人的影響；在政治上，章士釗堅決反袁，他對中國封建專制主義的批判和對民主主義理論的深刻闡述，又成為李大釗反袁和堅持民主主義的重要推動力量；在學術思想上，使李大釗文章的學理性不斷增強；使李大釗的思維方式和文風逐漸趨於寬容、調和、平實說理。總之，「李大釗所受章士釗的影響是相當複雜的，多方面的，深遠的，需要進行專題性的探討和研究。從整個影響來看，東京這一段時期則又是一個關鍵。它在相當程度上改變以至決定了李大釗其後的思想發展和生活道路。」見氏著《李大釗早期思想與近代中國》，北京：人民出版社 1999 年版，第 54～73 頁。

1917 年章士釗創辦《甲寅》日刊之後，李大釗、高一涵隨即進入編輯部，擔任主筆。正如章士釗所言：「守常在日刊所寫文章較吾為多，排日到館辦事亦較吾為勤。」〔註18〕在《甲寅》日刊時期，李大釗承擔了主要編輯工作並發表文章六十多篇，不僅繼續闡揚了章士釗的「調和論」政治思想，而且以其近於章士釗的文風，與高一涵、李劍農等一道被胡適寫入文學史，列為「甲寅派」，進一步擴大了《甲寅》在知識界、思想界的影響。其後章、李在政治、文化觀點上分道揚鑣、漸行漸遠，但始終保持良好私交。刊物主編與作者因投稿而結下深厚友情，章、李二人可謂是典型。

如前章所述，除李大釗之外，章士釗在《甲寅》時期發掘的新人還有不少。由於章士釗自己曾留英多年，政治思想也傾向於英國議會政治，因此在《甲寅》後期推出了楊端六、皮宗石、周鯁生等一批留學英美的作者。現在看來，在這些新面孔中，最值得注意的當然就是留美學生胡適。雖然胡適只在《甲寅》發表了一篇譯作和一封通信，實在算不上主要作者。但由於胡適在隨後興起的新文化運動中的特殊地位，他與《甲寅》的這段文字緣以及其中透露出的信息便值得認真解讀。

對於胡適，章士釗的欣賞與器重顯而易見。在 1915 年 10 月出版的《甲寅》第 1 卷第 10 號，章士釗發表了胡適的一封來信，並在「記者按語」中說：「胡君年少英才，中西之學俱粹，本年在哥倫比亞大學，可得博士」〔註19〕。這大概是國內報刊第一次將胡適與「博士」頭銜聯繫起來，向讀者鄭重介紹這位暫時還藉藉無名的哥倫比亞大學學生。然而這並不是他們的初次交往。在《甲寅》出版之前，章士釗、胡適二人對對方就已經有所耳聞。章士釗曾主筆《民立報》，胡適「彼時即有意通問訊」，對章士釗其人其文已頗感興趣。〔註20〕而胡適 1913 年 8 月發表在《神州叢報》上的《詩三百篇言字解》，也給章士釗留下了深刻的印象。1914 年 8 月 25 日，胡適將短篇小說譯作《柏林之圍》投給《甲寅》〔註21〕。由於《甲寅》1 卷 3 號已經於 8 月 10 日出版，章士釗在接到胡適稿件後，就馬上把它編入 1 卷 4 號，於 11 月 10 日刊出，而這也是十期《甲寅》中唯一的一篇翻譯小說。1915 年 3 月，章士釗又寫信給

〔註18〕 章士釗：《李大釗先生傳序》，《章士釗全集》第 8 卷，第 83 頁。
〔註19〕 《通訊·記者按語》，《甲寅》1 卷 10 號，1915 年 10 月 10 日。
〔註20〕 《通訊·非留學》，《甲寅》1 卷 10 號，1915 年 10 月 10 日。
〔註21〕 《胡適留學日記》（上），合肥：安徽教育出版社 1999 年版，第 345 頁。

胡適約稿,希望胡適「稗官而外,更有論政論學之文,尤望見賜,此吾國社會所急需,非獨一誌之私也」,此外能作通訊體隨意抒寫時事也可,並希望胡適向同學中能文之士廣為介紹。〔註22〕胡適的回信發表在《甲寅》第10號,信中表示:「學生生涯,頗需日力,未能時時作有用之文字,正坐此故。前寄小說一種,乃暑假中消遣之作」,並承諾「更有暇晷,當譯小說或戲劇一二種」。〔註23〕從這些隻言片語中,我們不難窺見,作為刊物主編的章士釗與作為投稿人的胡適,關注的對象並不一致。章士釗素不喜小說(雖然他也曾寫過一篇《雙枰記》),因此他希望胡適多寫「吾國社會所急需」的「論政論學之文」,而胡適此時的興趣顯然是在西方文學特別是戲劇。在給章的回信中,他並沒有迎合章士釗而大談政治,反而依舊對西洋文學津津樂道:

> 近五十年來歐洲文字之最有勢力者,厥惟戲劇,而詩與小說,皆退居第二流。名家如那威之 Ibsen,德之 Hauptmann,法之 Brieux,瑞典之 Strindberg,英之 Bernard Shaw 及 Galsworthy,比之 Maeterlinck 皆以劇本著聲全世界。今吾國劇界,正當過渡時代,需世界名著為範本,頗思譯 Ibsen 之 A Doll's House 或 An Enemy of the People,惟何時脫稿,尚未可料。〔註24〕

雖然胡適隨信也寄上了一篇較為正式的論文《非留學篇》,但顯然他更希望章士釗注意自己正在進行的文學翻譯事業。說到底,他們對什麼才是「吾國社會之所急需」的問題,答案全不相同——在這裡,章士釗對胡適的期待與胡適的自我期許產生了明顯的錯位。而這種錯位,在胡適於《新青年》大放光芒、將自我期待付諸實現之後,顯得格外醒目。但是,無論怎樣,胡適是把《甲寅》視作一個值得信賴並有一定自由發揮空間的言論陣地,否則也不會在信中將自己的翻譯計劃和盤托出,並且負責《甲寅》在留美學生中的代售業務〔註25〕。由於《甲寅》的停刊以及胡適自己的延宕,胡適的翻譯計劃並沒有成為現實。但此事並未不了了之。如所周知,胡適其後不久就在《新青年》4卷6號「易卜生號」發表了《易卜生主義》,而他和羅家倫合譯的《娜拉》(即《玩偶之家》)以及陶履恭翻譯的《國民之敵》也在同期發表。這很容易使人產生遐想:如果

〔註22〕 章士釗:《致胡適函》,《章士釗全集》第3卷,第369頁。
〔註23〕 胡適:《致章士釗》,《甲寅》1卷10號,1915年10月10日。
〔註24〕 胡適:《致章士釗》,《甲寅》1卷10號,1915年10月10日。
〔註25〕 《汪孟鄒致胡適》,《胡適往來書信選》(上),北京:中華書局1979年版,第2頁。

《甲寅》沒有停刊而胡適又寄來自己的譯作，五四時代的「易卜生熱」是否會提前上演？

答案很可能是令人失望的。因為章士釗的文學趣味更接近傳統文人，如果有足夠的稿件可以選擇，我相信他更願意採用吳虞的古典詩詞而非胡適的西洋劇本來充實《甲寅》的文學欄。1914 年，時任四川省川西道公署顧問兼內務科長的吳虞，第一次從他正在日本留學的兄弟吳君毅那裡知道了《甲寅》雜誌和章士釗：「君毅本月廿二日曾寄《甲寅雜誌》五月號一冊，長沙章行嚴主宰，留學英國，吳保初（摯父子）之女婿，學術文章皆有時譽，其署名秋桐者是也。」〔註26〕吳虞對章士釗的背景經歷一無所知，而他與《甲寅》發生聯繫則屬於友人之間的輾轉引薦，而這樣的事情在當時以文人為主的輿論界可謂司空見慣。據《吳虞日記》記載，《甲寅》第二號《中華民國之新體制》的作者「重民」即時在日本留學的成都人張重民。張重民與吳虞之弟君毅相識，他在給吳君毅的信中說：

> 昨以《秋水集》示章士釗（字行嚴，湖南人，即《甲寅》自署
> 秋桐者，）頃章氏來談及，極言識解之超，斷非東南名士所及。傾
> 慕之忱，溢於詞色，必欲僕為之介紹。並請令兄出其平昔所為文，
> 以光《甲寅》。僕於令兄初無一面之識，然北海不必知人間有備，謂
> 備不知北海則不可。本當逕以書干之，惟僕不文，懼無以達章氏之
> 意，仍以此煩執事，可乎？章氏好為政論，其所懷可徵諸《甲寅》，
> 言教則排孔尊耶者也。余不白。〔註27〕

之所以不厭其煩地徵引此信，是因為其中披露了頗多訊息。吳虞作為蜀中名宿，在此之前已頗有文名，然而其影響只侷限於四川一隅〔註28〕。日後他之所以能夠借《新青年》暴得大名，追根溯源，與張重民向章士釗推薦《秋水集》有直接之關係。事實上，不僅章士釗看到了《秋水集》，當時正協編《甲寅》的陳獨秀對《秋水集》也欣賞有加，在尚未得到吳虞允許的情況下，就從中選擇了 20 首在《甲寅》登出。雖然這並不是吳虞第一次在國內著名雜誌上發表

〔註26〕吳虞：《吳虞日記》（上），第 134 頁。

〔註27〕吳虞：《吳虞日記》（上），第 149 頁。

〔註28〕吳虞在 1916 年之前所發詩文不多，只有《新民叢報》登詩十一首，《憲政新志》登詩八首，《小說月報》登小說一首、文一首，《進步》雜誌登文一首，《甲寅》登詩二十首。他在四川本地刊物上發表非孔文章，引起爭議，但並沒有形成全國性的影響。

作品,但這卻是吳虞與陳獨秀建立關係之始。吳虞在章士釗約稿之後,也的確
向《甲寅》投過稿,但因為《甲寅》中途停刊,沒有發表。〔註29〕1915 年 10
月 12 日,吳虞又向《甲寅》投稿,計《儒家重禮之作用》、《儒家主張階級制
度之害》、《儒家大同之說本於老子》等三篇文章和五言律詩五首。〔註30〕但是
他並不知道《甲寅》在 10 月 10 日出版第 10 號之後已經再次停刊,所以文章
又沒能發表。好在陳獨秀這時已經是《新青年》的主編,吳虞再次向《新青年》
投稿之後,《儒家主張階級制度之害》、《儒家大同之說本於老子》兩篇文章得
以在《新青年》上刊出,吳虞因之名聲大噪。〔註31〕由此視之,雜誌的崛起與
作者的走紅,背後固然有其歷史規律,但有時也不能不說是出於某些偶然的機
緣。不過,陰差陽錯之中其實又有必然:發現吳虞這樣有潛力的作者,離不開
章士釗作為資深編輯所具有的敏感和眼力;而《甲寅》「排孔而尊耶」的文化
立場,在篩選讀者的同時也在篩選著作者,它對志同道合的作者有強烈的吸附
和聚集效應,從而奠定了《新青年》作者隊伍的雛形。

也許從《甲寅》雜誌本身短暫的發展過程來看,章士釗與陳獨秀、李大釗、
胡適、吳虞等人的關係是一種再普通不過的編輯和作者之間的關係,很難說有
何種特殊的意義。然而,從《新青年》雜誌的角度來看,章士釗與他的這些短
期合作者(有些只寫了很少的文章)之間建立的卻是一種鬆散、無意識然而卻
極其「有效」的聯繫。在這裡,章士釗扮演的角色更像是一位組織者,在他打
造的這個平臺上,具有某些相近社會、政治、文化觀念的作者逐漸聚集在一起,
雖然並沒有結成固定的團體,但已然發出了某些共同的聲音。有意思的是,由
於陳獨秀的存在,《甲寅》時期萌發的這種人際聯繫在章士釗淡出之後並沒有
消失,反而在《新青年》時期得到了進一步的強化。

與此同時,我們還注意到,《甲寅》與《新青年》的人事聯繫不僅僅侷限
於作者團隊的淵源,這兩家刊物與出版發行機構之間、以及兩家出版機構之間
都有難以割斷的聯繫,這或許是導致它們具有特殊親緣關係的另一原因。

1901 年,汪希顏、汪孟鄒兄弟先後入南京江南陸師學堂學習,與章士釗、
趙聲成為同學,並結識了逃亡在寧的陳獨秀。1902 年汪希顏去世之後,汪孟

〔註29〕吳虞:《吳虞日記》(上),第 181 頁。
〔註30〕吳虞:《吳虞日記》(上),第 221 頁。
〔註31〕1916 年 12 月 6 日,吳虞第一次向《新青年》投稿四篇文章,其中就有這兩篇
　　　　曾向《甲寅》投過的舊文,後來分別發表在《新青年》3 卷 4 號和 3 卷 5 號,
　　　　見《吳虞日記》(上),第 273 頁。

鄒仍然與章士釗、陳獨秀等保持著密切的聯繫。二次革命失敗後，亞東圖書館也始終在經濟上支持著柏文蔚、陳獨秀等人的反袁活動。〔註32〕由於共同的思想背景和革命經歷，汪孟鄒的科學圖書社和亞東圖書館始終是陳、章等人值得信任的出版陣地。〔註33〕章士釗雖然在辦《甲寅》之前就已經在輿論界創下顯赫聲名，且但直至《甲寅》，才可以說完全擁有了屬於自己的刊物。《蘇報》時期，章士釗只是受雇之主筆，雖然有老闆陳範的信任，能放言無忌，但不得不有經濟上之考慮；《民立報》時期，章士釗則因在政治觀點上與同盟會有所衝突，備受指責攻擊；《獨立週報》時期，初期無事，後則因王無生暗中接受袁世凱津貼，憤而出走。章士釗獨立不倚的辦報宿願始終沒能實現。因此，當他為形勢所迫，必須將《甲寅》發行權轉讓之時，首先想到的自然就是亞東圖書館。如前所述，1 至 4 期的《甲寅》出版於日本。由於資料的匱乏，現在已很難確定這四期《甲寅》具體是怎樣發行的。不過章士釗曾經回憶，《甲寅》第一期的贈閱和郵寄都是由自己家人經手。由此看來，前期《甲寅》的出版發行工作可能都是由章士釗自己來聯繫的。這似乎可以從《甲寅》1 至 4 期雜亂無章的廣告編排上略見端倪。從伊文思圖書公司的更名通告到各小型書局的新書廣告，從印刷、電鍍技師的自薦到「人造自來血」的吹噓，甚至「民國豔史叢書」都曾登上《甲寅》的廣告欄，與嚴肅理性的政論刊物風格相去甚遠，倒是更接近當時商業刊物的作派。這顯然不是章士釗有意為之，而是由於當時他的經濟條件還遠沒有寬裕到可以挑選廣告客戶的地步。然而，在亞東圖書館全盤接手《甲寅》的印刷、出版、發行工作之後，這種情況發生了根本性的改變。雖然由於印刷改在上海，紙張和版式有所改變，但廣告版面整潔了許多──牙醫和自來血廣告消失了，取而代之的是亞東圖書館自家書籍和群益書社出版物的廣告，此外也為《正誼》和《科學》雜誌刊登了幾次通告。由於這些客戶與亞東圖書館的淵源，這些廣告很可能都屬於「免費贊助」的性質，因而無法給亞東帶來什麼經濟利益。所以，發行權的易手，對章士釗而言固然是有利無弊，可以使他專心寫作和編務，但對於亞東圖書館而言，卻意味著要承擔一定的經濟壓力，這對於小本經營的亞東圖書館來說並不容易。1913 年，僅有 2000

〔註32〕汪原放：《回憶亞東圖書館》，第 33～34 頁。
〔註33〕陳獨秀主編的《安徽俗話報》就是由汪孟鄒主持的蕪湖科學圖書社出版發行，而由章士釗辦的上海大陸印刷局承印，見汪原放《回憶亞東圖書館》，第 15 頁。

元股本的亞東圖書館在上海開業，〔註34〕到 1918 年為止，亞東一共只出版了 6 種圖書，〔註35〕而這些圖書的銷量多不理想，在店主汪孟鄒的日記中經常有「社務乏款，焦急之至」、「蕪款未到，焦灼萬分」、「暫借到洋五百元，真正可感」之類的記載，可見其經營不易。〔註36〕在如此窘迫情況之下，亞東圖書館能夠接過《甲寅》的發行事務，固然是因為對章士釗的能力與聲望有相當的信心，同時不能不說與他們之間的舊交有很大關係。〔註37〕

由於和汪孟鄒同是皖人，陳獨秀與亞東圖書館的關係更非同一般。亞東的前身「蕪湖科學圖書社」創辦的第二年，就出版發行了陳獨秀主編的《安徽俗話報》。汪孟鄒走出安徽到上海開店，也是出於陳獨秀的建議。〔註38〕二次革命失敗後，陳獨秀亡命至上海，窮困潦倒之中，正是依靠替亞東編輯了一套《新體英文教科書》救急。因此，陳獨秀籌劃出版《青年雜誌》雜誌，首先也是選擇與亞東圖書館合作。但是，由於亞東圖書館此時已承擔了《甲寅》的發行，已無力再負擔一份刊物，遂轉而介紹給了群益書社。對此，汪孟鄒有真切的回憶：

> 民國二年（1913 年），仲甫亡命到上海來，「他沒有事，常要到我們店裡來。他想出一本雜誌，說是只要十年、八年的工夫，一定會發生很大的影響，叫我認真想法。我實在沒有力量做，後來才介紹他給群益書社陳子沛、子壽兄弟。他們竟同意接受，議定每月的編輯費和稿費二百元，月出一本，就是《新青年》（先叫做《青年》雜誌，後來才改做《新青年》）。」〔註39〕

亞東圖書館在如此窘境中，能夠想到讓群益書社來出版《青年》雜誌，而群益書社也願意在經濟效益前景未明的情況下擔負起這份風險，正說明這兩家書店有著非同尋常的關係。事實上，早在科學圖書社時期，汪孟鄒去上海辦

〔註34〕汪原放：《回憶亞東圖書館》，第 23 頁。

〔註35〕這六種圖書是胡晉接、程敷鍇合編的《中華民國地理講義》、《中華民國分類地理掛圖》、《中華民國地理新圖》，CC 生（陳獨秀）編《新體英文教科書》，方東樹著《昭昧詹言》和章士釗編《名家小說》。

〔註36〕汪原放：《回憶亞東圖書館》，第 32 頁。

〔註37〕亞東圖書館與章士釗的關係持續甚久。1919 年亞東因為出售無政府主義書籍，導致店主汪孟鄒被捕，正是章士釗從中設法，僅罰款了事。見汪原放：《回憶亞東圖書館》，第 49～50 頁。

〔註38〕汪原放：《回憶亞東圖書館》，第 23 頁。

〔註39〕汪原放：《回憶亞東圖書館》，第 32 頁。

貨辦書，就在章士釗的《蘇報》館裡認識了群益書社創辦人陳子沛，並在群益
書社搭鋪。〔註40〕亞東圖書館開張時出版的幾種地圖，也是由群益書社幫助在
日本印刷。尤其值得注意的是，就在《甲寅》已經發行和《青年雜誌》籌備問
世的 1915～1917 年初，亞東圖書館和群益書社曾經謀劃合併，吸收安徽、湖
南兩處的資本，組建一家新的公司，陳獨秀、章士釗、柏文蔚等亞東老友均奔
走其間，積極參與其事，因此《青年》雜誌的出版發行從亞東轉到群益也就並
不令人奇怪。〔註41〕此外，這兩家書店關係之好，還可以從它們各盡所能為對
方捧場看出。在亞東接手之後的《甲寅》雜誌上，群益書社出版物的廣告比自
家的廣告更多，幾乎佔據了《甲寅》全部廣告版面的三分之二，並且在第 8 號
封底和第 9 號的扉頁位置連續刊登了《青年》雜誌的出版預告。群益書社也同
樣投桃報李，在《新青年》上多次闢出專門版面對亞東的《中華民國地理講義》
等看家書籍以及代為發行的《建設》、《新潮》、《少年中國》等刊物進行廣告宣
傳。

　　雖然《甲寅》、《新青年》與亞東、群益之間的合作方式帶有濃厚的人情色
彩，用現代商業運營的標準去衡量，其結果可能難盡人意。但也許正是這種「前
現代」的、帶有鄉土色彩的企業運作方式，才能夠在激烈的商業競爭的環境中，
為非主流的思想和言論留出一絲縫隙和空間，隨著近代出版業的發展，上海等
一些口岸城市出現了大量中小書局。亞東圖書館和群益書社正是這些中小書
局中典型的一員。《甲寅》、《新青年》這樣的重要雜誌由亞東和群益這樣的家
族式小書局而非商務、中華等大型出版機構出版發行，並非特例，而正是辛亥
革命至五四時期的一種重要文化現象。中小民間出版機構的出現為文化事業
的多元化以及新思想的傳播提供了必要的土壤和縫隙，因此，新文學與新文化
運動的發生與近代民間出版業的發展和繁榮是分不開的。

　　如上所言，《甲寅》與《新青年》之間的淵源，值得認真分析之處，正在
於偶然與必然的交織與共生。毋庸諱言，章士釗與陳獨秀的私人交誼是其中一
大關鍵，而他們之間的相識與深交與否，則幾乎純屬偶然。在清末民初的政界，
章士釗以闡發學理見長，陳獨秀則熱衷於投身實際革命，而二人皆為著名之報
人，既有獨立之思想，亦有強健之筆力，更有廣泛之人脈，乃會聚李大釗、高
一涵、易白沙、胡適、楊昌濟、易培基、吳虞等人於《甲寅》，掀動言論而執

〔註40〕汪原放：《回憶亞東圖書館》，第 21 頁。
〔註41〕汪原放：《回憶亞東圖書館》，第 34～36 頁。

輿論界之牛耳,而後有《新青年》破土而生,新文化運動就此發軔。就此而言,這一過程中種種機緣湊泊之難得,幾乎使之成為不可複製的一段傳奇。然而在另一方面,《甲寅》與《新青年》之所以能夠在 1914～1915 年間相繼出現,並最終催生新文學和新文化運動,背後更有值得發掘的歷史必然之一面。簡而言之,正是與清末民初政治／社會輿論的變化與發展有直接的關係。這一點我將在第六章予以詳細的論述與總結。

第二節　新文學緣何而來——《新青年》的個性

專題考掘《甲寅》與《新青年》之間層疊交錯的關聯,並不是為了弱化《新青年》的歷史地位和意義,也不是為了附和某種當下流行的「晚清現代性」理論,而是為了深化對這一段歷史的認識。過去那種基於意識形態因素對《新青年》的革命性、斷裂性意義大加渲染的做法固然失之粗暴武斷,今天如果簡單地把《新青年》視為《甲寅》的複製品或附庸而無視其個性,也未必便合乎歷史的真實。雖然我們可能永遠無法完全揭示歷史的真相,但可以肯定的是,這種「翻烙餅」式的研究只能與歷史本原漸行漸遠。

就我個人而言,通過梳理《甲寅》與《新青年》之間的關係,最重要的收穫並不是勾勒出了它們的共性。相反,恰恰是使兩家刊物的不同面目逐漸清晰起來。或者說,只有知曉它們的共性之所在,才能使彼此的個性越發凸顯。以往對《新青年》的研究,倘若運用比較方法,大多是將之與新文化運動中、在《新青年》影響之下出現的一些刊物相比較,如《新潮》、《少年中國》、《每週評論》、《北京大學學生週刊》等等。這種將《新青年》視為起點、從「上游」到「下游」的研究方法無可非議,因為任何一項研究都需要設定起點、劃定範圍,而且這種研究思路在討論新文學與新文化運動的傳播與擴散時卓有成效。但如果我們承認《新青年》也是時代與社會思潮的產物,也曾扮演「中間物」的角色,那麼將《新青年》與早於或和它同時期的重要刊物相參照就是極為必要的。只有這樣,才能凸現《新青年》到底新在何處,才能更切實地理解新文學與新文化緣何而來。

由於陳獨秀曾參與《甲寅》的編輯工作,因此《新青年》繼承了《甲寅》的不少特色,這些已有相關研究成果,前文也有所補充,此處不贅。同時,陳獨秀對辦刊物也有自己的一套想法,一向頭角崢嶸的他並不想生活在《甲寅》

的陰影之中，而是針對《甲寅》的不足發展出自己的一些特色。換言之，《新青年》怎樣找到自己刊物個性的過程，也就是怎樣擺脫《甲寅》痕跡的過程。因此，雖然《新青年》前幾卷的面目還比較模糊，但已經和《甲寅》有了一些明顯的區別。

首先，《新青年》很明確地將讀者群定位為「青年」。刊登於《甲寅》上的《青年》出版預告，首先明白無誤地表明了這一點：

> 我國青年諸君，欲自知在國中人格局何等者乎？欲自知在世界青年中處何地位者乎？欲自知將來事功學業應遵若何途徑者乎？欲考知所以自策自勵之方法者乎？欲解釋平昔疑難而增進其知識者乎？欲明乎此，皆不可不讀本雜誌。蓋本雜誌之主義……實欲與諸君共同研究商榷解決以上所列之種種問題，深望諸君之學識志氣，因此而日益增高，而吾國將來最善良的政治教育實業各界之中堅人物，亦悉為諸君所充任，則本雜誌者，實諸君精神上之良友也。〔註42〕

在《青年雜誌》第 1 卷第 1 號刊登的《社告》也在在提醒讀者，這是一份專門為青年而辦的雜誌：

> 一、國勢陵夷，道衰學弊，後來責任，端在青年。本志之作，蓋欲與青年諸君商榷將來所以修身治國之道。
>
> 二、今後時會，一舉一措，皆有世界關係。我國青年，雖處蟄伏研求之時，然不可不放眼以觀世界。本志於各國事情、學術、思潮，盡心灌輸，以備攻錯。
>
> 三、本志以平易之文，說高尚之理，凡學術事情足以發揚青年志趣者，竭力闡述，冀青年諸君於研習科學之餘，得精神上之援助。
>
> ……
>
> 五、本志特闢通信一門，以為質析疑難、發抒意見之用。凡青年諸君對於物情學理，有所懷疑，或有所闡發，皆可直縅惠示，本志當盡其所知，用以奉答，庶可啟發心思，增益神志。〔註43〕

從出版預告中的《青年》到正式出版時的《青年雜誌》再到更名後《新青年》，刊物的名字一變再變，但始終不離「青年」二字。翻開目錄，《敬告青年》、

〔註42〕《青年》出版廣告，《甲寅》1 卷 8 號封底。
〔註43〕《社告》，《青年雜誌》1 卷 1 號，1915 年 9 月 15 日。

《共和國家與青年之自覺》、《青年論》、《青年與國家之前途》、《青年論》等等標題也比比皆是，有著鮮明的針對性。在價格策略上，《新青年》也考慮到青年讀者的經濟狀況，其定價為「每冊 2 角，半年 6 冊 1 元，全年 12 冊 2 元」〔註44〕，只有《甲寅》的一半。當時北大學生在食堂包伙每月僅需 4 兩白銀，換算為銀元即 5.6 元一個月，可以買 28 份《新青年》，每份售價大約只相當於一天的飯費，在當時的期刊雜誌中可謂是相當便宜。〔註45〕

　　無視市場上成熟的消費群體，將沒有多少消費能力的青年學生定為雜誌的主要對象，陳獨秀此舉可謂大膽至極。但如此劍走偏鋒，並非是出於陳獨秀的一時心血來潮。作為長期策劃的產物，陳獨秀將《新青年》定位於青年讀物，自有他的考慮，而群益書社同意與之合作，也並不就是甘願做賠本生意。民國成立之後的出版界，以政論雜誌和消費性文藝雜誌為主，面對青年學生群體的思想文化類雜誌很少。普及科學知識、傳播現代思想、批評社會時政、輔導青年心智的功能大多由政論刊物承擔，而這些刊物風格沉悶晦澀，雖然具有較強的學理性與思辨性，但難以吸引青年讀者長久的興趣，這就為《新青年》留下了施展拳腳的空間。因此我以為，陳獨秀對《新青年》的定位其實不是精英雜誌，而是「中層刊物」。較之《甲寅》，《新青年》的讀者定位範圍更廣，層次稍低，談論的內容也更切近青年自身，不像《甲寅》等政論雜誌那樣抽象、狹窄而艱深。〔註46〕因此，《新青年》的頭幾卷可以說是一種面對青年讀者、「以勸學勵志類雜誌面目出現的政治性雜誌」。編者的用意就是要選擇自己的讀者，並有意識地把自己的訴求限制在一個排他性、特徵鮮明的受眾群體之中，以此與其他受眾群體區別開來，通過一種令人側目的輿論效果，產生在思想文化界的「鯰魚效應」。

〔註44〕見《青年雜誌》封底價目表。
〔註45〕當時雜誌的定價普遍在每冊 4〜5 角之間，例如《甲寅》的定價是「每冊 4 角，半年 6 冊 2 元 2 角，全年 12 冊 4 元」，《民權素》每冊 5 角，《小說叢報》每冊 4 角，《小說新報》每冊 4 角，《小說時報》定價為每冊 6 角，《東方雜誌》為每冊 3 角，《太平洋》為每冊 3 角。
〔註46〕在《甲寅》1 卷 1 號上，章士釗發表《新聞條例》一文，以南京臨時政府頒布三條報律，旋即取消一事，諷刺袁世凱政府發布嚴苛之新聞條例，意在鉗制新聞自由。文章語有涉及南京臨時政府內務次長居正處，引起胡漢民等人的不滿。其實這篇文章的寫作對象，「在國內之智識高層，如楊翼之、孟心史、丁佛言、湯斐予一輩人。志在結成清流同盟，同心一德，以扼殺袁，國、共兩黨（謂國民、共和兩黨），切勿自相殘殺。」其實不僅僅是這篇文章，整個《甲寅》的寫作對象都是當時國內的知識界高層。

　　《新青年》如此主動劃定自己的讀者群體，毅然將具有較強購買力的中老年讀者棄之不顧，在經營上顯然要承擔一定的風險，對於一份剛問世的新刊來說，頗有些置之死地而後生的味道。事實證明，這也的確是一招險棋。《新青年》一開始銷量並不理想，創刊時不過發行 1000 份，〔註 47〕出版至第三卷，因銷量不佳，「不能廣行，書肆擬中止」〔註 48〕。第四卷改為同人刊物出版〔註 49〕，銷路一開始仍「大不佳」，直到 1919 年時局風雲突變，銷路才大有好轉。不過，無論是前期的乏人問津還是後來的炙手可熱，都不足以說明陳獨秀創刊時的定位是否正確，因為刊物的暢銷與否不僅與編者的策劃有關，其中還有太多的不可知因素。但是必須承認，除了運氣之外，陳獨秀還具有一個傑出編輯所必須的直覺。正是這種直覺，使他從一開始就選擇了一條與《甲寅》完全不同的辦刊之路。

　　《新青年》與《甲寅》的另一顯著區別就是《新青年》的政論要少得多，更多的篇幅是在談社會文化問題。雖然《新青年》的政治色彩一直很濃，陳獨秀更有著揮之不去的政治情結，但《新青年》在評論現實政治方面遠不像《甲寅》那樣大張旗鼓、引人注目。這其中有多重原因。首先，《新青年》創刊時惡劣的輿論環境是一大外部因素。袁世凱當政時期，北洋政府頒布的新聞條例甚至比清政府更為嚴苛。報刊不僅面臨隨時被查封的危險，甚至新聞從業者的人身安全都得不到基本的保證。〔註 50〕就在《青年雜誌》創刊的 1915 年 9 月，《甲寅》和《正誼》等十幾家刊物被北洋政府明令查禁。殷鑒不遠，陳獨秀不可能不顧及群益書社的經濟利益而在政治態度上過於急進。所以在 1916 年 6 月袁世凱病死之前，必須考慮政府對輿論環境的控制和對期刊風格的影響。其次，《新青年》政論不多，也和它的辦刊方針、讀者定位有關。此時的陳獨秀對國內政治非常失望，自身也處於邊緣化的政治處境（不能進入當時政治體制

〔註 47〕張靜廬：《中國近代出版史料》（二編），北京：中華書局 1957 年版，第 316 頁。

〔註 48〕《魯迅全集》第 11 卷，北京：人民文學出版社 1981 年版，第 345 頁。

〔註 49〕《新青年》從 1917 年 8 月 1 日 3 卷 6 號出版後，直至 1918 年 1 月 15 日第 4 卷第 1 號才問世，這近半年的停頓，當是由於書店準備停刊，陳獨秀從中斡旋所致。1918 年初，陳獨秀曾在北大召集同人開會，會上說明群益書店認為銷量太少，為擴大刊物發行量，加快編輯速度，應改為同人編輯的刊物，李大釗在會上提出了「輪流編輯」和「集體討論」的原則，得到了同人贊同。但這一原則似乎直到第 6 卷才付諸實行。

〔註 50〕劉家林：《中國新聞史》，武漢大學出版社 2012 年版，第 324～325 頁。

的主流），因此不可能也不願意在實際政治體制中發揮作用，只能轉而尋求從思想文化角度發表議論，影響社會。《新青年》就是他的一種嘗試。《新青年》以青年讀者特別是青年學生為主要發行對象，其功能主要是對青年學生勵志勸學、進行精神上的改造和人格的重建，傳遞陳獨秀以文化思想的啟蒙和改造為主的革新意圖，其內容當然只能以思想、文化為主。為了貫徹這一主張，《新青年》把《甲寅》上出現過的一些文化思想議題重新加以討論，擴大其影響。例如反對孔教、批評儒家思想等話題，《甲寅》上曾有涉及，其實並不新鮮，但由於《甲寅》的重心始終在政論，因此沒有引起輿論界的重視。直到《新青年》重翻舊帳之後，才蔚為大觀，掀起波瀾。在前幾卷《新青年》作者中，真正能夠接過章士釗政論衣缽的是高一涵，他對英國自由主義政治思想的闡發，支撐著《新青年》政論的學理性。從五四前後的期刊發展歷程來看，能夠繼承《甲寅》政論傳統的也是英美派知識分子創辦的《太平洋》而非《新青年》。《新青年》是《甲寅》中分化出來的、以留日學生為主的刊物，除了高一涵之外，大多數作者對英美政治傳統的理解是相當膚淺和簡單化的。

不過，雖然《新青年》不以政論為主，但其刊物風格卻不缺少政治論爭中常有的殺伐之氣。它將一般報紙政論文的極端文風帶入了文化和思想評論，更注意設置議題，引起讀者注意，議論的風格有時比討論政治問題更加偏激，與《甲寅》持重理性的風格相去甚遠。正如常乃惪所說，《新青年》時代的新文化思潮，「不過僅僅有一股新生蓬勃之氣，可愛罷了，講到內容上是非常幼稚淺薄的，他們的論斷態度大半毗於武斷，反不如《甲寅》時代的處處嚴守論理」。〔註51〕雖然不以政論見長，卻不乏當時政壇黨同伐異的風氣，這不能不說與主事者的個人氣質有關。對此，鄭超麟已經從陳獨秀與《甲寅》的關係中看出了端倪。他認為陳獨秀決不是《甲寅》的發起人之一，在《甲寅》也只發表了唯一一篇正式論文《自覺心與愛國心》，「但不從文字數量來說，而從內容和影響來說，則陳獨秀與《甲寅》雜誌確有密切關係」，「那唯一的論文，好像一顆炸彈放在甲寅雜誌中間，震動了全國論壇。那篇論文是本雜誌之中唯一不與本雜誌論調相調和的文字。他以違反甲寅的論調，去同甲寅發生密切的關係。甲寅在陳獨秀思想發展上是一個重要的環，他開始從政治的改革又走向更深刻的文化的社會的改革了。」鄭超麟認為，在文章掀起軒然大波之後，陳獨秀之所以不願替自己辯護，是因為陳獨秀明白「他的文章不合於甲寅的作風」──「他

也必須有自己的雜誌。從發表那篇文章時起，他就積極計劃著自己辦雜誌了。」
〔註52〕陳獨秀個性富於情感、時走偏鋒，文章也有明顯的煽動性和策略性，的
確與《甲寅》嚴謹縝密、長於說理的風格有差異。當他的這種個人風格在《新
青年》得到充分張揚之後，這份雜誌自然也就擁有了與《甲寅》不同的個性與
內涵。

　　《新青年》與《甲寅》之間另一個醒目且耐人尋味的不同之處，便是它們
的文學與它們對於文學的態度。這也是我們這一節重點關注的部分。無論是
《甲寅》還是《新青年》，它們都不是純粹的文學期刊，但對當時的文學卻都
有著重要的影響。在這方面，人們對《新青年》的認識較為一致，但《甲寅》
上發表的詩詞小說卻似乎因為篇數太少，沒有得到學界足夠的重視。事實上，
《甲寅》刊發的文學作品自有其特出之處，頗可體現當時的文壇風氣。章士釗
對《甲寅》文學部分的編排也相當用心，專門設有「詩錄」、「文苑」等欄目，
同時發表了一批頗受讀者歡迎的筆記、小說。〔註53〕當然，與《新青年》開啟
的新文學潮流相比，《甲寅》的文學帶有更多舊時代的痕跡，張定璜曾這樣評
價它們之間的差異

　　　　《雙枰記》等載在《甲寅》上是一九一四年的事情，《新青年》
　　　發表《狂人日記》在一九一八年，中間不過四年的光陰，然而他們
　　　彼此相去多麼遠。兩種的語言，兩樣的感情，兩個不同的世界！在
　　　《雙枰記》、《絳紗記》和《焚劍記》裡面我們保存著我們最後的舊
　　　體的作風，最後的文言小說，最後的才子佳人的幻影，最後的浪漫
　　　的情波，最後的中國人祖先傳來的人生觀。讀了他們我們再讀《狂
　　　人日記》時，我們就譬如從薄暗的古廟的燈明底下驟然走到夏日的
　　　炎光裡來，我們由中世紀跨進了現代。〔註54〕

　　這一段論述，被當作魯迅及新文學獨具現代性的佐證而廣為引用因而頗
為著名。但是，《雙枰記》、《絳紗記》、《焚劍記》與《狂人日記》之間的距離，
是否真的有「中世紀」到「現代」那麼遠呢？平心而論，雖然《甲寅》發表的

〔註52〕鄭超麟：《陳獨秀與〈甲寅〉雜誌》，《安徽史學》2002年第4期。
〔註53〕在《甲寅》發表的筆記、小說有《說元室述聞》（茲），《女娀記》（老談）、《白
　　　絲巾》（老談）、《啁啾雜記》（鮑夫）、《柏林之圍》（胡適）、《雙枰記》（爛柯山
　　　人）、《孝感記》老談、《知過軒隨錄》（文廷式遺稿）、《絳紗記》、《焚劍記》（曇
　　　鸞）、《讀史餘談》（無涯）、《西冷異簡記》（寂寞程生）。
〔註54〕張定璜：《魯迅先生》（上），《現代評論》第1卷第7期，1925年1月24日。

這些小說仍然採用傳統的才子佳人主題，但表現的並不全是「最後的中國人祖先傳來的人生觀」，而是具有了一些現代小說的質素。

先以創作時間最早的《雙枰記》來說，就不完全是一篇純粹的才子佳人小說。《雙枰記》首先連載於 1910 年 9、10 月的《帝國日報》，1914 年 11 月、1915 年 5 月再次分刊於《甲寅》雜誌第 1 卷第 4、5 號。主人公以章士釗、陳獨秀的好友何梅士為原型，情節則以何梅士真實愛情經歷為基礎。然作者章士釗的用意並不僅在單純寫情，他在開頭便提醒讀者此作具有的社會寫實功能：「然小說者，人生之鏡也。使其鏡忠於寫照，則即留人間一片影。此片影要有真價，吾書所記，直吾國婚制新舊交接之一片影耳，至得為忠實之鏡與否，一任讀者評之」。不僅如此，小說人物「身毒」的一席話，也表達了對現代自由婚姻的看法：「君須知自由婚姻，希望最富，惟其太富，亦易失望，一至失望，苦乃莫狀。人為惡姻，早委運命，一線恩情，引為慰籍，苦中之樂，樂乃逾分。」〔註55〕這些都增強了小說的社會性。《雙枰記》雖然也是以言情為主，但與當時通俗言情小說的不同之處，在於作者親歷主人公事蹟帶來的真實感，以及民族革命激情與個人哀感的交織所帶來的時代氣息。陳獨秀敏銳地感受到小說的這一層社會意義：「作書者及此書主人皆在予詩中，作詩之人亦復陷入書中。予讀既竟，國家社會、過去未來之無限悲傷，一一湧現於腦裡。」但他馬上又向讀者解釋：「今不俱陳，人將謂予小題大做也。」〔註56〕蘇曼殊也看出《雙枰記》「微詞正義，又豈甘為何子一人造狎語邪？」〔註57〕普通讀者難以卒解的「小題大做」、「微詞正義」，正是《甲寅》這類小說的普遍特徵。在這些小說當中，「情」固然也是主題，但這種「情」已經不僅僅是格局狹小的古典愛情，而是被看作新一代國民應該具有的真誠、血性和犧牲精神的象徵，正如陳獨秀所說：「靡施之死，純為殉情，亦足以勵薄俗，罷民之用。情者既寡，而殉情者絕無，此實民族衰弱之徵。」〔註58〕程演生也在《西泠異簡記》中發揮了「言情」的作用：「果言情小說之效力有足以激我少年民族純潔之血氣，能鍾於情，殉於情，吾方且祝之尸之。」〔註59〕由於作者注意對「情」的意蘊進

〔註55〕爛柯山人（章士釗）：《雙枰記》，《甲寅雜誌》1 卷 4、5 號，1914 年 11 月 10 日。

〔註56〕獨秀山民（陳獨秀）：《雙枰記·敘一》，《名家小說》（上卷），章行嚴編，上海：亞東圖書館 1916 年版。

〔註57〕燕子山僧（蘇曼殊）：《雙枰記·敘二》，《名家小說》（上卷）。

〔註58〕獨秀山民（陳獨秀）：《雙枰記·敘一》，《名家小說》（上卷）。

〔註59〕寂寞程生（程演生）：《西泠異簡記》，《名家小說》（上卷）。

行拓展和昇華，小說由此便超越了一己悲歡的舊言情小說格局，具有了一定的社會意蘊。

不僅如此，由於這些小說作者大多曾留洋海外，無論知識背景或人生經驗都與傳統小說家不有所同，他們筆下的人物與思想自然也帶有新鮮的氣息。吳稚暉在介紹陳白虛的《孤雲傳》時說：「傳中所言，固不過一種之哀情，然其高尚通脫之意態，自結合世界最新思潮，方有此岸偉鮮潔之奇，為古人意境所未有。以視清季靡靡而述千年結晶之怪現狀者，不啻如昧旦時忽唾露朝旭」。〔註60〕章士釗為《絳紗記》作序，也認為《絳紗記》、《雙枰記》的主人公與王爾德小說《道連‧格雷的畫像》中女演員西碧爾的人生觀念極為相似，都是一種重情樂死的現代唯美人生觀：「竊歎女優之為人生解人，彼已知人生之真，使不得即，不死何待。是固不論不得即者之為何境也。吾友何靡施之死，死於是；曇鸞之友薛夢珠之坐化，化於是；羅霏玉之自裁，裁於是。曇鸞曰，為情之正，誠哉正也。吾既撰《雙枰記》，宣揚此義，復喜曇鸞作《絳紗記》，於余意恰合」。〔註61〕凡此種種，都足以使當時的讀者耳目一新，留下深刻的印象。

能夠在有限篇幅中發表這些頗具水準的作品，足見章士釗交遊之廣泛與眼光之不俗，但《甲寅》並沒有把文學作為雜誌的核心部分來對待，政論仍是重中之重。章士釗雖然設置文學專欄，看似重視有加，但實際上還是和當時大多數政論雜誌一樣，以傳統的娛情遣興功能對文學的意義和價值進行限定，其用意還是師友唱和、自娛娛人的成分居多，在編者心目中，那些有關國計民生的經世之文才是「此吾國社會所急需」。因此，章士釗雖然也承認文學能間接抒發情感、暴露社會之惡，並且自己也難得親自披掛上陣、炮製作品，但《甲寅》文學終究未成氣候，一些小說雖有新意，但依舊沒能跳出傳統格調的窠臼，整體仍存在一定的侷限性，沒能形成像《新青年》白話文學那樣的衝擊力和破壞力。反之，《新青年》初期不專設文學欄目，我以為並不是輕視文藝，反而可能是因為，在主編眼中文學與社會思想評論具有相等的功能與價值，用不著特意劃入另類。此後雜誌的發展也證明了這一點，新文學佔據了《新青年》越來越重要的地位，以至於擅長文化批評而文學趣味偏於保守的老作者吳虞也

〔註60〕吳敬恒：《孤雲傳‧序》，《名家小說》（上卷）。

〔註61〕爛柯山人（章士釗）：《〈絳紗記〉序》，《甲寅》1 卷 7 號，1915 年 7 月 10 日。

開始抱怨《新青年》談新文學太多。〔註62〕《甲寅》與《新青年》的文學在時間上前後相接，面目卻迥然不同，原因繁複自然難以縷述。但一個看似偶然卻起決定性作用的因素，就是胡適在這兩份刊物上扮演的不同角色。由於《甲寅》的停刊，胡適計劃中的譯作未及發表，而且主編章士釗對他「不務正業」、熱衷西洋文學似乎也不以為然，因此胡適在《甲寅》只是一個值得注意的小角色。但當胡適因為向《甲寅》投稿的經歷而結識陳獨秀後，一切都變得不同。胡適使白話問題成為《新青年》的討論焦點，進而催生了新文學運動。陳獨秀雖然也扮演著舉足輕重的角色，但他對白話文的認識遠沒有胡適系統而條理，他的優勢在於曾經辦過白話報，而且當胡適提出《文學改良芻議》之後，敏銳地對白話給予充分肯定。在與《甲寅》擦肩而過之後，胡適的才華在《新青年》得到了充分的發揮。在某種意義上，他改變了《新青年》，從而也撬動了中國文學的歷史轉折點。

〔註62〕吳虞在日記中說「《新青年》四卷二號到，言新文學者太多。」見《吳虞日記》
（上），第384頁。

第三章 「甲寅文體」與新文學

第一節　由「情」入「理」──近代論說文的興起和演變

　　19 世紀初葉以來，隨著清代對外戰爭的屢屢失敗與政局的動盪不安，士人階層對國事的關注和討論日漸熱烈，中國傳統文言散文也迎來了一個新的發展階段。在這一時期，實用性的論說文逐漸取代抒情性的記敘文，成為晚清散文的主流。胡適指出，古文在這一時期的應用比過去任何時期更多更廣，第一個用處，便是時務策論的文章，「如馮桂芬的《校邠廬抗議》，如王韜的報館文章，如鄭觀應、邵作舟、湯壽潛諸家的『危言』，都是古文中的『策士』一派。」〔註1〕隨著民族危機的加深，從魏源、龔自珍的政治論述，到洋務運動時期的「策士文學」〔註2〕，再到康有為「公車上書」時期的奏議，及至梁啟

〔註1〕 胡適：《中國新文學運動小史》，《胡適文集》第 1 卷，北京大學 1999 年版，第 108 頁。胡適認為，古文應用的其他兩種用處，分別是翻譯外國的學術著作和用古文翻譯外國小說，也都是趨於實用。在著名的《五十年來中國之文學》中，胡適又將清末民初古文的發展分為四個階段：嚴復、林紓的翻譯文章；譚嗣同、梁啟超一派的議論的文章；章炳麟的述學的文章；章士釗一派的政論的文學。他認為這四派都是應用的古文，因為「當這個危急的過渡時期，種種的需要使語言文字不能不朝著『應用』的方向變去」，所以這四派都可以叫做「古文範圍以內的革新運動」。當然，從論證新文學合法性的立場出發，胡適認為這革新並不徹底，因為「他們都不肯從根本上做一番改革的工夫，都不知道古文只配做一種奢侈品，只配做一種裝飾品，卻不配做應用的工具。」見《胡適文集》第 3 卷，第 201 頁。
〔註2〕 見羅家倫《近代中國文學思想的變遷》，《新潮》第 2 卷第 5 期，1920 年 9 月。

超影響深遠的「新民體」，可以看到，實用性特徵突出的文言論說文，特別是政論文，在諸多散文體式之中發揮著最廣泛的社會影響，對古文文體的演變也發揮著最有力的作用。〔註3〕

晚清論說文的興起，其原因相當複雜。除了前述政治因素之外，近代報刊的出現是一個關鍵因素。本雅明曾經談到，在 18～19 世紀這段時間內，「日常的文學生活是以期刊為中心開展的。」〔註4〕當然，本雅明所指的是進入現代化進程的歐洲社會，而近代中國的節奏與西方並不同步，但不可否認的是，報章雜誌在中國近代文學的演進過程中也扮演了極為重要的角色。在某種程度上，我們甚至可以說近代中國的「日常文學生活」也是以報紙期刊為中心而展開的。正如呂思勉所說，「三十年來撼動社會之力，必推雜誌為最巨。凡風氣將轉跡時，必有一兩種雜誌為之唱率，而是時變動之方向，即惟此一二種雜誌之馬首是瞻。」〔註5〕梁啟超也曾經說：「自報章興，吾國文體為之一變，汪洋恣肆，暢所欲言，所謂宗派家法，無復問者。」〔註6〕可以看到，正是由於近代報刊的出現，文言論說文才得以從古文、時文的拘束中掙扎出來，從「桐城」、「陽湖」的窠臼中跳脫出來，呈現出活潑多樣的風貌。〔註7〕

1874 年，王韜創辦了《循環日報》，每日報首均有論說一篇，大多出自王韜之手。這些「通達時務、熟稔外情」〔註8〕的政論文章是一種「指責時政、

〔註3〕 文言論說文在近代達到了比較成熟的形態，這是學界較為一致的看法。例如，朱光潛便認為編寫大學國文教材，說理文宜多選近代，因為近代的比較痛快透闢，不像秦漢人的言簡意賅，難於捉摸主旨：「如果我教我的子弟做說理文，我毫不遲疑地叫他們看章行嚴的甲寅政論文字，大公報社評，和梁任公胡適之諸人的論著。」見《朱光潛全集》第 9 卷，合肥：安徽教育出版社 1993 年版，第 128 頁。
〔註4〕 〔德〕本雅明：《發達資本主義時代的抒情詩人》，張旭東、魏文生譯，北京：三聯書店 1989 年版，第 44 頁。
〔註5〕 呂思勉：《三十年來之出版界（一八九四～一九二三）》，《呂思勉論學叢稿》，上海古籍出版社 2006 年版，第 287 頁。
〔註6〕 《中國各報存佚表》，《清議報》第 100 冊，1901 年 12 月。
〔註7〕 無獨有偶，比中國更早一步開始現代化進程的日本，報紙與政論的關係也極為密切，甚至出現了 1880～1890 年前後的「政論報紙」、「政黨報紙」時期。寧新：《日本報業簡史》，北京：中國社會科學出版社 1981 年版，第 25 頁，第 35～37 頁。
〔註8〕 王韜：《弢園老民自傳》，《弢園文錄外編》，上海書店出版社 2002 年版，第 271 頁。

臧否人物的士大夫意識」〔註9〕與近代報刊相混合的產物。經歷豐富的王韜不僅在見識上高出時人一籌，而且文章也卓有特色，「輒直抒胸臆，不假修辭」，「言之無所忌諱」〔註10〕，體現了明白曉暢、簡潔樸實的風格，也反映出晚清古文與報章形式結合之後出現的新變，很適合早期報紙文體傳播信息、表達意見的需要。美國學者柯文的研究指出，王韜的社論「是以優雅自然的文風寫成，它們雖然沒有幾十年後梁啟超的文章那樣風行，但其簡潔明瞭的程度卻足以供盡可能廣泛的中國文化人閱讀。」〔註11〕我們可以試舉幾例。在《洋務在用其所長》一文中，王韜開宗明義，提出了士人應該如何學習新知、因應時局的重要問題：

> 嗚呼！天下大矣，人才眾矣，未得以囿於一方，限於一國，稍有所知，輒囂然而自足也。泰西諸國，通商中土四十餘年，其人士之東來者，類多講求中國之語言文字，即其未解方言者，亦無不於中土之情形瞭如指掌，或利或弊，言之無不確鑿有據。而中國人士，無論於泰西之國政民情、山川風土，茫乎未有所聞，即輿圖之向背、道里之遠近，矣多有未明者。此固無足深怪，獨不解其於中國之事，如河漕、兵刑、財賦諸大端，亦問之而謝未遑焉。何則？時文纍之也。即有淹博之士，亦惟涉獵群聖賢之經籍，上下三千年之史冊而已。故吾嘗謂，中國之士博古而不知今，西國之士通今而不知古。然士之欲用於世者，要以通今為先。〔註12〕

儘管王韜對東西方知識分子的知識結構缺陷都有所批評，但希望中國讀書人能夠關注現實、經世致用的立意是非常明確的，而且文字平易，很符合報章社說主題力求鮮明、文體力求通俗的特點。在另一篇文章中，王韜對中日兩國現代化道路的優劣進行了比較，指出日本自維新以來，「崇尚西學，仿傚西法，一變其積習，而煥然一新」，甚至全盤西化，「幾與歐洲諸國無異」，得到西人更多的重視。中國的洋務運動卻是「上下相蒙，政以賄成」，只學到了西法的皮毛，被西人所輕視。但他筆鋒一轉，提出中國的變與不變自有自身的邏

〔註9〕 朱維錚：《弢園文新編導言》，收入《弢園文新編》，北京：中華書局 1998 年版，第 15 頁。

〔註10〕 王韜：《重刻弢園尺牘自序》，《弢園文錄外編》，第 218 頁。

〔註11〕 〔美〕柯文：《在傳統與現代性之間——王韜與晚清改革》，雷頤、羅檢秋譯，南京：江蘇人民出版社 1994 年版，第 75 頁。

〔註12〕 王韜：《洋務在用其所長》，《弢園文錄外編》，第 68 頁。

輯和優勢，並不是西人所能瞭解：

> 竊以為西人所見，淺之乎視我中國也。我中國之所恃者，道而
> 已矣。天不變，道不變。夫以剛道治天下者必折，以柔道治天下者
> 必久。彼輕改祖宗之憲章，斫削天地之菁華，苦生民以媚遠人，竭
> 脂膏以奉外物，其外龐然而其內囂然，正所謂疾在膏肓而猶不知自
> 治也。若夫我之所以治國者，其先取之於漸，其後持之以恆。漸則
> 斯民由之而不驚，恒則斯民守之而不改，乃所謂善變者也，彼西人
> 烏足以知之哉。〔註13〕

其中觀點準確妥當與否，姑且不論，只看其文字恰到好處地運用了排偶手法，
頗帶幾分八股文的鏗鏘音韻，又體現出報章政論與傳統古文之間內在的血脈
聯繫。

譚嗣同是維新運動時期的重要政論作家。對報章文學也非常重視。在《報
章總宇宙之文說》中，他提出，只有報章才能夠「宏史官之益而昭其義法，都
選家之長而匡其闕漏」〔註14〕。報紙之出，不僅有助於學堂、書院、學會擴大
影響，「而一切新政、新學，皆可以彌綸貫午於其間而無憾矣。」〔註15〕他的
報章文字體裁多樣，學術著述、講義答問、敘論社說等等不一而足，既有條分
縷析的說理（《論湘粵鐵路之益》、《論電燈之益》），也有激情洋溢的鼓吹（《治
事篇第十 湘粵》），而尤以後者最能動人心魄。如在《仁學》中，譚嗣同批評
借「仁」之名而肆行其惡的種種行為：

> 俗學陋行，動言名教，敬若天命而不敢渝，畏若國憲而不敢議。
> 嗟乎！以名為教，則其教已為實之賓，而決非實也。又況名者，由人
> 創造，上以制其下，而不能不奉之，則數千年來，三綱五倫之慘禍烈
> 毒，由是酷焉矣。君以名桎臣，官以名軛民，父以名壓子，夫以名困
> 妻，兄弟朋友各挾一名以相抗拒，而仁尚有少存焉者得乎？〔註16〕

對於那些陳腐僵化、脫離時代的儒學說教而言，這樣的論說是很有殺傷力
的。又如在談到君主之禍與變法之亟的時候，譚嗣同毫不掩飾自己的情感傾
向：

〔註13〕王韜：《西人重日輕華》，《弢園文錄外編》，第109頁。
〔註14〕譚嗣同：《報章總宇宙之文說》，《譚嗣同全集》（增訂本），蔡尚思、方行編，
　　　　北京：中華書局1981年版，第375頁。
〔註15〕譚嗣同：《〈湘報〉後敘（下）》，《譚嗣同全集》（增訂本），第413頁。
〔註16〕譚嗣同：《仁學一》，《譚嗣同全集》（增訂本），第299頁。

　　夫其禍為前朝所有之禍，則前代之人，既已順受，今之人或可不較；無如外患深矣，海軍燼矣，要害扼矣，堂奧入矣，利權奪矣，財源竭矣，分割兆矣，民倒懸矣，國與教與種將偕亡矣。唯變法可以救之，而卒堅持不變。豈不以方將愚民，變法則民智；方將貧民，變法則民富；方將弱民，變法則民強；方將死民，變法則民生；方將私其智其富其強其生於一己，而以愚貧弱死歸諸民，變法則與己爭智爭富爭強爭生，故堅持不變也。〔註17〕

　　正如有學者所指出，譚嗣同所代表的「新體文」，最重要的特點之一就是「以感情之筆說理，情因理發，理因情顯，情理相得益彰。」〔註18〕在散體古文的格局中大量使用駢文，將龐雜繁複而充滿批判性的思想，以絢爛綺麗而富情感之筆出之，最足以代表譚嗣同的政論文風格。

　　無獨有偶，同時期的另兩位政論文學大家康有為、梁啟超，其「過於叫囂，一瀉無餘」〔註19〕的風格也與譚嗣同相去不遠，這或許是因為維新變法的首要任務不在論學問道，而在破壞與宣傳。康有為《京師強學會序》中論及民族存亡的一段文字「若吾不早圖……豈可言哉！」，早為人耳熟能詳，「讀之者多為之下淚，故熱血震盪，民氣漸伸。」〔註20〕而其他政論文字，亦無不元氣淋漓、情感充沛。至於梁啟超，則更是「筆鋒以常帶感情」、「別有一種魔力」〔註21〕著稱，其「詞筆銳達」、雄放雋快的「新民體」風靡一時，成為晚清報章文學的主流。〔註22〕梁啟超自稱「感情最富」〔註23〕，他並不認為理性的議論與情

〔註17〕　譚嗣同：《仁學二》，《譚嗣同全集》（增訂本），第343頁。

〔註18〕　關愛和：《譚嗣同文學論略》，收入氏著：《中國近代文學論集》，北京：中華書局2006年版，第296頁。

〔註19〕　陳柱：《中國散文史》，南京：江蘇文藝出版社2008年版，第238頁。

〔註20〕　梁啟超：《戊戌政變記附錄一·改革起原》，《飲冰室合集·專集之一》，北京：中華書局1989年版，第128頁。以下引文出自《飲冰室合集》版本皆與此同，不再另行注明出處。

〔註21〕　梁啟超：《清代學術概論》，上海古籍出版社1998年版，第86頁。

〔註22〕　胡適便認為梁啟超的報章文學影響極大，「二十年來的讀書人差不多沒有不受他的文章的影響的。」見氏著《五十年來中國之文學》，《胡適文集》第3卷，第217頁。吳其昌也指出，梁啟超對於中國報章文體的形成居功至偉，「就文體的改革的功績論，經梁氏十六年來的洗滌與掃蕩，新文體的（或名報章體）體制、風格，乃完全確立。」見氏著《梁啟超傳》，天津：百花文藝出版社2004年版，第23頁。

〔註23〕　梁啟超：《「知不可而為」主義與「為而不有」主義》，《飲冰室合集·文集之三十七》，第59頁。

感的抒發不能兼容。有時候為了達到宣傳主張、說服讀者的目的，甚至可以令情感取代理性，以求聳動視聽。他曾表示，所謂偏激之論並不足為慮，「某以為業報館者，既認定一目的，則宜以極端之議論出之，雖稍偏稍激焉而不為病。何也？吾偏激於此端，則同時必有人焉，偏激於彼端以矯我者，又必有人焉，執兩端之中以折衷我者，互相倚，互相糾，互相折衷，而真理必出焉。」〔註24〕多年之後，他又說：「晚清思想界之粗率淺薄，啟超與有罪焉……以二十年前思想界之閉塞萎靡，非用此種魯莽疏闊手段，不能烈山澤以闢新局」〔註25〕。正因為如此，梁啟超一派的政論文才能夠使「草野為之歆動」（羅振玉），「雖天下至愚之人，亦當為之蹶然奮興，橫涕集慨而不能自禁」（汪恩至）。〔註26〕

在報章政論的寫作中，既曉之以理，又動之以情，這不僅是梁啟超等人針對國人文化心理而採取的一種修辭策略，也是辛亥革命前夕、「山雨欲來」之際知識分子心態的普遍反映。我們看到，當時與梁啟超對立的革命派，言論比梁氏更激進，政論家如汪精衛、胡漢民等在煽動情緒方面較之於梁毫不遜色，原因即在於「人心在反動時期所受的壓迫很大，人人都有打破現狀的意欲，也只有感情激越的文字，才配合大家的胃口。」〔註27〕汪精衛在揭露滿清統治者通過禁燬、改竄歷代書籍，在精神上瓦解漢人民族意識的文化政策時說：

> 凡此皆謬託學術，以行其鬼蜮之技，狐蠱之智，欲我民族帖然歸化，自安順民而已。然民族大義，中更磨礱，益發光瑩。今日吾民族思想，更進一步，不復如前者之自尊而卑人，而知以保種競爭為無上義。自今以往，我知彼族終無幸存之理也。彼雖處心積慮以謀同化我，其安能！其安能！〔註28〕

在另一份革命派報紙《復報》上，類似壯懷激烈的文字也所在多有：

> 嗚呼嗚呼！此劫灰餘燼之病夫國乎？內制於蠻奴，外扼於洋鬼。相如雖勇，未逢完璧之期；懷王受欺，誰返商於之地。則號稱鐵血男兒者，豈徒作報演說，算能已畢乎？夫固欲沐浴於腥風血雨之中，壯遊於炮雨槍林之際，自為其危而與人以至安。張良之大鐵錐，荊卿之利匕首，其飛鳴出匣轟然落地，直取國中專制魔王之首於百步

〔註24〕梁啟超：《敬告我同業諸君》，《飲冰室合集・文集之十一》，第38頁。
〔註25〕梁啟超：《清代學術概論》，第89頁。
〔註26〕方漢奇：《中國近代報刊史》（上），太原：山西人民出版社1981版，第83頁。
〔註27〕曹聚仁：《文壇五十年》，第32頁。
〔註28〕精衛：《民族的國民》，《民報》第1期，1905年10月。

之外乎，此其時矣！此其時矣！〔註29〕

隨著這些政論報刊的不斷湧現，報章政論文的影響不斷擴大。作為一種文體，報章政論文也得到了進一步的發展。需要注意的是，科舉制度的不斷改革，對晚清政論文的興起也有重要的推動作用。戊戌變法期間，光緒諭令科舉考試停用八股，改試策論，「著自下科為始，鄉、會試及生、童歲、科各試，嚮用四書文者，一律改試策論……策論與制義，殊流同源，仍不外通經史以達時務」〔註30〕，已經將文言政論文的寫作列為國家考試的主要標準。1901 年，清政府又罷時文試帖，改以經義、時務策問試士，「進士朝考論疏、殿試策問，均以中國政治史事及各國政治藝學命題」〔註31〕，進一步明確了政論文在人才選拔中的核心地位。張友漁回憶道：「清末，改革科舉制度後，廢除八股，考試『經義』，曾增加『策論』。因此，讀書人裡頭，普遍注意研究時事。」〔註32〕「新民體」等報章文體一時間廣為流行，科舉應試者多以《新民叢報》為藍本，「其文字之勢力，乃遍及於學堂之學生，科場之士子。」〔註33〕梁氏文章，一舉而變為投時利器，「以剽襲《新民叢報》得科第者，不可勝數也。」〔註34〕日本學者平田昌司從知識生產的角度，對科舉制度的變革所引起的文類更迭有相當精彩的論述。〔註35〕科舉考試從八股改試策論之後，中國知識分子所身處其中的知識生產格局被打破，而且是從根本上發生了轉變。傳統八股陳陳相因在狹小的格局內重複進行的知識循環被突然中止，策論這種傳統文章體式被賦予新的意義和內容，並引起了對新知識的強烈社會需要，並進一步推動了報刊興論在社會知識生產中扮演了愈加重要的角色。作為知識的八股文生命被中止，而作為古文一種的策論則重獲新生，成為一種與傳統古文有聯繫、同時又受到報章文體影響的新文體類型，而這對於當時的文學來說，同樣是一種

〔註29〕吳魂：《中國尊君之謬想》，《復報》第 1 期，1906 年 5 月。

〔註30〕《清德宗實錄》，轉引自張希清《中國科舉考試制度》，北京：新華出版社 1993 年版，第 140 頁。

〔註31〕《清德宗實錄》卷 485，光緒二十七年七月己卯（十六日），轉引自張希清《中國科舉考試制度》，第 141 頁。

〔註32〕張友漁：《報人生涯三十年》，重慶出版社 1982 年版，第 2 頁。

〔註33〕彬彬：《梁啟超》，《追憶梁啟超》，夏曉虹編，北京：中國廣播電視出版社 1997 年版，第 19 頁。

〔註34〕李肖聃：《星廬筆記·梁啟超》，《追憶梁啟超》，第 42 頁。

〔註35〕〔日〕平田昌司：《光緒二十四年的古文》，《現代中國》第一輯，陳平原主編，武漢：湖北教育出版社 2001 年版，第 159～169 頁。

新的知識的出現。

　　1905 年清廷宣布廢止科舉，而胡適恰恰將政論文興起的年頭定在這一年，這並非巧合。事實上，晚清政論文與科舉制的關係遠比我們想像的更為密切而複雜。一方面，科舉制度雖然終結了，但由於得到科舉制度最後的推波助瀾，文言政論文卻迎來了自己的高潮。另一方面，從文體的角度來說，報章政論文與八股時文有著密切的關係，它既是對八股的反動，又是從八股中脫出，帶有八股文的痕跡。〔註36〕

　　到了民國建立之後，隨著輿論解禁，報刊林立，約法、國會、國體、政體等問題相繼成為知識界關注的重點，政論文更加發達，湧現了一大批政論作家：「論說這一種東西，在報紙上真是行時，一般民字號報館，如民立、民權、民國新聞、中華民報等，為革命黨所辦的，尤以寓有尖銳性的論說為重。民權報一天登一篇論說，還嫌不夠，特創出論說一、論說二等名目出來，依次排列到論說四、論說五，如後來的小報刊載小說一樣，至少得有三四篇。……至於一般寫論說的好手，民權報除天仇領頭以外，還有尹仲材、牛霹生、江季子諸兄。民立報有於騷心、宋遯初、景帝召、范鴻仙、章行嚴、徐血兒，前後真有不少的名角。民國新聞有邵元沖、湯兆鯤，中華民報有鄧家彥、陳匪石，又還有天鐸報，從前原是天仇的發祥地，在這時也有李懷霜、張客公，民強報有王博謙、章佩乙，可謂極一時之盛。」〔註37〕

　　隨著報章政論的日漸發達，它自身的內容與形式也在逐漸發生變化。晚清政論文經過了初期的蕪雜、浮誇、濫情、矯飾之後，終究是要回到樸實說理的正軌上來。首先，從論說文的本質來看，這種文體「本皆原於周秦諸子，個人拿自己的學說思想著出書來，以告訴後世的人；所以論說之文，終以中心義理主張之高下，來分他的價值。」〔註38〕因此，政論文是以議政說理為最終目的，即使有所抒情，也是為闡發政理而服務的。其次，正如羅家倫所說，隨著中國社會進入「政法路礦時代」，「全國的目光，除了議政以外，就射在路礦上面」，「因為法律的文字，在字句之間是有斟酌的；而實業的文字，是要獲實合乎應用的；所以潮流所趨，遂生邏輯文學」，這種邏輯文學是指文學的趨勢，

〔註36〕這一點筆者在下文還會詳細論述。
〔註37〕求幸福齋主：《民元報壇識小錄》，《越風》半月刊第七期，1936 年 2 月 2 日。
〔註38〕方孝岳：《中國文學批評‧中國散文概論》，北京：三聯書店 2007 年版，第 338 頁。

確實向著精密樸茂的方面發展，而漸漸合於邏輯的組織。〔註39〕也即是說，隨著中國社會現代化進程的逐漸深入，國人對西學的瞭解日益加深，浮濫、粗疏的鼓吹與宣傳不能再滿足知識分子的需要，讀者對報章文字的學理性提出了更高的要求──儘管這在一定程度上，是與報紙注重通俗的傳播特性相矛盾的。再次，如同鄰國日本，不同政治派別之間激烈的辯論──如《民報》與《新民叢報》之間「以學理為根據，堂堂正正旗鼓相當」的大論戰，不僅「在訓練中國人的系統的政治思想上，影響是相當之好的」〔註40〕，而且也促使政論文有了更進一步的發展。胡適便認為，「這種筆戰在中國的政論文學史上很有一點良好的影響，因為從此以後，梁啟超早年提倡出來的那種『情感』的文章，永永不適用了。帖括式的條理不能不讓位給法律家的論理了。筆鋒的情感不能不讓位給紙背的學理了。」〔註41〕陳子展也指出，「這種論戰在中國近代散文史上有一種良好的影響，因為從此以後，謹嚴的，深厚的政論文學才得成長。」〔註42〕民元之後，不同政治派別之間的論爭依然在繼續，激烈程度並不亞於革命派與維新派之間的論戰，而討論的內容也更為豐富、具體、深入，涉及到政治體制、國家建設、憲法理論等各個方面，這無疑使政論文更趨於深邃精緻。

　　至此，晚清政論文中以嚴復為代表的謹嚴、縝密的一支逐漸浮出地表、為世所重，並最終取代了時務文體，成為清末民初報章政論的主流，政論文的主要路向也從宣傳政見、煽動情緒漸漸走上辨疑析理，文章的深度、廣度、邏輯性、嚴密性都大大增強。胡適對這種變化看得極為清楚：「議論的文字不是完全走情感的一條路的。經過了相當時期的教育發展，這種奔放的情感文字漸漸的被逼迫而走上了理智的辯駁文字的路。梁啟超中年的文章業漸漸從奔放回到細密，全不像他壯年的文章了。後起的政論家，更不能不注意邏輯的謹嚴，文法的細密，理論的根據。」〔註43〕事實上，在辦《國風報》時期，梁啟超的文章風格已經開始變化，內容已經與此前所辦的《清議報》、《新民叢報》有所不同，「除策勵國民外，所論列者，以憲法及財政為多。

〔註39〕羅家倫：《近代中國文學思想的變遷》，《新潮》第 2 卷第 5 號，1920 年 9 月 1
　　　　日。
〔註40〕常乃惪：《中國思想小史》，第 133～134 頁。
〔註41〕胡適：《五十年來中國之文學》，《胡適文集》第 3 卷，第 234 頁。
〔註42〕陳子展：《中國近代文學之變遷·最近三十年中國文學史》，上海古籍出版社
　　　　2000 年版，第 209～210 頁。
〔註43〕胡適：《中國新文學運動小史》，《胡適文集》第 1 卷，第 110 頁。

非稍通政治學者，不能盡了其義。」〔註44〕錢基博也指出，梁啟超看到「世之學為新民體者，學其堆砌，學其排比，有其冗長，失其條暢，於是自為文章，乃力趨於洞爽軒闢。《國風報》已臻潔淨，樸實說理，不似《新民叢報》之渾灝流轉，挾泥沙俱下」〔註45〕。稍後出現的《民報》，雖然議論激烈，但大部分作者都能注意「汲引新流，滌除陳舊，以法理之言勝」。〔註46〕到了民國成立，梁啟超創辦《庸言》，更是專注說理，文風亦「力趨沉煉」而近於古文之文字了。〔註47〕

梁啟超在解釋《庸言》之義的時候，認為「庸」的意思有三種：「常」、「恒」、「用」。所謂「庸言」，就是用平常的話講實實在在、能夠致用的道理──「振奇之論，未嘗不可以驟聳天下之觀聽，而為道每不可久，且按諸實而多焉。」〔註48〕這不能不說是梁啟超對自己文風的一種反省和總結。1915年，梁啟超應中華書局之邀創辦了《大中華》雜誌，繼續《庸言》樸實說理的政論風格，強調「對於中國存亡問題及今日國民責任」，要「根據學理，引證歷史，研究現勢而解決之」。〔註49〕陸費逵也提出，「研究真理真相」是《大中華》創刊的目的之一，為此必須「紹介最新之學術」，而最重要的是「不拘於成見，不限於一家之言，一以研究為宗。」〔註50〕同一時期，谷鍾秀等人所辦的《正誼》雜誌也以「條陳時弊、樸實說理為主旨」，提出「欲下論斷，先事考求，與曰主張，寧言商榷，既乏架空之論，尤無偏黨之懷」。〔註51〕可見，政論應以理性、學術、思辨為主要追求，已經成為民初輿論界的共識。

1914年《甲寅》雜誌的出現和成功，可以說是晚清以來文言政論文趨於成熟的一個標誌，或者說一個頂點。原因即在於，《甲寅》的政論被認為是文

〔註44〕 呂思勉：《三十年來之出版界（一八九四～一九二三）》，《呂思勉論學叢稿》，上海古籍出版社2006年版，第284頁。

〔註45〕 錢基博：《現代中國文學史》，北京：中國人民大學出版社2004年版，第344頁。

〔註46〕 曼華：《同盟會時代民報始末記》，中國史學會主編《中國近代史資料叢刊·辛亥革命》（二），上海人民出版社1957年版，第441頁。

〔註47〕 彬彬：《梁啟超》，《追憶梁啟超》，第19頁。

〔註48〕 梁啟超：《庸言》，《庸言》第1卷第1期，1912年12月1日。

〔註49〕 《庸言》廣告，見《申報》，上海書店影印本，第132冊，第285頁。

〔註50〕 陸費逵：《宣言書》，《大中華》1卷1期，1915年1月20日。

〔註51〕 谷鍾秀：《發刊詞》，《正誼》1卷1期，1914年1月15日。

辭謹嚴、講求邏輯、注重學養的論說文典範，是梁啟超之後報章文字的又一高峰。耐人尋味的是，這種判斷並不是由仍在民國活動的古文家做出的，而是由新文學家做出的。按照羅家倫的判斷，《甲寅》雜誌乃是晚清以來「邏輯文學」的大成，「平心而論，《甲寅》在民國三四年的時候，實在是一種代表時代精神的雜誌。政論的文章，到那個時候趨於最完備的境界。即以文體而論，則其論調既無『華夷文學』的自大心，又無『策士文學』的浮泛氣；而且文字的組織上又無形中受了西洋文法的影響，所以格外覺得精密。」〔註52〕更重要的是，《甲寅》帶動了一批政論作家，造就了一股影響深遠的文學風潮，從根本上決定了政論文學的走向，令世人認識到「這才是報章文體的正軌。」〔註53〕即使是極力鼓吹白話文、視文言文為「死文學」的胡適，也不得不承認，「平心而論，章行嚴一派的古文，李守常、李劍農、高一涵等在內——最沒有流弊，文法很精密，論理也好，最適宜於中學模範近古文之用。」〔註54〕這不能不說是文言論說文乃至古文的了不起的成就。

第二節 「於國文開一生面」〔註55〕——章士釗論說文的「歐化」

　　章士釗的報章政論文自成一家，在民初文壇佔據了殊為重要的位置，正如一位學者所言，「自一九○五年經過辛亥革命，推翻滿清，一直到一九一五年（民國四年）一個長久的階段中，政論文章，在這個時候也成熟得夠了；握這時代政論文樞紐的代表作家，就是主辦《獨立週報》、《甲寅》雜誌的章士釗氏。」〔註56〕因此，無論是同時代的報界同人或是稍後的文學史家，對章文的評價也是不絕如縷。同樣以新聞評論著稱的黃遠庸對章士釗大加揄揚，稱章氏「非惟名理通論，足以抉發隱微，生人哀感，即其文體組織，符於論理，亦足為一大改革家」〔註57〕，敏銳地發現了章士釗對於近代散文文體的重要意義。陳子展

〔註52〕羅家倫：《近代中國文學思想的變遷》，《新潮》第 2 卷第 5 號，1920 年 9 月 1日。

〔註53〕曹聚仁：《文壇五十年》，第 34 頁。

〔註54〕胡適：《中學國文的教授》，《新青年》8 卷 1 號，1920 年 9 月 1 日。

〔註55〕章士釗：《章士釗全集》第 5 卷，第 582 頁。

〔註56〕李驤括：《二十年來中國文學運動線》，《中華季刊》第 2 卷第 3 期，1934 年 2月。

〔註57〕黃遠庸：《致甲寅記者》，《甲寅》1 卷 10 號，1915 年 10 月 10 日。

的論述本自胡適，也代表了當時大多數人的看法。〔註58〕他認為，章士釗的文章「既有學理做底子，有論理做骨格，有文法做準繩；又據他自己說，他好峻潔的柳（宗元）文；故讀他的文章，總覺得它極為謹嚴瑩潔。」〔註59〕點出了章文注重學理和邏輯、講究文法的特點，此後對章文的論述，大多與此相彷彿。1930年代後期，高承元強調，章文的特點在於「運用邏輯，衡論政理，法度森嚴，能立能破」〔註60〕。直到今天，研究者仍然認為，嚴復、章士釗注重名學與文法，因此文章「條理清晰，邏輯謹嚴一改古文不善說理與浮泛之氣，對五四以後政論文的發展影響極大。」〔註61〕

那麼，章士釗又是如何看待自己的文章？在晚年所作的最後一部重要著作《柳文指要》中，他把自己視作稍後於嚴復、梁啟超，而同樣代表一代文風、「以文字擾寫政治，跳蕩於文壇，力挈天下而趨者。」他比較了嚴、梁與自己的差異：

> 幾道規模桐城，字櫛句比，略帶泰西文律，形成一種中西合參文格，面生可疑，使人望而生畏。任公有陶淵明之風，於政於學，皆不求甚解而止，行文信筆所之，以情感人，使讀者喜而易近，因之天下從風而靡。吾則人婉言之，曰桐城變種，毒言之，曰桐城餘孽，實則桐城與吾絕不近，吾之所長，特不知者不敢言，能言者差能自信，文不乖乎邏輯，出筆即差明其所以然，不以言欺人而已。

〔註62〕

章士釗否認了自己與桐城派的關係，而著意點出自己從不大言欺人、行文講求邏輯的特點。語氣雖然謙遜，實則對嚴、梁二人都有所批評，克己之中透露著一絲自負。事實上，1920年代之後，經過教育部長任內的風潮以及與「語絲」的論戰，章士釗的士林聲望雖然大打折扣，但在舊派文學家眼中，章氏依然是一代宗師。在雙方鏖戰正酣之際，錢基博力挺章士釗，宣稱：「舉世嫉公之政論，我自愛公之文章，各行其是，無所容非也。僕誠以為公之政

〔註58〕稍後出現的一些文學史著，與陳子展的論述相去不遠，如任訪秋的《中國現代文學史·上》（南陽：南陽前鋒報社1945版）中說：「士釗受西洋邏輯學與文法的訓練很深，為文以論理為骨骼，有文法作準繩，所以文章簡練而精密。」

〔註59〕陳子展：《中國近代文學之變遷》，載《中國近代文學之變遷·最近三十年中國文學史》，第76頁。

〔註60〕高承元：《邏輯指要序》，《章士釗全集》第7卷，第288頁。

〔註61〕陳平原：《中國散文小說史》，上海人民出版社2004年版，第199頁。

〔註62〕章士釗：《柳文指要·跋》，《章士釗全集》第10卷，第1652頁。

治，盡為一世所唾罵，而公之文章，終當奕世不磨滅。公而得此，亦足自豪矣。」〔註63〕文章的出色，居然可以當作政治失敗的遮羞布，其效用亦可謂出人意料。

那麼，章士釗的文章究竟有何特出之處？除了上述人們耳熟能詳的、相當簡略的文學史評價，除了新文學運動領導者嚴厲的否定性結論〔註64〕，我們是否還能給出更全面而深入的分析？章士釗是中國古文傳統的保守者，還是近代散文的改革家？是古典文學傳統的嫡系，還是中西文化的混血兒？他對文法異乎尋常地重視，與新文學運動對文法的關注有什麼關係？僅僅是由於清代小學傳統的遺風或出於文章修辭的內在需要，還是文學現代性建構／改造的重要一環？為了回答這些問題，我們有必要對章士釗的報章政論進行整體的把握與細部的觀察。在我看來，章士釗的報章政論是傳統文言散文的新變，它誠然是清末民初古文的殿軍，但正如胡適所斷言，已經是「『歐化』的古文」〔註65〕。下面，我們就接著胡適的思路，對這一問題進行進一步的探討。

晚清報章文學，自譚嗣同、康有為、梁啟超以來便有一大特徵，即內容之駁雜。在這些文字中，經史子集、生光化電與佛老耶儒、東土西洋熔為一爐，五色斑斕，光怪陸離。〔註66〕雖然因為與佛學無緣，少了些玄學氣味，但在駁雜這一點上，章士釗的政論文可謂毫不遜色。章士釗曾留學愛丁堡大學，專攻政法、邏輯之學，〔註67〕因此歐美政治理論自然成為章氏政論的看

〔註63〕 《錢基博致章士釗函》，《甲寅週刊》1卷36號，1926年12月18日。

〔註64〕 五四之後，胡適便說：「行嚴是一個時代的落伍者，他卻又雖落伍而不甘心落魄，總想在落伍之後，謀一個首領做做，所以他就變成了一個反動派，立志要做落伍者的首領了。」見胡適《「老章又反叛了！」》，《京報副刊·國語週刊》第12期，1925年8月30日。

〔註65〕 胡適：《五十年來中國之文學》，《胡適文集》第3卷，第234頁。

〔註66〕 章太炎曾談到晚清政論的駁雜：「時新學初興，為政論者輒以算術物理與政事並為一談。余每立異，謂技與政非一術，卓如筆本未涉此，而好援其術語以附政論，余以為科舉新樣耳。」見氏著《民國章太炎先生炳麟自訂年譜》，臺北：臺灣商務印書館1980年版，第6頁。對於其他文言文本的駁雜性，錢鍾書曾在《林紓的翻譯》中談到了林紓譯文對各種外來新名詞的使用以及字法、句法的歐化，並辨明林紓的譯作已經不是狹義的「古文」，而且常常「無視中國語文的習慣」了。見錢鍾書《七綴集》，北京：三聯書店2002年版，第93～97頁。

〔註67〕 袁景華：《章士釗先生年譜》，第37頁。

家法寶。〔註68〕章文為時人所重的一個重要因素，也在於此。〔註69〕在《甲寅》時代的政論文中，這些英美政論、歐陸學說與諸子要義、唐宋古文同時並存，構成一道奇異的景觀。〔註70〕章士釗最著名的文章《政本》便是典型。在這篇文章中，章士釗自譯的《白芝浩內閣論》、嚴譯孟德斯鳩的《法意》、英儒梅因的《古代法》、法儒奢呂的《民政與法蘭西》，與歐陽修的《與高若訥書》、《朋黨論》、司馬光的《資治通鑒·魏紀》、蘇軾的《上神宗皇帝書》、姚鼐的《李斯論》甚至當時的政論雜誌《不忍》、《庸言》上的言論等等雜糅在一起，不僅有豐富多樣的理念，而且在文體上也構成了某種值得注意的互文性〔註71〕，體現了過渡時期文體天然的多元性與混雜性。又如籌安會起，楊度、孫毓筠等挾美人古德諾之說以倡帝制，一時甚囂塵上，章士釗遂作《帝政駁議》，撫引西儒席兒、蒲徠士、梅倚之說，於古氏之論一一攻之。如古氏曾云「繼承確定一節，實為君主制較之共和制最大優勝之點」，章士釗則駁之曰：

> 繼承一家之事，其法一紙書耳，有何難定。倘若古氏曾參兩拿翁之朝，而以斯說進，拿翁決不難惟命是從，惟其君統及身而滅，擁此「金簡石室」之書，足覆瓿耳，何益於用？又倘若古氏曾掌克林威爾之書記，而以斯說進之，克氏竟以此而自帝，姑無論其子力次爾自然承襲，初無待以法定之，然一傳而絕，有同暴秦二世，則所恃以正其子孫帝王萬世之業者，又焉往哉？夫古氏以郡主說嘗試

〔註68〕 據不完全統計，諸多西方政治理論家如英國的約翰·密爾（John Stuart Mill）、斯賓塞（Herbert Spencer）、達爾文（Charles Robert Darwin）、赫胥黎（Thomas Huxley）、莫烈（John Morley）、柏克（Edmund Burke）、梅因（Henry Sumner Maine）、梅依（Erskine May）、白芝浩（Walter Bagehot）、布萊斯（蒲徠士 James Bryce）、席兒（西奇威克 H.Sidgwick），美國的羅偉爾（A.L.Lowell）、柏哲士（Jone William Burgess）、黎白（Francis Lieber）、法國的托克維爾（Alexis de Tcqueville）等等，頻頻出現在章氏文章中，成為他的主要理論資源。

〔註69〕 據時人記載，宋教仁極為看重章士釗在《帝國日報》上所發表的政論，曾剪裁裝冊，隨時閱讀，以瞭解憲政梗概。事見錢基博：《近百年湖南學風》，北京：中國人民大學出版社 2004 年版，第 102 頁。

〔註70〕 日本學者高田淳認為，章士釗的政論文在嚴復曾經介紹宣傳過的斯賓塞、密爾、孟德斯鳩的基礎上，又開列出一長串歐美學者的名字，但除此之外，他在文章中「還引用了韓愈、柳宗元、蘇軾、歐陽修等唐宋古文派的政論，這顯示了章士釗文章的一貫特色。」見氏著《章炳麟·章士釗·魯迅》，劉國平譯，呼和浩特：遠方出版社 1997 年版，第 143 頁。

〔註71〕 對於章士釗文本中的互文性，下文將進行討論。

於吾，不能詳陳斯制之如何為利，及其如何而得鞏固，而徒取君制
大定後之一繼承問題，待至建都習禮，菹韓醢彭，徐徐引數四老人，
以為太子羽翼，默示微諷，而不虞其後時者，張皇號召，一若此謀
若臧，萬事都了者然，使人感情瞀亂，輕重倒置，以僥倖其說之見
錄於世，是誠孫卿所謂訞怪狡猾之人者矣。〔註72〕

其文對於中外典故繁徵博引，言必有據，自古氏立論得意處徐徐駁之，其
舉重若輕、從容自若之態，自與當時一班淺薄無學、一味謾罵者全然不同。

章士釗所熱衷討論的共和政治、政黨政治，對於中國知識界而言本屬新鮮
事物，雜採西方近代政治學說以為理論資源，是自然而然的。相對於民初輿論
界諸多不諳西文、只能輾轉拾取日人牙慧而略知皮毛者，章士釗學有所本，兼
之深通歐西政情，對歐美政治學說的理解也更為深刻。因此，大量歐西政治學
概念、詞彙、語句的引入，造成文章內容的駁雜或者說歐化，非但不是章文的
劣勢，反而正是報章政論充滿活力的一種表現。更重要的是，內容的變化不可
避免地帶來了文體形式的變化。長期以來形成的古文文體的穩定性，在歐西思
想觀念的急劇沖刷和激蕩之下，被有力地動搖了。

金克木在論述八股文時，有一相當精闢的觀點：「功能決定文體，文體
反映功能。」〔註73〕這一觀點很可用於分析清末民初散文文體的變化。儘管
清代中葉以來桐城派散文很注重闡發義理，但注重義理的表達並不等於擅長
說理。因此一般都認為，古文是不擅長說理的。桐城派後期領軍人物曾國藩
便在《復吳南屏書》中說：「僕嘗謂古文之道，無施不可，但不宜說理耳。」
〔註74〕吳汝綸也說：「說道說經，不易成佳文。道貴正，而文必以奇勝。經
則義疏之流暢，訓詁之繁瑣，考證之該博，皆於文體有妨」，〔註75〕所以，
不宜「以義理之說施之文章」〔註76〕。胡適則認為，雖然康梁、劉師培、章
太炎、章士釗等人的文章或說理、或論學，都以應用為主，但實際上古文「只
配做一種裝飾品，一種奢侈品，卻不配做應用的工具」。這些觀點是否準確
恰當，這裡姑且不論。我們應該看到的是，在白話文未入大雅之堂的時候，

〔註72〕秋桐（章士釗）：《帝政駁議》，《甲寅雜誌》第1卷第9號，1915年8月31日
〔註73〕啟功、張中行、金克木：《說八股》，北京：中華書局2000年版，第101頁。
〔註74〕曾國藩：《復吳南屏書》，《曾文正公全集·書札》，傳忠書局光緒二年印本。
〔註75〕吳汝綸：《與姚仲實》，《桐城吳先生（汝綸）尺牘》，光緒29年，《近代中國史
　　　料叢刊》第366種，沈雲龍編，臺北：文海出版社1969年版。
〔註76〕吳汝綸：《答姚叔節》，《桐城吳先生（汝綸）尺牘》，光緒29年。

古文必須也已經承擔了文學媒介發生變化之後散文應當承擔的新功能。當古文的載體由奏議、策論變為報章，古文的功能由表達義理、考據、辭章變為討論共和憲政、政黨政治，其文體也勢必要發生變化。換言之，在西潮湧入已經不可避免的時候，章士釗的政論文在形式上也勢必要出現某種「歐化」的趨向。

這種文體的歐化，首先表現在文章邏輯性的增強。晚清古文的一個重要變化，是出現了動輒萬言乃至數萬言的長文。〔註77〕這種長篇論文自然要求論證的清晰與行文的條理，要求有機的結構，使得讀者可以順利地閱讀並準確地把握其主要論點。對於如何結構這種長文，政論作家們也有不同的答案。在錢基博看來：「大抵啟超之文，辭氣滂沛，而豐於情感。而士釗之文，則文理密察，而衷以邏輯。」〔註78〕換言之，在寫作長文之際，梁啟超是以氣勢、情感貫之，章士釗則是以邏輯推理貫之。在信奉進化論的時人看來，後者似乎更勝一籌，「條理可比梁啟超，而無他的堆砌」。〔註79〕

如所周知，章士釗是近代傑出的邏輯學家。他在英倫求學之際，「顧最喜者邏輯，又通古諸子名家言，耙櫛梳理而觀其通。自是衡政論學，罔不衷於邏輯。」〔註80〕回國之後，他又相繼在北京大學、東北大學講授邏輯，並於1942年修訂出版了在北大的講稿《邏輯指要》。在章士釗的鼓吹和推動之下，「邏輯」取代了「辨學」、「名學」、「論理學」等，成為 logic 一詞在漢語中的正式譯名〔註81〕。他把邏輯學視為人文科學的基礎，認為「蓋邏輯不講，百學不興，百廢莫舉」。〔註82〕又認為，「今日論治者之患，在得一術語，而無正確之界說以擁護之，遂至歧義百出，是非混淆，此邏輯之所以不可不講也。」〔註83〕因此，

〔註77〕桐城派以「小文章好」（劉熙載）著稱。章太炎也說「劉才甫（大櫆）小文章好」。因此，桐城派小文章好、大文章不好似乎已成定論。桐城派文章當然也有長文，但這些長文大多是迎合清政府的正統觀念而作，空洞無物。因此，晚清報刊湧現的說理長文，或針對現實政治，或引介域外思想，可謂是古文的新體。

〔註78〕錢基博：《現代中國文學史》，北京：中國人民大學 2004 年版，第 368 頁。

〔註79〕胡適：《五十年來中國之文學》，《胡適文集》第 3 卷，第 234 頁。

〔註80〕錢基博：《近百年湖南學風》，北京：中國人民大學出版社 2004 年版，第 101 頁。又據章士釗自述，在蘇格蘭時曾師從戴蔚孫教授（Prof. Davidson）學習邏輯，見氏著《邏輯指要・自序》，《章士釗全集》第 7 卷，第 293 頁。

〔註81〕民質（章士釗）：《論翻譯名義》，《國風報》第 29 期，1910 年 11 月。

〔註82〕行嚴（章士釗）：《論邏輯》，《民立報》，1912 年 4 月 18 日。

〔註83〕行嚴（章士釗）：《統一聯邦兩主義之真詮》，《民立報》1912 年 3 月 27 日。

「所貴夫邏輯者，在以有統系的論法，救正世俗之思」〔註84〕。無論是在立論或是駁論之時，章士釗都把是否講邏輯放在判斷是非的首要的位置。在 1912 年所作《答客難》中，章士釗強調了邏輯思維對於政治辯論的必要性：

> 駁者曰：「子言政體，不見精神，得毋謂個人之體育，亦視形式而不視精神乎？得毋謂個人之品行，亦視表面而不視實際乎？」此說也，最足以代表庸俗之論。思以邏輯律之，是謂論點變更。何也？吾只言區別政體不在精神，非謂立國不在精神也。詮政體是一事，考國成又是一事。駁者所舉體育、品行之喻，例之國家，乃考國成之事，非詮政體之事。考國成者，乃就一國之組織，研求其所以存在之道，故重在精神；詮政體者，乃就各國之組織而推出其組織上之異點，故重在形式。此所需邏輯之頭腦亦不多，而論者不能於此致謹，故記者說此點而彼乃向他點力攻。王好竽也，而子所操者為瑟，又焉往而不鑿枘耶？〔註85〕

章士釗不僅要求論爭對手必須講邏輯，自己的寫作也力求章法嚴謹，邏輯周密，無懈可擊。為此，他採用一些固定的寫作技巧，鮮明地體現了這一特色。

首先，章士釗非常注重「正名定界」〔註86〕。他認為，「……邏輯論法當首定用語之範圍，範圍不同，同一用語而為意自異，此不可以不察也。」〔註87〕因此，他的政論多從討論具體概念的定義出發，對一些流行的政治概念如「共和」、「政黨」、「國體」、「憲法」等，一一加以辨正，以邏輯推演的方式進行證偽，從而糾正國人對政治概念混亂模糊的理解，達到廓清誤解、以正視聽之目的。民國肇始，人人皆曰共和而不解共和之真義，章士釗對如此濫用名詞、混淆視聽的風氣可謂深惡痛絕：「今之最時髦之名詞，莫若共和，而最爛污者亦莫共和。若軍隊之放縱者，曰此共和也；學生之放縱者，亦曰此共和也……記者曰：共和者，乃政府之一種形式也。國採代議政體而戴一總統為首領，是謂之共和，無他說也。萬不可以作尋常狀物之詞到處濫用。服從之反面，本有他字，何必以此代之。須知共和國民應盡之職，實無

〔註84〕 行嚴（章士釗）：《統一聯邦兩主義之真詮——答王君季同書》，《民立報》1912 年 4 月 4 日。

〔註85〕 行嚴（章士釗）：《答客難》，《民立報》1912 年 3 月 25 日。

〔註86〕 秋桐（章士釗）：《民國本計論——帝政與開明專制》，《甲寅》1 卷 10 號，1915 年 10 月 10 日。

〔註87〕 行嚴（章士釗）：《統一聯邦兩主義之真詮》，《民立報》，1912 年 4 月 4 日

以異於他種國民。欲放縱則放縱耳，欲淫慾則淫慾耳，何必假此高而不切之名以濟汝之惡也？」〔註88〕這在當時的輿論界，誠然是振聾發聵的獅子吼。又如在 1912 年輿論界對議會制度的討論中，曾有二院制可以防止「國會專制」的意見。在《二院制足以救國會之專制確乎》一文中，章士釗又以「正名定界」的方法，論證了「國會專制」的提法不能成立：

> 記者嘗思之，國會專制一名，吾實不審其何由得立。記者已言國會不易於專制矣，然即專制，吾知國會者，所以代表人民也，謂國會專制，猶謂人民專制，此訴之民政國，固不可通，即證以《孟子》國人皆曰之義，亦大憂其扞格，且必謂人民之意，不當通行，則共和憲政之根本，從此推翻，吾輩又以何物為共同之點，相與討論。〔註89〕

其後章士釗在《甲寅》上發表的《扎斯惕斯》一文，也是以概念的界定來組織文章。作者反覆辨析了《庸言》、《正誼》等刊物的命名〔註90〕，通過分析「庸」、「誼」等字與 Justice 一詞的異同，確定了「扎斯惕斯」（即正義）在當時語境中的合理內涵。〔註91〕此外，章士釗還在文章中討論了政治團體的性質與分別（《論統一黨》）、「政治主眼」與「政綱」的區別（《論同盟會》）、「開明專制」之有無（《民國本計論》）等諸多政治概念。這種「截斷眾流，嚴立界說」〔註92〕的議論方式並不追求凌厲無前的殺伐之氣，但卻具有難以抵擋的說服力。其正本清源的效用，不僅滿足了論理推演之寫作目的，而且對於民初政治思想的清理、普及、發展也有重要的關係。或許正是因為如此，章士釗極為注意譯事，常為一詞之譯法，與人反覆辯難，樂而不疲。這種推敲精神正與另一位晚清邏輯學的譯介者嚴復相近，而從一個側面，反映了章士釗文章精密處之所在。

其次，章士釗善於運用對比論證手法，反覆比較、層層遞進，在不斷正反比照之中，強化自己的邏輯，所謂「如剝蕉然，剝至終層，將有見也。」〔註93〕在

〔註88〕行嚴（章士釗）：《共和》，《民立報》，1912 年 2 月 27 日。

〔註89〕行嚴（章士釗）：《二院制足以救國會之專橫確乎》，《民立報》1912 年 4 月 2 日。

〔註90〕當時出現的《庸言》，英文名字是 Justice，而《正誼》的命名，按照張東蓀的說法，也是取 Justice 之意。

〔註91〕這篇文章的重要價值，還在於它涉及到民初至五四時代一個至關重要的思想史問題，即對於政治和社會倫理的討論。

〔註92〕錢基博：《現代中國文學史》，第 408～409 頁。

〔註93〕秋桐（章士釗）：《政本》，《甲寅》第 1 卷第 1 號，1914 年 5 月 10 日。

《學理上之聯邦論》中有一段話，可以作為例證：

> 理有物理，有政理。物理者，絕對者也。而政理只為相對。物理者，通之古今而不惑，放之四海而皆準者也。政理則因時因地容有變遷。二者為境迥殊，不易並論。例如十烏於此，吾見九烏皆黑，餘一烏也，而亦黑之，謂非黑則於物理有違，可也。若十國於此，吾見九國立君，餘一國也，而亦君之，謂非立君則於政理有違，未可也。立君之制，縱宜於九國，而未必即宜於此一國也。或曰，自培根以來，學者無不採經驗論。此其所指，似在物理，而持以侵入政理之域，愚殊未敢苟同。……其所以然，則科學之驗，在夫發見真理之通象；政學之驗，在夫改良政制之進程。故前者可以定當然於已然之中，後者甚且排已然而別創當然之例。不然，當十五六世紀時，君主專制之威披靡一世，據此以前，政例所存，罔不然焉。苟如論者所言，是十七世紀後之立憲政治，不當萌芽亦，有是理乎？〔註94〕

很明顯，這種比較論證的方式暗合了辯證法的思維模式。高承元便認為章士釗並沒有墨守形式邏輯的藩籬，而是很早就對「動的邏輯」——辯證法——有所瞭解。他指出，章氏名論《政本》引用近代物理學向心力與離心力的原理，藉以說明政權應籍反對黨的刺激而謀求改進，而不是像袁世凱那樣誅除異己，並且成功地預言顛覆袁氏之業者不在異己而在其所親昵，乃是「神於辯證法之用者」。〔註95〕我們再引一段討論「徑」與「紆」的文章中，從中可以看出章士釗對於矛盾的對立統一與互相轉化，有相當明澈的理解：

> 雖然，凡事有徑而成者，有紆而成者，此皆視隨時發生之事情以為斷，不能有成心也。是故吾作一事，始以為可徑而成也，繼知其不能，則從事於紆。紆者非委棄其事之謂也，乃欲速其成之謂也。蓋事既非可由徑而成，而吾必硬通之焉，則亦惟費時與力而已，通否尚不可必也。即或通焉，而基礎未固，旋受他力而室，其效果與未通等。若當初捨徑而從紆，則通也久矣，是故紆者有時竟為求通最逕之徑也。〔註96〕

〔註94〕秋桐（章士釗）：《學理上之聯邦論》，《甲寅》1卷5號，1915年5月10日。
〔註95〕高承元：《邏輯指要序》，《章士釗全集》第7卷，第288～290頁。
〔註96〕行嚴（章士釗）：《說本報之態度》，《民立報》1912年7月26日。

　　章士釗的政論雖多長篇鴻論，但大都思路綿密，文氣暢達，讀者閱之而不覺疲倦，正是得益於這種環環相扣的「螺旋式的文字」〔註97〕。也正因為如此，謝幼偉才感慨，受過邏輯訓練的章士釗筆底果然與一般古文家不同，「發為文章，法度謹嚴，殆非專治古文辭者所能望其項背。」〔註98〕

　　如果說上文論述的是修辭學所謂的「章法」（disposition），那麼下面將要討論的，則是章氏文法（composition）的「歐化」。

　　近百年來，西方語言和文化引起漢語詞彙的改造和文法的變化，〔註99〕已經成為不爭的事實。但有學者也認為，只有在「五四」之後，「漢語的詞法和句法受到西洋語法的影響，有相當大的變化」，「五四」之前的文章在句子結構上的變化「是微不足道的」。〔註100〕事實上，從康、梁開始，外國語言（包括西方和日本）對漢語各個層面（字、詞、句、段）的滲透已經開始。梁啟超的文章便已經是「時雜以俚語、韻語及外國語法」〔註101〕的新體，與當時佔據文苑主流的古文有明顯的差異，所使用的句式、句法，和今天的現代書面語已經相去不遠。到了章士釗，對西文文法的借鑒和使用變得更加自覺了。章士釗在日本求學，接觸英文文法之後，認為便於學生學習，「吾國文者固亦當以是法馭之」，便寫作《中等國文典》一書，本西文之法則，案諸漢文，分析詞性，制定文律，以為中等及師範學校教學之用，成為繼《馬氏文通》之後又一部有影響的文法學著作。〔註102〕因此，章士釗對於中西文法的異同可說相當熟悉，對於採用西方文法應該也並無成見。在《甲寅週刊》時期，曾有讀者致信章士釗，批評新文學家構造詞句，醉心歐化，而章士釗的回應則頗耐人尋味：「國文參用西文間架，事本可能。鄙文偶有微長，即存此點。黃遠庸生時，曾與愚討論及此，所見相同，惟不如今人生吞之甚耳。尊論防弊，鄙意則從長斟酌至善，可於國文開一生面。」〔註103〕章士釗不僅沒有否定古文寫作借鑒西文文法的可行性，而且認為自己就是一個正面的典型，並且強調如果參考得

〔註97〕羅家倫：《近代中國文學思想的變遷》，《新潮》第 2 卷第 5 號，1920 年 9 月 1日。

〔註98〕謝幼偉：《現代哲學名著述要》，濟南：山東人民出版社 1997 年版，第 89 頁。

〔註99〕呂叔湘：《中國文法要略》，《呂叔湘全集》第 1 卷，瀋陽：遼寧教育出版社 2002年版，第 5 頁。

〔註100〕王力：《漢語語法史》，北京：商務印書館 1989 年版，第 327、342 頁。

〔註101〕梁啟超：《清代學術概論》，上海古籍出版社 1998 年版，第 85 頁。

〔註102〕章士釗：《中等國文典·序例》，北京：商務印書館 1907 年版。

〔註103〕孤桐（章士釗）：《答言》，《章士釗全集》第 5 卷，第 582 頁。

當,古文寫作甚至可以因此而開闢一條新路。這和當時新文化運動對文法問題的看法並沒有本質區別,唯一的不同是,他認為《新青年》諸人對西洋文法的借鑒過於急切。1927 年,又有讀者致函章士釗,認為《論衡》多瑣碎之處,難以作為論辯文的教材。章士釗在回信中認為,「此編看似瑣碎,然持論欲其密合,複語有時不可得避,一觀歐文名著,自悟此理。邦文求簡,往往並其不能簡者而亦去之,自矜義法。曾滌生謂古文不適於辨理,即此等處。充文布勢遣詞,胡乃頗中橫文架橆,殊不可解。」〔註104〕可以看到,章士釗對於複合詞(即「複語」)之於說理文的必要性,以及在文言寫作中逐漸增多、與西洋文法趨同的趨勢,是有透徹瞭解的。正因為如此,章士釗自己的政論文寫作,雖然在語言層面固執地採用「雅馴」的文言,在文法層面卻是「移用遠西詞令,隱為控縱」〔註105〕。我們來看下面一段文章:

> 今之主張毀棄共和者,大抵蔽罪於中國人民程度不足。是說也,
> 愚屢有駁論,散見本志諸篇。略謂程度云者,乃比較之詞,非絕對
> 之義。吾國民智之低,誠不足語於普通選舉之域,而謂國中乃無一
> 部優秀分子,可得入於參與政事之林,無論何人,所不能信。果其
> 足信,則專制政治,亦莫能行。何也?為專制者,終不得不恃人以
> 為治也。故愚理想中之立憲政治,初不以普通民智為之基,而即在
> 此一部優秀分子之中,創為組織,使之相觀相摩,相質相劑。此其
> 基本人物,與世俗所稱開明專制,不必有殊。其絕明無翳之界,則
> 專制下之人才,皆如狙如傀儡,而一入於真正立憲之制,即各抒其
> 本能,保其善量已耳。雖不必全體,從其多者而言之,此義不可沒
> 也。至於普通人民,其智未足以言政,即於政制,無所可否於其間。
> 吾國由君主變為共和,彼蓋視為無擇,善為政者亦惟相其所宜,使
> 之智量日即於高而已。若以人民全體為一標準,而疑多數拙劣分子
> 所不能瞭解之事,即不能行於少數優秀分子相互之間,以致優秀者
> 失其磨蕩之力,而本質以隳;拙劣者以無人提攜誘掖,永遠末由自
> 拔,甚宜其慎也。〔註106〕

顯而易見,這段文字中出現了相當多的近代複合新詞所構成的詞組(劃線

〔註104〕章士釗:《論衡──答張九如》,《章士釗全集》第 6 卷,第 439 頁。
〔註105〕章士釗:《文論》,《甲寅週刊》1 卷 39 號,1927 年 1 月 8 日。
〔註106〕秋桐(章士釗):《共和平議》,《甲寅》1 卷 7 號,1915 年 7 月 10 日。

部分），這種多音節的、更為嚴密曲折也更為歐化的修辭方式，不僅能夠完整準確地表達意思，而且與口頭語言也更為接近。〔註107〕作為舊文化的「逆子」，傅斯年儘管並不十分欣賞章士釗的文章，但他敏銳地意識到章文所具有的「幾百年的文家所未有」的特長，「就是能學西洋詞法，層次極深，一句話裡的意思，一層一層的剝進，一層一層的露出，精密的思想，非這樣複雜的文句組織，不能表現；決不是一個主詞，一個謂詞，結連上很少的『用言』，能夠圓滿傳達的。」〔註108〕更重要的是，如果我們反覆閱讀，將會發現這段文字有著內在的、環環相扣的連續性和節奏感，這或許正得益於其對於西方文法的借用。葉公超認為，中國文字的特殊力量往往在於語詞，而西洋散文的長處在於結構和節奏，「西洋文字的文法結構是連接的，前後呼應的，所以有一種流動性，正如它們的音節是一種連續波紋式的」〔註109〕。遺憾的是，葉公超只是強調了白話文應該比文言文具有更多的 Lucidity（流動性），卻完全忽視了以章士釗為典型的民初政論雖以古文為外形，但在結構和節奏方面已經體現了西洋文法的某些特徵。無論是論證的邏輯，還是在句法的銜接，章士釗的文章並不缺乏這種類似於歐洲文字的流動性。好在並非所有新文學的鼓吹者對此都視而不見，幾乎就在傅斯年對章士釗文法的歐化傾向做出評價的同時，羅家倫也公允地指出，章士釗「文字的組織上又無形中受了西洋文法的影響，所以格外覺得精密」。〔註110〕

第三節　從柳文到桐城──章士釗論說文與古文傳統

需要強調的是，儘管在文章的邏輯性與文法的「歐化」方面，章士釗體現了與晚清文言散文主流不同的一面，但無論是他自己還是後來成為論戰對手的新文學家，都毫不懷疑他的古文家身份，現有的文學史甚至長期將其定位為極端保守的復古主義「逆流」。章士釗對政治的思考是現代的，但卻選擇了古典主義的表述方式。用「保守主義」來解釋這一悖論，顯然過於粗疏和簡單。應該看到，章士釗與中國古文傳統有著千絲萬縷的聯繫。脫離這一背景，我們

〔註107〕沈國威：《近代中日詞彙交流研究──漢字新詞的創製、容受與共享》，北京：中華書局 2010 年版，第 20 頁。
〔註108〕傅斯年：《怎樣做白話文》，《新潮》1 卷 2 號，1919 年 2 月 1 日。
〔註109〕葉公超：《談白話散文》，《中央日報‧平明》，1939 年 8 月 15 日。
〔註110〕羅家倫：《近代中國文學思想的變遷》，《新潮》2 卷 5 號，1920 年 9 月 1 日。

顯然無法對章士釗的選擇做出合理的解釋。換言之，在初步檢視了章士釗政論文的「歐化」特徵之後，我們需要將其放回到中國文言散文的發展脈絡中去，重新梳理他與傳統古文運動的關係。只有這樣，我們才能對章士釗的文學史位置有更為全面的理解和更為準確的把握。

首先，章士釗與唐代古文運動，特別是柳宗元有著相當密切的關係。

章士釗自幼熟讀唐宋八家之文，其中尤嗜柳宗元。1925 年，他在一篇文章中說：「愚幼時好讀柳子厚文，此癖至今未改。故行文引用河東成句，恒不自覺。」〔註111〕1941 年，他又在一首詩中寫道：「少時標文律，起自學柳州。柳州善自控，約失豐以浮。職是邏輯境，術異理則侔。此理人罕知，吾亦愧溝猶。……」〔註112〕晚年，章士釗又寫出柳宗元研究的經典之作《柳文指要》，再次表明自己對柳文的摯愛：「吾年十三四，勤於記誦，則偏嗜子厚文，一切取子厚所歷，衡量自己。子厚被貶後，常患痞疾，與友人書，恒以不壽為憂，而吾七歲入塾，以塾師嚴酷，不期得自泄症，體以是積虛成癆，艱於發育矣。子厚年四十七歲而歿，吾早年每以謂：將不可能達到四十七歲」。〔註113〕

韓柳之爭，始終是中國文學史上一個常談常新的話題。有清一代，古文家大多崇韓抑柳，而尤其以桐城派為最。到了晚清，這種局面似乎有所改觀。〔註114〕陳衍便認為，桐城人號稱能文者，皆揚韓抑柳，但不知柳宗元之不易及者有數端，「出筆遣詞，無絲毫俗氣，一也；結構成自己面目，二也；天資高，識見頗不猶人，三也；根據具言人所不敢言，四也；（如《封建論》之類，甚至如《河間婦人傳》，則大過矣，）記誦優，用字不從抄撮塗抹來，五也。」〔註115〕對此，章士釗也有自己的看法。在《柳文指要》當中，對於批評柳宗元者，章士釗動輒以「腐儒」、「存書」、「冬烘先生」、「帖括老生」斥之。他不滿世人揚韓抑柳、或抑韓而不知崇柳，認為韓愈不過是一「博徒」，出處大義，與柳宗元涇渭分明，是不能相提並論的。〔註116〕在另一篇文章當中，針

〔註111〕孤桐（章士釗）：《孤桐雜記》，《甲寅週刊》1 卷 8 號，1925 年 9 月 5 日。

〔註112〕章士釗：《答九如刻邏輯》，《章士釗全集》第 7 卷，第 198 頁。

〔註113〕章士釗：《柳文指要》，《章士釗全集》第 10 卷，第 1225 頁。

〔註114〕今人陳平原認為，「宋人講道學，韓之立場堅定自然大受讚賞；晚清以來主懷疑，柳之『是非多謬於聖人』因而轉敗為勝。」見陳平原：《中國散文小說史》，第 96 頁。

〔註115〕陳衍：《石遺室論文》，《陳石遺集》（下），福州：福建人民出版社 2001 年版，第 1601 頁。

〔註116〕章士釗：《柳文指要》，《章士釗全集》第 9 卷，第 120 頁。

對方苞等人不喜班固及柳宗元文，章士釗引平步青的話，認為「柳州辯論數篇，其博引繁稱，語有斷制，真古文，真考據，豈他家所有哉？」對桐城派的不滿表露無遺。他諷刺桐城派鄙柳州文不讀，但是自己文章中屢犯病句如「攜樸被」等，「既不知考據從何著手，且並不知作文需用考據。徒以空疏示範，強人從己，凡己行文不中律令處，悍然不顧，以訛傳訛，馴至習俗移人，賢者不免。」〔註117〕這可以說是極為嚴厲的批評了。

　　章士釗對柳文的推崇表現在諸多方面。例如，他認為柳文雖然屬於傳統古文，與西洋文章有所不同，但「術異理則侔」，柳文也有著極強的邏輯性：「文自有邏輯獨至之境。高之則太仰，低焉則太俯；增之則太多，減之則太少；急焉則太張，緩焉則太馳。能斟酌乎俯仰多少張弛之度，恰如其分以予之者，惟柳子厚為能，可謂宇宙之至文也！」又以《說車》一文為例，感歎柳宗元思維的高明：「自有柳文一千餘年，吾迄未見有人解得作者善用二律背反之矛盾通象」。〔註118〕接著他指出，柳宗元哲學思想中的中庸之道，又使他在寫文章時具有進退自如、左右逢源的辯證性和靈活性。他指出：「韓柳同言文以明道，然道在退之以見極為歸，在子厚以得中為衡，於是退之行文，不能一步逾越規矩，子厚斟酌餘地甚廣，此其大略也。」〔註119〕章士釗認為，林紓等桐城派在《韓柳文研究法》等著作中之所以對柳宗元產生誤解，便往往是因為以所謂「桐城家法」來死板衡量，忽視了柳宗元行文的辯證與靈活的一面。其實柳宗元行文之際，未必作如是想，「嘗論若輩見一題來，即將己身束縛在間架上，轉動不易，往往削足適履，一切死於句下，世論每稱桐城不如陽湖開展，以此。」〔註120〕不過，柳文對章士釗影響最大的一面，還是作為文論範疇的「潔」的凸顯。章士釗在《文論》一文中，格外強調了柳文的「潔字訣」：

　　　　子厚《答韋中立書》，自道文章甘苦。有曰：「參之《穀梁》以屬其氣，參之《孟》《荀》以暢其支，參之《老》《莊》以肆其端，參之《國語》以博其趣，參之《離騷》以致其幽，參之《太史》以著其潔。」夫於氣則屬，於支則暢，於端則肆，於趣則博，於幽則致，於潔則著，相引以窮其勝，相濟以盡其美，凡文章之能事，至此始觀

〔註117〕章士釗：《桐城遺毒》，《章士釗全集》第8卷，第402頁。
〔註118〕章士釗：《柳文指要》，《章士釗全集》第9卷，第412頁。
〔註119〕章士釗：《柳文指要》，《章士釗全集》第9卷，第512頁。
〔註120〕章士釗：《柳文指要》，《章士釗全集》第9卷，第370頁。

止矣。就中潔之云者，尤為集成一貫之德，有獲於是，其餘諸德自帖然按部而來，故子厚殿焉。愚見夫自來文家，美中所感不足，蓋莫逾潔字之道未備。韓退之《致孟東野書》，一篇之中，至連用「其」字四十餘次，此科以助詞未甚中程，似不為過。蘇子瞻論文，謂宜求物之妙，使了然於口於手。此獨到之間，恒人所無。然東坡之文，往往泥沙俱下，氣盛誠有之，言宜每不盡然。可知心知其境為一事，至焉與否又為一事，文之欲潔，其難如此。

然則為之之道奈何？曰：凡式之未愜於己意者，勿著於篇。凡字之未明其用者，勿廁於句。力戒模糊，鞭闢入裡，洞然有見於文境意境，是一是二，如觀遊澗之魚，一清見底，如察當簷之蛛，絲絡分明，庶乎近之。愚有志乎是，寧云已逮，然文中不著了之語，命意遣詞，所定腕下必遵之律令，不輕滑過，卒而見質，意在而口不能言其故者甚罕。凡此皆愚粗有心得之處，所願與同道之士共起追之。是究如何？亦潔字訣已亦。〔註121〕

在《柳文指要》中，章士釗又說：「吾嘗論子厚之文，其得力處第一在潔，此境為韓蘇所不能到」〔註122〕，那麼，作為古代文論中的一個核心概念，我們應該如何理解「潔」？〔註123〕我以為，我們需要首先注意到「潔」的修辭意義。盧前在談到中國文學的形式問題時，提出「雅潔」是修辭中的重要內容。他指出，要做到雅潔只須注意數事，「凡古體之字、生僻之字、新奇之字，以及土語、方言、新穎名詞，均不筆之，則其文自不難於雅潔矣。」〔註124〕這裡的「潔」與「雅」並用，顯然指的是用詞的古雅純正。但前文已經說明，章士釗政論文在用詞和造句上是相當駁雜和歐化的，因此，盧前所說的「雅潔」與章士釗所理解的「潔」顯然相去甚遠。章士釗認為，從文法層面來說，所謂的「潔」首先指的是虛詞和助詞的合理使用。他在《柳文指要》中說，「子厚

〔註121〕章士釗：《文論》，《甲寅週刊》1卷39號，1927年1月8日。

〔註122〕章士釗：《柳文指要》，《章士釗全集》第10卷，第1383頁。

〔註123〕方苞提出的「雅潔」是桐城派的重要概念，與之相聯繫的是「雅馴」、「氣清詞潔」等等。對這些概念的辨析，見郭紹虞《中國文學批評史》，上海古籍出版社1982年版；吳孟復《桐城文派述論》，合肥：安徽教育出版社2001年版；陸德海《明清文法理論研究》，上海古籍出版社2007年版；關愛和《古典主義的終結——桐城派與「五四」新文學》，上海文藝出版社1998年版等。

〔註124〕盧前：《盧前文史論稿》，哈爾濱：黑龍江人民出版社2006年版，第62頁。

行文，講求運用虛字，虛字不中律令，即文無是處」〔註125〕。這裡的「虛字」指的就是包括助詞在內的虛詞。他又進一步指出，柳宗元對「助字」（助詞）的使用，「必中律令，不至有同一字而命意歧出者」〔註126〕；又說：「吾考柳文好潔，而潔之最先表現處，在用助字適當，而昌黎文恰得其反。」〔註127〕在總結自己的寫作經驗時，章士釗認為在形式上，柳宗元對自己最大的影響，就在於助詞的使用：「要之余平生行文，並不摹擬柳州形式，獨柳州求文之潔，酷好《公》、《穀》，又文中所用助詞，一一葉於律令，依事著文，期於不溢，一掃昌黎文無的標、泥沙俱下之病。余遵而習之，漸形自然，假令此號為有得，而余所得不過如是。」〔註128〕顯然，章士釗對虛詞、助詞的使用是非常重視的。在我看來，章士釗的這一觀點，使他在評價文章高下之際，有了一個非常基本的、具體而明確的修辭標準，而這種對於助詞使用的「潔癖」與他用詞造句某種程度上的歐化並不衝突。

不僅如此，章士釗將對虛詞、助詞使用的嚴格要求推而廣之，將「潔」等同於文章整體修辭技巧的精練老道。他進一步擴大了「潔」的含義，認為柳文的「潔」，是指修辭的精細和完美：「通篇文從字順，適可而止，心手相應，使人讀之爽然，不許有冗字累句，羼雜其間」。〔註129〕又說：「子厚大抵每篇皆在細針密縷之中，加意熨貼，從無隨意塗抹，泥沙俱下之病，必須明瞭此義，方可得到柳文之神。退之稱子厚之文，雄深雅健，所謂雅者，不窺破此竅，即不能瞭解何謂之雅。」〔註130〕在這裡，「潔」以詞的使用出發，而超越了句、段、篇章的限制，其實已經成為高超修辭技藝的一個代名詞。

其次，在注重修辭的基礎上，「潔」成為衡量議論文表達能力，尤其是說理的一個標準。方東樹在《儀衛軒文集・第七・與友人書》中認為：「夫子厚所稱太史之潔，乃指其行文筆力斬絕處，此最文家精深之詣，非尋常之所領解。」章士釗則直言方東樹乃桐城派之「末流」，「且潔之方面甚廣，何止筆力斬絕一種？」〔註131〕對於方東樹的解釋並不認可。在章士釗看來，柳文之「潔」，

〔註125〕章士釗：《柳文指要》，《章士釗全集》第9卷，第1頁。
〔註126〕章士釗：《柳文指要》，《章士釗全集》第9卷，第532頁。
〔註127〕章士釗：《柳文指要》，《章士釗全集》第10卷，第1391頁。
〔註128〕章士釗：《柳文指要・總序》，《章士釗全集》第9卷，第1頁。
〔註129〕章士釗：《柳文指要》，《章士釗全集》第10卷，第1337頁。
〔註130〕章士釗：《柳文指要》，《章士釗全集》第9卷，第6頁。
〔註131〕章士釗：《柳文指要》，《章士釗全集》第10卷，第1385頁。

不僅僅意味著修辭的「斬絕」，還意味著對「義理」的清晰表達。在《柳文指要》當中，他引用黃與堅的話，指出「文之病不潔也，不獨以字句，若義理叢煩而沓複，不潔之尤也，故行文以矜貴為至要」。〔註132〕非常明白地指出，所謂的「潔」既包括字句，也包括對義理的簡潔凝練的表述，也即「矜貴」。章士釗進一步將「潔」推至思維層面，提出文章的表達能力其實來自於作者的認識能力，是建立在作者對事物透徹瞭解的基礎之上的。這一觀點，也是其來有自的。嘉興王惺齋（元啟）在《祗平居士集・與白源慧書》中說：「狀物之妙，昔人譬之繫風捕影，欲使著之於文，朗然無纖毫障翳，必先精審於心目之間，使其物鑿然有可指之形。《列子》所載不瞬之法，能視虱如車輪，而後能一發而貫其心，故曰言其所明，毋言其所不明。以文而言，莫高於太史公之作，柳子稱之，不過曰潔曰峻而已。何以能然？唯其明耳，文之不潔不峻，皆不明之害也。」章士釗認為，王惺齋提出「明」才是「峻」、「潔」的源泉，「可謂深通柳志」〔註133〕，而這裡的「明」，顯然指的是對事物的充分認識和深刻把握，也就是說，要對事物有清晰明澈的瞭解，才能在寫景狀物、敘事抒情之際做到「潔」。

再次，如同其他「風骨」、「文氣」等古代文論範疇一樣，「潔」還具有標識寫作者精神境界的作用。章士釗曾舉出徐丹崖（文豹）致朱竹垞書云：「潔之根柢在心，心地不清，穢氣滿紙，於何而能潔耶？潔之本領在骨，骨之力不峭，濁氣薰蒸，又於何而能潔耶？」對此，章士釗認為頗能「揭櫫一潔字為文章要道，獨見其大」。〔註134〕又，對於如何獲得「明」，章士釗從創作主體角度還有一番解釋。他引用柳宗元《天爵論》：「純粹之氣，注於人也為明，得之爽達而先覺，鑒照而無隱。」又曰：「故聖人曰敏以求之，明之謂也。」〔註135〕可見，章士釗對「潔」的認識又和創作主體的道德修養、精神品質聯繫在一起，成為對創作主體精神境界的一種要求。人們通常只注意到章士釗對寫作者邏輯思維的要求，而忽略了他繼承傳統文論、重視文章作者道德涵養的一面。

除了與柳文有如此密切的聯繫，章士釗與桐城派的關係也值得認真梳理。

起自明末清初的桐城派，到清代中後期之後，影響更是無遠弗屆。正如郭

〔註132〕章士釗：《柳文指要》，《章士釗全集》第 10 卷，第 1385 頁。

〔註133〕章士釗：《柳文指要》，《章士釗全集》第 10 卷，第 1390 頁。

〔註134〕章士釗：《柳文指要》，《章士釗全集》第 10 卷，第 1383～1384 頁。

〔註135〕章士釗：《柳文指要》，《章士釗全集》第 10 卷，第 1390 頁。

紹虞所說：「有清一代的古文，前前後後殆無不與桐城發生關係。在桐城派未立以前的古文家，大都可視為『桐城派』的前驅；在『桐城派』方立或既立的時候，一般不入宗派或別立宗派的古文家，又都是桐城派之羽翼與支流。由清代的文學史言，由清代的文學批評言，論到它散文的部分都不能不以桐城為中心。」〔註 136〕在如此局面之下，晚清報章文體雖有所變化，也不能擺脫桐城派潛移默化的影響。胡適在《中國新文學運動小史》中認為，「姚鼐、曾國藩的古文差不多統一了 19 世紀晚期的中國散文……後起的政論家如譚嗣同，如梁啟超，如章士釗，也都是先從桐城古文入手的。」〔註 137〕曹聚仁進一步發展了胡適的觀點，指出：康、梁、譚的文章，以及章士釗的政論文，實際上都看作是桐城派的變種，「從文體的演進說，適應這個時代環境的需要，所產生的新風格，都可以說是對於桐城派古文的有力的修正。」〔註 138〕姜書閣在《桐城派評述》中認為林紓、嚴復皆受古文法於吳汝綸，代表了桐城派的尾聲。又說：

> 當清之末季，一般新思想家，如梁啟超譚嗣同輩，另創新體，鼓吹立憲，其文頗為時人所喜愛，於是報章雜誌之文爭傚之。久而形成風氣，士子亦多為之，影響極大，至今報紙文字，猶不能離其規模，但究其來源，亦出自桐城者也……〔梁啟超〕雖不能遽指為桐城文人，但猶得謂其深得桐城遺意也。他如康有為、章士釗輩，幾無大〔不〕受桐城之影響，而後成其自家之文也。〔註 139〕

有趣的是，姜書閣還將章士釗與康、梁、譚等人一道列入「桐城派文人傳表」，名列最後一位，成為桐城派的殿軍。〔註 140〕

那麼，章士釗自己是如何看待桐城派的呢？他在與晚期桐城名宿馬其昶的通信裡說，17、8 歲時，讀到曾國藩的《歐陽生文集序》，「略以想見近代文藝之富，家數之出入，輒不勝嚮慕，隱然以求衍其派於湖湘之責自任」〔註 141〕有學者據此認為，「走文學之路，尤其是光大桐城派文學，是章士釗早年的一

〔註 136〕郭紹虞：《中國文學批評史》，第 627 頁。

〔註 137〕胡適：《中國新文學運動小史》，《胡適文集》第 1 卷，第 108 頁。

〔註 138〕曹聚仁：《文壇五十年》，第 35 頁。

〔註 139〕姜書閣：《桐城文派評述》，上海：商務印書館 1933 年 12 月版，第 78～79 頁。

〔註 140〕姜書閣：《桐城文派評述》，第 118 頁。

〔註 141〕孤桐（章士釗）：《藉甚——答馬其昶》，《甲寅週刊》1 卷 16 號「通訊」，1925 年 10 月 30 日。

大志向。」〔註142〕其實，通信時的客套話未可完全當真。從現有的資料來看，就主觀而言，章士釗並沒有刻意接近或標榜與桐城派的關係，相反經常表明自己與桐城派相去甚遠。這或許與桐城派在現代中國備受指責的境遇有關。「五四」新文化將「桐城謬種」的惡諡傳播開來，雖然有過於偏激之處，但將桐城派視為頑固的守舊主義者的普遍看法已經形成。即使是立場保守、在1930年代依然以文言寫作的姜書閣，也是站在文學進化論的立場，認為時至今日，桐城派「雖餘孽猶存，而時會已去，決難再振。」〔註143〕1949年之後，桐城派更是被視為「是徹頭徹尾為清朝封建統治服務的反人民的奴才思想」，在形式上也屬於「極端的復古主義者和形式主義者」。〔註144〕因此，章士釗在《柳文指要》中明確否認自己與桐城派有任何相似之處：「吾則人婉言之，曰桐城變種，毒言之，曰桐城餘孽，實則桐城與吾絕不近」。〔註145〕他對桐城派的拒斥和否定得到了最高領導人的認可，當然也在對桐城派的一片批判聲浪中保護了自己。〔註146〕

然而，正如上文我們提到的，作為晚清湖湘文化的重要一員和晚清報章政論文的主要參與者、改革者，章士釗不可能不受桐城派的影響。曾有學者認為這種影響或在於「艱澀」〔註147〕，但我以為，桐城派對章士釗的影響恰恰在「艱澀」之外。

如前所述，「雅潔」是桐城派文法理論的一個重要概念，而章士釗文論所追求的「潔」在很大程度上與桐城派的這一觀念有所重合。從修辭層面來說，桐城派的「雅潔」也是主張講究文體和語言的統一和精純。方苞就說過：「古文中不可入語錄中語、魏晉六朝藻麗俳語、漢賦中板重字法、詩歌中雋語、南北史佻巧語。」（沈庭芳《書方望溪先生傳後》）在《古文約選》卷首又說：「《易》、《詩》、《書》、《春秋》及《四書》，一字不可增減，文之極則也。降而《左傳》、

〔註142〕鄒小站：《章士釗社會政治思想研究》，長沙：湖南教育出版社2001年版，第4頁。

〔註143〕姜書閣：《桐城文派評述·小引》，第5頁。

〔註144〕劉季高：《評「桐城派在社會主義社會有無作用」》，《安徽大學學報》1961年第1期。

〔註145〕章士釗：《柳文指要·跋》，《章士釗全集》第10卷，第1652頁。

〔註146〕毛澤東認為《柳文指要》「頗有新義……大抵揚柳抑韓，翻二王、八司馬之冤案，這是不錯的。又闢桐城而頌陽湖，譏帖括而尊古義，亦有可取之處。」見《毛澤東書信選集》，北京：人民出版社1983年版，第603頁。

〔註147〕方漢奇：《中國近代報刊史》（上），第237頁。

《史記》、韓文，雖長篇，字句可薙者甚少。其餘諸家，雖舉世傳誦之文，義枝辭冗者，或不免亦。」「古文氣體，所貴澄清無滓。澄清之極，自然而發其光精，則《左傳》、《史記》之瑰麗濃鬱是也。」不僅如此，方苞所理解的「潔」與「義法」也有關係：「子厚以『潔』稱太史，非獨詞無蕪累也，明於義法，而所稱之事不雜，故氣體為最潔也。」〔註148〕也就是說，方苞所說的「潔」同樣包括了「詞無蕪累」和「明於義法」兩個層面的要求，既重視文章內容的意、物、用，也注意文章形式的辭、序、法。〔註149〕直到後期桐城派文家如馬其昶那裡，寫作仍然追求雅潔，吳孟復就說馬其昶「其文妙在雅潔而富於韻味」，而「所謂『潔』者，不僅在於語句簡練，不說廢話；更重要的是擺落庸俗，不說假話、大話」〔註150〕，這與章士釗所闡釋的「潔」的精神性內涵也是非常接近的。此外，「桐城文」有所謂「盡意之巧」，也就是利用散行語言的特點，從多層轉折衷，做到委曲盡意。〔註151〕有學者認為「桐城派擅長於用層次繁複的語句來表達含義深刻、難於表達的思想」，可以「用了層次繁複、支脈繁多的複句，正反兼寫，轉折自如，把難達之情寫得十分深透。」〔註152〕這種文體上的精緻化、細密化，在章士釗的政論文中也有所體現。

我們還可以看到，明清以來流行的八股時文，對章士釗的文章寫作也有深刻的影響。朱自清曾說，「明清兩代的古文大家幾乎沒有一個不是八股文出身的。」〔註153〕章士釗自幼接受的是傳統的私塾教育，對八股制義並不陌生。他曾自述：「吾少時學作八股，起講每用且夫字開始，亦或作今夫，蓋開講說清題旨，宜用子厚兩論之所謂古法，換而言之，亦即近時文家所用之村塾法也。」〔註154〕又說：「偶憶十一二歲時，曾讀子才所為老者安之三句八股題文，其中一聯：『已落形氣之中，即不得高談玄妙；既生三代以後，又無人共任仔肩』……由今觀之，此類功令文字，固不妨蛇蠍其中，而錦繡其

〔註148〕 轉引自吳孟復《桐城文派述論》，第 47 頁。

〔註149〕 〔新〕許福吉：《義法與經世——方苞及其文學研究》，上海：學林出版社 2001 年版，第 5 頁。又陸德海也認為，在方苞看來，「『義法』即包括熔裁與行文的詳略虛實之法等敘事的關鍵因素，真得『義法』，必無枝詞贅語，是為『潔』。」見陸德海：《明清文法理論研究》，第 222 頁。

〔註150〕 吳孟復：《桐城文派述論》，第 173～174 頁。

〔註151〕 吳孟復：《桐城文派述論》，第 15 頁。

〔註152〕 吳孟復：《桐城文派述論》，第 49、50 頁。

〔註153〕 朱自清：《經典常談》，北京：三聯書店 1980 年版，第 134 頁。

〔註154〕 章士釗：《柳文指要》，《章士釗全集》第 9 卷，第 161 頁。

外……」。他還曾經參加過兩次科舉考試。〔註155〕因此，以「清真雅正」為
內容標準，〔註156〕以氣勢暢達為形式標準，講究起承轉合、結構謹嚴、章法
細密的八股文，在潛移默化之中對章士釗的文章有所影響，也是理所應然的。
下面引《國家與責任》中一段文字，頗能表現出時文氣機暢達、對仗工穩、
表意細膩、邏輯內斂的優長：

> 夫當今吾民之所苦者，非外力之侵入，而國將不保乎？政府知
> 其然也，乃竭力講外交，唱同盟，遣密使，聘顧問。彼市我以恩惠，
> 吾報之以疆土；彼假我以顏色，吾施之以路礦也，四境安堵，邊塵
> 莫驚焉。吾民之所苦者，非財力之困窮，而國將破產乎？政府又知
> 其然也，乃竭力結交資本家，磋商銀行團，今日一小借款，明日一
> 大借款，揮霍不足，繼以賄賂，賄賂不足，繼以賭博，國富至此，
> 初未嘗蝕及小民焉。吾民之所樂者，非工商之發達乎？政府知其然
> 也，為之多發紙幣，以擴充其資本，為之多縱兵匪，以分銷其貨品，
> 憫鹽商之疲困，則假手於洋監督以蘇息之，痛惜辦公司之無利，則
> 盜押於外國銀行而不使知也。吾民之所樂者，非生命之安全乎？政
> 府又知其然也，為之編設偵探，民不良不被邏察，為之四縱軍隊，
> 女不美不受姦淫，偶語者不得不棄市，為治安也；有黨者不得不炮
> 烙，警將來也。凡此種種，皆今之政府定人民之苦樂，而求所以趨
> 之避之者也。〔註157〕

此外，章士釗對駢文的看法也很值得分析。陳寅恪曾認為，「對偶之文，
往往隔為兩截，中間思想脈絡不能貫通。若為長篇，或非長篇，而一篇之中
事理複雜者，其缺點最易顯著，駢文之不及散文，其最大原因即在於是。」
〔註158〕因此，韓柳以來的古文才要「躲對偶」，改用散行。但古文同樣要講
氣勢，因此也避免不了排比對仗，駢散並用也就成為文章寫作的常態。章士
釗雖以古文為本，但也認為駢文是寫好散文的基礎，即由文入筆為「順」，

〔註155〕《章士釗年譜》中只記載了章士釗於1898（戊戌）年參加了長沙縣試。但在
《柳文指要》中，章士釗在談到湖南學政江標時，提到自己曾「於乙未之秋，
及丁酉之冬，兩次逢場」，見到了江標。也就是說，在1895年和1897年章士
釗還參加了兩次科舉考試。

〔註156〕啟功：《說八股》，見《說八股》，第58頁。

〔註157〕秋桐（章士釗）：《國家與責任》，《甲寅》1卷2號，1914年6月10日。

〔註158〕陳寅恪《論〈再生緣〉》，《陳寅恪文集之一·寒柳堂集》，上海古籍出版社1980
年版，第64～65頁。

並不排斥駢文。他認為柳宗元長於騷賦，由詞賦入手，卒能通經致用，離開了《晉問》這樣的騷賦大篇，不能真正瞭解柳宗元，而韓愈在這方面一無所長。桐城派盲目排斥駢偶之文，而陽湖派則認為駢文與古文不應偏廢，正是陽湖長於桐城之處。〔註159〕章士釗對桐城派古文家鄙薄駢文的觀點進行了反駁。他認為，要看到文與筆的分野，而只有兼備文與筆，「始足稱文史足用」，而韓愈之所以不及柳宗元，就在於「韓能筆而不能文，柳則文筆兩擅其勝」，「以程序論，文之功宜在先，而筆之功在後，蓋由文入筆，其勢順，以是子厚揮毫，真無往而不利；由筆反文，其勢逆，以是《昌黎集》中，僅《進學解》一篇可諡曰文，而即幾幾勉強連串，難於成章。」那麼，什麼是「文」的特點呢？簡單說來，就是「音節取其鏗鏘，義理歸乎翰藻，如斯焉而已。」〔註160〕正因為如此，我們從章士釗文章中，常常可以看到大量的駢詞儷句，為他的論政說理增添了不少氣勢。他是否屬於「常思以古文之法，作駢儷之文」的「善屬文者」，〔註161〕還可以進一步討論，但駢散並用毫無疑問是章氏文體的一個重要特徵。《政本》中的一段，可以算是非常典型：

> 一載以還，清議絕滅，正氣銷亡，遊探遍街，道路以目。新聞之中，至數十日不著議論，有亦只談遊觀玩好無關宏旨之事，或則滿載陳篇說帖塵羹土飯之文，尤且禁錮記者，頒定條例，既嚴誹謗，複重檢閱，歐洲中古之所未聞，滿洲親貴之所憚發，毀及鄉校，智下於子產；禁至腹誹，計踵乎祖龍，自古為同，斯誠觀止，則又暴民專制之所不敢為，而今之君子以為安國至計者也。惟防民之口，甚於防川，其抑之也至，則其爆發也愈烈。望前路之茫茫，曷隱憂其有極。〔註162〕

又如：「綱紀益墮，道德日腐，父兄不能約束其子弟，師長不能導領其生徒，非惟不能，抑又不欲，彷彿已入於日暮途遠之境，只得共為其倒行逆施之謀……新聞指斥武夫，則記者橫被桎梏，行軍一遇工廠，則傭女悉被姦淫。觸目皆可傷心，無往而非戾氣。」〔註163〕其音韻鏗鏘、節奏鮮明，誦之朗朗上口，難怪當時的不少學校在教授近古文時，都將章文作為必修的教材。

〔註159〕章士釗：《柳文指要》，《章士釗全集》第 10 卷，第 1348～1355 頁。
〔註160〕章士釗：《柳文指要》，《章士釗全集》第 9 卷，第 206 頁。
〔註161〕陳寅恪《論〈再生緣〉》，《陳寅恪文集之一·寒柳堂集》，第 65 頁。
〔註162〕秋桐（章士釗）：《政本》，《甲寅》1 卷 1 號，1914 年 5 月 10 日。
〔註163〕秋桐（章士釗）：《政本》，《甲寅》1 卷 1 號，1914 年 5 月 10 日。

　　章士釗對唐宋古文、桐城派、八股制義以及駢文的學習借鑒，使他的文風兼收並蓄，繼承了文言散文的諸多優長。除了上文所說的之外，章文非常注重用典，並且成為他的一大特色。曾有《甲寅週刊》的忠實讀者向章士釗寫信，談及章氏用典：「竊思文言白話，二者取材不同。文言取於書卷，如云『今之束髮小生，握筆登先，名流巨公，易節恐後，詩家成林，作品滿街，家家自命為施曹，人人自詡為易莫，風流文采，盛極一時，何莫非至易至美兩性同具之新發明，導之至此？』先生此段美文，字字從書卷中得來，而修辭學之能事，無句不寓焉。若不執書卷以讀之，『小生』必誤解為『伶人』，『巨公』必誤解為『大公』，他如『握筆』、『易節』、『成林』等，幾無一詞可按字之原義而解者。先生之為文，誠深於 Figure of speech 者。凡讀先生之大著者所不可不知也。中國文言之長，即在於斯。」〔註164〕而章士釗與魯迅關於「二桃殺三士」的一段公案，孰是孰非姑且不論，卻極為有力地證明了章氏喜用典故的癖好。章士釗文風雖然相當穩定，但也偶有變體，體現了靈活的一面。《爵氣》一文便是仿先秦諸子散文而採用的問答體。在袁世凱政府頒布嚴苛的報律之後，章士釗沒有直接批評，而是拿辛亥之後南京臨時政府頒布的較為寬容的報律與之進行了比較，認為：「今也吾人出水火之中，登衽席之上，享治平之福，居不諱之朝……即愚別出心裁，奮筆立議，更自覺其多事，亦決其無當於人心。」〔註165〕純用反諷筆法，在嚴肅說理之餘，也露出了活潑輕靈的一面。

　　綜上所述，章士釗的政論文乃是古文傳統在清末民初的一種新變。一方面，它需要考慮現代報刊對文體的影響，卻也不能完全擺脫古人「文集之文」的體式制約；另一方面，無論是內容或形式，它的確有相當程度的「歐化」，但也繼承、吸收了傳統古文的諸多優長。從古文的角度來看，章文與典型的文言文體有明顯的不同：它推崇柳文精緻的修辭技巧，但卻有著混雜的語彙和西化的句法；它認同桐城派的「雅潔」之說，卻突破了文言不宜說理的限制，寫出了桐城派力所不及的大文章；它時有八股時文的遺風，但在精神上卻是反對八股文的；它有駢文的成分，但都是服務於散體的。從新文學的角度來看，這種「歐化」還嫌不夠徹底。正如胡適所說，「只在把古文變精密了；變繁複了；使古文能勉強直接譯西洋書而不消用原意來重做古文；使古文能曲折表達繁

<hr>

〔註164〕《無名致章士釗函》，《章士釗全集》第5卷，第614頁。

〔註165〕秋桐（章士釗）：《新聞條例》，《甲寅》1卷1號，1914年5月10日。

複的思想而不必用生吞活剝的外國文法。」〔註166〕但是，無論如何，章士釗「浩瀚而精警，汪洋而謹嚴」〔註167〕的政論文的出現都是文言政論的一大進步，足以代表文體的嬗變與時代的精神。流風所及，黃遠庸、李大釗、高一涵、張東蓀、李劍農等人均趨向於此，以嚴謹、精密、富於邏輯性的文風，共同造就了民初至五四時期政論文學的高潮。

不僅如此，章士釗政論文的出現，還促使我們提出一些更為重要的問題。比如：古文與現代性的關係真的是非此即彼的、不能兼容的關係嗎？隨著新文學運動的展開，它是否不能發生積極性的轉化，而只能被白話文取代，成為無處應用的「應用文體」？在胡適等人看來，隨著章士釗政論文的出現，文言在這裡表現出了可以被「科學化」理解和分析的可能性，並且這種可能性還延伸到的實踐的層面──古文的寫作也出現了符合「文法」、日趨精密的變化。這提醒我們，將近代以來的文言散文視為一個不成氣候的尾聲，卻對其中蘊藏的某些現代性因素和由此產生的變化視而不見，是過於簡單化和意識形態化的看法。文言文的寫作同樣是近代以來中國複雜知識生產過程的一部分。雖然古文在各種擬古的潮流主導之下，寫作方法和表現內容基本上是內循環式的，但近代報刊出現之後，這種內循環逐漸被外來因素打破。除了新名詞、新概念之外，在文章的深層結構層面打破這內循環的，是對西洋語法的逐漸瞭解和引入。將古文和古代漢語用西方文法來分解和重新組合，背後顯然是追求現代性的衝動，而最終主張以白話文取代文言文，也正是這種衝動的延續和升級。從這個意義上說，章士釗及其文言政論，同樣是二十世紀中國文學現代性的一部分。

第四節 「甲寅派」與新文學──以中國文法學的建立 為視角

在本節，我們面臨著以下問題：章士釗的政論文在民國初年的文化語境中產生了怎樣的影響？是否存在一個文學意義上的「甲寅派」？這種以現代報刊為載體、講求邏輯性和學理性的文言政論文，與繼之而起的新文學到底有怎樣的關係？

〔註166〕胡適：《五十年來中國之文學》，《胡適文集》第 3 卷，第 234 頁。
〔註167〕《陸凡夫致章士釗函》，《章士釗全集》第 5 卷，第 358 頁。

如前所述，章士釗自《帝國日報》、《民立報》、《獨立週報》、《甲寅》以來逐漸成熟的政論文，被視為民國建立至五四時期輿論界的代表性文體。由於《甲寅》月刊在「洪憲帝制」時期的影響力，這種文體也隨之被廣泛地模仿和學習。從胡適開始，「甲寅派」的提法逐漸流傳開來，〔註 168〕並且被諸多文學史著所接受。1920 年胡適在一篇文章中提到，「平心而論，章行嚴一派的古文，李守常、李劍農、高一涵等在內——最沒有流弊，文法很精密，論理也好，最適宜於中學模範近古文之用。」〔註 169〕兩年之後，在《五十年來中國之文學》中胡適又說：

> 章士釗一派是從嚴復、章炳麟兩派變化出來的，他們注重論理，注重文法，既能謹嚴，又頗能委婉，頗可以補救梁派的缺點。……《甲寅》派的政論文在民國初年幾乎成為一個重要文派。但這一派的文字，既不容易做，又不能通俗，在實用的方面，仍舊不能不歸於失敗。因此，這一派的健將，如高一涵、李大釗、李劍農等，後來也都成了白話散文的作者。〔註 170〕（下劃線為引者所加）

在同一篇文章中，胡適又補充道：「章士釗同時的政論家——黃遠庸，張東蓀，李大釗，李劍農，高一涵等——都朝著這個趨向做去，大家不知不覺的造成一種修飾的，謹嚴的，邏輯的有時不免掉書袋的政論文學。」〔註 171〕這或許是學術界第一次明確的提出「甲寅派」的概念，並將其與「政論文學」聯繫在一起。由於胡適的影響力，他的這一提法很快被廣泛接受。雖然章士釗對新文化運動持批評態度，但他對胡適的這一提法，顯然並不反感。1925 年，在回擊高一涵的文章裡，他說「愚曩違難東京，始為《甲寅》，以文會友，獲交二子，一李君守常，一高君也。其後胡君適之，著中國五十年文學史，至劃愚與高君所為文為一期，號『甲寅派』，亦號『政論文學』。愚雖不敢妄承，時

〔註 168〕當然，在文學史中的「甲寅派」也有前後之分，更為著名的作為新文學對立面的「甲寅派」是指以《甲寅週刊》為陣地的「後期甲寅派」，而前期甲寅派則「醞釀於《獨立週報》時期，出現於《甲寅》月刊時期，形成於《甲寅》日刊時期」。見郭雙林：《前後「甲寅派」考》，《近代史研究》2008 年第 3 期；及童龍超、黃秀蓉：《「甲寅派」考辨》，《中國現代文學研究叢刊》2007 年第 6 期。

〔註 169〕胡適：《中學國文的教授》，《新青年》8 卷 1 號，1920 年 9 月 1 日。

〔註 170〕胡適：《五十年來中國之文學》，《胡適文集》第 3 卷，北京大學出版社 1998 年版，第 201 頁。

〔註 171〕胡適：《五十年來中國之文學》，《胡適文集》第 3 卷，第 236～237 頁。

亦未聞高君有所論難。」〔註172〕其實是默認了自己與李大釗、高一涵的特殊關係。陳子展在 1929、1930 年相繼出版的《中國近代文學之變遷》、《最近三十年中國文學史》中，進一步強化了胡適的觀點，將黃遠庸、李大釗、高一涵、張東蓀、陳獨秀、周覽、楊端六、李劍農等人，都列入了章士釗「邏輯文學」的門牆。〔註173〕動筆於 1917 年，付梓於 1932 年的錢基博《現代中國文學史》也幾乎照搬了章士釗和胡適的說法。〔註174〕同年出版的王哲甫《中國新文學運動史》（傑成印書局 1932）和 1935 年出版的王豐園《中國新文學述評》（新新學社 1935）也與胡適的說法並無二致。因此，無論是新文學史家還是舊派學者，都承認了「甲寅派」的存在，只是對於成員的劃分有少許的出入。吳稚暉在給章士釗的一封信中，提到「天下渴想行嚴先生之文久亦，吾以為章行嚴、汪精衛，皆作冰清玉潤之文。故民元有戲言，欲錮二人於高山，使操言論權。嗣後得有四人，曰皮宗石，曰周覽，曰楊端六，曰李鐵星，皆能作行嚴先生之文，雖地老天荒，可不作白話一字也。」〔註175〕其中李鐵星即李劍農。至此可以看到，前前後後共有李大釗、高一涵、李劍農、黃遠庸、陳獨秀、張東蓀、周覽（鯁生）、楊端六（超）、皮宗石（皓白）等九人被打上「甲寅派」的印記。他們有的是章士釗的輿論界友人（黃遠庸），有的後來成為《新青年》的領袖（陳獨秀、李大釗、高一涵），有的則成為《太平洋》雜誌的中堅（李劍農、周鯁生、楊端六、皮宗石），皆為一時知識界的翹楚，陣容不可謂不強大。然而問題在於，這些人真的構成了一個派別嗎？

　　近來的一些研究成果似乎都認可「甲寅派」的存在，只是需要將前後期甲寅派加以區分而已，胡適所說的「甲寅派」屬於前期，「不僅僅是一個文學流

〔註172〕孤桐（章士釗）：《反動辨》，《甲寅週刊》1 卷 15 號，1925 年 10 月。

〔註173〕陳子展：《中國近代文學之變遷》，《中國近代文學之變遷·最近三十年中國文學史》，第 78 頁。

〔註174〕錢基博認為章士釗辦《甲寅雜誌》，「以文會友，獲二子焉：一直隸李大釗，一安徽高一涵也。皆摹士釗所為文，而一衷於邏輯，掉鞅文壇，煒有聲譽，而一涵冰清玉潤，文理密察，其文尤得士釗之神。其後胡適著《五十年中國文學史》，乃以高一涵與士釗駢稱，為《甲寅》派。及是唾棄甲寅不屑道，而習為白話，倒戈以向，罵士釗為反動，助胡適之張目焉。」見錢基博：《現代中國文學史》，第 426 頁。在這段話中，錢基博評價主掌教育部的章士釗為「磊落丈夫」，他本人在章士釗與語絲派的鬥爭中的立場已經呼之欲出，因此將高一涵、李大釗等人視為倒戈的叛徒也就不難理解了。

〔註175〕見行嚴（章士釗）《農治述意》中所錄吳稚暉致章士釗信，《章士釗全集》第 4 卷，第 347 頁。

派，同時也是一個思想文化流派。」〔註176〕然而我認為，從思想史的角度來說或許存在一個「甲寅派」，從文學的角度來說，所謂的「甲寅派」是難以成立的。

首先我們必須承認，由於晚清政論文的發展，這一時期的不少報刊政論注重說理、講求邏輯，其文風與章士釗非常接近。甚至我們也不能排除李大釗、高一涵這樣的青年作者對章文有所模仿。例如，李大釗在《言治》時期的一些文章如《彈劾用語之解紛》、《論民權之旁落》等，與章士釗很是神似；而高一涵在《甲寅》發表的文章也很接近章士釗的文風：

> 政的百端，各有趨向。吾挈其綱，令繁賾萬幾，鼇然就序，循軌赴的而不紛，是曰政鵠。運此政鵠，施於事功，循其必由之途，達吾所蘄之境，不枉其道，不誤其歸，是曰政術。鵠者以言其經，術者以言其用。鵠為定術之方針，術為達鵠之手段。鵠雖甚當，苟操術不正，則南轅北轍，功效與蘄向僢馳。其馳彌差，其操彌急。壓力益迫，抗力益強。一朝爆發，則國與民交罹其災。此歷史恒軌，必無幸免者也。〔註177〕

但是，這並不能代表他們所有的文章，風格都在模仿章士釗。《甲寅》是一份針對精英知識分子的政論刊物，李大釗這一時期發表在《甲寅》上的《風俗》、《政治對抗力之養成》、《國情》等文章，讀起來顯然要比同時發表在其他場合的文章如《國民之薪膽》，《警告全國父老書》等等更為典雅一些。顯然，這與文章預設的寫作對象有關。事實上，到了 1916 年《民彝與政治》、《〈晨鐘〉之使命》、《新生命誕孕之努力》等出現之後，我們看到的是一個情感更充沛、文筆更清通的李大釗，其實更多帶有「飲冰室主人」的痕跡。便是章士釗自己也說，儘管李大釗被歸入「甲寅派」，「實則守常之文，紆緩為妍，卓犖為傑，彼自有其特長，初不因與余同遊，驟爾豹變。」〔註178〕所以，很難說李大釗在文體上以學習模仿章士釗為主。高一涵則在《新青年》時期迅速轉向了白話文寫作。因此，李、高二人被歸入「甲寅派」，恐怕更多是由於思想上與章士釗共同的調和論傾向〔註179〕，以及他們在《甲寅》月刊特別是《甲寅日

〔註176〕郭雙林：《前後「甲寅派」考》，《近代史研究》2008 年第 3 期。

〔註177〕高一涵：《民福》，《甲寅》第 1 卷第 4 號，1914 年 11 月 10 日。

〔註178〕章士釗：《李大釗先生傳序》，《章士釗全集》第 8 卷，第 83 頁。

〔註179〕郭華清的《寬容與妥協：章士釗的調和論研究》（天津：天津古籍出版社 2004 年版）對此有較為詳細的論述。

刊》時期形成的密切私人關係。陳子展將黃遠庸、陳獨秀、張東蓀也列入甲寅派，則更屬勉強。黃遠庸以以新聞通訊見長，文筆相對來說更為活潑，〔註180〕與章文並無相似之處，只不過在《甲寅》發表了一封通信，提出「新文學」之議，從而引起了人們的注意。陳獨秀的文章自成一家，犀利潑辣、富於激情，時有激烈之辭，所謂「字字挾嚴霜」〔註181〕，無論是文風還是思想，都與講究理性、調和的章士釗相去甚遠。〔註182〕張東蓀文筆樸素，純以說理為目的，實用性更為突出，在文章寫作層面乏善可陳，較之章士釗實在是略輸文采。更重要的是，張東蓀在政治學和哲學領域卓然為大家。因此無論是從思想層面或是文學層面，列入「甲寅派」都不合適。

　　李劍龍、楊端六、皮宗石、周鯁生等人的情況更複雜一些，但也很難將他們視為「甲寅派」。其一，他們的文章雖然與章文有相似之處，但也難以與當時其他的一些政論刊物《庸言》、《大中華》區別開來。換言之，五四前夕政論文文風的相似性並非由於是實踐了某種寫作方式或美學原則，而是政論文作為一種文體自身的發展規律所造成，這就很難限定某幾個人構成一個流派。其二，他們的文章題材更為專業化、學術化，除了政論之外，還涉及財政、法律、經濟、金融等學科，完全是一種包含著大量數據分析和法律條文辨析的實用性學術文體，雖然也體現了文言文的靈活和彈性的一面，但文學性已經非常稀薄。其三，他們是《甲寅》後五期「論說」欄最主要的作者，從思想層面來說與章士釗有較多共通之處。〔註183〕他們於1917年創辦的《太平洋》雜誌也被普遍認為與《甲寅》有著人事和思想上的聯繫。〔註184〕但這並不能掩蓋這一

〔註180〕方漢奇認為黃遠庸「文字條理清楚，流利暢達，夾敘夾議，幽默風趣，善於捕捉細節，用事實說話……繪聲繪形，栩栩如生，雖然使用了半文半百的並不通俗的文體，還是很引人看。」顯然，這與章士釗政論文有很明顯的區別。見氏著：《中國近代報刊史》（下），第741頁。

〔註181〕章士釗：《近詩廢疾》，《章士釗全集》第7卷，第203頁。

〔註182〕陳獨秀文風與思想的特殊以及與《甲寅》的不協，見鄭超麟《陳獨秀與〈甲寅雜誌〉》，《安徽史學》2002年第4期。

〔註183〕相關論述見陳友良《民初知識分子與政論——以〈甲寅〉、〈太平洋〉為中心》，《福建師範大學學報》2008年第4期。

〔註184〕如吳稚暉就說：「蓋《太平洋》之記者，皆即《甲寅》一部有名之記者……然《甲寅》主旨，可謂無所偏倚矣，而聞《太平洋》主事之諸公，尤願陳述學理，於無所偏倚上，嚴重注意。」見吳敬恒（稚暉）：《雜誌界之希望》，《太平洋》1卷1號，1917年3月1日；又戈公振指出：《太平洋》「為《甲寅》分出之英法派人所編輯。」見氏著《中國報學史》，上海：上海古籍出版社2003年版，第223頁。

群體自身的獨立性。事實上，李、楊、皮、周彼此之間的聯繫早在創辦《漢口民國日報》時期就已經建立，中經《甲寅》、《新中華》的客卿身份，到創辦《太平洋》，才又重新掌握了完全屬於自己的輿論陣地。無論是政治思想還是文化觀念，他們都有自身的發展邏輯，是無法用「甲寅派」來概括和限定的。《太平洋》後來採用白話文、發表新文學作品，與胡適、陳西瀅等人合流形成「現代評論派」，與章士釗漸行漸遠，便是最好的明證。

行文至此，我們可以發現，胡適的「甲寅派」之說雖然言之鑿鑿，而且被各種文學史著反覆強化，其實是站不住腳的。即使在政治理念層面，我們可以承認有過一個以鼓吹「調和論」為中心的「甲寅派」短暫地存在過，而作為一個文學派別的「甲寅派」也是不能成立的。我們可以將這一時期出現的、以《甲寅》雜誌為代表的政論文稱為「甲寅文體」，但非要說存在一個有明確文學主張和寫作方法的「甲寅派」，則未免過甚其辭。在胡適那裡，「甲寅派」主要是一個文體概念，其實質主要是以章士釗為代表的文言政論文在「五四」前夕的廣泛流行。

那麼，這種「甲寅文體」與新文學有怎樣的關係？它意味的僅僅是古文的迴光返照？如果將甲寅文體視為古文的殿軍，它對於白話新文學來說，是否只扮演了「合格的敵人」〔註185〕而絕無交集？在解答這些問題之前，常乃惪的一段話值得我們注意。他說：

> 章士釗雖然也並不知道新文化運動是甚麼，但他無意間卻替後來的運動預備下幾個基礎。他所預備的第一是理想的鼓吹，第二是邏輯式的文章，第三是注意文學小說，第四是正確的翻譯，第五是通信式的討論。這五點——除了第二點後來的新文化運動尚未能充分注意外——其餘都是由《甲寅》引申其緒而到《新青年》出版後才發揮光大的，故我們認《甲寅》為新文化運動的鼻祖，並不算過甚之辭。〔註186〕

《甲寅》的「文學小說」和「通信式的討論」對《新青年》的影響，我們在第二章和第六章都有討論。在這裡，我與常乃惪不同的看法是，新文學運動並非「未能充分注意」章士釗的「邏輯式的文章」。恰恰相反，新文學與章士釗論說文最深刻的聯繫，或許就在於對邏輯式文學及其背後的文法學等近代

〔註185〕徐志摩：《守舊與「玩」舊》，《晨報副刊》1925 年 11 月 11 日。
〔註186〕常乃惪：《中國思想小史》，第 137 頁。

知識觀念的接受、闡釋與建構。

作為新文學運動的理論源頭，胡適在文學革命中的論說已經得到極為豐富而深入的闡釋和論述。然而，一個極為關鍵的細節卻長期被忽視了，那就是胡適對文法問題的強調。1916 年，他在給陳獨秀的那封揭開文學革命序幕的著名信函中，提出了「八事」主張，其中第五條便是「須講求文法之結構」。〔註187〕在隨後發表的《文學改良芻議》中，他再次提出「須講求文法」：

> 今之作文作詩者，每不講求文法之結構。其例至繁，不便舉之，尤以作駢文律詩者為尤甚。夫不講文法，是謂「不通」。此理至明，無待詳論。〔註188〕

「無待詳論」的底氣在於，胡適此前已經多次宣示了文法的重要性。在1911 年寫作、1913 年發表的《詩三百篇言字解》中，胡適已經體現出用西方文法學而非傳統訓詁學解讀古籍的學術路向。他在文中提醒讀者，自己對《詩經》中一些字的用法的分析，「此為以新文法讀吾國舊籍之起點」：

> 區區之私，以為吾國文典之不講久矣，然吾國佳文，實無不循守一種無形之文法者。……然現存之語言，獨吾國人不講文典耳。以近日趨勢言之，似吾國文法之學，決不能免。他日欲求教育之普及，非有系統之文法，則事倍功半，自可斷言。然此學非一人之力所能提倡，亦非一朝一夕之功所能收效。是在今日吾國青年之通曉歐西文法者，能以西方文法施諸吾國古籍，慎思明辨，以成一成文之法，俾後之學子能以文法讀書，以文法作文，則神州之古學庶有昌大之一日。〔註189〕

其後胡適在留美劄記中又提出：「然二十年來之文法學，皆文言之文法耳，而白話之文法，至今尚無人研究」，「然則白話之文法，豈非今日一大急務哉？」〔註190〕在美國留學期間所寫的《爾汝篇》、《吾我篇》、《論句讀及文字符號》，也都是他早期的文法學研究成果。從這些文章來看，胡適對《馬氏文通》是精讀過的，對西方近代文法學也並不陌生。正因為有了這樣的知識儲備，新文學時期的胡適在審視文學作品時，便理所當然地將是否講求文法作為一條重要

〔註187〕胡適：《致陳獨秀》，《新青年》2 卷 2 號，1916 年 10 月 1 日。

〔註188〕胡適：《文學改良芻議》，《新青年》2 卷 5 號，1917 年 1 月 1 日。

〔註189〕胡適：《詩三百篇言字解》，《胡適文集》第 2 卷，第 171 頁。

〔註190〕胡適：《藏暉室雜記》，原載《留美學生季報》秋季第 3 號，1916 年 9 月，收入《胡適文集》第 9 卷，第 737 頁。

的標準。他以「文法不通」來批評謝无量的舊體律詩，〔註191〕又毫不客氣地認為杜詩中的「香稻啄餘鸚鵡粒，碧梧棲老鳳凰枝」是不通之句。在評價近代小說時說：「《聊齋誌異》在吾國劄記小說中，以文法論之，尚不得謂之『全篇不通』，但可譏其取材太濫，見識鄙陋耳。」〔註192〕1919年，胡適在《談新詩》中認為，文學革命的運動，不論古今中外，大概都是從「文的形式」一方面下手，大概都是先要求語言文字文體方面的大解放。〔註193〕這其中當然也包括文法。同年，胡適執筆起草了《請頒行新式標點符號議案（修正案）》，正式提請教育部將新式標點符號頒行全國。「沒有標點符號，決不能教授文法」，〔註194〕因此這也是建構國文文法的一個環節。1921年又發表了《國語文法概論》，系統地闡述了對於國語文法的觀點。經過他的積極鼓吹，「講求文法」成為了國語運動和新文學運動一項相當重要的內容。〔註195〕

值得注意的是，「甲寅文體」之所以屬於文言文，卻能夠得到胡適的肯定，恰恰也是由於符合文法：「章行嚴一派的古文，李守常、李劍農、高一涵等在內——最沒有流弊，文法很精密，論理也好，最適宜於中學模範近古文之用。」〔註196〕曹聚仁也認為章士釗的政論文在文字組織上「無形中受了西洋文法的影響」，「可以說是桐城派談義法以來最有力量的修正，也可說是古文革新運動中最有成就的文體。」章士釗在古文中引入歐洲文法的努力方向，「也和當時語文改革的步驟相一致的。」〔註197〕如所周知，章士釗自己正是一位卓有建樹的文法學者，在文法方面有著充分的西方知識儲備和理論上的自覺。他所作的《中等國文典》，被視為《馬氏文通》出現至1920年代之間，少數幾部重要的中國語法學著作之一。只不過他的文法學研究與論說文寫作實踐之間的關係，長期以來被忽視了。在本章第二節中，我們已經指出了西洋文法對章士釗論說文的內在影響，此處已無須重複。需要進一步追問的是，「甲寅文體」在

〔註191〕見《胡適致陳獨秀信》，《新青年》2卷2號，1916年10月1日。
〔註192〕胡適：《再寄陳獨秀答錢玄同》，《新青年》3卷4號，1917年6月1日。
〔註193〕胡適：《談新詩》，《胡適文集》第2卷，第134頁。
〔註194〕胡適：《請頒行新式標點符號議案（修正案）》《胡適文集》第2卷，第102頁。
〔註195〕新文學運動參與者如錢玄同、傅斯年、羅家倫等皆大力提倡建立國語文法，劉復、黎錦熙、許地山等人更是致力於此，出版有專門研究國語文法的著作，成為建立中國語法學的先驅者。1920年代中國語法學著作大量出現，與新文學運動的提倡有直接的關係，容另文詳論。
〔註196〕胡適：《中學國文的教授》，《新青年》8卷1號，1920年9月1日。
〔註197〕曹聚仁：《文壇五十年》，第23頁。

文法上的現代性特徵與新文學對文法的強調，僅僅是一種巧合嗎？如果答案是否定的，其背後的潛臺詞又是什麼？

我以為，章士釗政論文的邏輯嚴密、講求文法，與新文學家對文法的強調並非偶然。他們雖然文化立場不同，在文言與白話問題上也有根本性的分歧，但在接受、闡釋與建構文法學等現代學科體系上體現了某種共通的知識生產策略和模式。正因為如此，在知識生產的過程中他們也遭遇到了共同的悖論式的困境。

一般認為，語法（在晚清以來很長一段時間內稱為文法）是對語言文字結構規律的總結〔註198〕，「是幾千年演化的結果。」〔註199〕然而，從晚清開始，中國學者就沒有把文法學當作單純的反映現實的知識加以被動的接受，而是將文法學與語言文學實踐緊密地結合起來，試圖以文法學在一定程度上能動地改造漢語漢文。換言之，作為一種從西方語言實踐中歸納出的抽象知識，文法學回到了語言文字實踐中去，並對異質文化語境中的語言文字實踐產生了實質性的作用。文法學首先影響（也許是不自覺地）的就是古文，章士釗便是很好的例子。他之所以編纂《中等國文典》，其目的是為了進行古文寫作的教育。章士釗認為，由於近代西學門類的引入和學制的變化，學習古文不可能再像過去一樣依靠吟誦領悟，而必須改弦易轍，即通過「晰詞性、制文律」等等來學習寫作古文。而他指導學生的實踐表明，他所總結的文法的確可以有效地指導、規範古文寫作：「數月，遣詞造句皆循定律而為文益斐然可觀矣。」〔註200〕章士釗自己的文言論說文寫作，也被普遍視為是受到西洋文法影響的結果。在這裡，西洋文法介入古文的寫作實踐之中，並且改變了古文的樣貌。事實上，將更加「科學」、「現代」和「進步」的文法視為改良中國語言文字的途徑，有意識讓文法學進入古文／國語的再生產過程，從而賦予了文法學以更多的意義和能量，是晚清新知識分子相當普遍的一種看法。孫中山的一段話，簡明扼要地體現了這些新知識分子「西洋文法——中國文法——說明、改造中文——掌握古文」的思維模式：

> 所望吾國好學深思之士，廣搜各國最近文法之書，擇取精義，

〔註198〕 王力：《語文講話》，北京：商務印書館2002年版，第3頁。
〔註199〕 胡適：《國語文法概論》，《胡適文集》第2卷，第335頁。
〔註200〕 章士釗：《中等國文典序例》，《中等國文典》，上海：商務印書館1907年版，第1頁。

為一中國文法，以演明今日通用之言語，而改良之也。夫有文法以
規正言語，使全國習為普通知識，則由言語以知文法，由文法而進
窺古人之文章，則升堂入室，易如反掌，而言文一致，亦可由此而
恢復也。〔註201〕

如果我們將中國文法學看作是一種逐漸被建構起來的知識體系，那麼上
述的建構策略一直延續到了五四時期。在白話取代文言這一重大歷史轉捩點，
文法學繼續扮演著締造現代「國語」的一個關鍵角色。作為一門西方舶來的現
代學科，文法學的普適性被強調，在不同文化語境下的差異性則被有意的忽
視，其作用被無限放大。除了白話之外，文法學變成了另一個建構現代寫作／
國語的起點。

胡適在談到中學國文的教學時，特別強調了文法與作文，要求第一年專講
國語的文法，第二三四年講古文的文法，並且要「處處同國語的文法對照比較，
指出同的地方和不同的地方，何以變了，變的理由何在，變的長處或短處在什
麼地方。」〔註202〕他說，可以由教員找出古文中不合文法的例句，由學生指
出錯在何處，這樣「可以增長文法的興趣，可以免去文法的錯誤。」教員在改
學生作文的時候，也「應該根據文法。合文法的才是通，不合文法的便是不通。
每改一句，須指出根據那一條文法通則。」〔註203〕顯然，文法在這裡成為否
定古文（不合文法）與建構國語文學的依據（要合文法）。

接著，在1921年發表的《國語文法概論》中，胡適進一步強調了文法在
建構國語中的作用。他討論了「得」字的用法，並認為人們可以因此而得到一
條文法上的新規定，也就是可以將語言文字無意的自然變化加以改造，按照變
化的「自然趨勢」，「規定將來的區別」，有了對「得」、「的」的語法規定，「以
後這兩個字便可以不致胡亂混用了。」〔註204〕事實上，新文化運動時期對於
「的」、「她」以及標點符號的熱烈討論，都不僅僅是語言學或語法學範圍內的
討論，而是直接對現代國語的形成產生影響的知識生產過程，是文法的知識生
產怎樣被想像和目的化，怎樣暫時壓抑、迴避了它內在的客觀性要求而成為另
一種知識範型工具的具體而微的例證。換言之，胡適把文法學當成了具有能動

〔註201〕 孫中山：《建國方略之一》，《中山全集》第4冊，上海：上海孫文學說研究社
　　　　　1926年11月版，第32頁。
〔註202〕 胡適：《中學國文的教授》，《新青年》8卷1號，1920年9月1日。
〔註203〕 胡適：《中學國文的教授》，《新青年》8卷1號，1920年9月1日。
〔註204〕 胡適：《國語文法概論》，第373頁。

性的知識，可以生產新知識的知識——儘管這在一定程度上是違背這門學科的研究規律的。

需要注意的是，胡適對於文法學的闡釋與使用策略，在五四時期具有一定的普遍性和代表性。當時在北京高等師範學校國文部就讀的一位青年學生周祜，在給《新青年》編輯的信中說：「東西各國的文學，莫不都有一定的文法，文理極為清楚，句子極為明白。依法去做，也是極容易的。祜想中國文學也該當有一種文法，那新文學然後能夠成立。……所以祜的意思，以為改革文學，應當製造一種文法做後盾。小學有小學的文法，中學有中學的文法，由淺而深，使人看了，就會作文，豈不是好呢？」〔註205〕在胡適表示準備寫作《國語文法概論》之後，廖仲愷也認為：「先生能夠早日把《國語的文法》做好寄來，不但使《建設》的讀者得受許多益處，並且使國語的文學有個規則準繩，將來教育上也可得無限便利」。〔註206〕當然，胡適等人也反覆說明，文法學的研究方法應該是歸納法，應該是對現有語言文字規律的總結，「國語的文法不是我們造得出的，他是幾千年演化的結果，他是中國『民族的常識』的表現與結晶。」但另一方面，他又多次強調語言和文法的進化演變，以及新的文法規則對語言的規範作用。〔註207〕事實上，正如我們所看到的那樣，「國語」和「國文」的形成是一個動態的知識生產過程，是在繼承近代白話、文言傳統，借鑒西方句法、詞彙的基礎上產生的，在這一過程中，新語法／文法必然要通過閱讀、教學和寫作等多種方式影響語言實踐，使讀者／寫作者擺脫「盲目的模仿」的階段。換言之，我們可以借用胡適「文學的國語、國語的文學」一說，提出「文法的國語、國語的文法」，即現代漢語／漢文與現代語法／文法之間，其實是互相創造、彼此建構的關係。文法學不僅可以被建構出來，而且可以參與到中國文學的現代化過程之中，使之不僅僅是對語言規律的總結，而且催生或創造了某些新的語言規律，並付諸於語言實踐。那麼，我們應該怎麼去理解這近代以來如此奇特的「文法的自覺」呢？

我以為，晚清以來新知識分子對文法學的誤讀、改造和挪用，凸顯了一個現代性語境下知識生產的悖論式困境：我們必須用契合本土（最好是來自本土）的知識才能準確而深刻地認識自我，但無論是「來自本土的知識」還是「自

〔註205〕 周祜：《致錢玄同》，《新青年》第 6 卷 2 號，1919 年 2 月 15 日。
〔註206〕 廖仲愷：《答適之先生》，《建設》第 2 卷 1 號，1920 年 2 月。
〔註207〕 均見於胡適：《國語文法概論》，《胡適文集》第 2 卷。

我」主體或是知識的生產過程，都無法擺脫西方知識的烙印。

首先，所謂近代中國文法學本身是一門來自歐洲的知識，就是以拉丁文法、英文文法為參照物而建構的產物。直到《馬氏文通》出現之前，中國人可謂沒有文法學的觀念。對於文法現象，傳統文人「罔不曰此在神而明之耳，未可言傳也。」〔註208〕最早出現的具有文法學價值的著作，是西班牙傳教士萬濟國（西文原名 Francisco Varo，1627～1687）用西班牙文寫成的《華語官話語法》（Arte de la Lengua Mandarina，1703）。〔註209〕鴉片戰爭之後出現的一些語法學著作，也都是外國傳教士所撰寫的以沿海方言和首都方言為研究對象的小冊子，如英國傳教士艾約瑟（Joseph Edkins，1823～1905 編寫的《官話口語語法》、《上海話文法》，俄國傳教時畢秋林編寫的《漢文啟蒙》，美國傳教時高第丕和中國人張儒珍合編的《文學書官話》，以及德國漢學家甲柏連孜（Hans Georg Conon von der Gabelentz，1840～1893）編寫的《中國文法學》等等。〔註210〕

《馬氏文通》是中國人自撰的第一部現代意義上的文法學著作。但它基本上也是採取「比擬西文，揭示華文規矩」〔註211〕的方法。馬建忠對比了希臘、拉丁文詞，認為它們雖然「字別種而句司字，所以聲其心而形其意者，皆有一定不易之律，而因以律吾經籍子史諸書，其大綱蓋無不同。於是因所同以同夫所不同者，是則此編之所以成也。」〔註212〕馬建忠寫作此書的主要目的，當然還是如他所說，為了使兒童掌握文法，在入私塾學習中文時更加容易。但從上面那段話我們可以看到，他顯然認為中文與其他西洋語言沒什麼本質的不同，都有可以掌握的「一定不易之律」，因此也是是同樣可以納入到文法學體系之中的。如果在學習中文的過程中掌握了文法，「不惟執筆學中國古文詞即有左宜右有之妙，其於學泰西古今之一切文字，以視自來學西文者，蓋事半功倍矣。」〔註213〕因此，「因西文已有之規矩，於經籍中求其所同所不同者，曲證繁引以確知華文義例之所在」〔註214〕也就成為合情合理之事。這種對西方

〔註208〕馬建忠：《馬氏文通·序》），《馬氏文通》，北京：商務印書館 2002 年版，第10 頁。

〔註209〕姚小平：《第一部漢語語法書——〈華語官話語法〉》，《國外漢語教學動態》2003 年第 4 期。

〔註210〕邵敬敏：《中國文法學史稿》，上海：上海教育出版社 1990 年版，第 40 頁。

〔註211〕龔千炎：《中國語法學史稿》，北京：語文出版社 1987 年版，第 20 頁。

〔註212〕馬建忠：《馬氏文通·後序》，《馬氏文通》，第 12 頁。

〔註213〕馬建忠：《馬氏文通·例言》，《馬氏文通》，第 15 頁。

〔註214〕馬建忠：《馬氏文通·後序》，《馬氏文通》，第 13 頁。

文法學的搬用和模仿並不見得就是缺點。胡適就認為：「馬建忠得力之處全在他懂得西洋的古今文字，用西洋的文法作比較參考的材料。」〔註215〕

章士釗精通英文，對英文語法當然也很瞭解。他寫作《中等國文典》的動機，也正是他在學習英文的時候，「隨治隨思吾國文者固亦當以是法馭也。」〔註216〕章士釗在該書序例中寫道：

> 是書本之西文規律，而無牽強附會之弊。嘗謂間以中文釋西文而鑿然至當者，其在中文則不必有是法。……倘中文典亦必如英文典之所云，反予學者以歧途矣。本書於此種皆避去，所立之說，悉以國文風味出之，能解西文者益足詳為證明，即不解者亦可循途知軌。〔註217〕

儘管章士釗認為自己已經竭力避免了「牽強附會」的弊病，但依然改變不了《中等國文典》是以英語文法為基礎、沒能超越《馬氏文通》的事實。人們普遍認為章士釗「是完全用英語規則來套漢語的。」〔註218〕對漢語本身研究很不夠，缺乏獨創性見解，明顯受到印歐語系的影響。〔註219〕

《新青年》出現之後，這一傾向不僅沒有得到扭轉，反而進一步強化。錢玄同稱讚梁啟超「輸入日本文之句法，以新名詞及俗語入文……此皆其識力過人處。」〔註220〕傅斯年更是撰文指出，要做好白話散文，一要留心說話，從口頭語言中學習做法，二要直用西洋詞法，給白話文找個高等憑藉物：「就是直用西洋文的款式，文法、詞法、句法、章法、詞枝（Figure of speech）……一切修詞學上的方法，造成一種超於現在的國語，因而成就一種歐化國語的文學。」又說：「也不僅詞是如此，一切的句，一切的支句，一切的節，西洋人的表示法盡多比中國人的有精神。想免得白話文的貧苦，惟有從它──惟有歐化。」〔註221〕這代表著在文法學上最為極端的「全盤西化」傾向。到了1921年，胡適的《國語文法概論》在《新青年》刊出，明確提出文法學的建立要有比較的觀念，從理論上確認了借鑒西方文法學的合理性。他在文中認為，國語

〔註215〕胡適：《國語文法概論》，《胡適文集》第 2 卷，第 334 頁。
〔註216〕章士釗：《中等國文典序例》，《中等國文典》，第 1 頁。
〔註217〕章士釗：《中等國文典序例》，《中等國文典》，第 4 頁。
〔註218〕龔千炎：《中國語法學史稿》，第 40 頁。
〔註219〕邵敬敏：《中國文法學史稿》，第 53 頁。
〔註220〕錢玄同：《致獨秀》，《新青年》3 卷 1 號，1917 年 3 月 1 日。
〔註221〕傅斯年：《怎樣做白話文》，《新潮》1 卷 2 號，1919 年 2 月 1 日。

從候補變為「正式的國語」，需要建立國語文法，需要進行文法學的研究：「有
文法和有文法學不同。一種語言儘管有文法，卻未必一定有文法學。」在他看
來，中國文法學發生最遲，直到馬建忠的《文通》問世，方才有了中國文法學。
要進行國語文法的研究，有三種必不可少的方法：歸納的研究法，比較的研究
法，歷史的研究法。他強調「沒有比較，故中國人從來不曾發生文法學的觀念」，
〔註222〕因此，參考古文文法、各地方言文法、西洋古今語言的文法和東方古
今語言的文法就成為研究國語文法的重要環節。

在這種思路的影響下，1920 年代出現的一些文法學著作，仍然帶有濃厚
的模仿西方文法學的特徵。如黎錦熙的《新著國語文法》（1924）是既模仿了
《馬氏文通》，又受到了英語的納氏文法圖解法的影響。劉復的《中國文法通
論》（1920）主要依據的是英國語法學家斯威特（H.Sweet）的《New English
Grammar》，區分的理論仍以英語、印歐語為基礎。

然而，實踐證明，簡單照搬西洋文法建立國語文法的種種體系，雖然可以
開出一些新路，但無法真正深入地解決中國語言的語法問題。在 1922 年出版
的《國文法草創》一書中，陳承澤就對當時流行的承襲外國文法來研究漢文的
模式提出了批評：「其說明方法誠較新矣，其研究範圍亦較廣矣；然而攻鑽或
涉於皮毛，比附每鄰於牽強，遂欲認為研究之正規，恐亦未然也。」〔註223〕
他提出了研究中國文法的三個原則：說明的非創造的；獨立的非模仿的；實用
的非裝飾的，在在針對胡適等新文學家的觀點而發。例如，對於胡適可以利用
文法規則來規範國語的論點，陳承澤認為文法只能用於說明語言現象，而不應
干涉語言實踐：「蓋文字之現狀如何，即其研究之結果，亦只能將其現狀和盤
托出，不能有所增減於其間也。」〔註224〕最嚴厲的指謫，則是對於套用西方
文法理論研究中國語言的做法：

> 今使不研究國文所特有，而第取西文所特有者，一一模仿之，
> 則削趾適履，捍格難通，一也。比附不切，求易轉難，二也。為無
> 用之分析，徒苦記憶，三也。有許多無可說明者，勢必任諸學者之
> 自由解釋，系統歧異，靡所適從，四也。舉國文中有裨實用之變化

〔註222〕胡適：《國語文法概論》，《胡適文集》第 2 卷，第 333～334 頁。
〔註223〕陳承澤：《國文法草創‧緒言》，《國文法草創》，北京：商務印書館 1982 年
版，第 7 頁。
〔註224〕陳承澤：《國文法草創》，第 11 頁。

　　而犧牲之，致國文不能盡其用，五也。是故治國文法者，當認定其
　　所治者為國文，務於國文中求其固有之法則，而後國文法乃有告成
　　之一日。自有《馬氏文通》以來，研究國文法者，往往不能脫模仿
　　之窠臼，今欲矯其弊，惟有從獨立的研究下手耳。〔註225〕

　　陳承澤的批評不能說沒有道理，也的確指出了中國近代文法學建立以來
的主要問題。然而，在某種程度上，由於文法學本身就是一門「西學」，因此
所謂擺脫西方影響的「獨立的研究」往往只是一種空想。對於陳承澤所主張的、
聽起來順理成章的「必以治國文之道治國文」，胡適直接進行了反駁：「到了談
什麼『動字』、『象字』、『主語』、『說明語』等等文法學的術語，我們早已是『以
西文之道治國文』了，——難道這就是『廢滅國文』嗎？況且，若不從比較的
研究下手，若單用『治國文之道治國文』，我們又如何能知道什麼為『國文所
特有』。什麼為『西文所特有』呢？」又說：「我老實規勸那些高談『獨立』文
法的人：中國文法學今日的第一需要時取消獨立。但『獨立』的反面不是『模
仿』，是『比較與參考』。」〔註226〕至此，在邏輯（以國文之道治國文）和現
實（道／文法來自西方）之間，作為知識生產的中國文法學似乎陷入了悖論性
的困境。

　　由於陳承澤過早離世，胡適一派的觀點似乎佔了上風。但事實上，這一困
境並沒有在胡適的說教中得到解決。1932 年，陳寅恪再次觸及這一問題。在
給劉叔雅的信中，他對「今日印歐語系化之文法」進行了尖銳的批評，並且提
出當年的清華大學國文入學試題不宜考語法，在「藏緬語系比較研究之學未發
展，真正中國語文文法未成立之前，似無過於對對子之一方法。」〔註227〕陳
寅恪的理由是，考試須考其文理是否通順，而必以文法為標準，「但此事言之
甚易，行之甚難。最先須問吾輩今日依據何種文法以考試國文。今日印歐語系
化之文法，即《馬氏文通》『格義』式之文法，既不宜施之於不同語系之中國
語文，而與漢語同系之語言比較研究，又在草昧時期，中國語文真正文法，尚
未能成立，此其所以甚難也。」〔註228〕然而，陳寅恪本人也沒有提出如何建
立真正中國文法的方法，他對「印歐語系化文法」的否定，只不過再次凸顯了

〔註225〕 陳承澤：《國文法草創》，第 11～12 頁。
〔註226〕 胡適：《國語文法概論》，第 363 頁。
〔註227〕 陳寅恪：《金明館叢稿二編》，北京：三聯書店 2001 年版，第 249 頁。
〔註228〕 陳寅恪：《金明館叢稿二編》，第 249～250 頁。

這一困境：由於文法學來自西方，在這樣一個整體西方化的知識生產體系中，擺脫西方知識和話語的霸權，建立獨立的中國文法、生產屬於本土的現代知識，是否還有可能？

行文至此，我們可以看到，「甲寅文體」與新文學的內在關係，並不在於甲寅文體的邏輯性對於現代實用文體寫作的示範性，也不在於像曹聚仁所說以古文彈性的耗盡反證和催生了新文學，〔註229〕而是在於它們與近代文法的密切關係，以及由文法問題上摺射出的共通的知識生產策略，以及由此所遭遇的悖論性困境。它形象地反映了以文法學為代表的西方近代知識體系在進入晚清文化語境之後，如何被不同背景、不同理念的寫作者接受並加以改造和本土化，從而激發出傳統知識體系（古文）的內在活力，並推動建構新知識體系（新文學）。我們無法對這一現象進行價值判斷，因為這是一個仍在進行的過程。它的價值在於提出了一系列至關重要的問題：所謂的語法學是一種客觀規律的存在，還是人為建構的產物？通過模仿而來的知識，是真知識嗎？如果不是，它又是如何改變了語言現實呢？我們尋求建立自己的文法學的時候，是否只是一種幻想？在不可避免地被拖入「現代」之後，我們是否只能通過西方知識才能認識自己？或許，這些複雜難解的問題，本身並無理想的答案，將之呈現出來，本身就是一種回答。

〔註229〕曹聚仁曾說，章士釗的邏輯文體是「古文革新運動中最有成就的文體」，又說：「邏輯文體以政論為文章中之『物』，『行文主潔』，『用遠西詞令，隱為控縱』，乃是文章中之『序』，舊文體的局部改革，已經到了頂點了。」都強調了章士釗政論文已經窮盡了文言文改革的可能性，見曹聚仁：《文壇五十年》，第 23、35 頁。

第四章　知識的「救濟者」：章士釗與民初文化思想

第一節　從政理到文化——「調和」論及其發散

　　章士釗最為思想界所熟知的，除了邏輯學和墨學研究之外，便是他的「調和」思想。迄今為止，對章士釗調和論的研究也一直是個熱點問題，論文層出不窮，亦有專書討論。但是，一方面調和論於理解章士釗與《甲寅》甚為重要，另一方面也由於其中仍有可以開拓的闡釋空間。本文不憚譾陋，繼續對此問題略作論述。

　　早期章士釗提出的主要是政治調和論，這顯然和他的英國留學背景有關，同時也與當時國內的政局有直接的聯繫。從《民立報》時期，他就開始宣傳奢呂（Scherer）、梅因（Maine）等西歐政治學家的理論，這既是他效法英國政黨政治的理想，也是被宋案之後的國內政治亂相所刺激。二次革命失敗，「憤袁氏之專政，謀執文字因為殳」，[註1] 他對政治調和論的鼓吹，變得逐漸面目清晰起來。在《甲寅》第一號上，他發表了著名的《政本》，為自己的政治調和論奠定了第一塊堅實的基石。他在文章中提出：

　　　　為政有本，本何在？曰在有容。何謂有容？曰不好同惡異……

　　　　吾歷史上之革命，非能有良政略，必掊其惡者而代之，非能創

　　一主義，必革其無者而以行之，徒以暴政之所驅，飢寒之所迫，甚

〔註1〕孤桐（章士釗）：《大愚記》，《甲寅週刊》1 卷 1 號，1925 年 7 月。

　　且陰謀僭志之所誘，遂出於斬木揭竿之舉，以遂其稱王稱帝之謀。
其成也，彼乃復為專制如故；不成，則前之專制者，又特加甚，首
難者死，餘戢戢如犬羊，伏不敢動，惟所踐踏。舉數千年之政爭，
不出成王敗寇一語。其中更無餘地，可使心乎政治者，在國法範圍
之中，從容出其所見，各各相衡，各各相抵，因取其長而致於用，
以安其國，以和其人。無他，專制好同之弊中之也。〔註2〕

　　寥寥數語，便揭示出中國專制政治惡性循環之內在原因，在於治者之「好
同惡異」，甚至連革命黨亦不能避免此病，「且挾其成見，出其全力，以強人同
己，使天下人才盡出己黨而後快」，遂致失敗，其論可謂深中腠理。章士釗自
己曾被同盟會激烈派所排擠，又反對袁世凱政府的大權獨攬，因此他認識到必
須有多元政治力量的存在和彼此寬容，即所謂「國人共矢其天良，同排其客氣，
無新無舊，無高無下，無老無壯，無賢無不肖，悉出其聰明才智之量，投之總
貨棧」，才能有健康的政黨政治和共和憲政——「蓋必國家先容有反對者之發
生，而後有內閣政治，斷非異軍蒼頭特起，創造一內閣政治，以期反對者潛滋
暗長於其中也。」〔註3〕顯然，章士釗對政治調和說的提出，首先和他的切身
政治體驗有關。〔註4〕

　　不同政治勢力之間的共存、相容和制衡，必然要求彼此之間的調和，這是
自由主義政治理論的題中應有之義。〔註5〕章士釗在《政力向背論》中，採用
了一套當時頗為流行的科學敘事來增強文章的說服力。他以英國政治學家蒲
徠士（James Bryce）的《歷史與法理學研究》（*Studies in History and
Jurisprudence*）中的一篇文章作為立論的基礎，認為此文「極言作政當保持兩
力平衡，名言精義，曠世寡儔」，而蒲徠士的文章正是以牛頓的離心向心力互

〔註2〕秋桐（章士釗）：《政本》，《甲寅》1卷1號，1914年5月10日。
〔註3〕秋桐（章士釗）：《政本》，《甲寅》1卷1號，1914年5月10日。
〔註4〕鄒小站認為，章士釗在民元之後的政治經歷和所見所聞，「強化了他對調和立
　　　國的信念」，見氏著《章士釗社會政治思想研究（1903～1927年）》，長沙：湖
　　　南教育出版社2001年版，第144頁。另沈松橋也指出，章士釗提倡調和論，
　　　有其經驗上的背景。見氏著《五四時期章士釗的保守思想》，「中央研究院」《近
　　　代史研究所集刊》第十五期，第175頁。
〔註5〕早在1913年，張東蓀就已經指出不同政治勢力之間的對抗和平衡的重要性：
　　　「近者革命告成，共和底定，舊官僚與新暴徒，頗成對抗之勢，卒以不善利用
　　　此對抗，旋立旋滅，而對抗之現象，乃終不見於吾東亞矣。嗚呼！吾國數千年
　　　來政治不如彼西歐者，即以無政治對抗之故……」。見氏著《對抗論之價值》，
　　　《庸言》第1卷第24期，1913年11月16日。

相平衡的物理學定律作為理論基礎。例如，政治學當中非常重要的集權／分權
的矛盾，按照這種自然科學的原理就可以迎刃而解：「是就向心力而論之，為
先馳而得張，就離心力而論之，欲取而先與。物情治道，往往相通，一語道破，
萬惑都解」，「是故欲集權者，不當於集權求之，而當於分權求之」。〔註6〕同
時，章士釗也接受了美國政治學者羅偉（Lowell）的觀點，「今政府之所由成，
其精要在於調和，調和者固政製成於倉促而又傳之永久所必具之性也。」他認
為，法國革命之所以成功，拿破崙第三下臺後法國共和國之所以可以實現共
和，就在於法國人明白了調和的道理，「故最後之成功，遠邁前古，此其智計，
與其歸之君政黨，毋寧歸之提倡共和大義諸君。」法國之所以能夠在 1875 年
之後保持很長時間的和平，避免革命，「乃明於政力向背之道，掌力者惟使兩
力相待，各守其藩。由是一黨既興，決不過用其力，以倒他黨；他黨以能盡其
相當之分，遂乃共趨一的，而永納其國於平和有序之中。此其關係，最可深長
思也。」所以，無論英美，其共同之處，「乃政力之向背，本無定形，而無論
何種國家，兩力又必同時共具，則欲保持向心力，使之足敷鞏固國家之用，惟
有詳審當時所有離心力之量，挽而入之法律範圍之中，以盡其相當應得之分而
已。易詞言之，使兩力相劑，范成一定之軌道，同趨共守，而不至橫決而已，
此外無他道也。他道皆政治自殺之愚計也！」〔註7〕

　　至此，章士釗以西方政治學說為理論基礎的政治調和論已經初露雛形。接
著他又發表了《調和立國論》，進一步明確了「調和」理念在他的政治思想體
系中的核心地位。《調和立國論》開篇即提出，要改變當前袁世凱大權獨攬的
專制局面，「正在覓一機會，使全國人之聰明才力，得以迸發，情感利害，得
以融和，因範為國憲，演為國俗，共通趨奉，一無詐虞。」〔註8〕而要達到這
一目的，要麼訴諸武力而出於革命，要麼訴之政治的改良進化。章士釗無疑更
肯定後者而反對暴力革命，因此，通過政治改革而漸進的實現民主政治就成為
他的必然選擇。但是，現在並非實現調和的良機。他批駁了當時出現的一種「偽
調和論」，即以國家外患為藉口，要求政府加以相當改革，而革命派也放棄革
命，這種論調貌似公允而實則站在袁世凱政府一邊，是打著「調和」的旗號而
試圖招安反對派。章士釗指出，如今革命黨、進步黨都已沒有力量，不能與政

〔註6〕秋桐（章士釗）：《政力向背論》，《甲寅》1 卷 3 號，1914 年 7 月 10 日。

〔註7〕秋桐（章士釗）：《政力向背論》，《甲寅》1 卷 3 號，1914 年 7 月 10 日。

〔註8〕秋桐（章士釗）：《調和立國論》，《甲寅》1 卷 4 號，1914 年 11 月 10 日。

府抗衡，自己的權利快要被剝奪殆盡，也談不上「讓德」；在這種情況下漫言調和，都不過是些「童稚可笑無關痛癢之談」。

但是，「調和者，立國之大經也」，人們並不能因為有「偽調和論」的存在而放棄真正的調和。章士釗認為，民國成立以來的種種亂象，非採取政治調和而不能救其弊。儘管當時實現政治調和的現實條件並不成熟，但這並不妨礙章士釗從思想層面宣傳調和理念，將「調和論」從政黨政治的運行之「術」提升為治國之「道」，將調和論的實行暫時懸置起來，將宣傳調和論視為一種隨時可以進行的積極行動，以啟蒙等待時機，以宣傳尋求時機。他說：

> 吾人觀國，苟見無調和之要則已，否則大聲疾呼，冀幸國人之察於斯義，不致一誤再誤，毀壞其國，無可收攝，正吾人莫貸之責也。此而不謬，可見實行調和，是為一事，提倡調和，又是一事。吾調和之說何時可見實施，愚無從知。惟斯說也，舉國之人，今日即當深深印入腦際，則了無疑義。

又說：

> 愚言調和，論其理也，未著其方也。吾惟問調和之理是否可通，並不問調和之方將於何出。前者邏輯之事，後者醫術之事，愚此論乃慕倍根，並不自稱扁鵲也。吾惟問調和之道，於今為宜，並不謂調和之機，即今已熟。前者乃學者之事，後者乃政家之事。愚誠願為斯賓塞，而不願為米拉波、拉飛咽也。〔註9〕

處於當時政治情勢之下的章士釗，心態是矛盾複雜的。一方面，他指出「調和者，實際家之言也。首忌有牢不可破之原則，先入以為之主，吾國調和事業之無成功，病即在此。」雖然革命黨也有此病，但章的主要矛頭是指向袁世凱政府的「大權獨攬主義」。他尤其強調政治眼光和見識的重要，認為在恰當的時機作出恰當的讓步，才是調和的實質：「調和云者，貴有公心，尤貴通識，『凡人聚而為群，其事成於相劑相質，其習行於相與相讓，當割之利，不割不可；當低之求，不低不可也。』當其可而割之，應於時而低之，是謂調和；當割不割而卒割，當低不低而卒低，其割其低，必非尋常應與之量，所能饜敵之意，……等一物也，時勢未同，則聖神化為豺虎。」我們可以將之看作是作者對北洋政府的某種勸告，從中也不難發現，章士釗對袁世凱政府並未完全絕望。另一方面，無論是袁世凱政府還是國民黨，章士釗對它們能否接受政治調

〔註9〕秋桐（章士釗）：《調和立國論》，《甲寅》1 卷 4 號，1914 年 11 月 10 日。

和論，又沒有多少信心。他的只談學理、不問實踐的表態，或許正是對自己的無奈調侃。他甚至將實現調和論的希望，寄託在國內出現第三方勢力之上：「愚言調和生於抵力，而抵力無定式，其所自出，復無定向，苟於革命黨以外，若而力者，忽也蒼頭特起，見於國中，排大力者以去，而將所有政象，規之使正，國基以穩，民困差蘇，亦非絕不可有之事，是亦吾論適用之處也。」〔註10〕這不能不說是有些書生之見了。

章士釗的系列文章發表之後，引起了國內知識界的廣泛關注，成為相當有代表性的一股政治思潮。張東蓀發表了《續章秋桐政本論》，繼續闡發章士釗的政治調和主張。正如潘力山所說：「章君的新舊調和論發於民國三、四年間，袁世凱正在劃除異己、想做皇帝的時代，所以這個議論，無論何人，都歡迎的。」〔註11〕章士釗的主張雖然有些理想化，脫離了中國的社會現實和發展階段，但不失為在低沉的政治空氣中，一種清明而理性的聲音。他對英法民主政治理論的介紹，雖然對堅硬的政治現實難有觸動，但在學理層面卻是一種知識的救濟，能夠引起國內知識分子階層的關注，也就不足為奇了。同樣經歷了洪憲帝制時代的常乃惪對此有深切的感受：「《甲寅》也是談政治的刊物，但是他的談政治和當時一般的刊物不同，他是有一貫的主張，而且是理想的主張，而且是用嚴格的理性態度去鼓吹的。這種態度確是當時的一付救時良藥。在當時舉國人心沉溺於現實問題的時候，舉國人心悲觀煩悶到無以復加的時候，忽然有人拿新的理想來號召國民，使人豁然憬悟現實之外尚復別有天地，這就是《甲寅》對於當時的貢獻。」〔註12〕

在章士釗的影響之下，李大釗、李劍農、高一涵、周春岳等對政治調和論「篤信之而不疑」〔註13〕。在《甲寅》停刊、袁世凱倒臺之後，他們以《太平洋》等雜誌為陣地，繼續闡發調和立國的理念。1917年3月，李劍農在剛剛創刊的《太平洋》雜誌刊首發表了《調和之本義》，對章士釗的調和立國論表示支持，同時為這份刊物奠定了思想基調。〔註14〕他認為，調和立國之

〔註10〕秋桐（章士釗）：《調和立國論》，《甲寅》1卷4號，1914年11月10日。
〔註11〕潘力山：《新舊調和說與突變潛變說之討論》，《法政學報》第2卷第1期，1919年11月30日。
〔註12〕常乃惪：《中國思想小史》，上海古籍出版社2005年版，第136～137頁。
〔註13〕李大釗：《闢偽調和》，《太平洋》1卷6號，1917年8月15日。
〔註14〕在當時一些讀者看來，《太平洋》和《甲寅》的思想主張是相同的。見李泰棻：《共和·致太平洋記者》，《太平洋》1卷4號，1917年6月。

說對倒袁之役已經產生了實際的效果，但輿論對於調和仍有所誤解。他指出，「調和者，新舊蛻嬗，群體進化之象，非新舊相與腐化，群體衰敗之象也。」也就是說，調和是新舊勢力彼此影響，以求進化的途徑，而非新生事物向保守勢力妥協，以致腐化。具體到當前的政治形勢，調和應該發生在緩進派與急進派之間，而非新與舊之間、進步勢力與反動勢力之間。他引用了章士釗、莫烈等人都曾引用的一段斯賓塞的名言，並加以解釋：「蓋以為舉凡革制易政之事，新者未能猝立，舊者未能猝除，良惡參半，乃天演自然之象。使當國者，徒欲用其最真之理解，以方柄而納於圓鑿，勢不可行。然其所以為進化之機者，乃在使新者漸即於完全成立，舊者漸即於完全消釋，後起之新者，復漸進於今日新者得半之位，而今日之新者又漸為餘半之舊者，以次遞演，斯為進化。故調和精要之所在，特為新者不可以銳進過猛之勢，使若柄鑿不相容，決非使新者自毀其新機，削其方柄以入於圓鑿也。」〔註15〕但當前之政局乃是「反的而行」，急進派和緩進派都放棄了自己的主張，而爭相結納「固陋勢力」，導致新生勢力趨於腐化，調和失去了真義。李文發表之後，很快引起了共鳴。周春岳在《調和與俄國革命》一文中，對李劍農的觀點表示支持，並以俄國 1905 年革命和十月革命為例，說明政黨之間的調和妥協可以集中力量、共同對敵，取得革命的勝利。〔註16〕在這裡，調和被視為政治鬥爭的具體策略方法。

在作於 1917 年春的《調和之法則》中，李大釗也認為章士釗的調和論乃是「政理所在，不可或違，違則敗亡立見。蓋遵調和之道以進者，隨處皆是生機，背調和之道以行者，隨處皆是死路也。」他系統地提出了幾條調和的原則和方法。第一，要堅持自我原則。「調和之目的，在存我而不在媚人，亦在容人而不在毀我，自他兩存之事，非犧牲自我之事，抗行競進之事，非敷衍粉飾之事。」追求的是兩存之調和，競立之調和，排斥自毀之調和，否認犧牲之調和。第二，言調和者，「須知新舊之質性，本非絕異也」。他引用黃遠庸和穆勒的觀點，認為進步必須行進與秩序安固之中，秩序與安固也只有依靠進步才能保證。所以追求進步之新，與保證秩序安固之舊，都非絕對，只有量的區別，沒有質的不同。第三，調和乃是一種個人思想修養，「言調和者，須知各勢力中之各個分子，當盡備調和之德也。」個人在接觸新舊兩種思想，應該持有容

〔註15〕劍農（李劍農）：《調和之本義》，《太平洋》1 卷 1 號，1917 年 3 月 1 日。
〔註16〕周春岳：《調和與俄國革命》，《太平洋》1 卷 4 號，1917 年 6 月 15 日。

之性，節制之德，「不專己以排人，不挾同以強異」。〔註17〕第四，調和主義者
自身也應該選擇明確的立場，也只有自身有立場，其調和之感化才有權威。這
四點原則對於調和立國論是重要的補充。

接著李大釗又作《闢偽調和》，發表在《太平洋》雜誌。此文與李劍農的
文章有所呼應，同樣也是為了廓清社會對調和論的誤解。他認為，調和立國說
的提出乃是希望不同派別的人們可以接受這種理念，「而由忠恕之道，自範於
如分之域」，仍然要堅持自己的原則，而不是輕易放棄自己的信念，游移敷衍
在兩派之間。但調和論在今日卻被人所利用，「幾為敷衍遷就者容頭過身之路，
其黠者乃更竊為假面，以掩飾其挑撥利用之行。末流之弊，泯棼麁觤之象，全
釀成於敷衍挑撥之中，而言調和者遂為世所詬病所唾棄。」那麼，什麼才是真
正的調和？李大釗在斯賓塞、莫烈、穆勒、古里天森等四人對調和論述的基礎
上，總結出「調和」的定義：

> 調和云者，即各人於其一群之中，因其執性所近，對於政治或
> 學術，擇一得半之位，認定保守或進步為其確切不移之信念，同時
> 復認定此等信念，宜為並存，匪可滅盡。正如車有兩輪，鳥有雙翼，
> 而相牽相挽以馳驅世界於進化之軌道也。〔註18〕

這一定義與李劍農的定義沒有本質的區別。李大釗的重點在於揭露當時流
行的「偽調和派」——研究系的政治行為。他批評以研究系為代表的「緩進派」
勾結武人勢力，鼓吹開明專制，從民國肇始就搖擺於北洋政府和國民黨之間，忽
而引舊制新，忽而引新制舊，「凡以勢力為重，以情理為輕；以成敗為重，以是
非為輕。久而久之，積習成癖，依傍而外無生活，趨承而外無意思，反覆而外無
舉動，挑撥而外無作用」，喪失了基本的政治倫理。但是，儘管李大釗對研究系
的所作所為非常失望，但仍對之保留了一絲期望。他和章士釗的觀點接近，都認
為中國政治鬥爭的關鍵問題在於緩進派（研究系）與急進派（國民黨）是否能彼
此合作，「國民、進步二派決裂之時，國家每生非常之變。」〔註19〕因此，他又
希望研究系能夠確立於舊者的立場，堅持其政治信念，「與急進派為軌道內之對
抗，不為軌道外之芟鋤。主義不妨與急進者稍事通融，權利不妨對固陋者稍有退
讓」，按照調和論的原則委曲求全、忍辱負重，以求政治目的之實現。

〔註17〕李大釗：《調和之法則》，《言治》第 3 期，1918 年 7 月 1 日。
〔註18〕李大釗：《闢偽調和》，《太平洋》1 卷 6 號，1917 年 8 月 15 日。
〔註19〕李大釗：《闢偽調和》，《太平洋》1 卷 6 號，1917 年 8 月 15 日。

我們可以將李劍農、李大釗的觀點視為二次革命之後，政治調和論因應動盪政局而作出的一些調整。同時，我們也可以從中看出他們對於在現實政治實踐中實現「調和立國」的信心並不充分，這一點在李大釗那裡表現的更為明顯一些。他似乎更傾向於將「調和」哲理化，從哲學的角度論證調和論的價值和意義。在《調和之美》一文中，他從美學角度論述調和的重要性，認為美是調和的產物：

> 宇宙間一切美尚之性品，美滿之境遇，罔不由異樣殊態相調和、相配稱之間蕩漾而出者。美味，吾人之所甘也，然當知味之最美者，殆皆苦辛酸甜鹹相調和之所成也。美色，吾人之所好也，然當知色之最美者，殆皆青黃赤白黑相調和之所顯也。美音，吾人之所悅也，然當知音之最美者，殆皆宮商角徵羽相調和之所出也。美因緣，吾人之所羨也，然當知因緣之最美者，殆皆男女兩性調和之所就也。飲食男女如是，宇宙一切事物罔不如是。故愛美者，當先愛調和。〔註20〕

李大釗聲明，他正在參與興辦的《甲寅》日刊所追求的正是調和之美，這需要給予各方讀者利害情感以調和的空間。如果人人都本調和精神，並給每個人以調和的空間，《甲寅》的調和之美就能感化國人，而這種美也即是宇宙之美。這顯然是將調和加以抽象化的理解，使得調和論不僅是一種「政理」，而且成為一種體現樸素辯證思維的、帶有認識論色彩的哲學主張。〔註21〕激進派與漸進派的調和，也可以抽象為「新」與「舊」的調和，這也使得文化調和論的出現成為自然而然的事情。

章士釗稱自己代表了一部分理性之輿論，直為「社會陳情而已」〔註22〕，在某種程度上並非誇大之辭。政治調和論以及更廣義的調和論——文化調和論，在民國成立之後的數年之間的確流行一時。〔註23〕王元化曾指出，杜亞泉

〔註20〕守常（李大釗）：《調和之美》，《甲寅日刊》，1917 年 1 月 29 日。

〔註21〕李大釗在《新的！舊的！》中說：「宇宙進化的機軸，全由兩種精神運之以行，正如車有兩輪，鳥有雙翼，一個是新的，一個是舊的。但這兩種精神活動的方向，必須是代謝的，不是固定的；是合體的，不是分立的，才能於進化有益。」這段話很顯然帶有調和論的色彩，而馮友蘭認為這段話「接近於辯證法」，見馮友蘭：《中國現代哲學史》，廣州：廣東人民出版社 1999 年版，第 112 頁。

〔註22〕《本志宣告》，《甲寅》1 卷 1 號，1914 年 5 月 10 日

〔註23〕晚清已有中西調和論的出現，以張之洞的「會通中西，權衡新舊」的「中體西用說」為代表。見王爾敏《晚清政治思想史論》，桂林：廣西師範大學出版社 2005 年版。

1914 年所作的《接續主義》「一方面有開進的意味，一方面又含保守意味」，大概是最早把保守和開進結合起來，並揭示保守的積極意義。〔註24〕這或者是民初文化調和論的雛形。1917 年 4 月，杜亞泉又發表《戰後東西文明之調和》，提出東西文明之間的調和乃是必然趨勢：「故西洋之道德，於希伯來思想與希臘思想調和以後，與吾東洋社會之道德思想，必大有接近之觀，此吾人所拭目而俟者也。」杜亞泉雖然以本國文化為本位，但他並不因此而封閉保守，反而持有相當開明的態度：「吾人當確信吾社會中固有之道德觀念，為最純粹最中正者。但吾人雖不可無如是之確信，卻不可以此自封自囿。世界各國之賢哲，所闡發之名理，所留遺之言論，精深透闢，足以使吾人固有之觀念益明益確者，吾人皆當研究之。」又說：「以彼之長補我之短，對於此點，吾人固宜效法也。是故吾人之天職，在實現吾人之理想生活，即以科學的手段，實現吾人經濟的目的。以力行的精神，實現吾人理性的道德。以主觀言，為理想生活之實現，以客觀言，即自由模範之表示也。」〔註25〕也就是說，在他看來，國人理想生活的實現，是離不開「科學」、「經濟」、「力行」、「理性」、「自由模範」等來自於西方的現代觀念的。

　　與通常將李大釗視為堅定的新文化鼓吹者的看法不同，我認為李大釗在東西文化問題上並未體現過於絕對的反傳統姿態。相反，和考量政治問題一樣，他也採取了調和論的立場。當然，他承認西方文明是「動的文明」，而東方文明則是「靜的文明」，並認為在今天動的世界之中，非創造一種動的生活，不足以自存。但他也強調，這種動的生活應該是從「靜的文明」的基礎上發展起來的。〔註26〕在另一篇文章《東西文明根本之異點》中，李大釗又對東西文明進行全面對比，以西方文明為進步，對東方文明多有負面評價。然而，他又主張東西文明互有長短，不宜妄為軒輊於其間，並明確提出東西文明要實現真正的調和：「以余言之，宇宙大化之進行，全賴有二種之世界觀鼓馭而前，即靜的與動的，保守與進步是也。東洋文明與西洋文明，實為世界進步之二大機軸，正如車之兩輪、鳥之雙翼，缺一不可。而此二大精神之自身，又必須時時調和，時時融會，以創造新生命而演進於無疆。……而東西文明真正之調和，

〔註24〕王元化：《杜亞泉與東西文化問題論戰》，《清園論學集》，上海古籍出版社 1994年版，第 657 頁。

〔註25〕傖父（杜亞泉）：《戰後東西文明之調和》，《東方雜誌》第 14 卷第 4 號，1917年 4 月。

〔註26〕守常（李大釗）：《動的生活與靜的生活》，《甲寅日刊》，1917 年 4 月 12 日。

則終非二種文明本身之覺醒，萬不為功。所謂本身之覺醒者，即在東洋文明，宜竭力打破其靜的世界觀，以容納西洋之動的世界觀；在西洋文明宜斟酌抑止其物質的生活，以容納東洋之精神的生活而已。」（著重號為引者所加）他認為，國人對於東西文明的調和「實負有至重之責任，當虛懷若谷，以迎受彼動的文明，使之變形易質於靜的文明之中，而別創一生面。」中華民族可以復興，可以為世界文明作出第二次大貢獻，前提是「竭力以受西洋文明之特長，以濟吾靜止文明之窮，而立東西文明調和之基礎。」〔註27〕如果我們將之與陳獨秀同時期的表述加以比較，便會發現兩者之間有根本性的差異。〔註28〕

　　李大釗對文化調和論的鼓吹，與此時章士釗的思想變化有直接關係。1916年，自護國軍軍務院解散之後，一度親身投入討袁軍事鬥爭的章士釗來到北京，漸漸脫離政界，進入北京大學擔任邏輯學教授兼圖書館主任。〔註29〕隨著政治熱情逐漸冷卻，他對調和論的提倡也逐漸從政治層面轉移到文化層面。在1918年12月28日北京大學二十週年紀念所作的題為《進化與調和》的演講中，章士釗以自己對進化的解讀為基礎，提出了文化上的調和主義。他的論證邏輯並不複雜。首先，章士釗辨析了什麼是進步和發展。有人認為，進步就是直線前進的火車，就是一種新理論取代舊理論，如同汽車取代馬車。章士釗反對這種簡單的線性進化的觀點，而是更注重歷史發展的連續性。他認為，社會是環環相扣，連續發展，每一階段都有其來源，故今人有所改革，不得不瞭解前一時期以及更早時期的情況：「須知近日之社會，乃由前代之社會嬗蛻而來，前代之社會乃由前代之前代社會嬗變而來，由古及今，為一整然之活動，其中並無定畛可以劃分前後。」從這種連續性的觀點來看，人類歷史是無法劃分階段的，文學也無法精確的分期，而所謂新舊也只能是相對而言：「本體只一，新云舊云，皆是執著之名言，姑順俗言之。所謂舊者，將謝之象；新者，方來之象。而當舊者將謝而未謝，新者方來而未來，其中不得不有共同之一域，相與舒其力能寄其心思，以為除舊開新之地。……夫此共同之域者何也？即世俗

〔註27〕李大釗：《東西文明根本之異點》，《言治》第3冊，1918年7月。
〔註28〕陳獨秀主張：「無論政治、學術、道德、文章，西洋的法子和中國的法子，絕對是兩樣，斷斷不可調和牽就的。……若是決計革新，一切都應該採用西洋的新法子，不必拿什麼國粹，什麼國情的鬼話來搗亂。」因此，他是堅決反對東西文化調和論的。見陳獨秀：《今日中國之政治問題》，《新青年》第5卷第1號，1918年7月。
〔註29〕袁景華：《章士釗先生年譜》，第106頁。

之所謂調和也。」也即是說，在章士釗看來，調和乃是事物發展過程中的普遍現象。他又說：「調和之要律，在以不欺其信為歸，至己不自以為信時，即當捨己從人，共求大信。又在己有所信之時，不當鄙人之所信為不足信，以人智有限，所知者大抵假定適然之理，不能號為絕對也。」〔註30〕也就說，在求知的方面，調和意味著既不要固執己見，也不應毫無定見，而是要互相尊重，按照自己所信的方法追求真理。很明顯，章士釗的文化調和論是針對新文化運動的一些主張有感而發的。〔註31〕

另一面，和李大釗一樣，章士釗又試圖將「調和」提升為一種普遍的自然規律和哲學理念，以增強自己的說服力。他宣稱「宇宙進化之秘機」全在於調和二字，克魯泡特金的互助論、柏格森的創造進化論、倭鏗的精神生活論各有長短，不如以調和和詁化即能表現社會演進之實象，而以諸家之說，亦無乖迕，「蓋競爭之後，必歸調和。互助亦調和之運用，創造不以調和為基，亦未必能行。精神生活，尤為折衷諸派之結論。」〔註32〕這樣一來，當時流行的一些西方哲學、社會理論盡入轂中，都成為了章氏調和論的注腳。

這篇文章或許由於是演講稿，未在報刊上及時發表，因而流傳不廣。真正引起激烈爭論的，是章士釗另一篇發表在《東方雜誌》上的演講。在這篇題為《新時代之青年》的文章裡，章士釗再次指出新時代並非是嶄新的，而是與舊時代相聯繫的，「以知新時代云者，決非無中生有天外飛來之物，而為世世相承連綿不斷，有可斷言。既約世世相承，連綿不斷，是歷史為活動的整片的，如電影然，動動相續，演成一齣整劇，從而指定一點曰，此某時代也，此某時代與某時代之所由分也，是皆權宜之詞，於理論未為精當。」因此，新時代之所謂「新」，只是一種權宜之詞，所謂告別一切舊時代的「新文學」和「新青年」，都是不可能的。他下面的一段話，更是引起了軒然大波：

　　宇宙之進步，如兩圓合體，逐漸分離，乃移行的而非超越的。
　　既曰移行，則今日占新面一分，蛻舊面亦只一分。蛻至若干年之久，

〔註30〕孤桐（章士釗）：《進化與調和》，《甲寅週刊》1卷15號，1925年12月24日。為章士釗1918年12月28日在北京大學二十週年紀念會所作的講演。

〔註31〕這篇文章在將近7年之後，於1925年12月發表於《甲寅週刊》，在按語中章士釗說：「此民國七年，愚在北京大學所謂演稿，頃與高君一涵有所辯論，此篇有可資參證處，因並布焉。」可見，章的潛在對話者或者正是那些言辭激烈的、正在鼓吹新文化的老朋友。

〔註32〕孤桐（章士釗）：《進化與調和》，《甲寅週刊》1卷15號，1925年12月24日。

從其後而觀之，則最後之新社會，與最初者相衡，或鑿然為二物，
而當其乍占乍蛻之時，固仍是新舊雜糅也，此之謂調和。調和者，
社會進化至精之義也。社會無日不在進化之中，即社會上之利益希
望，情感嗜好，無日不在調和之中。故今日之為青年者，無論政治
方面，學術或道德方面，亦盡心於調和之道而已。〔註33〕

　　這段話之所以引人注目，乃是因為人們從中讀出了章士釗對新文化運動
系統的批評意見：第一，強調漸進而非革命的進化論；第二，強調進化論的精
華是新舊雜糅的調和；第三，與新文化運動爭奪擁護者，直接呼籲青年要盡心
於調和之道。在同一文章中，章士釗又說：「無論改造，無論解放，俱不可不
以舊有者為之基礎，則此種名詞，悉可納諸調和之中。」這就又涉及了剛剛創
刊的《解放與改造》，將張東蓀等人標舉的按照「第三種文明」（社會主義和世
界主義）來「解放」、「改造」社會的理念消解殆盡〔註34〕，統統化為「調和論」
的炮灰。他還一再強調自己的新舊調和論來自民國成立八年以來的切身政治
經驗，由「證例歸納所得」，與先天假設之說大大不同。言下之意，是比其他
諸家學說更接近事實，更富於真理。章士釗的這番鋒芒暗含、咄咄逼人的言論
不可能不引起思想界的強烈反應。

　　張東蓀發表《突變與潛變》，率先做出回應，認為章士釗的觀點「實在是
不妥當」。不過，與其說張東蓀意在批駁了章士釗的調和論，不如說張東蓀借
回應章士釗而闡明了自己的調和論。他先是借用生物學家抵費里（De Vrie）的
理論，論證生物的進化乃是突變（mutation）和潛變的結合，而沒有章士釗所
說的「移行」。接著，張東蓀提出了自己對調和的理解：

所以潛變是不能調和的，調和潛變便是消滅潛變。但突變以後
可以調和，因為調和是 harmony（諧合）不是 compromise（調停），
調停是敷衍，諧合是配置。凡是一個社會必要各部分配置得宜，方
能協力互助，所以我的調和說與章君不同，我以為調和不是甲乙的
混合，乃是另外一個東西（如丙）。我記得黑格爾有個方式是正 thesis
負 antithesis 合 synthesis，合雖是由正負而生來的，但是另外一個東
西，我以為調和也是如此，決不是正負的混合，必定是正負以外的

────────────────

〔註33〕章行嚴（章士釗）：《新時代之青年》，《東方雜誌》16 卷 11 號，1919 年 11 月。
〔註34〕張東蓀按照「第三種文明」改造中國社會的理念，見他的《第三種文明》，《解
　　　　放與改造》第 1 卷第 1 號，1919 年 9 月 1 日。

東西，所以是諧合，不是調停，因為調停便是混合了。〔註35〕（著
重號為引者所加）

張東蓀明確地指出，章士釗的調和論其實是一種調停（妥協）論，實際上
阻礙了事物的進化和發展，這不能不說是擊中了章士釗的要害，因為章士釗的
調和論本身就帶有濃厚的妥協傾向，他的主要理論來源之一正是莫烈（John
Morley）的 On Compromise（《論妥協》）。章士釗很快撰文予以反駁，認為生
物學上的突變說很少被人採信，而杜威的實驗主義所採用的進化論則支持漸
變說。然而，對於張東蓀對自己調和論的批評，章士釗卻沒有作出有力的回應。
〔註36〕接著，張東蓀又發表了《答章行嚴君》，再次辨析了調和的含義。他認
為，「調和有二個意思，一個是甲乙化合變為丙，一個是甲乙互讓」，所以前者
是自然的化合，後者是故意的調停。在政黨手腕上，常有調停，但不過是不得
已的手段，而非普遍的原理原則。張東蓀所反對的正是章士釗將調和作為普遍
的科學原則，從而使本屬權宜之計、不得已而為之的政治妥協變為常態。「新
的逐漸增加，舊的逐漸汰除，這便是新舊不調和的明證」，章士釗的錯誤在於
將新舊的雜存和某些相同認做調和；守舊論不足阻礙新機，而調和論卻是最危
險，因為在事物變化的醞釀時期進行調和，就會將未成熟的新思想消滅，改造
社會的動因也就被消滅了。在文章的最後，張東蓀表明他對《新青年》派和章
士釗兩方都不贊同的立場，認為完全否定舊文明固然不可取，主張新舊調和的
章士釗「又把已過的文明看得太重了」，未能看到時代的變化和進步。〔註37〕

1920 年 1 月，章士釗發表《新思潮與調和》，再次討論如何應對時代新思
潮的問題，同時從側面對他的批評者做出答覆。他認為，應該分辨新思潮起源
的環境，而不能照搬某種新思潮去應對不同的問題。例如，經過民元以來的政
治動盪，對於中國國民而言，選舉制度是否為一良法就成為一個疑問。如果高
談全民政治，實行國民總投票或普通選舉制，「是猶治絲而棼，更無良果」。因
此，議員的產生就應該採取歷史悠久之考試制度，實行考選並行。他一再強調
時勢和環境的重要性：

　　總之，思潮切於時勢之需要者，為正當之思潮；不切於時勢之

〔註35〕東蓀：《突變與潛變》，《時事新報》1919 年 10 月 1 日。

〔註36〕章行嚴（章士釗）：《新思潮與調和》，《新聞報》國慶增刊，1919 年 10 月 10
　　　　日。

〔註37〕東蓀：《答章行嚴君》，《時事新報》1919 年 10 月 12 日。

需要者，為病的思潮。夫西洋思潮之不必處處適用於中國，此斷然之事實。吾人傳播西洋思潮之趨勢，是否即入於病的態度，尚不分明。且吾國社會黑暗重重，非有大力從而沖決，本難有所震動，年來新思潮之播蕩，社會間頓呈昭蘇之象，不可謂無大功。然若於此不明新舊銜接之界，不定實施先後之序，不講利害調劑之方……方案既虛，反響又起，革新事業，本一場好戲，恐將不知其所以下場矣。〔註38〕（省略號為引者所加）

可見，此時的章士釗並不反對新思想的引入以及社會的改造和革新，也不認為自己是保守主義者，只是對全盤「棄舊趨新」的方法有所保留。章士釗提出，只有調和才能處理好新思潮和現實的關係，使革命／革新不至於倉促無準備：「調和者，非得已也。為主義之自身計，本無取於調和；為主義之施行計，則不能不調和。」具體說來，調和有四條方法或曰步驟：

（一）將某種主義研究澈底，並將主義發生之前後事由疏解明晰，愈詳愈有用。

（二）將吾國之社會情狀，詳細查察，準備適用某種主義時，即將主義發生地之情事，與今所查察者，逐一比較。

（三）認為某種主義可適用時，更考究阻礙吾主義之勢力何在，其勢力程度何若，吾欲張吾主義，何者宜排除，何者宜融合，須有一番計算。

（四）以是之故，凡一外來主義，蓄於吾心，吾當如何運思以鎔冶之；出於吾口，吾當如何斟酌而損益之；見之於事，吾當如何盈虛而消息之，皆須通盤籌度。〔註39〕

章士釗反覆強調，思想無所謂新舊，只要能與「時與事適相印合」即可。他認為今人動輒言新，一切惟新是尚，與舊者鑿然兩物，這和頑固派欲盡棄新以篤舊者並沒有什麼不同；自己決非有意壓抑新思潮，提出調和論只是為了糾正談新思潮者的一些偏頗罷了。我們發現，章士釗對新舊調和論的具體表述有了一些變化，他對調和論的定位又從普遍的自然原理回到了策略的層面，這或許是對張東蓀批評的某種回應。而他對新舊不偏不倚的姿態背後，起決定性作用的正是他的自由主義思想。他本能地傾向於各種勢力的多元並存，即使在文

〔註38〕章行嚴（章士釗）：《新思潮與調和》，《東方雜誌》17卷2號，1920年1月。
〔註39〕章行嚴（章士釗）：《新思潮與調和》，《東方雜誌》17卷2號，1920年1月。

化思潮上也不願見到任何一種力量的統一和專斷。或許正是由於這一層面的因素，章士釗與胡適在許多問題上都有相近的意見。比如，在這篇文章中，章士釗對胡適的「多研究些問題，少談些主義」頗為認同，認為「非經驗中人，未易言矣。」〔註40〕而胡適對章士釗視為經典的莫烈（John Morley）的 On Compromise（《論妥協》，胡適譯為《姑息論》）也非常推重，不僅在日記中摘抄，而且列為《青年必讀書十部》之一。〔註41〕

　　針對張東蓀與章士釗的爭論，陳嘉異發表文章《我之新舊思想調和觀——為質張君東蓀與章君行嚴辯論而作》，從科學哲學的角度為調和論辯護。他對自然科學的最新進展相當熟悉，引用了物理學、生物學、社會學等理論在在論證調和的存在，並給調和下了一個抽象的定義：「調和者，乃指甲乙兩極之交點所生之功用，使甲乙不逾其量，而又不盡其量，以抱其平衡之普遍的宇宙現象之謂也。」他認同章士釗的說法，而對張東蓀的批評不以為然。同時，他認為應該對新舊調和說的討論設定範圍，所當限定者應該是「可不可」的問題，而非「能不能」的問題。也就是說，應該討論新舊如何調和，而非新舊能否調和。在他看來，調和之功用「本宇宙萬有一切現象所不可須臾離者，否認調和是無異否認宇宙之有差別相。人無有能否認宇宙之差別相者（除宗教），是則調和之根本的意義，終有不可得而否認者在也。」自己所論，只不過是為了「辨明調和之為義，為可能性，為宇宙萬有所同具者已耳。」〔註42〕應該繼續討論的，是新舊思想在哪些方面應該調和，以及調和後所產生的影響等等。陳文以自然科學為依據，從事物之間差別的相對性論證「和」的絕對性，論證縝密，邏輯嚴謹，「其辭甚辯，論證詳博」，具有很強的說服力。以至於王元化也認為，「此論一出，當時幾無人能破之。」〔註43〕

　　與此同時，我們尚需注意到，稍早於章士釗與張東蓀等人的論辯，杜亞泉和陳獨秀等人之間已經發生了關於東西文化問題的激烈論爭，並且一直延續到 1920 年。這兩場論戰各有主角，彼此對話的對象和針對的具體問題也有所不同，但由於論題的高度重合，我們或許可以將它們視為一場討論的不同聲

〔註40〕章行嚴（章士釗）：《新思潮與調和》，《東方雜誌》17 卷 2 號，1920 年 1 月。
〔註41〕見《胡適留學日記》，1914 年 12 月 6 日；《胡適之先生選青年必讀書十部》，《京報副刊》1925 年 2 月 11 日。
〔註42〕陳嘉異：《我之新舊思想調和觀——為質張君東蓀與章君行嚴辯論而作》，《東方雜誌》16 卷 11 號，1919 年 11 月。
〔註43〕王元化：《杜亞泉與東西文化問題論戰》，《清園論學集》，第 668 頁。

部。實際上，在現有的研究和資料選編都沒有對它們做出區分。因此，瞭解一下杜、陳論爭的部分觀點，也有助於我們進一步理解章士釗的新舊調和論。

杜亞泉延續著自己民初以來的立場，發表了系列文章，從不同於章士釗的角度闡釋了自己的「新舊折衷論」，並與章士釗構成了某種潛在的呼應。杜亞泉首先分析了新與舊的辯證關係，認為新舊會隨著時代的變化而變化，現在所謂的新舊與戊戌時代的新舊正好相反，現在的新思想主張科學地刷新固有文明，積極吸收西洋文明，只是不應完全的仿傚，以戊戌時代的思想來衡量，是在「不新不舊」之間，乃是戊戌時代新舊思想的折衷。杜亞泉進一步指出，人們今天所討論的應該是當今新舊思想的折衷，而這種折衷是由於新舊交錯的世界局勢所決定的。他從社會生產和消費的角度，探討平衡和節制的問題，以他所理解的經濟學知識，來尋找折衷之道。這種折衷論，具體說來就是「以現代文明為表，以未來文明為裡。表面上為奮鬥的個人主義，精神上為和平的社會主義。」他的折衷論不僅僅是思想層面的，而且應該在日常生活中付諸實踐，以實現建設理想社會的目標，「以儉惜物，以勤治生。嚴於守己而勿吝於給人，是為中國之古君子，是為世界之新人物。」〔註44〕蔣夢麟對杜亞泉的文章進行了批評，提出判斷思想新舊不能以時代或中西為標準，新思想是一個朝著進化走的態度，「要時時改造思想，希望得滿足的生活，充分愉快的知識活動」，是不滿於現狀而力圖改變。所謂的「舊」是對於這新態度的反動，既非方法，也非目的。由於新舊只是對立的態度而非思想，因此新舊之間是用不著調和的。現在正是新陳代謝的時候，更不能講調和。〔註45〕

杜亞泉很快做出極有謀略的回應。他先是承認蔣夢麟的說法，即所謂新思想，是對舊文化抱有不滿足不愉快的感情，是一種態度、意志。但他順勢指出，這種新思想只是一種感性的衝動，是一種態度，而且並不是「新」的態度，只是「時」的態度。問題在於，思想是以理性為基礎的，情感、態度、意志並不等於「思想」。因此，今天大家所討論的新思想，既非「新」，也非「思想」。那麼，什麼才是真正的新思想呢？他說：

> 曰思想者，最高尚之知識作用，即理性作用，包含斷定推理諸
> 作用而言。外而種種事物，內而種種觀念，依吾人之理性，附之以

〔註44〕傖父（杜亞泉）：《新舊思想之折衷》，《東方雜誌》16卷第9號，1919年9月。
〔註45〕夢麟：《新舊與調和》，《晨報》1919年10月13、14日，《解放與改造》1卷5期，1919年11月1日。

關係，是之謂思想。新思想者，依吾人之理性，於事物或觀念間，
附以從前未有之關係，此關係成立以後，則對於從前所附之關係，
即舊思想而言，謂之新思想。〔註46〕

　　杜亞泉認為，蔣夢麟所鼓吹的推倒一切舊習慣的態度，正與新思想的定義
不符合。這種不講理性、只講情緒和態度的「新思想」，實際上「乃阻遏新思
想之最有力者也」。人們鼓吹這種「新思想」，是因為他們心中並沒有產生真正
的新思想。〔註47〕對於杜亞泉如此有力的推論，蔣夢麟並未認輸。他發表了同
題文章，繼續討論何謂新思想。他認為抱新態度的人，並沒有一味主張推倒一
切舊習慣，不過對之下一番批評，胡適引尼采的「重新估定一切價值」，便是
這種批評的態度的最好解釋。在談思想的時候，不能將感情和意志與抽象的理
性割裂開來，官覺、感情、意志、理性四者在思想中各占一部分，合起來才是
完整的思想。歸根結底，蔣夢麟依然強調態度的優先性，以對固有生活是否滿
足，作為是否具有新思想的標準——「態度變了，用官覺的方向就變，感情也
就變，意志也就變，理性的應用也就變。」因此，追求新思想的第一步，是改
變我們對於生活的態度。〔註48〕但杜亞泉不依不饒，在文章按語中又提出了態
度從何而來的問題——倘若理性不能決定態度，那麼如果某人對於舊文化是
熱愛保存的態度，新文化鼓吹者又如何去改變他呢？這無疑擊中了蔣夢麟的
要害。

　　在杜、蔣之外，陳獨秀、朱調孫、陳嘉異、錢智修等人也對文化調和論發
表了各自的看法。其中最值得注意的，並非堅決反對調和論的陳獨秀，而是當
時尚名不見經傳的常乃悳。常乃悳也反對調和論，但他並沒有糾纏於「調和」
的定義或者「新舊」的範圍，而是另闢蹊徑，解構了東西文化二元對立的思維
模式。針對眾人圍繞東西文明孰優孰劣而爭論不休，他提出幾個問題：東西文
明是對稱的嗎？東方文明有沒有取代西方文明的資格？歷史上有沒有東西方
文明對峙的二元格局？他認為，從歷史上看，人類文明從來都是多元的，並非
只有東西文明的二元結構；東西文明的對峙並不存在，只有古代文明和現代文
明的區別。因此，一般以為東方的「靜的文明」的特質，其實乃是古代文明的
特質：「一般所謂東洋文明和西洋文明之異點，實在就是古代文明和現代文明

〔註46〕傖父（杜亞泉）：《何謂新思想》，《東方雜誌》16 卷 11 號，1919 年 11 月。
〔註47〕傖父（杜亞泉）：《何謂新思想》，《東方雜誌》16 卷 11 號，1919 年 11 月。
〔註48〕蔣夢麟：《何謂新思想》，《東方雜誌》17 卷 2 號，1920 年 1 月。

的特點。不過西洋文明已從古代超入現代，而東洋文明還正在遲遲不進的時候，所以就覺得東洋的空氣是如此」〔註49〕他借用孔德的社會進化學說，將人類社會分為神權時代、玄想時代和科學時代三個時期，東洋文明是第二期的文明，西洋文明在第三期。社會的發展必定朝向第三期、第四期，而不會回到第二期。現代西洋文明是世界的，不是民族的，是進化道路上必經的，不是東洋人不適用的。自然，在中國向現代文明進化的過程中，也就不存在與古代文明調和的問題。當然，常乃惪只不過是以古代文明／現代文明的二元對立，取代了東方文明／西方文明的二元對立，但在進化論和科學話語佔據壓倒性優勢的時代背景下，他的論述卻具有異乎尋常的說服力和感染力。

行文至此，讓我們從眾聲喧嘩中暫時抽身出來，重新思考整場論爭。我們會發現，從政治策略到文化理念，章士釗的調和思想與1914～1921年間有關調和論的論爭有直接的關係。可以說，在當時的中國思想界，章士釗的調和論扮演了一個相當吃重的角色。那麼，我們該怎樣理解這一政治／文化理論？我們是否只能以進步／保守的二元對立模式進行簡單的價值判斷，或者站在文化本位主義立場毫無保留的予以褒揚？章士釗的一段話或可以給我們一些啟發。他在1917年的一次演說中講到：「愚以為中國第一貧乏，莫如知識。……愚以為我們在海外留學者，若不肯做這個領班生，中國的知識將永遠貧乏。知識永遠貧乏，國家即從根本上不能救濟，所有別種救國的手段，都是皮毛，絕不中用。」〔註50〕也就是說，從知識輸入的角度來說，章士釗一直扮演著自覺的「救濟者」的角色。我們或許可以循此思路，分析章士釗提出調和論的動機、效果。

張君勱曾經認為，章士釗的學術史地位可與章太炎、王國維、嚴復、梁啟超、胡適等並列，並且與章太炎、王國維精於國學、嚴復長於翻譯不同，章士釗是和梁啟超、胡適類似的「能貫穴中西以貢獻於學術界者」，「其治學之方，不若任公之包攬一切，而以專精一二學科為己任。」與梁啟超一心推動社會變革不同，章士釗受過現代西歐大學的正規教育，「故埋首於現代學科之研究者久」，學理性更強。從思想到文風，張君勱認為章士釗很像向秀：「其傳播歐洲學說，能發明奇趣，使讀者超然心悟，又何殊向秀，即其文格言之，豈不直追

〔註49〕常乃惪：《東方文明與西方文明》，《國民》2卷3號，1920年10月1日。
〔註50〕行嚴（章士釗）：《歐洲最近思潮與吾人之覺悟》，《東方雜誌》14卷12號，1917年12月25日。

魏晉，而與時下文章之粗厲鄙俗者，何可同日語哉。」〔註51〕張君勱的評價或許多少有些誇張，但毋庸諱言，章士釗素來注重向國人介紹西方知識，他研究語法學、邏輯學、西方政治學理論、弗洛伊德精神分析學以及倭鏗人生哲學，其目的都在於開啟民智。我們既可以將他的學術活動視為對中國政治現實的一種介入，一種實踐，也可以將之視為一種自覺的啟蒙。甚至我以為後者才更接近於章士釗在民初所扮演的真正角色。他提出調和論，通常被視為一種政治立場和文化姿態，但我認為，從知識社會學的角度來說，它同樣也可被看作是為啟蒙而服務的知識生產。

恰如一位學者所言：「章士釗的調和思想本身便是對中西思想的一種調和。」〔註52〕章士釗的調和論雖然多以歐西政治學者的理論闡述為依託，但這更多是一種爭奪話語權的表述策略，其理論基石，是建築在中國傳統思想的土壤之上的。這也表明，章士釗的調和思想不僅是西方新知的輸入，也是本土知識現代性轉化的結果。諸多研究者都已指出中國傳統的「中庸」思想與章士釗調和論的內在聯繫，〔註53〕而我想要強調的是，章士釗或許是從柳宗元的「大中」思想得到了更多的啟示。

現有的哲學史著作在論述柳宗元的哲學思想時，要麼著重凸顯以《天說》、《天對》為代表的唯物主義觀點，〔註54〕要麼致力於揭示以「勢」為核心、承認客觀發展規律的社會歷史觀，〔註55〕對於柳宗元反覆提到的「大中」概念缺少足夠的重視。雖然《柳文指要》是章士釗晚年的著作，但我以為，由於章士釗自幼便熟讀柳文，從中追溯章士釗壯年時代調和思想的來源仍然是合理的。柳宗元從陸淳（文通）學《春秋》，他評價陸淳：「為《春秋集注》十篇，《辯疑》七篇，《微旨》二篇。明章大中，發露公器。其道以聖人為主，以堯、舜為的，苞羅旁魄，膠轕下上，而不出於正。」〔註56〕章士釗認為，

〔註51〕張君勱：《邏輯指要序》，《邏輯指要》，重慶：重慶時代精神社 1943 年版。

〔註52〕沈松橋：《五四時期章士釗的保守思想》，臺灣「中央研究院」《近代史研究所集刊》第十五期。

〔註53〕郭華清、鄒小站、沈松橋等海內外學者對此均有所論述，而尤以郭著最為詳盡。見郭華清《寬容與妥協──章士釗的調和論研究》。

〔註54〕馮友蘭：《三松堂全集》第 9 卷，鄭州：河南人民出版社 1991 年版，第 671～699 頁。

〔註55〕《中國哲學史》第 3 冊，任繼愈主編，北京：人民出版社 1996 年版，第 120～124 頁。

〔註56〕《唐故給事中皇太子侍讀陸文通先生墓表》，《柳宗元集》（一），北京：中華書局 1979 年版，第 209 頁。

「明章大中」四字，乃是柳宗元對《春秋》的獨特觀點，是柳宗元所發現的微言大義。〔註 57〕他在《柳文指要》中專門闢出一節，討論「大中」之意。他先是列出柳文中 39 處涉及到「大中」、「中」、「中道」、「中庸」、「中正」、「時中」等的文字，然後指出，柳宗元從十八歲向外溫卷開始，畢生執守大中一義而不懈殆。接著，章士釗辨析了「大中」的源流，認為它或起源於《漢書》中的「大中」概念。〔註 58〕但《漢書》的「大中」概念顯然帶有讖緯之迷信色彩，「雖不引神，難免推天」，與柳宗元祛除了唯心色彩、「一意以明章大中、發露公器」為目的的「大中」思想不同。〔註 59〕又說：「柳州明道，以通經權、捨今古，而適於世用為期，此於行文，不名曰道而號為中，時或連綴與道成言，亦嶄嶄稱為大中之道。」〔註 60〕

那麼，章士釗所理解的「大中」究竟指的是什麼？他在《柳文指要》中說：

> 子厚言道，與他文人同，但言道同時言中，謂必協乎大中者，始得謂道。蓋子厚從陸淳治《春秋》，彼認為《春秋》之微言大義，在「章明大中」，《與呂恭書》言「立大中者不尚異」，而在《桐葉封弟辯》之一小文，亦謂「周公輔成王，宜以道從容憂樂，要歸之大中而已」，此可見道字方出口，而下即以大中承之，子厚之意，乃謂道無往不迭乎中，而大中所在，亦即道之所在。雖然，中也者，將受時代性之變化乎？……子厚於此，把定中字以為準的，凡切合時代，準情合理，而我詁為中者，縱令律之古所謂道，而有所出入，毋寧守中以合道，決不徇道以毀中。吾意子厚言道，與退之及宋儒之所職守，以及清桐城派之所謂義法，其不同處在此。子厚云「聖人之道，不益於世用」，所謂不益於世用者，即指不迭乎中。〔註 61〕

〔註 57〕章士釗：《柳文指要》，《章士釗全集》第 9 卷，第 222 頁。

〔註 58〕《漢書》中，孔光對曰：「大中之道不立，則咎徵薦臻，六極屢降，皇之不極，是為大中不立。」谷永待詔公車，對曰：「明王在位，正五事，建大中，以承天心。」師古曰：「五事，貌、言、視、聽、思也，大中即皇極，解在《五行志》。」谷永又曰：「五事失於躬，大中之道不立，則咎徵降而六極至。」見《漢書》卷八一，匡張孔馬傳第五十一；卷八五，谷永杜鄴傳第五十五。班固：《漢書》（三），顏師古注，北京：中華書局 1999 年版，第 2502 頁，第 2559～2560 頁。

〔註 59〕章士釗：《柳文指要》，《章士釗全集》第 10 卷，第 1015 頁。

〔註 60〕章士釗：《柳文指要》，《章士釗全集》第 10 卷，第 1382 頁。

〔註 61〕章士釗：《柳文指要》，《章士釗全集》第 9 卷，第 144～145 頁。

這一段話可以分幾個層次來理解。首先，在章士釗看來，柳宗元所謂的「中」首先是一種理想的倫理道德境界，是對宇宙人生終極規律的把握，是與「道」伴生同時也是得道的必要條件。這麼說，「中」道本身就是「道」的一部分。〔註62〕柳宗元在《岳州聖安寺無姓和尚碑》中說：「和尚紹乘本統，以順中道，凡受教者不失其宗。」對此章士釗認為，「中道云者，子厚治儒治佛，皆本乎此，……或問：般若，梵語謂智慧，此與子厚之中道是一是二？吾不能答，質之子厚，恐亦不答。」〔註63〕可見，如果說「中道」也指一種精神與智慧的境界，章士釗並不會否認。其次，柳宗元的「中」與傳統的中庸之道相近，是在實踐行動中的一種理想程度和行為規範，要求行為處事的「當」（適當、妥當），力避極端、把握分寸。章士釗在談到「大中」時，特別注意強調柳宗元的「時中」概念。也就是說，要將「大中」所代表的「道」與「時」（時機、時代）結合起來。「時中」一詞原出自《禮記‧中庸》：「君子之中庸也，君子而時中；小人之中庸也，小人而無忌憚也。」朱熹對這段話的解釋是：「君子之所以為中庸者，以其有君子之德，而又能隨時以處中也。小人之所以反中庸者，以其有小人之心，而又無所忌憚也。蓋中無定體，隨時而在，是乃平常之理也。君子知其在我，故能戒謹不睹、恐懼不聞，而無時不中。小人不知由此，則肆欲妄為，而無所忌憚矣。」〔註64〕「中庸」對「時」的重視，得到了柳宗元進一步的發揚。他在《斷刑論下》中說：「經非權則泥，權非經則悖。是二者，強名也。曰當，斯盡之矣。當也者，大中之道也。離而為名者，大中之器用也。知經而不知權，不知經者也；知權而不知經，不知權者也。」〔註65〕而所謂的「當」，也就包含著適度和時機的考量。他在《與楊誨之第二書》又說：「夫剛柔無常位，皆宜存乎中，有召焉者在外，則出應之。應之咸宜，謂之時中，然後得名為君子」〔註66〕，更強調了「時中」對於君子的意義。

章士釗對「時中」之說格外重視。他在《柳文指要》中先引述了曹濟寰《與

〔註62〕章士釗指出，「韓退之每侈言道……蓋子厚晚歲，得力於《春秋》者深，每喜以中或大中替代道，而別以當為中之互訓語。」章士釗：《柳文指要》，《章士釗全集》第9卷，第109頁。

〔註63〕章士釗：《柳文指要》，《章士釗全集》第9卷，第197頁。

〔註64〕〔宋〕朱熹：《四書章句集注‧中庸章句》，濟南：齊魯書社1992年版，第3頁。

〔註65〕《斷刑論下》，《柳宗元集》（一），第91頁。

〔註66〕《與楊誨之第二書》，《柳宗元集》（三），第850頁。

何義門論文書》中的觀點，即：陳言務去與詞必己出，是韓愈堅持的原則，但在今日則成為悖論——務去陳言就不能堅持宋明理學的道統，詞必己出就不能做到「無一字無來歷」。章士釗認為韓愈的原則「原為不可調和之矛盾」，倒不如按照柳宗元的方法，以「時中」二字替代「原道」。他說：

> 孟子尊孔子為聖之時，可見時者為言道之最大義，為問吾人生於一定時間，道與此時間不合，還有何用？柳子提出中字，必道之與今時無背者方為中道，夫是之謂時中。夫退之言道，子厚亦言道，退之言道，而誇張陳言務去，卒至空空如也，手中一無所有。子厚言道，則一一按之於時而求其中，於是凡所頌言，經千餘年至今，而楷範依然。〔註67〕

換言之，我們可以說，章士釗所理解的「大中」實際上是以「時中」為核心的。這種對於時機、權變的重視，不僅僅是章士釗晚年對自己一生的經驗總結，他在民初提出政治調和論，也有「時中」說的影響在內。所謂的「新思想」，其實乃是東西／新舊知識的混合體。

另一方面，我們可以清晰地看到，「調和」的意義在不斷發生變化。作為一種知識，它的形態也在不斷發生著從「術」到「道」的滑動。在西方政治理論中，調和既是一種政黨政治的鬥爭策略，也是民主共和政治的基本原則，更意味著價值的多元主義。民主政治的一個基本理念就是多元，「意見的多樣性或者目標衝突本身是多元政體的一個必要條件。如果在政治決定之前總是千人一腔，多元民主就根本建立不起來。」〔註68〕而從政治學角度來說，古典自由主義也是追求多元的，而多元的存在就意味著調和的天然正當性：「它的本質就是對多種多樣的目的、『善的觀念』予以容忍，而不問這些目的彼此是否能相容。為了讓這些目的各得其所，就需要彼此有所得又有所失，價值與價值之間的折衷交易，就被視為合情合理的了。」〔註69〕而如前所述，在中國傳統的知識譜系當中，調和及其理論基礎的「中庸」，本身就是「聖人之道」的一部分，是認識論乃至本體論的重要範疇。在政治調和的不可能性逐漸清晰的時候，作為「術」的調和論被哲學化（章士釗）和美學化（李大釗）

〔註67〕章士釗：《柳文指要》，《章士釗全集》第 10 卷，第 1432 頁。
〔註68〕顧肅：《自由主義基本理念》，中央編譯出版社 2003 年版，第 164 頁。
〔註69〕〔英〕安東尼‧德‧雅賽：《重申自由主義》，陳茅、徐力源、劉春瑞等譯，中國社會科學出版社 1997 年版，第 17 頁。

也就毫不奇怪了。

　　這種知識形態的變化給調和論帶來的命運是什麼呢？一方面，它的玄學化使人們逐漸認識到它與中國傳統思想的內在本質聯繫，儘管章士釗幾乎所有的理論依據都來自西方。1923 年，鄧中夏就將章士釗列為反對新文化運動的東方文化學派之一：「又比方章行嚴一系，底子上亦是中國思想，（他的文章所引的政據，什九是中國經史，特別是《古文辭類纂》引得最多）面子上前些時亦花花絮絮塗著些西洋色彩，已取得歐化通的頭銜，現在索性赤條條的連西洋色彩也抹掉了」。〔註70〕另一方面，調和論本身的玄學化、精英化傾向也使它曲高和寡，這或許正是章士釗自覺的追求。正如丸山松幸所說，章士釗的調和立國論帶有相當濃厚的精英主義色彩，他並不奢望多數大眾均能養成「有容」的心態，而僅企求少數握有政治權力的人物，揚棄自我中心的偏狹觀念，容忍反對勢力與異己言論，從而消弭政治上的矛盾和衝突。〔註71〕它的言說對象以及表述形式逐漸遠離日常政治／生活，以至於成為只能產生知識的知識，未能真正的影響 1920 年代的中國政治實踐。儘管如此，我依然認為，調和論本身就是新思潮的一部分，它與作為對立面的新文化運動一起構成了晚清以來新知識生產的複雜面向。

第二節　章士釗的譯學思想──以民初的譯名之爭為中心

　　對翻譯問題的思考，是章士釗文化思想中比較重要的一部分。然而，對章氏譯學理念的討論，除陳福康《中國譯學理論史稿》（2000）中有專節介紹之外，尚不多見。就這一問題而言，有待進一步開掘之處甚多。本節即在現有研究基礎上，對此試作探討。

　　晚清以來，隨著國門漸開，中西交通日益頻繁，翻譯的重要性陡然上升。同文館、江南製造局翻譯館等官辦翻譯機構次第成立，梁啟超、嚴復、林紓、馬君武等翻譯家及大批譯作紛紛出現，譯學理論也有所發展，開啟了中西文化

〔註70〕中夏（鄧中夏）：《中國現代的思想界》，《中國青年》第 6 期，1923 年 11 月 24日。

〔註71〕〔日〕丸山松幸：《近代中國の思想革命》，轉引自沈松橋：《五四時期章士釗的保守思想》，第 178 頁。

交流的新階段。〔註72〕當然，隨著近代翻譯的發展，人們也發現了其中存在的一些不足。早在戊戌變法時期，梁啟超便指出「中國舊譯之病盡於是亦！雖其中體例嚴謹，文筆雅馴，未始無之。而駁雜繁蕪，訛謬俚俗，十居六七。此三百餘種之書，所存不及其半矣。」〔註73〕在給章士釗《論翻譯名義》所寫的小序中，梁啟超再次感歎：

> 譯事之難久矣！國於今日，非使其民具有世界之常識，誠不足以圖存，而今世界之學術，什九非前代所有，其表示思想之術語，則並此思想亦為前代人所未嘗夢見者，比比然也。而相當之語，從何而來？而譯者之學識，既鮮能溝通中外，又大率不忠於其所學，苟剿說以取寵而已，故滿紙皆曖昧不分明之語，累幅皆詰鞠不成文之句，致使人以譯本為可厭可疑，而以讀之為大戒。夫其學既已為吾儕疇昔所未嘗習，則雖行以至工之文，猶未易使讀者一展卷而相悅以解也，況以今之譯本重人迷惑者哉！準此以談，則舉國不悅學，誰之罪也？〔註74〕

梁啟超注意到，翻譯者的素質和態度，是造成當時劣譯比比皆是的重要原因。然而，這一狀況又非短期所能改變。正如有人所指出，自嚴復至20世紀50年代，「此期間之英文漢譯，多粗劣不文，詰屈聱牙。文字通順者不數數覯。至於文字洗練，節奏優美，讀之順口，聽之悅耳者，益寥寥無幾。」〔註75〕章士釗雖然精通英語，但並非翻譯家。可在這樣的背景下，他對翻譯問題的討論體現了近代新知識分子對翻譯原則和方法的初步探討，雖然沒有達到嚴復「信、達、雅」理論那樣的系統化，但也自有其意義和價值。

章士釗的討論是從1910年發表的《論翻譯名義》一文開始。這篇文章也較為全面地反映了章士釗的觀點。他關注的是對名詞的翻譯，更具體說，是名

〔註72〕 見張振玉《譯學概論》，臺北：人人書局1969年再版；陳福康《中國譯學理論史稿》，上海外語教育出版社2000年版；李偉《中國近代翻譯史》，濟南：齊魯書社2005年版；方華文《20世紀中國翻譯史》，西安：西北大學出版社2005年版等。

〔註73〕 梁啟超：《變法通議·論譯書》，《飲冰室合集·文集之一》，北京：中華書局1989年版，第68頁。

〔註74〕 滄江（梁啟超）：《論翻譯名義·小序》，《國風報》第一年第二十九號，1910年11月22日。

〔註75〕 張振玉《譯學概論自序》，《譯學概論》，臺北：人人書局1969年再版，第4頁。

詞翻譯中一個「狹而最要之問題」，即名詞音譯與義譯究竟孰優孰劣。文章開宗明義，提出了六個問題：

（一）以義譯名，果能得吻合之譯語乎？

（二）以義譯名，弊害何在？

（三）縱能吻合之譯語，果即為適用之譯語乎？

（四）如不能得吻合之譯語，吾寧擇其近似者，抑將棄擲義譯之法乎？

（五）如欲得義譯之良譯語，有不可犯者何病？

（六）以音譯名，利弊何在？

接著，作者自問自答，對這六個問題分別進行了分析。值得一提的是，當時輸入西學最力的嚴復是以意譯（義譯）法為主，「物競」、「天演」、「自繇「、「導言」、「名學」、「內籀」、「外籀」等譯詞皆出自嚴氏筆下，而嚴氏此時也正在主持學部審定名詞館，可謂風頭一時無二。因此，章士釗的提問主要是針對嚴復。章士釗首先以嚴復自己提出的「邏輯」（Logic）一詞為例，否定了義譯（意譯）某些概念的可能性，「愚謂譯事至此，欲於國文中覓取一二字，與原文意義之範圍同其廣狹，乃屬不可能之事。」嚴復曾提出，應該「先治西文，於以通之，庶幾名正理從，於所思言，不至棼亂。」但章士釗則認為，就譯事而言，「名正理從，談何容易？即求之西文，且往往而不可必，況欲得之於理想懸殊之吾舊文乎？」〔註76〕顯然，在英國攻讀政治、邏輯等學科的章士釗，對「名」與「實」、概念與事物之間關係的複雜性有著深刻的理解，而他對嚴復所追求建立的「名正理從」的知識秩序是深表懷疑的。

章士釗指出，以義譯名最顯著的弊端乃是「無論選字何如精當，其所譯者非原名，乃原名之定義是也。」〔註77〕這樣就會陷入一個悖論，如果我們用「倫理學」、「名學」來翻譯 Logic，我們其實是在給 Logic 下定義，譯者本來是想翻譯一個術語，結果卻是以定義作為術語。我們想讓讀者瞭解這樣的新術語，就勢必要加以解釋。那麼，這種解釋從哪裡來呢？如果是在「倫理學」、「名學」的基礎上加以解釋，其實質不過是循環論證，如「論理學者，

〔註76〕民質（章士釗）：《論翻譯名義》，《國風報》第一年第二十九號，1910 年 11 月22 日。

〔註77〕民質（章士釗）：《論翻譯名義》，《國風報》第一年第二十九號，1910 年 11 月22 日。

論理學也」、「名學者，名學也」，人們得到的只是術語，並沒有真正得到定義；如果需要重新尋找新詞彙來解釋，那麼「論理學」、「名學」這樣的譯名／定義顯然是無意義的、失敗的，而且如果意譯者最初的譯名／定義是恰當準確的，人們在尋找新詞彙加以解釋的時候，便無法繞開它們，這就又陷入循環論證的困境。章士釗的這一推論建立在嚴密的邏輯推理基礎上，有著很強的思辨性和說服力，成為他日後翻譯討論反覆提出的論據。

　　章士釗接著提出，義譯的第二個弊端，在於易生歧義、矛盾義。「歧義何以生？乃望文而生之也。蓋此種名詞，最易使未治其學，或治其學而未精者，本其原有之字義，牽強解之。」也就是說，義譯所用的漢語字詞，其固有之義必然會干擾讀者對原文的理解。當時報紙濫用「演繹」、「歸納」等邏輯術語，與譯名容易使人混淆不無關係。當譯名不精確時，我們希望加以更正原譯名產生矛盾。學術發展，事物的內涵也在不斷變化，我們對之的定義也需隨之變化。如果把「論理學」等不精確的譯名固定下來，就會對給出新定義造成障礙；如果想要重新翻譯，又會受到前一譯名的束縛。例如，嚴復用「愛智學」譯 Philosophy，愛智只是 Philosophy 最早期的定義，哲學經過長期的發展，其內涵早已經發生變化，並非「愛智」二字之義所能概括，因此「名為愛智，是謂不智」。應該承認，章士釗對義譯的批評是有道理的。

　　針對第三、四個問題，章士釗回答道：外語當中的一些術語，本身能否成立就值得推敲，對它的翻譯即使吻合，也未必就是恰當的譯語。他又表示自己並非絕對排斥義譯，在找不到非常吻合的譯法時，可以取其近似者，而當義譯極端困難的時候，可以採取其他方法。他認為，義譯中有「斳字」、「傅會」、「選字不正」、「制名不簡潔」等四種不應犯的錯誤。值得注意的是，在舉例說明這些錯誤時，他的取材毫無例外都來自嚴譯。作為對比，在文章結尾他分析了音譯法的利弊：

> 吾國字體與西方迥殊，無法採用他國文字，以音譯名即所以補此短也。語其利也，則凡義譯之弊，此皆無有，即為其利。至語其害，則人或覺其生硬不可讀外，可謂無之。且此不過苦人以取不習，眾不得謂之害。此種苦處，習之既久，將遂安之。佛經名義之不濫者，譯音之法乃確為一絕大之保障，至今涅槃、般若等字，未聞有人苦其難讀者。故愚以為自非譯音萬不可通，而義譯又予吾以艱窘，吾即當訴之此法。

這篇文章是章士釗論譯名問題的基本綱領，也是他此後翻譯討論的出發點。對當時以嚴復為代表的翻譯方法，章士釗的不滿顯而易見。儘管他也承認有些簡明易懂的概念可以採取意譯，但更重要、更基本的一些概念還是以音譯為佳。在音譯和意譯之間，他的傾向性非常明顯。為了盡快扭轉翻譯界以意譯居多的局面，章士釗對嚴復的批評可謂相當激烈。他指謫嚴譯用「連珠」譯 syllogism，過於傅會，不能滿足更精密地介紹西方學理的要求。他又在另一場合攻擊嚴復將「fallacy」譯作「發拉屎」，「翻譯術語而如此惡劣，可為噴飯。」〔註 78〕

時隔近一年半之後，在《民立報》供職的章士釗於回答讀者來信時，重新強調了《論翻譯名義》中的觀點：對於 Logic 這樣的詞，幾乎是不可能從漢語找到合適的字眼來意譯，因此只能以音譯之，而且這種音譯應該是「任取吾國兩字標之」，不應有漢語表意的成分在內，「音譯西名而同時遷就吾文之義者，乃為劣譯。」章士釗再次嚴厲指責嚴復殫精竭慮所構思的意譯兼音譯的方法不過是自作聰明：「嚴譯之烏托邦 Utopia，自以為巧奪天工，而記者則直以為與洋奴所寫之冰麒麟 Ice Cream 可以同類而觀。」〔註 79〕

或許是因為章士釗當時人微言輕，他對嚴復的發難並未得到嚴復本人的回應。然而，在報刊上對於學術聲望臻於頂峰、時人交口稱讚的嚴譯進行如此不留情面的批評，〔註 80〕是不可能不引發爭論的。一位讀者張禮軒便投書《民立報》，對章士釗的觀點提出質疑。張禮軒認為，音譯只可適用於地名人名及新發明之物名，「因無意義之可求也」；其他有意義之名詞，仍以譯意為宜，「一則因觀念之聯絡，易於記憶；一則因字面之推求，便於瞭解。瞭解者不過明其大意，至原文之界說，無論譯音譯義，非詳加詮釋，綴以定義，不能完全明瞭。」〔註 81〕logic 譯為名學或辨學，或者論理學，讀者都可以瞭解大概，而譯為「邏輯」，則「直有不識為何物者矣」，而且由於中國文字中同音字多，音譯會造成譯名的蕪雜不一，不便學習和記憶，所以總體說來，譯音不如譯義。

〔註 78〕秋桐（章士釗）：《譯名兩則》，《帝國日報》1911 年 8 月 9 日。

〔註 79〕行嚴（章士釗）：《釋邏輯——答馬君育鵬、張君樹立》，《民立報》1912 年 4 月 21 日。

〔註 80〕以吳汝倫、康有為為代表的晚清知識分子對嚴譯幾乎都持肯定態度，即便梁啟超有所微詞，也是針對嚴譯的過於古雅、不便普及，而非翻譯的準確與合理。

〔註 81〕東雍張禮軒：《致記者》，《民立報》1912 年 5 月 11 日。

　　時隔不久，這位讀者張禮軒又再次致信章士釗，更深入地批評了章的論點。他先是指出章士釗論證中的自相矛盾之處：按照章的觀點，翻譯名詞不應該給名詞下定義，而是應該譯出與原一個語相應的「術語」，那麼無論義譯者選詞如何精當，都應該在摒棄之列，這與章士釗所說的採用音譯或義譯要酌情而定的觀點，正相衝突，而這正是章士釗論證的漏洞所在。他接著指出，按照章士釗的推論，Ethics 不能譯為倫理學，而應該譯為藹賽；Psychology 不能譯為心理學，而應譯為賽考；Politics 不能應為政治學，而應譯為蒲萊；Economics 也不應譯為生計學，而應譯為衣扣，但章士釗自己的文章中多次使用生計學，「而不用音譯之衣扣，豈與原義同其廣狹者？此豈非以其定義為術語者，顧何以應拋棄而不拋棄耶？」〔註82〕也就是說，章士釗自己在實踐中，並沒有否定意譯詞彙的有效性，也並不認為「生計學」這樣的意譯名詞會真正造成讀者理解的障礙。對於章士釗所擔心的濫用術語之弊，張禮軒認為「吾人翻譯一種科學公之於世，其目的為便於學者明其事理也。惟其如此，故譯事當以便於求學為前提，不當因行文者之引用而稍為遷就」，引用者是否陷於歧義，在於引用者自己的辨別能力，與譯者並無關係，章士釗的問題在於「專為避歧義而忘其正義即因之而難得，轉為免吞剝而不知適陷於難於記憶、難於推求之弊。譯事之目的何在？未免舍本逐末矣！」章士釗推崇的音譯典範如佛經中的般若、涅槃，在他看來也是反面典型，正是由於佛經中這些音譯名詞艱澀難讀、難解，真正深通佛學之人才如此之少，「譯書以飴學者，重在普及。而顧專為嚴其名詞之壁壘，是烏可者？」在信末，他總結道：「總之，譯事為便於求學，有意義之名詞音譯之不便處實多，此固無容諱言，故鄙人主張音譯只可適用於人名、地名及新發明之物名。至於亂搬術語，其弊由於不學。欲救其弊，使之求學乃為正當方法。為救其弊而音譯，先失譯事之本旨。即以音譯救正之，而其效亦僅矣。」從信中內容來看，這位讀者張禮軒應該對翻譯工作並不陌生，甚至有可能親自過從事翻譯實踐。他對章士釗的批評更多地是從考慮西學傳播、普及的層面出發，以一般讀者對譯文的閱讀經驗為依據，並沒有什麼繁瑣的理論，卻很符合當時中國讀者對譯文接受的實際情況。因此，章士釗不得不承認「張君之書，大足以開記者之茅塞」，自己雖有不同意見，但也暫時不予置辯了。〔註83〕

〔註82〕張禮軒：《投函‧論翻譯名義》，《民立報》1912 年 7 月 6 日。
〔註83〕記者：《張君禮軒論翻譯名義函附語》，《民立報》1912 年 7 月 6 日

但章士釗並沒有放棄對這一問題的思考，在主持《獨立週報》之後，他在第一、二期繼續發表讀者來信，將《民立報》時期對譯名的討論延續下來。讀者李祿驤側重於實際改革，主張無論音譯或意譯，都需要統一譯名。他提出「採取習慣」、「逕譯原文」、「沿用國語」、「編制字典」、「推求新名」等五項翻譯原則。李祿驤實際上代表了當時知識界的一種較為普遍的看法，即隨著民國的建立，翻譯也應有統一的標準，而「茲事重大，非率爾所能辦，亦非二三人所能成」，因此應該由國家和政府來負責這一工作，至少應該體現國家的意志。〔註84〕

另一位讀者張京芬則繼續對章士釗的觀點進行批評。他認為譯義雖然有弊病，但譯音也有弊病，後者的問題在於讀者連部分的大意都無法從譯名上得知，「非獨未治外學外文者不能通其義，即曾治外學外文者驟觀邏輯二字，以其土音之不同，亦不能知其果為何也。且中國將來應翻譯之名詞極多，使盡譯其音，後日發刊之書，將成滿紙屈詰聱牙之文。又察目下趨勢，將來士子入學之時間，比歸於簡短，國文之程度，亦漸入退化。便以屈詰聱牙之書教之，未見其不有妨於國學也」，同樣關注音譯不利於學習、普及西學的缺陷。他也提到了應該由機構來統一譯名，譯音不如從譯義，意譯不能盡善盡美者，由學部或學會加以規定，如果規定的譯名不能完全表達原文之意思，可以加以注釋，公之於眾，使名詞不致紛歧，常識易於輸入。如果像章士釗那樣一味苛求譯名精微完美，在實際上是不可能做到的，「即使字字之譯義無訛，文字形情口吻，如詩之所謂 Inspiration 者，雖工筆不能出之紙上也。」正是由於不同語言文字之間「不可譯性」的存在，章士釗對意譯的苛求才顯得過於書生氣，而脫離了實際生活：

> 故譯事太苛，東西文字，將無支〔隻〕字可譯，而今日智識輸入，既難諱言為幼稚時代，又必為多數不肆西籍者著想，故鄙意宜譯其意，不能完全者從其偏而已。此非獨利不肆西籍之人也，即留學外國，肆業專門之人，於瀏覽本國書報之餘，亦能稍解他學，腦力不至偏缺，後學及國家根淺者，既得溯其宗義，以解大意，亦不至觀國文無意可尋，至於唾棄，所益非淺鮮也。〔註85〕

〔註84〕見李祿驤：《投函‧論譯名之一》，《獨立週報》第 1 年第 1 號，1912 年 9 月 22 日。

〔註85〕張景芬：《投函‧論譯名之二》，《獨立週報》第 1 年第 1 號，1912 年 9 月 22 日。

章士釗給這位讀者的回信頗耐人尋味：

> 張君持論與記者之本旨並無所忤。記者之主張音譯，本非一成
> 不變之說，特以義譯確有弊，而其弊又適可以音譯矯之，故從而為
> 之詞耳。然使有一名，義音兩譯，厥弊維均者，於此吾將無擇。若
> 音譯之弊，浮於義譯，亦惟有捨音取義耳。蓋音義兩譯，各有偏至
> 之理，而無獨至之理。善譯者當權其利害之輕重以為取捨，預儲一
> 成見以待之焉，不可也。記者固主張音譯，而非無論何處，求以此
> 道施之。張君亦能了然於義譯之病矣，故同時希望其勿堅守義譯，
> 而以為音譯一無足取也。〔註86〕

面對如此之多的反對之聲，章士釗雖然仍然主張音譯，但立場已經有所修正。不僅肯定意譯有其合理性，而且也承認無論是音譯還是意譯，都各有弊端，不能抱有成見，加以軒輊。這顯然已經是一種退讓。不過，這種退讓並不能讓章士釗的批評者滿意，因為章士釗所引發的一系列譯學理論問題，仍然沒有得到澄清。時隔一年多之後，1914 年 2 月出版的《庸言》雜誌發表了胡以魯的長文《論譯名》，對譯名問題進行了更深入的探討，也把這場論爭引向了更為理論化的層面。

他在文章開頭便直截了當表明了自己的基本觀點：「傳四裔之語者曰譯，故稱譯必從其義，若襲用其音，則為借用語。音譯二字不可通也。借用語固不必借其字形，字形雖為國字而語非已有者，皆為借用語，且不必借其音也。外國人所湊集之國字，揆諸國語不可通者，其形其音雖國語，其實仍借用語也。借用語原不在譯名範圍內。」〔註87〕因此，胡以魯認為翻譯指的是意譯，所謂「音譯」並不是「譯」，只屬於借用語的一種。有些民族語言比如波斯語、英語、日語等等，適合借用外語而不宜義譯，但漢語則不同──「外語之防，則若涇與渭」。他將晚近主張借用外語（實則就是主張音譯）之觀點分為六派：一、嫌象形之陋，主張借用外語者；二、利用外語之玄妙以嚴其壁壘者；三、以為非斯詞必不足以盡斯義者；四、毋寧仍外語之舊以保其固有之分際者；五、此土所無，宜從主稱者；六、述易作難，姑且因循者。從上文可知，第二、三、

<hr>

〔註86〕 記者（章士釗）：《張景芬〈投函‧論譯名之二〉附語》，《獨立週報》第 1 年第 1 號，1912 年 9 月 22 日。

〔註87〕 胡以魯：《論譯名》，《庸言》第 2 卷第 1、2 號（第 25、26 號）合刊，1914 年 2 月 15 日。

四、五派的觀點都曾在章士釗的論述中出現。因此，胡以魯在文章中雖然沒有直接點名，但讀者會很容易作者的主要批評對象就是音譯派的代表章士釗。

胡以魯接著指出，天地之始，並無所謂「名」，名源於「德業之摹仿」，「草昧之人，摹仿不出感覺感情二事，則粗疏迷離之義，遂為名詞先天之病矣。……習俗既成，雖哲者無能為力，竭其能事，亦惟定名詞之界說，俾專用於一途，或採方言借用語以刷新其概念耳。」也就是說，「名」對於「實」的表現總是有限的，人們可以用語言對名詞進行界說，但思想／事物的進化迅捷，這些界說總是會很快變得泛濫陳舊，人們殫精竭慮，言語卻總是顯得凝滯。二十世紀出現的西文學術新名詞，大多數都有著來自希臘拉丁文的詞源，與西方古典文化有著千絲萬縷的關係，其「名」未必能恰當地反映今天的「實」，「知其不適而徒取音之標義，乃利其晦澀以自欺也，非學者所當為。將利用其晦澀以免通俗之濫用也，其效亦不過一時，習用之而知其本義，則粗疏迷離之感，既同於意標，習用之而不知，則生吞活剝之弊，或浮於望文生義矣！」〔註88〕

胡以魯一方面從翻譯實踐出發，認為音譯對普通人來說，則磔格不能入，只是將譯名神秘化，束之高閣；程度較好已通外語者，則不需要這樣的累贅。另一方面，他指出義譯新名詞也是國家主義教育的需要。更重要的是，胡以魯從文化本位主義的角度，指出音譯或義譯問題，其實質是如何看待本國文化傳統的問題。他提出，我國與西方文化的差距，並不像波斯與阿拉伯、英國與拉丁希臘、日本與中國那樣大，中國文字「詞富形簡，分合自如，不若音標之累贅，假名之粗率，數千年來自成大社會，其言語之特質，又獨與外語異，其類有自然阻力若此，此借用語所以至今不發達於吾國也。」他對於本國文化傳統和語言文字的尊重，使他嚴厲批評對西方新名詞的盲目崇拜：這些「淫巧浮動之國民」對於借用語不僅有新穎之感，而且有不勝崇拜之情，「一見聞其名詞，恍乎其事其物，洶湧而靡遺，是所謂『包暈之感』也」。所謂「包暈」，也就是將借用詞神秘化，「為吾心自發之聯想，為名詞後起之義，及至習以為常，吾心之役於外語者，蓋已久矣！使向者獨立自營，雖事物非吾固有，而名與實習，固亦能如是也。名者實之賓而已，視用為轉移，何常之有？雖名詞既成後，引申之義，不能無異同，然如吾國語者，易於連綴兩三詞成一名詞，義之過不及處，仍得藉兩三義之雜糅有以損益之也。」顯而易見，他是從中國語言文字的

〔註88〕胡以魯：《論譯名》，《庸言》第 2 卷第 1、2 號（第 25、26 號）合刊，1914 年 2 月 15 日。

特性出發，來考量譯法的選擇問題。偏重音譯還是義譯，就並非單純的技術問題，而是關係到民族文化、國民心理的重大問題。在文章的末尾，他再次批評那些「習於外而忘其本」者，提出「國語者，國民性情節族所見也。漢土人心故渙散削於外族者再，所賴以維持者，厥惟國語。使外語蔓滋，陵亂不修，則性情節族淪夷，種族自尊之念亦將消殺焉，此吾所涓涓而悲也！」〔註89〕在胡以魯的批判背後，我們不難發現章太炎的文化民族主義的影響痕跡。

需要注意的是，胡以魯明確傾向於義譯，並且制定了二十條譯例，但他並不絕對排斥音譯。他認為在有些情況下，不能採取義譯方式的名詞，亦可借用其音，所以又有十條音譯譯例。他又提出譯名應該由各科專家組成學會，討論抉擇，然後由政府審定而頒行之。

由於胡以魯深湛的古典學術功底以及對西文、日文的瞭解，《論譯名》蘊藏著許多真知灼見，無疑是當時「義譯派」最具理論含量和學術深度的文章。〔註90〕棋逢對手，章士釗很快便在自己創辦的《甲寅》第一期上發表文章，做出了回應。首先，針對胡以魯不以音譯為「譯」的觀點，他確定音譯的概念是可以成立的。章士釗從「譯」字的訓詁出發，認為《揚子・方言》中說：「譯，傳也」，「傳」者既傳其義，也傳其音，所以音譯並不是「借用詞」，也是翻譯的一種。章士釗再次強調自己雖然重視音譯，但也要視具體情況而定，並非絕對主張音譯，而且胡以魯也承認有萬不可義譯者十事，他也很贊同胡氏「玄學上多義之名不可譯」的觀點。因此，雙方的立場並非不可調和。他重申義譯的困難在於，義譯實質上是對事物進行界說（下定義），這很容易引起長期的爭論。為了擺脫這一困境，章士釗提出了新的方案，即將名與義分為兩個方面，在翻譯中分別確定。定義盡可以慢慢討論，但名稱並不值得糾纏，一旦確定，可以少卻許多口舌。與大多數討論者和胡以魯不同的是，章士釗認為政府不可能在確定定譯名的過程中發揮實質性的作用。因為由政府審定而頒行，「此淺近習語，法誠可通，若奧文深義，豈可強迫？愚吐棄『名學』而取『邏輯』者也，決不能以政府所頒，號為斯物，而鄙著即盲以從之，且政府亦絕無其力，強吾必從。」因此，音譯仍然是減少爭訟的最好辦法，「惟置義不論，任取一

〔註89〕胡以魯：《論譯名》，《庸言》第 2 卷第 1、2 號（第 25、26 號）合刊，1914 年 2 月 15 日。

〔註90〕沈國威：《「譯詞」與「借詞」——重讀胡以魯〈論譯名〉（1914）》，《或問》2009 年第 5 期。

無混於義之名名之，如科學家之名新原素者然，則只須學者同意於音譯一點，科名以立，訟端以絕，道固莫善於此也。」〔註91〕

胡以魯的文章如一石入水，激起無數漣漪。除了章士釗的答覆之外，其他讀者也紛紛在《甲寅》發表意見，有贊有彈。有讀者表示對章士釗的支持，〔註92〕亦有讀者認為胡以魯亦有道理。如吳宗谷就致信支持胡以魯，認為邏輯一詞在西文中已經泛濫，和名學、論理學一樣，都只能表達 Logic 部分的內涵，所以並無一定要音譯的必要。章士釗則回應，這一問題最需重視的，「則學為一事，名為一事。倍根斥雅里斯多德之邏輯為無裨於人知，乃斥其學，非斥其名。名者非雅里斯多德之所能獨擅，而彼亦決無意獨擅之。則不用其學而用其名，何害？亦既名同而學異矣，於是其名者率不過取為代表斯學之符，深造者各為定義，隸之於下，初不必問其名含義何似。是故邏輯一名，能沿用二千年於歐洲諸邦，迄今未改，實以其為希臘死語，字體不見於諸邦之文，最適用於標作符號之用也。」〔註93〕也就是說，邏輯學的內涵雖然發生不斷的變化，但 Logic 之名並沒有改變，反而在各種歐洲語言中都是統一的，這恰恰說明只有在 Logic 這樣來自於希臘死語卻一成不變的符號之下，人們才能進行有效的討論。所以，章士釗主張在翻譯各種自然科學之名的時候，也應該仿傚西文加「logy」詞尾的方法，將動物學（Zoology）譯為「鑿爾邏輯」，礦物學（Geology）譯為「齊耀邏輯」，「最宜效法歐人沿用希臘已成之語，而不必在吾文覓字以求合」。

《甲寅》一卷四號又發表了容挺公的來信，繼續與章士釗討論。他的意見也是以義譯為佳，因為 logic 和 economic 在西歐文字的原文中，已經不能涵蓋今天邏輯學和經濟學的全部內容。學術日新月異，而名稱則沒有變。如果義譯不能完全表達原詞的涵義，那麼按照西文音譯過來的「邏輯」和「依康老密」，也必然不能完全達意。為了說明音譯詞的含義，又必須同時加以義譯說明，這更增加讀者理解的困難。容挺公以日文為例，認為日文辭書中的人名、地名、物名以及精神科學名詞很少有音譯，因此從經驗來說，音譯終究不能代替意譯。對於意譯不能完全吻合原意的問題，他認為不妨「渾融含蓄以出之」，也

〔註91〕秋桐（章士釗）：《譯名》，《甲寅》1 卷 1 號，1914 年 5 月 10 日。
〔註92〕例如讀者吳市就表示對章士釗的支持，認為按照玄奘的「五不翻」理論，邏輯一語，「兼跨多含、此方無、尊重三例之域」，是不應該義譯的。見吳市：《通信‧致甲寅記者》，《甲寅》1 卷 2 號，1914 年 6 月 10 日。
〔註93〕記者：《答吳君宗谷》，《甲寅》1 卷 1 號，1914 年 5 月 10 日。

就是說允許有自由發揮和聯想的空間，只要能夠反映出原文的最大部分之最大涵義就可以。至於同一事物的不同譯名之間的競爭，經過進化公例的淘汰，最適合的譯名將會留存下來。因此，爭論是必要的。只有經過競爭，所謂最大部分之最大涵義才能得到保存。政府對譯名的統一，也只能是有限的。只能是在學者自由撰述之後，政府從而取捨。那種由少數學者開會討論學術用語的方法是不可行的。容提出了自己的譯例：

> 凡歐文具體名辭，其指物為吾有者，則直移其名名之，可毋俟論。其為中土所無者，則從音，無其物而有其屬者，則音譯而附屬名。至若抽象名辭，則以義為主，遇有勢難兼收並蓄，則求所謂最大部分之最大涵義。若都不可得，苟原名為義多方，在此為甲譯則甲之，在彼為乙義則乙之。仍恐不周，則附原字或音譯於下備考。非萬不獲已，必不願音譯。〔註94〕

不難看出，他的設想與此前胡以魯的方案極為接近。他認為，這一譯例雖然和「五不翻」以及章士釗的觀點有所衝突，但它的好處是「簡易淺白」，易於操作。

至此，圍繞譯名問題的討論基本告一段落。那麼，我們應該如何理解章士釗的譯學主張以及這場近代翻譯史上的重要討論呢？按照陳福康的看法，「章氏在近代中國譯論史上的貢獻，主要就是帶頭展開了一場有關西方學術專名的翻譯方法的討論〔註95〕……他充分闡述了『譯音』的意義和優點，是對玄奘『五不翻』理論的重大發展。」章氏的觀點的意義和價值僅止於此嗎？這場關於譯名的討論僅僅是徒費口舌的意氣之爭嗎？如果我們將之放在近代中國「國語」形成的過程中來看，恐怕問題要複雜得多。

當代西方翻譯理論認為，翻譯本身就是一種重寫／改寫（rewriting），是服務於權力、充滿變數的文本操縱（manipulation）。〔註96〕在晚清這樣一個特殊的歷史時期，翻譯從來就不僅僅是一個語言學、文體學或者美學問題，而是與思想史，與觀念對生活世界的改造有著密切關係的意識形態問題。汪暉認為，嚴復對斯賓塞、赫胥黎、穆勒和斯密的翻譯，對近代中國知識分子的思想世界

〔註94〕容挺公：《通信》，《甲寅》1卷4號，1914年11月10日。
〔註95〕陳福康：《中國譯學理論史稿》，第182頁。
〔註96〕轉引自《語言與翻譯的政治》，許寶強、袁偉選編，北京：中央編譯出版社2001年版，第383頁。

產生了異乎尋常的能動作用：「幾乎窮盡了中國古典的語彙，……這些典雅的文辭構築出一個既熟悉又令人驚異的思想空間，我把它稱之為『名的世界』。這個『名的世界』並不是概念的堆積，它們相互之間存在著內在的邏輯關係。對於晚清士大夫和年輕一代的學子來說，它們如同符咒一般重新組織了他們的生活和世界」。〔註97〕汪暉強調，嚴復的「名的世界」，「不僅是中國人重新理解和控制自己的世界的方式，而且也是現代社會體制得以形成和建立的基本前提。」〔註98〕有趣的是，章士釗對音譯的鼓吹，恰恰是以對嚴譯的猛烈批評開始的。〔註99〕僅從這一點來看，章士釗的譯學主張顯然絕非僅僅是技術層面的問題。

鴉片戰爭以來，漢語的一大變化，就是開始致力於獲得一套表述近代西方知識體系的術語。〔註100〕其中音譯和意譯是兩種主要的翻譯手段。嚴復曾將所有翻譯名義，分為譯、不譯兩種：「譯者謂譯其義，不譯者則但傳其音」〔註101〕，其中的「但傳其音」，也就是通常所說的音譯。前文提到胡以魯所說的「借用語」，指的主要也是音譯詞。按照今天語言學家的定義，所謂音譯也即「襲用其音」，「就是通過音轉寫的方法將源語言的發音直接移入自語言中來。」〔註102〕所謂意譯，「即使用自語言的有意義的語素成分將源語言中的概念移入到自語言中來。」〔註103〕

在翻譯史上，音譯和意譯各有短長。由於漢字體系在表意上的特殊性，即

〔註97〕汪暉：《現代中國思想的興起‧下卷第一部‧公理與反公理》，北京：三聯書店2004年版，第834頁。

〔註98〕汪暉：《現代中國思想的興起‧下卷第一部‧公理與反公理》，第843頁。

〔註99〕除了上述我們提到的對嚴復的攻擊，章士釗還在一篇文章中嘲笑嚴復將fallacy譯為「發拉屎」，「翻譯術語而如此惡劣，可為噴飯」，見秋桐（章士釗）：《譯名兩則》，《帝國日報》1911年8月9日；後來章氏在回憶中又批評嚴復晚年翻譯態度不甚端正：「七年（1918年），愚任北大教授，蔡校長曾將（嚴復）先生名詞館遺稿之一部，交愚董理，其草率敷衍，亦彌可驚。計先生藉館覓食，未拋心力為之也。」見錢基博：《現代中國文學史》，第366頁。

〔註100〕沈國威：《近代中日詞彙交流研究——漢字新詞的創製、容受與共享》，北京：中華書局2010年版，第16頁。

〔註101〕嚴復：《京師大學堂譯書局章程》，《嚴復集》第1冊，王栻主編，北京：中華書局1986年版，第128頁。

〔註102〕沈國威：《近代中日詞彙交流研究——漢字新詞的創製、容受與共享》，第63頁。

〔註103〕沈國威：《近代中日詞彙交流研究——漢字新詞的創製、容受與共享》，第30頁。

字義總是附著於字形，意譯在中國近代翻譯史上佔據著優勢。由於意譯使用了漢語中固有的語義成分，因此較為容易被受眾所接受，也更容易被漢語體系所容受。正如馬西尼所說：「雖然，意譯詞和仿譯詞是根據外語原詞創造的，但是它們在語音和句法方面和本族語的新詞是一樣的。因此，這些詞的意義或者句法的來源完全被隱藏起來了。所以，不論在中國，還是在其他任何國家，這些詞不會引起主張語言『純潔』的那些人們的異議。」〔註104〕但是，由於意譯與自語言的密切關係，它有著先天的不足：「『譯』必須利用本語言的有意義的語言材料，所以先天性地存在著舊詞新義的問題。即使是新的複合詞，字義也會對詞義產生一定的影響。」〔註105〕由於採用漢語詞彙進行翻譯，這些詞彙所附著的原有含義，必然會對譯詞含義產生干擾。這種干擾有時候來自字詞本身，有時候則來自譯者自身的成見，〔註106〕如梁啟超所說，譯者之大患「莫過於雜糅光的理想，潛易原著之精神。」〔註107〕但無論如何，去除固有詞上的附屬意義幾乎是不可能的。嚴譯由於多採意譯，「以古今習用之說，譯西方科學中之義理。故文字雖美，而義轉歧」，張君勱等人早有批評；賀麟也指出：「平心而論，嚴氏初期所譯備書如《天演論》（1898）《法意》（1902）《穆勒名學》（1902）等書，一則因為他欲力求舊文人看懂，不能多造新名詞，使人費解，故免不了用中國舊觀念譯西洋新科學名詞的毛病；二則恐因他譯術尚未成熟，且無意直譯，只求達恉，故於信字，似略有虧。」〔註108〕可以看到，即使像嚴復那樣使用古僻字甚至廢字翻譯英文詞彙，也無法避免固有字義的干擾。

　　另一方面，當代語言學家指出，意譯也隱含著這樣一個認識論的前提：「人類具有一個共同的意義體系，或者曾經有過一個共同的意義體系，即意義的

〔註104〕〔意〕馬西尼：《現代漢語詞彙的形成──十九世紀漢語外來詞研究》，第174～175頁。

〔註105〕沈國威：《「譯詞」與「借詞」──重讀胡以魯〈論譯名〉（1914）》，《或問》2009年第5期。

〔註106〕本傑明·史華慈在談到嚴復的翻譯時說：「無疑，意譯有時容易嚴重歪曲原義。但總的來說，造成這種歪曲的原因，很少是由於嚴復所使用的語言，更多的是由於他的先入為主的充滿曲解的成見，正因為他的譯著中貫穿著這種成見，所以使原著的意思發生了偏移。」見氏著：《尋求富強：嚴復與西方》，葉鳳美譯，江蘇人民出版社1995年版，第89頁。

〔註107〕梁啟超：《翻譯文學與佛典》，《翻譯論集》，第59頁。

〔註108〕張君勱及賀麟之批評均見賀麟：《嚴復的翻譯》，《東方雜誌》22卷21號，1925年11月。

『原風景』。……理論上或許沒有絕對完美的對譯，但是，隨著交流的增加，人類總能找到一個最大的近似值。」〔註109〕換言之，意譯的潛臺詞是認為漢語可以通過自身的構詞方式來實現源語言的意義轉移，人們也可以通過表意的漢語詞彙（無論是固有詞還是新造詞）來理解其他語言。從今天的翻譯理論來看，這顯然是一種幻覺，它幻想「各種語言都是相通的，而對等詞自然而然存在於各種語言之間」。〔註110〕前文已經提到，章士釗對嚴復所憧憬的「名正理從」的翻譯境界和知識秩序抱有深刻的懷疑，並且認為以意譯的方式達到精確的對譯是不可能的，只有音譯才能夠準確地表達或者接近源語言。〔註111〕章士釗對音譯的強調，顯然是對這種認識論神話的不徹底的否定。時至今日，人們對音譯（借詞）的特質已經有了長足的認識：

> 借詞有幾個特點：借詞依靠音轉寫形成，省時省力；借詞形成時並沒有被賦予意義，只是一個「空」的容器，因此沒有舊有詞彙體系的附屬物。借詞的詞義由語言社會使用者共同充填，從理論上來說，可以最大限度地接近原詞的意義。主張借詞（音譯詞）的人並不都是懶漢，他們往往是看中了借詞在傳達源語言意義上的這種特點。而借詞的最大缺點也正在這裡：詞義的普及，定形需要較長的時間，而在這一過程中的詞義異化也是不可避免的。
>
> 借詞的實現與意義的轉移是非同步的。即在我們最初接觸到「沙發，迪斯科」或「哲學，電話」等借詞時，詞的形式並不能保證傳遞其所指示的意義，這是『借詞』的最大特點。」、〔註112〕（著重號為引者所加）

問題在於，由於漢語書寫體系與西方語言體系的不同，音譯詞進入表意為主的漢語體系是相當困難的。〔註113〕1926年，何炳松、程瀛章便已經提到譯音的困難：「中外語音之不類，凡稍習博言學者皆知之。漢音雖繁，終不

〔註109〕 沈國威：《近代中日詞彙交流研究——漢字新詞的創製、容受與共享》，第30頁。

〔註110〕 劉禾：《跨語際實踐：文學，民族文化與被譯介的現代性（中國：1900～1937）》（修訂譯本），宋偉傑等譯，北京：三聯書店2008年版，第5頁。

〔註111〕 民質：《論翻譯名義》，《國風報》第1年第29號，1910年11月22日。

〔註112〕 沈國威：《「譯詞」與「借詞」——重讀胡以魯〈論譯名〉（1914）》，《或問》2009年第5期。

〔註113〕 見劉禾：《跨語際實踐：文學，民族文化與被譯介的現代性（中國：1900～1937）》（修訂譯本），第49頁。

足以應付迻譯西音之用。即現在通行之注音字母，亦不足以盡之。」〔註 114〕當代學者對此有著更深刻的認識，馬西尼指出：「由於漢語語音系統的不兼容性，使得來自西方語言的音譯詞在吸收過程中歷盡艱難，從而極大地影響了它們的傳播。」〔註 115〕音譯詞的困難在於，「漢語的語音系統是不通融的。它不準備與外語音素去合併組成本系統已經包括的音素以外的新的連接體。由於語音和文字之間存在著一種形與影的關係，所以當借詞準備吸收時，其語音方面必須與本族詞相一致。從語言使用者的角度去看，語音與詞的翻譯用字之間有著一種形與影的關係。因此，同一個外語語音序列，可用不同的漢字來音譯，這是由於各種方言之間的語音是各不相同的。」〔註 116〕這也很容易造成音譯詞的混亂無序。不僅如此，音譯詞只是模擬源語言的音節，所用漢字本身不具有（也不應該有）任何意義，因此最初出現的音譯詞也只是一個擬音符號，本身沒有意義，需要接受者不斷向其填充。音譯詞從無義到有義，需要一個較長的時間。〔註 117〕這也使得漢語詞彙系統接受音譯詞變得非常困難。近代翻譯史的事實告訴我們，無論是嚴復「旬月躊躕」所創製的音譯詞如錫特（城市）、版克（銀行）、勞葉爾（律師），還是章士釗所孜孜提倡的司洛輯沁（三段論）、斐洛索非（哲學）、扎斯惕斯（正義），都很快被意譯詞所取代，成為過眼雲煙。〔註 118〕

在此，以成敗論英雄是毫無意義的，重要的是揭示章士釗何以如此執著於音譯的深層動因。在我看來，這一問題可以分為三個層面來解答。

首先，章士釗堅持對重要學術術語如 Logic、Justice 等進行音譯，看上去似乎不僅固執和學究氣，而且缺乏翻譯實踐經驗，對漢語系統接受音譯詞的困難估計不足，其實這是章士釗有意為之。從政論文寫作我們可以看到，章士釗非常重視知識傳達的本源性、完整性和準確性，卻有意無意地忽視了通俗和普

〔註 114〕 何炳松、程瀛章：《外國專名漢譯問題之商榷》，《東方雜誌》23 卷 23 號，1926 年 12 月 10 日。

〔註 115〕 〔意〕馬西尼：《現代漢語詞彙的形成——十九世紀漢語外來詞研究》，黃河清譯，上海：漢語大詞典出版社 1997 年版，第 153 頁。

〔註 116〕 〔意〕馬西尼：《現代漢語詞彙的形成——十九世紀漢語外來詞研究》，第 165 頁。

〔註 117〕 沈國威：《「譯詞」與「借詞」——重讀胡以魯〈論譯名〉（1914）》，《或問》2009 年第 5 期。

〔註 118〕 熊月之：《西學東漸與晚清社會》，上海人民出版社 1994 年版，第 700～701 頁。

及。在翻譯用詞上他也一再強調雅馴，並沒有顧及譯語如何被絕大多數國民所接受的問題。即使那些被社會受眾所接受，已經約定俗成的譯名，也必須經過學者的討論，「學問之事，斷賴先覺，不能任其自然。」他又說，自己之所以主張音譯，是因為「夫以音定名之利，非音能概括涵義之謂，乃其名不濫，學者便於作界之謂。」（《論翻譯名義》）可以看到，他所預設的讀者層是具有較高文化素養甚至具有一定外語知識的高級知識分子，這些知識分子可以就音譯名詞先達成一致，而後再根據各自的理解，對譯詞的定義進行爭論和界說。翻譯在這裡成為了碩學通人之間的問題，與中下層知識分子乃至一般百姓並無關係。以往傅蘭雅等人也提出過音譯的具體方法，但主要是針對外國人名地名，章士釗對音譯的提倡則主要是圍繞「邏輯」等學術術語，這背後正隱藏著他一以貫之的精英主義心態。

其次，章士釗對音譯、意譯的不同態度，反映了他對漢語功能的認識。由於漢語表意體系與西方語言不同，漢語對外來詞的接受有其特殊性。以佛經翻譯為主的外來文化，為漢語帶來了一大批音譯詞，但到了近代，接受方式變成了以意譯為主。這意味著源語言只有變為符合漢語構詞習慣的漢語詞彙才能被受眾廣泛接受，而漢語對音譯詞的容受能力無形中減弱了。章士釗以佛經「五不翻」理論以及「般若」、「菩提」等譯詞為例，不僅認為音譯可以補中西文字差異之短，而且隨著時間的推移，是可以被漢語所吸收的。他鼓吹並且身體力行，在文章中大量使用「邏輯」、「隱達邏輯」、「題達邏輯」、「薩威稜貼」等詰屈聱牙的多音節音譯詞。儘管除了「邏輯」被沿用至今，章士釗的努力幾乎毫無效果，這卻從一個側面折射出作為一個文章家的章士釗，對漢語容受性、漢語詞彙體系的柔軟性（沈國威語）或者說漢語的彈性的積極期待。章士釗雖然在寫作風格上深受古文傳統影響，但他先東渡日本，再負笈英倫，豐富的留學經歷和寬廣的學術視野，使他可以從更為開放、靈活、跨文化的角度去思考漢語的功能。

第三，章士釗對音譯的堅持，既是一種翻譯策略，更是一種文化姿態。馬西尼認為：

使用音譯詞，常常並非只是為了去表示某個名稱或概念，似乎還有其他目的。例如，當沒有理想的漢語對應詞時，就會使用音譯詞，或者是把音譯詞當作是走向外部世界的通道（例如郭嵩燾）。在文字上，漢語和西方語言沒有共同之處。因此，音譯詞是向讀者表

示外語單詞語音的唯一方法，特別是在 19 世紀，那時中國人實際上還不認得西方字母，所以這種方法更為常用。〔註119〕（著重號為引者所加）

對意譯的質疑，實際上是出於對源語言本義在翻譯過程中被扭曲的擔憂，而音譯（以漢語模擬所借語發音）似乎代表更純正的西方文化和更新穎的觀念，正如五四運動時期，學生在街上高呼「德謨克拉西」、「賽因斯」，就是不用「民主」、「科學」。〔註120〕在這裡，堅持音譯其實代表了刻意凸顯中西文化差異、強調西方文化異質性的文化立場。我們當然不能簡單地認為主張音譯就是主張漢語引進西方語言的發音乃至「全盤西化」，正如我們不能簡單地判定主張意譯就是傾向於文化保守主義。但從理論上說，音譯無疑更接近原義。因此，如果借用劉禾的話說，意譯意味著「一種文化經驗服從於（subjecting）另一種文化的表述（representation）、翻譯或者詮釋」〔註121〕，那麼對聲音對位的堅持則不僅僅意味著對「信」的追求，更意味著對兩種文化彼此獨立性的確認。沈國威認為：「『譯』與『借』的最大區別在於：前者存在著積極的造詞與意義賦予過程，後者則不存在。」〔註122〕但是，章士釗主張的音譯，並不意味著完全的消極。音譯拒絕採用歸化策略，而只是純粹通過音轉寫的方式表現源語言，這種看似消極的「有所不為」其實也是一種「作為」——既不以漢語詞彙誤讀源語言，也不曲解源語言以迎合漢語，彰顯的正是互不歸化、彼此尊重的文化姿態。這顯然體現了章士釗在民初對中西文化主體性和差異性的深刻認識。只有從這一角度，我們才能真正理解章士釗何以孤軍奮戰，堅持他的曲高和寡的音譯法。

1919 年，朱自清在談到名與實的辯證關係時，有過一段相當精闢的話：「不能把原名的涵義全行表示，義譯是不能免的。但是我以為這也不妨事。因為拿名去表示實，本不能將各個實全部的意義表示出來，不過用存同的方法——分析和綜合——歸納成許多概念，用名字來表示他；名字是間接的，抽象的

〔註119〕〔意〕馬西尼：《現代漢語詞彙的形成——十九世紀漢語外來詞研究》，第 164 頁。

〔註120〕〔意〕馬西尼：《現代漢語詞彙的形成——十九世紀漢語外來詞研究》，第 165 頁。

〔註121〕劉禾：《跨語際實踐：文學，民族文化與被譯介的現代性（中國：1900～1937）》，第 1 頁。

〔註122〕沈國威：《近代中日詞彙交流研究——漢字新詞的創製、容受與共享》，第 32 頁。

表示實的。所以嚴格說起來，名字本不曾把實的意義全行表示出來；大凡一個實，只是他自己是全的，其餘代表他的，總不能像他一般全，不過程度不同罷了。——太陽底下，原沒有絕對相同的東西／譯名也是這樣，要想絕對的確當，和原名一樣，那是沒有的事，卻是語言不可免的缺陷，只好靠思想來補助他。」〔註123〕回顧章士釗所參與的「譯名」之爭，我們會發現翻譯本身就是缺憾的藝術，無論是音譯或意譯，都只能部分地接近原文，而不可能絕對完美地傳達原文的內涵。正如錢鍾書所說：「徹底和全部的『化』是不可實現的理想，某些方面、某種程度的『訛』又是不能避免的毛病」。〔註124〕更重要的是，無論是注重音譯或是堅持意譯，都不會改變這樣一個事實，即：近代翻譯影響下的漢語已經是一種新的語言，它不可避免也不可逆轉地發生了前所未有的重大變化。

〔註123〕朱自清：《論譯名》，《新中國》1 卷 7 期，1919 年 11 月 15 日。
〔註124〕錢鍾書：《林紓的翻譯》，《七級集》，北京：三聯書店 2002 年版，第 79 頁。

第五章 《甲寅》與新文學的思想淵源

第一節　國權、民權與自覺──《甲寅》與李大釗

　　李大釗與章士釗的結識源於《甲寅》，但作為《獨立週報》的忠實讀者，他在與章士釗謀面之前便從章氏的文章中獲益良多，對其「敬慕之情，兼乎師友」。〔註1〕因此，在《甲寅》創刊之前，章士釗對李大釗的思想就已經產生了一定的影響。

　　早在1912年8、9月「張方案」發生之際，章士釗因不認同對大總統進行彈劾，主張對於政治問題應實行不信任投票，從而引發了一場對《臨時約法》和未來法制及總統權限等問題的討論，並且與同盟會激進分子發生了激烈辯論，以至於不得不退出《民立報》，另創《獨立週報》。1913年4月，李大釗在《言治》上發表了《彈劾用語之解紛》一文，對「彈劾」一詞進行追根溯源，還原了這一概念在英國政治中的本義，並對其在翻譯流傳過程中的歷史進行梳理，從而得出「彈劾制之在英倫，政治上遂失其用，而關於法律問題，固依然存在」的結論。他認為，日本在借譯「彈劾」一詞時，沒有理清其含義的歷史演變，而中國在引入此詞時，「群借徑手扶桑，競於簡易，以相裨販，互為承用以為常」，也忽略了詞義的辨析。在《臨時約法》中，「彈劾」一詞的用法也是很不嚴謹。在這一問題上，李大釗明確表示支持章士釗的觀點，認為「彈劾」一詞應該專門用於法律問題，而內閣制體制下的「不信任」與「彈劾」，

〔註1〕李大釗：《物價與貨幣購買力》，《甲寅》1卷3號「通信」，1914年8月10日。

也應該給以明晰的區分，「以免許多無謂之紛呶」。〔註2〕

此處需要指出的是，作為一位標榜獨立精神的政論家，章士釗的政治主張與同盟會是基本一致的，即追求民主共和制度的建立，因此，他沒有加入同盟會，卻可以主筆《民立報》。章士釗對「張方案」的意見雖然與一些同盟會激進派相左，批評了一部分革命黨人的躁進與《臨時約法》的種種不足，但正如朱成甲在《李大釗早期思想與近代中國》一書中所分析的：「章士釗由張、方問題引到約法問題以及未來的法制問題，表面上的確是把問題扯遠了，扯到當前迫切問題以外的範圍去。但是，章士釗之所以這樣做，卻不是由於疏忽和幼稚，而是由於他注意了更深遠的問題，即法治問題，而這個問題當時遠沒有解決。」〔註3〕也就是說，章士釗對「彈劾」的辨析，其目的在於超越黨派意識，從學理的角度切實分析，試圖找到憲政問題的根源，為中國民主與法治制度的找尋真正的道路。這時的李大釗雖然同樣用平和說理的態度，對章士釗的觀點表示同情，但他的思想背景較為複雜，而且《言治》雜誌為北洋法政學會機關報。考慮到這些因素，李大釗這一階段的政治見解與思想傾向實質上與章士釗既有聯繫，又有顯著的區別。而到了《甲寅》月刊時期，李大釗的政治文化思想有了明顯的變化。為了再現這一複雜的思想變動過程，我們便從早期開始，對李大釗的思想演變及其與章士釗的關係進行梳理。

1907年，李大釗考入北洋法政專門學校，並在那裡度過了6年的光陰。這所學校給予他的影響是深刻且複雜的，其中最重要的一點便是對民權的忽視與誤解。清政府為了維護自己的統治，刻意扭曲民權的含義，只強調約束、限制、義務對於人民的重要性，片面強調國權高於民權，高於一切。〔註4〕這種極端化的「國權論」伴隨了李大釗很長一段時間。而在民國初年，由於國家內部積弱的現實，以及在國際上國土被分割，國權被分裂的威脅，更由於傳統文化中的集體主義心理，「國權論」一時蔚然成風。包括章士釗在內，也深受這種思潮的影響。〔註5〕

〔註2〕 李釗（李大釗）：《彈劾用語之解紛》，《言治》第1年第1期，1913年4月1日。

〔註3〕 朱成甲：《李大釗早期思想與近代中國》，北京：人民出版社1999年版，第173頁。

〔註4〕 朱成甲：《李大釗早期思想與近代中國》，第31～37頁。

〔註5〕 鄒小站：《章士釗社會政治思想研究（1903～1927）》，長沙：湖南教育出版社2001年版，第58～81頁。

現代民主共和政治是伴隨著自由主義思潮對「主體性」的發現,為了實現與維護個體的權利,而逐步發展起來的一種政治模式,強調的是個體的權利與利益,認為個體的人是具有理性的,而政府的權力則應該被限制。正是因為這種對自利性的充分張揚,極大地激發了人民對社會政治生活的參與熱情,從而達到了國富民強的客觀效果。近代東亞知識分子正是看到了這種客觀效果後,才將民主政治移植過來,以圖實現國家富強。所以對於東亞後發國家來說,國家富強才是根本目的,民主政治只是實現增強國力的一種手段,而對於民權的爭取則是實現民主政治的附帶品,是實現富強的手段之手段。民主制度與國家富強,在從西方來到東方時,它們之間的主從關係發生了根本性的轉換。因此,可以說在清末民初,絕大多數知識分子並沒有真正理解民主共和的精神和實質。他們只是在民族存亡之際,採用功利主義的態度,將其當做一劑救世良藥,以求老大帝國的起死回生。而這種被「誤讀」的民主共和政治被移植到中國之際,發生種種變形也就在所難免。一旦民主共和制度無法產生立竿見影的效果,國人對其失望、懷疑、甚至轉而重新投入專制制度甚至君主體制的懷抱,也就不難理解了。〔註6〕

由此來觀察李大釗的思想,我們不難發現,早期的李大釗同樣沒有理解民主共和政治的精髓,尚未擺脫由強權政府實現國家富強的流行論調。在他的心目中,國權遠遠高於民權。我們可以《裁都督橫議》為例,來證明這一判斷。《裁都督橫議》1913 年 6 月 1 日發表於《言治》月刊,是李大釗早期的一篇重要的政論文。民初各黨派相互傾軋,地方勢力擁兵自重,對於如何改變這種局面,民權派主張限制中央政府權力,實行地方分權,以確保民權的伸張,國權派則主張削弱地方勢力,權力收歸中央,成立一個強有力的政府來解決當下的問題。《裁都督橫議》正是在這種背景下產生的。很顯然,李大釗的觀點屬於國權派。值得注意的是,文章發表時距離江西都督李烈鈞被免僅有 8 天〔註7〕,與袁世凱政府撤裁都督的決策可謂不謀而合。

在這篇文章中,李大釗詳細論述了裁都督之必要,裁都督之時機,裁都督之辦法,以及裁都督之善後,其中最能表現他在這一時期的政治見解與思想傾向的當數第一部分:裁都督之必要。關於這一問題,李大釗主要是從五個方面

〔註6〕 這方面的論述可參考王爾敏《近代中國之開明專制論與強人領袖之想望》,載氏著《中國近代思想史論集》,北京:社會科學文獻出版社 2005 年版。
〔註7〕 1913 年 6 月 9 日,袁世凱首先免去了江西都督李烈鈞的職務。

來論述的：一、解除軍法不可不裁都督。二、擁護憲法不可不裁都督。三、鞏固國權不可不裁都督。四、伸張民權不可不裁都督。五、整頓吏治不可不裁都督。而其中最引人注目的則是第三與第四方面。對於鞏固國權，李大釗認為：

> 中國大勢，合則存，分則亡。……近聞各省司國稅廳職者，紛紛遄返中央。蓋以都督把持期間，不容過問，否亦形同傀儡，秩等閒曹。財政為國脈所關，乃受制於都督若此，其專恣橫暴，已可概見。中央政令，不出都門，割據隱成，劃疆而守，此畛彼界，痛癢不關，接壤鄰封，勢成敵國，外禍乘之，國其不永厥祀矣！〔註8〕

可見，李大釗之所以對都督制深惡痛絕，最主要的一點是擔心政府權力被分割後，中央政府沒有能力來抵禦外敵的入侵，最終使國家滅亡。這種意識首先是來自於殘酷的現實——民族危機所引發的心理焦慮，正是這種焦慮感促使包括李大釗在內的一些知識分子們紛紛寄希望於強權政府，期望政府能收「指臂之效」，以最強的力量，實施最有效的措施，在最短時間內達到最顯著的效果，一躍解決中國的所有問題。但近代中國與西方在政治經濟方面的差距懸殊，不可能在段時間內實現西方累積幾百年所達到的成果，這樣的想法無疑是過於理想化的。過度理想化的政治模式則往往會對國家和個體之間的關係作出偏頗的判斷，將個體利益視為國族利益的反義詞。現實世界是由無數個個體組成的，個體間存在著無法磨滅的差異，而過度理想化的政治模式恰恰是在忽視個體差異的基礎上建立起來的。所以，在推行這種政治模式的過程中，會不斷遇到與之相牴觸的差異個體，這些差異個體便成了通往終極目標途中的絆腳石，可以被名正言順地加以犧牲，於是，極度理想化的政治模式最終演變成了一部吞噬個體的龐大機器——專制體制。此時的李大釗正是因為抱著這樣一種理想來觀察國內的政局，將都督看做了實現強國夢的障礙，從而得出了都督不得不裁的結論。另一方面，身處於傳統與現代的兩難之間的知識分子，也許終其一生都無法消弭傳統文化對自身的影響。促使李大釗對都督制深惡痛絕的更內在原因，則是中國傳統文化中的集體主義傾向。與西方不同，中國古代哲學缺乏對人的主體性的認識，〔註9〕更多提倡儒家的克己復禮，即克制自己的言行，使其適應禮的要求。所謂「克己」，正是消磨掉個體的差異；「復

〔註8〕 李釗（李大釗）：《裁都督橫議》，《言治》第 1 年第 3 期，1913 年 6 月 1 日。
〔註9〕 張世英：《天人之際——中西哲學的困惑與選擇》，北京：人民出版社 2002 年版，第 64 頁～78 頁。

禮」，則是使個體消失在集體中。而這正是君主專制體制得以延續的原因。正是這兩點使得李大釗認為國權至上，為了鞏固國權不得不裁都督。

那麼，對於民權，李大釗是如何看待的呢？他在同一篇文章中說：

> 都督既可以上抗中央，從而賤視其治下之民，微若蟻蛭，淫威肆虐，惟所欲為。曩者神州國體，有德者王，後世獨夫，私相傳襲，縱存有專制之形，而平民政治之精神，實互數千年巍然獨存，聽訟微租而外，未聞有所干涉。諺謂「天高皇帝遠」，斯言實含有自由晏樂之趣味。……此其政治上特具之精神，詎容微有所搖撼。〔註10〕

我們可以從這一段話中分析李大釗對於民權問題的認識。他對「平民政治精神」的闡述，使得他對民權的誤解顯露無疑。所謂民權，籠統地講，可以分為公權與私權。私權，指的是民眾在其社會生活中所具有的權利，這也正是李大釗所理解的民權，而對於民眾參與政治生活的公權，則未能進入他的視野中，他對「平民政治精神」的理解，仍停留在「日出而作，日入而息，鑿井而飲，耕田而食，帝力與我何有哉」的層面，即認為一國的政治與其國民沒有直接的關係。換言之，他對民眾的理解仍是治下之民即被統治者，而不是獨立的個體，國家的主人。他也依舊將國家的命運寄希望於有能力的「梟雄」。

這在其同期的另一篇文章《論民權之旁落》中表現的更為明顯。在這篇文章中，李大釗認為，當時中國的民德、民智尚不足以實行民主政治，不足以負荷民權，所以「方風馳雲擾之會，所以震伏群魔、收拾殘局者，固不得不惟此梟雄是賴也」〔註11〕。雖然在文章的結尾，他呼籲有識之士從事國民教育，認為「民力既厚，權自歸焉」，但正是因為沒有真正理解民主共和的含義與精神，沒有意識到民主精神與與專制精神的根本對立，他才看不到民主制的希望在何方，只能依賴於強權者，不得不回到了威權政治的老路。

通過分析李大釗對國權與民權的認識，可以看出，此時的李大釗並沒有擺脫權威主義政治思想的束縛。縱觀其在 1912 年，1913 年期間所撰寫的文章，均反映了這一點，如他在《隱憂篇》中，將黨私、省私與匪氛並列為民國三大隱憂，在《暗殺與群德》、《原殺》中，將群德的墮落也歸咎於黨爭，在《論官僚主義》的結尾更提出「即美以平民政治號於世界，近亦悟官由民選之害，而亦急急於規定任官制度，則奢談民政民政而斥官僚主義者，亦可以醒悟矣！」

〔註10〕李釗（李大釗）：《裁都督橫議》，《言治》第 1 年第 3 期，1913 年 6 月 1 日。
〔註11〕李釗（李大釗）：《論民權之旁落》，《言治》第 1 年第 3 期，1913 年 6 月 1 日。

這樣的結論。作為一名新舊參半的知識分子，加之他在北洋法政專門學校學習期間，所接受的是由日本移植過來的片面、被誤讀的民主政治理論，早期李大釗會有這樣的認識是可以理解的。但李大釗的思想若停留在這一階段，沒有發生轉變，則不可能出現《新青年》時期的李大釗，亦不可能出現作為中國共產主義運動先驅的李大釗。而他的思想轉變，也與《甲寅》雜誌以及章士釗有關。

　　《甲寅》的言論對李大釗的影響體現於諸多方面，而最主要的則是扭轉了此前他對民權與國權的誤解，重新界定了民主共和政治在他心目中的含義與精神。

　　如前文所論，民初國權論蔚然成風，李大釗深受這種思想的影響，而《甲寅》雜誌最鮮明的主張之一就是對國權論的批判。欲批判國權論，首先需闡明國家的含義。在《國家與責任》一文中，章士釗開宗明義的提出了這個問題：「究其實國家者何物也，亡國云云，亡之何為可懼，救國云云，救之胡從而著手？」〔註12〕對此，章士釗首先分析了中國傳統意義中的國家概念，認為在傳統文化中，國家被認為「一私人之產業」，可分，可貨，可為一人所有，而這種概念已隨著滿清王朝的覆滅被衝破。那麼對於現代民主國家而言，國家的概念究竟是什麼呢？章士釗引用了美國聯邦法院對國家所下的定義：「國家者，乃自由人民，為公益而結為一體，以享其所自有，而布公道於他人者也」，並解釋曰：「享其所有，謂權利也，布公道與他人，謂己之權利必以他人之權利為限」，「夫公道者何，與人以相當之謂也，與人以相當者何，各有其應有之權利也」。可以看到，此時的章士釗是將人的權利放在了首位，強調國家的職責在於實現與保護人的權利，這就將國權論鼓吹的國權高於民權的論調扭轉了過來，提出國家存在的目的是保障人的權益，若其不能履行這份職責，則此種國家「直無存立之資格，亡之可也」。同時，章士釗還指出，人對於自身權利的追求是源於內心的根本訴求，而傳統觀念中的公而忘私是與人性相違背的，長此以往，人的正常的欲望得不到合理的宣洩，終將如決堤的洪水一般，釀成大禍。所以，「凡關於權利欲望之種種主張，直主張之，無所容其囁嗒，無所容其消阻，此則本篇之所三致意，而求國人之深喻其旨者也，誠或喻之斯為自覺。」〔註13〕「自覺」的提出，正是期望作為個體的人能充分認識到自己的權利，認識到自己是獨立存在的，此時的章士釗雖然沒有提出「人」的概念，尚

〔註12〕秋桐（章士釗）：《國家與責任》，《甲寅》1 卷 2 號，1914 年 6 月 10 日。
〔註13〕秋桐（章士釗）：《自覺》，《甲寅》1 卷 3 號，1914 年 8 月 10 日。

沒有如五四時期的啟蒙知識分子一般高呼「人」的發現，但其從政治學理論層面對私權的重視，對人民自覺性的呼籲，無疑是開了風氣之先的。

章士釗的這番論述，正是對於鼓吹犧牲個體權利、謀求國家富強的國權論的犀利批判，同時也有助於時人廓清對於民權與國權的浮泛粗淺的認識。李大釗在看到這篇文章時內心產生了怎樣的震動我們已經不得而知，但通過分析他這一時期的文章，可以看出章士釗的觀點對他產生了切實的影響，並使他的思想發生了深刻的改變。當然，這種改變是漸進而且有軌跡可循的。

《風俗》是李大釗較早在《甲寅》發表的一篇文章，集中體現出了新舊兩種思想的並存和過渡。他認為，所謂風俗，乃「群之分子，既先天後天受此力之範制，因以成共是之意志，郁之而為風氣，章之而為制度，相維相繫以建起群之基。群其形也，風俗其神也。群其質也，風俗其力也。」〔註14〕也就是說，風俗是一個社會群體共有的精神、思想、信仰與道德，是一群體之人心所向，如果風俗敗壞，即是一群體精神之敗壞，精神敗壞，這一群體必亡，而當時的中國正處在瀕臨「群亡」的危機中：

> 今以觀於朝，執政之人，則如何者，政如疾風，民如秋草。施
> 其暴也，上之所好，下必有甚；遝其殺也，盈廷皆爭權攘利之桀，
> 承顏盡寡廉鮮恥之客，勾心鬥角，詐變機譎。……既握政權，世風
> 攸繫，赫赫師尹，民具而瞻，未可以挽狂，適益以階厲，竟其所造，
> 險惡穢闇，正不知其胡底。屬望已絕，責備斯嚴，所不能為當今執
> 政之人物諱，愈不能不為未來之人群憂者也。〔註15〕

很顯然，李大釗作此文的目的在於揭露社會風俗的敗壞，並揭示風俗的好壞取決於政治，政治的好壞則在於執政之人，正是因為執政者的品行惡劣，上行下效，人民的道德亦隨之墮落，從而使得風俗敗壞。他說自己對執政者「屬望已絕」，由此將批判的矛頭直指向當時的執政者袁世凱。與一年前寫作《裁都督橫議》時相比，隨著時局的不斷變化，李大釗似乎認識到，袁世凱這樣的政治強人而非都督、黨爭，才是社會頹敗、道德淪喪的原因，但這一轉變更多來自於情感而非理論的認識，是對袁氏政府的失望之情的發洩，並不意味著他從根本上已經否定了威權政治，例如他又說「一群之中，必有其中樞人物以泰斗其群，是曰群樞。風之以義者，眾與之赴義。風之以利者，眾以之赴利。」

〔註14〕李守常（李大釗）：《風俗》，《甲寅》1卷3號，1914年8月10日。
〔註15〕李守常（李大釗）：《風俗》，《甲寅》1卷3號，1914年8月10日。

即一群之中，必有英雄或聖人，可以影響並操縱群眾的心理，這正是他迷信威權政治的表現，而群眾在他的筆下表現出的更多是一種盲動性，其精神意志隨著首腦人物沉浮，談不上自覺性，更遑論自主性，仍是如《裁都督橫議》中所分析的那樣，是強人政治統治下的治下之民，是消極被動的群氓。這與章氏文章中所倡導的民權論仍有根本的不同。

與《風俗》大約同期完成的《國情》是為了批駁古德諾的國情論而作。為了反駁古德諾，李大釗以古氏為客卿、不足與之謀國情為切入點，進而詳論中國國情，認為在皇權時代中國人以家族為單位聚居，以親情禮俗為紐帶來維繫，國家權力對民眾的干涉可謂微乎其微，「故民意之向於政治也淡」。〔註16〕應該說，這是李大釗所一直秉持的觀點，在《裁都督橫議》中便有所表露，並且認為這就是從古至今未有變化的民權，而都督制度就是破壞這種民權的罪因。與之不同的是，一年之後，李大釗認識到時局已變，「近世國家政務日繁，財政用途亦日增人民負擔之重，已非昔比」，所以此時的民眾對參政議政的呼聲愈來愈高，而這才是當下的國情。這是李大釗首次提及民眾的參政議政權也即公權，與以往相比，可以說是他的民權觀念的一大進步。但是，通過比較他與章士釗關於民眾權利來源的認識，我們會發現他們還是有明顯區別的。章氏此時的人權論是以盧梭的「天賦人權說」為基礎展開的，即認為人生而平等，權利生而得之，國家即是自由的人們為了保護自己的權利而組織起來的，所以國權源於民權。〔註17〕李大釗的民權思想則是認為人的權利不是天生的，當國家權力對民眾的壓迫較小時，便可苟且而偷生，當國權的壓迫過大時，民眾為了求生存，方可言權利，即國權與民權是對立的，民眾仍是第二位的。所以，對於國家與民權的認識，此時的李大釗仍帶有某種國家主義色彩。

三個月之後，李大釗在《中華》雜誌發表了《政治對抗力之養成》一文，這篇文章深受章士釗《政本》的影響，提倡政本在有容、有抗，需各方勢力保持平衡，才有望促成良好的政治環境。其中尤其值得我們注意的是「群眾勢力」這一概念的提出：

> 今有存者，唯此新勢力耳。新勢力維何？即群眾勢力，有如日中天之勢，權威赫赫，無敢侮者。故法儒社會學者魯彭是，名今世曰『群眾時代』。吾人生當群眾之時代，身為群眾之分子，要不可不

〔註16〕李大釗：《國情》，《甲寅》1 卷 4 號，1914 年 11 月 10 日。
〔註17〕秋桐（章士釗）：《讀嚴幾道民約平議》，《甲寅》1 卷 1 號，1914 年 5 月 10 日。

　　自覺其權威。既輕以己之勢力假諸他人，而轉伏於其勢力之下而不
　　自知，斯非大惑者呼？〔註18〕

　　「群眾勢力」，即是群眾意志之積累，在一定程度上與「風俗」有所重疊，均指一時代之人心所向，但兩相比較，便會發現兩者之間還是有區別的。在《風俗》一文中，風俗是掌握在英雄、聖人或執政者等少數人手中的，是由少數人影響與控制的，而「群眾勢力」則是群眾所固有的，雖可一時付與他人，但終歸會收歸己有。李大釗說：「足見人物之勢力，非其固有之物，與奪之權，實操於群之手也」，換言之，強人勢力是由群眾賦予的，如果群眾不覺悟，則此強人將長久享其勢力，一旦民眾覺醒了，則它的勢力將瞬間坍塌。一個是無意識的盲從者，另一個則是在歷史上獨立存在的、對歷史掌握主動權者，短短三個月，李大釗對民眾認識發生了根本性的變化——民眾從被治之群氓變成了歷史的推動者。被治之民的生死苦樂皆由統治者定奪，毫無權利可言，一國之政治與其沒有任何關係；而歷史的推動者則佔據了主動地位，歷史是由其創造的，國家亦是由其創造的。從此時起，李大釗在《甲寅》與章士釗的影響下，逐步形成了他的民主觀念。他的民彝思想正是在此基礎上逐步發展形成的。

對亡國論的反撥

　　如所周知，章士釗是以盧梭的天賦人權與社會契約論為基礎來批判強人政治、開明專制等種種集權政治學說的，但就其思想傳承上來講，邊沁對他的影響似乎比重更大些。作為功利主義者，邊沁的理論強調平等甚於自由，認為自由只是一種手段，他以集體利益為出發點，要求個人完全服從社會，〔註19〕這與中國傳統的集體主義心理有一定的契合之處，更容易為中國知識分子所接受。所以，章士釗對於國權論／「國家主義」〔註20〕並沒有完全否定，而是認為個人應當減損一部分利益以利國家。這顯然是受了邊沁的最大快樂原則的影響，即個人的權利完全可以被犧牲來有益社會，促進社會復興。但是何為對社會有益，即產生最大的公共利益？由於公共利益是個人利益的綜合，因此

〔註18〕李守常（李大釗）：《政治對抗力之養成》，《中華》第 1 卷第 11 號，1914 年 11 月 1 日。

〔註19〕〔英〕霍布豪斯：《自由主義》，北京：商務印書館，2009 年版，第 33～34 頁。

〔註20〕此處的「國家主義」是章士釗在文章中使用的一個概念，在特殊的歷史情境中有特定的所指，與政治哲學中通常所說的國家主義（Nationalism 或 Statism）並不完全相同。

只有鼓勵個人追求最大利益才能對社會有益，但這顯然是與犧牲個人權利這個前提相矛盾的。在這裡，邊沁主義者轉了一圈又回到了人的自利性上，個人的利益與集體的利益很難完美的同步。對於這一悖論，章士釗提出了自己的解決方式，即損益之界說：「吾人有倡為國家主義者，意在損個人以益國家。此說之可取，亦視夫損益之界說若何，若漫無經界，犯吾人權根本之說，愚敢斷言之曰，此偽國家主義也」〔註21〕也就是說適當的減損個人以利國家被認為是合理的，而倡導犧牲所有個人權利以利國家則是偽國家主義，損個人以利國家究竟正確與否要看損益的界限即「根本人權」在哪裡。但根本人權究竟是什麼？人權中哪些可以被割讓出去以利國家？這個界限究竟如何確定？究其根本，即國家與個人的關係要如何界定？這些問題他都沒有回答。當然，這樣的矛盾與迷惑並不是只存在於章士釗一人身上。數百年來，政治哲學領域諸家蜂起、各領風騷，對此問題卻始終沒有得出一個放之四海而皆準的結論。儘管沒有答案，但對於民初的中國知識分子來說，面對著一次次的政治失敗，這又是一個無法迴避的問題。

　　1914 年 11 月 10 日，《甲寅》一卷四號刊發了陳獨秀的《愛國心與自覺心》，這篇文章仍是延續了對國家主義的批判，並進一步提出了更為激進的論調——亡國論。在這篇文章中，陳獨秀公開表達了對國家與個人關係的質疑，首先，他辨明瞭歐人所談愛國心與中國所謂的忠君愛國的區別，進而導出國家存在的目的在於保障人民權利，而「愛國者何，愛其為保障吾人權利謀益吾人幸福之團體也。自覺者何，覺其國家之目的情勢也。〔註22〕」但是，中國歷代王朝皆為謀一姓之興亡，不計國民之憂樂，中國國民也不能察國家之目的情勢，所以陳獨秀認為此種國家，實無存在之必要，即便被亡國被瓜分，也不是什麼恐怖悲哀的事。這篇帶有陳獨秀鮮明個人風格的文章一經刊登，頓時激起了層層聲浪。章士釗在文章中曾言「往者同社獨秀君，作《愛國心與自覺心》一文，揭於吾志，侈言國不足愛之，理有曰，瓜分之局，何法可逃，亡國為奴，何事可怖……斯言一出，讀者大病，愚獲詰問叱責之書，類十餘通，以為不知愛國，寧復為人，何物狂徒，敢為是論。」〔註23〕可見，由於這篇文章質疑了晚清以來建構起來的神聖國族主義和「愛國」觀念，一般讀者的第一反應都是

〔註21〕秋桐（章士釗）：《國家與責任》，《甲寅》1 卷 2 號，1914 年 6 月 10 日。
〔註22〕陳獨秀：《愛國心與自覺心》，《甲寅》1 卷 4 號，1914 年 11 月 10 日。
〔註23〕秋桐（章士釗）：《國家與我》，《甲寅》1 卷 8 號，1915 年 8 月 10 日。

難以接受的。章士釗承認，隨著政局的發展，正如陳獨秀所說愛國心逐漸被自覺心所排，且這種論調快速的傳播開來。但就章士釗本人來說，他不能贊同陳獨秀的意見。他首先肯定了陳獨秀以及持同樣態度的梁啟超等人對於自覺心的理解與強調，並認為「吾國惟無此真覺，故數千年只有君史而無民史」，獨夫民賊借國家之名，行暴亂之政。只有意識到這一點，方為真自覺，陳獨秀與梁啟超皆為真自覺之人。但是覺醒之後，僅僅自覺又有何用？章士釗顯然不滿意於此，在論述了波蘭猶太的亡國之慘烈後，再次借法西方，開除了自己的藥方——解散國家論。解散國家論源自盧梭，是他在民約論的基礎上，指出一旦有權奸竊奪民意，強迫人民舍棄自己的意志而服從他人的意志，那麼便可以解散國家，回復之前的自由之境，然後再重新結成民約，建設國家。章氏的理論重點在於，國家可以解散，但這是為了建設一個全新的國家，這個全新的國家同樣是依據民約論建立起來的。如同他的毀黨造黨說一樣，這樣的理論無疑過於理想化與書生氣。前文曾論述過，個人的利益與集體的利益很難完美的同步，並非是簡單的「總意者乃己意也」。為了解決這一問題，章士釗又提出了「在我」的說法。所謂「在我」，即意識到我對國家的責任，並依靠個人的道德與精神力量來重建國家，「人人盡其在我，斯其的達矣」，實際上是希望通過喚醒個人來促進社會發展，尤其是精英知識分子。這一觀念雖然從「陸王心學」思想傳統來說，並不新鮮，但對於當時知識界沉悶沮喪的氣氛無疑有激勵的作用。

　　1915 年 8 月 10 日，李大釗發表了《厭世心與自覺心》，此時距《愛國心與自覺心》的發表已將近一年，但我們依然可以將這篇文章視作是對陳獨秀的回應，從這一點也可以看出，陳獨秀的文章影響的確深遠。與章士釗相同，對於陳獨秀國亡無可怖的論調，李大釗是無法認同的：「蓋其文中，厭世之辭，嫌其太多，自覺之義，嫌其太少」，所以對於自覺一義，由陳獨秀的「覺其國家之目的情勢」，進一步闡述為「在改進立國之精神，求一可愛之國家而愛之」〔註24〕，雖然沒有明確的提出解散國家一說，但李大釗同樣認為，解決當下問題的關鍵，在於依據近世國家之真意義，重新建立一個「可愛的真國家」。作為一名政論家，章士釗的重點在於如何解散以及如何重建國家，而李大釗則更多的是以情感人，以希望鼓勵人，認為「中國至於今日，誠已瀕於絕境，但一息尚存，斷不許吾人以絕望自灰」，以求喚醒絕望中的民眾。

〔註24〕李大釗：《厭世心與自覺心》，《甲寅》1 卷 8 號，1915 年 8 月 10 日。

　　在對「愛國」問題的討論中，陳獨秀不免激憤與絕望，對現實做猛烈的抨擊，章士釗則更為冷靜，偏重理論的闡發，李大釗更重理想的鼓吹和積極的進取，側重點各有不同。但是，他們均意識到了個體覺醒的重要性。陳獨秀提到「吾國之患，非獨在政府，國民之智力，由面面觀之能否建設國家與二十世紀，夫非浮誇自大，誠不能無所懷疑。」顯然，除了數千年來的帝王史外，民眾的不覺醒不開化才是他心生絕望的主要原因；章士釗雖提出瞭解散國家的方法，但國家能否重建關鍵仍是「在我」。只有人人在我，尤其是精英分子意識到我的存在，我的權利與我的責任，才有新的希望；李大釗同樣也說，「國家之成，由人創造，宇宙之大，由我主宰」〔註25〕，國家的建立，最終依靠的是人的力量，所以人的覺醒才是最根本的，只有人的思想與觀念發生變化，才能從根本上打破舊的政治格局，打破對強權的迷信。否則，即使滿清已經被拉下了皇位，君統被打破，道統仍不會改變，仍會有一個接一個的實質上的皇帝被推上神壇。看似是持不同意見的兩方，實質上都選擇了以啟蒙民眾來解決國家與個人的關係這個難題，可以說是殊途同歸。

　　與之前的報章政論文注重討論國體政體等政治理論不同，關於亡國論的討論，已經涉及到從思想、文化、觀念等角度來喚醒民眾的啟蒙主義議題。這表明，在經歷了民初的種種政治實驗失敗後，一些知識分子已經逐步意識到，單純的政治改革並不能解決舊中國的所有問題，西方式的議會民主政治難以存活的根源仍是民眾思想中頑固的權力崇拜，所以，開啟民智必將成為討論的關鍵。可以說，《新青年》雜誌及五四時期的啟蒙意識此時已初現端倪。《甲寅》雜誌與此時的章士釗在李大釗，陳獨秀等人的思想上打上了鮮明的烙印，對此後知識階層關注從思想，文化角度進行改革埋下了伏筆。

第二節　《雙枰記》的背後——《甲寅》與陳獨秀

　　在《甲寅》諸作者之中，陳獨秀與章士釗相識最早，而且參與了《甲寅》的編輯工作，是《甲寅》雜誌的社友之一。早在 1902 年時，章士釗便通過汪希顏結識了陳獨秀，次年，他便與陳獨秀、張繼、蘇曼殊、何梅士等人在上海創辦了《國民日日報》，並與陳獨秀共同負責編輯工作，從此兩人結下了深厚友誼，小說《雙枰記》正是以此為背景展開的。此後二人雖因志向不同而分道

〔註25〕李大釗：《厭世心與自覺心》，《甲寅》1 卷 8 號，1915 年 8 月 10 日。

揚鑣，但十年後的《甲寅》雜誌使昔日的革命同志又重新聚在了一起。雖然陳獨秀在《甲寅》上發表的文章數量並不多，但在陳獨秀思想發展歷程中，《甲寅》對他的影響仍然值得關注。

1915 年，退出《甲寅》編輯工作、回到國內的陳獨秀創辦了《青年雜誌》，這份雜誌與《甲寅》有著密切的聯繫，但隨著時間的推移以及胡適的加入，它逐漸呈現出了與《甲寅》不同的個性與內涵。在經歷了新文化運動之後，陳獨秀和章士釗更是走上了完全不同的思想道路。從發生學的角度來看，陳獨秀與《甲寅》的關係，作為《新青年》的前史，對於研究新文化運動而言，應該得到更多的關注。在這裡，我試圖借助章士釗唯一的小說《雙枰記》，對章士釗與陳獨秀思想上的聯繫進行粗淺的梳理與分析，並希望可以籍此對新文化運動的發生過程有所揭示。

民初共和政治的屢次失敗，使得陳獨秀、張東蓀、梁啟超等一批知識分子對政治改革產生了質疑，甚至否定了政治體制內部改良的可能性。他們不約而同地認識到民眾對共和政治和民主體制並無真正的瞭解，憲政缺乏民意基礎才是問題的關鍵，建立良好政治制度的前提是必須擁有堅實的民眾基礎，必須與一國的群眾心理、政治覺悟、文化傳統有所契合。陳獨秀的《愛國心與自覺心》表達的正是這樣一種觀念。作為一名政論家，章士釗始終將政治改革放在第一位。他關心如何將西方先進的政治制度引入中國，並使它能夠良好的運轉，而對於社會改革，則認為只要擁有良好的政治制度，思想文化必然會在制度的導引下走向正軌。現實的危機又迫使他感到，即便要進行社會改革，也需要有一個差強人意的政治制度，來確保在社會改革的過程中國家可以勉強運轉，不至崩潰。他的這一思想在針對梁啟超《政治之基礎與言論家之指針》而作的《政治與社會》一文中，已表達得十分詳盡。但是，隨著議會政治的失敗，復辟的上演，共和制度在中國已經名存實亡，章士釗是否有過喪失信心，或寄希望於社會改造的時刻？這樣的時刻在他的文章中又是否有所體現？

在章氏諸多的政論文中，《國家與我》有其特殊之處。這種特殊在於它表現出了章士釗所堅持的政治改革優先主張的不足以及對於社會改革路線的某種認同，因此值得我們重視。前文對《國家與我》已略有分析，對於陳獨秀所表達的對國家與個人關係的質疑，章士釗提出瞭解散國家論，這顯然是從制度的層面來解決問題，但在論述依據民約重建國家時，因為個人的利益與集體的利益的難以同步，迫使其提出「在我」的說法。所謂「在我」，即通過喚醒個

人、依靠人的道德與精神力量來重建國家。擁有良善的思想基礎才可能建立良善的政治體制，這顯然與章士釗一貫主張的先建立民主制度，再由民主制度來促進民主思想的觀念是相悖的，可以視為他在面對現實政治與社會問題時不得不作出的某種妥協。當然，實現國家的「現代化」，究竟應該「制度決定」還是「文化、道德優先」，是一個長期以來聚訟不一的問題，也始終困擾著中國近代知識分子。任何強調制度重要性的思想家，都無法迴避一個制度決定論的困境：如果人／文化是被制度所決定的話，那麼在一個惡制度之下的被扭曲的人／文化，如何可能向善？不能不說，章士釗的變化與他看到這一困境有關。

如果說《國家與我》是較為明顯的從理論層面表現了章士釗的這種變化，那《雙枰記》的寫作與二次發表則更為隱晦地、從情感角度曲折表達出他的變化。我們所關注的，正是《雙枰記》中章士釗的徘徊心態，以及陳獨秀在序言中表現出與章士釗不同的動向，以及這種觀念上的分歧對陳獨秀此後思想的發展乃至新文化運動的發生所造成的影響。

《雙枰記》是章士釗所寫的唯一一篇小說，他雖然醉心於英美政治思想，但其文學趣味卻明顯偏於保守，並曾聲明自己並不喜歡小說。〔註26〕縱覽章氏一生所撰文章，《雙枰記》顯然是有其特殊含義的。小說首先連載於 1910 年 9、10 月的《帝國日報》，1914 年 11 月、1915 年 5 月再次分刊於《甲寅》雜誌第 1 卷第 4、5 號。誠如作者在自序中所言：「小說者，人生之鏡也，使其鏡忠於寫照，則即留人間一片影，此片影要有真價。」〔註27〕小說以章士釗、陳獨秀的好友何梅士為原型，以何梅士的真實愛情經歷為素材，敷演成文。故事講述在章士釗、陳獨秀、何梅士等人創辦《國民日日報》期間的某一天，「予」與獨秀山民在編輯室集報，收到一封寄給麋施（即何梅士）的信箋，字跡清秀，似女子所為，予與獨秀好奇心頓起，待麋施歸而詢問之，無奈麋施「隱痛至深，特難言喻」「狀至可怖」〔註28〕，予不復敢談。翌日麋施好友伍天笴訪麋施不遇，予因與麋施情感至篤，憂慮此事，故向天笴詢問之，天笴遂向予講述了此事。原來，前歲天笴與麋施曾同遊曹家渡，於小蘭亭左室品茶下棋，不知何時，一女郎攜一媼入右室，亦在對弈，後有兩西人入，調戲女郎，麋施挺身而出，

〔註26〕章士釗：《字說》，《甲寅週刊》1 卷 1 號，1925 年 7 月 18 日。

〔註27〕章士釗：《〈雙枰記〉自序》，《甲寅》1 卷 4 號，1914 年 11 月 10 日。

〔註28〕秋桐（章士釗）：《雙枰記》，《甲寅》1 卷 4 號，1914 年 11 月 10 日。

並使天笱護送女郎與媼歸，女郎感激不盡，欲得靡施姓名以便日後答謝，然靡施婉拒再三，女郎詢問不得，只得歸去，但回首之際，情根已種。次年，黃龍公會發表公開演說於張園，女郎至，恰逢靡施於臺上發表精彩之演說，始得靡施姓名。此後之事，天笱便不得而知，予只得直詢之靡施，靡施遂坦然相告。原來張園一見之後，女郎便託一黃姓婦人名身毒者發函邀靡施相見，靡施躊躇再三，終依約前去，乃知女郎姓沈名棋卿，出身江浙望族，與母兄相伴遊滬上，時就讀于法蘭西女學校。靡施與棋卿相見之後，二人相談至深，哲學理想，無所不涉，愛慕之意更濃。然相交之後方知，棋卿自幼被許配與其表兄桂兒，桂兒者，輕薄放蕩，棋卿厭之。後滬上風潮漸起，其母亦聞得靡施與棋卿相交之事，遂與其兄相商之後，攜兄妹二人返浙，至此，棋卿音訊盡失，靡施苦悶不已。與此同時，泥城公校中昔日的同事，今日卻分崩離析，竟至學校解散。愛情的失意與理想的破滅終使靡施不堪重負，於去往日本的途中，投海而亡。

　　僅就情節和表現手段而言，在清末民初眾多的文言寫情小說中《雙枰記》算不得十分出眾。迄今為止，學界對之為數不多的解讀，似乎也多持此類觀點。它能夠為人所知，則是因張定璜的一段話：

　　　　《雙枰記》等載在《甲寅》上是一九一四年的事情，《新青年》
　　　　發表《狂人日記》在一九一八年，中間不過四年的光陰，然而他們
　　　　彼此相去多麼遠。兩種的語言，兩樣的感情，兩個不同的世界！在
　　　　《雙枰記》、《絳紗記》和《焚劍記》裡面我們保存著我們最後的舊
　　　　體的作風，最後的文言小說，最後的才子佳人的幻影，最後的浪漫
　　　　的情波，最後的中國人祖先傳來的人生觀。讀了他們我們再讀《狂
　　　　人日記》時，我們就譬如從薄暗的古廟的燈明底下驟然走到夏日的
　　　　炎光裡來，我們由中世紀跨進了現代。〔註29〕

　　有意味的是，在這一段論述中，《雙枰記》是作為魯迅及新文學獨具現代性的反襯而出現，被喻為「薄暗的古廟的燈明」，是中世紀的最後一道風景。張定璜帶著一絲留戀般的讚賞，將其歸類為即將被歷史所淘汰的才子佳人小說。朱自清在論述新文學發生的背景時，將蘇曼殊的小說與《雙枰記》單列為一節，並指出《雙枰記》的特點為政治的意味與真切的描寫，〔註30〕這顯然與張定璜的理解有所不同。今日我們已無緣聽到朱自清對《雙枰記》的詳細分析，

〔註29〕張定璜：《魯迅先生》（上），《現代評論》第 1 卷第 7 期，1925 年 1 月 24 日。
〔註30〕朱自清：《中國新文學史研究綱要》，《文藝論叢》第十四期，1982 年 2 月。

但通過朱自清《綱要》中的寥寥數語，仍可大致判斷他並沒有將之簡單歸類於民初通俗言情小說，而是更傾向於將其定義為政治小說。按照梁啟超的定義，「政治小說者，著者欲藉以吐露其所懷抱之政治思想者也。」〔註31〕我們或許可以說，章士釗重刊《雙枰記》，借何沈愛情故事所表露的正是對於政治改革的失望。

讓我們回到小說。從表面上看，靡施與棋卿之間愛情的最大障礙來自於棋卿的家庭，因為她的母親、兄長皆反對自由戀愛，造成絕望的戀人為情而死。這種反對傳統婚姻制度與禮教觀念的主題在當時的言情小說中很是常見，似乎又是一齣棒打鴛鴦的舊戲。但我們可以作這樣一個假設，假設棋卿的母親尚未發現二人的來往，棋卿因此無需返浙，那靡施與她的感情是否就能順利發展呢？二人最終又是否有勇氣走出家庭的桎梏？我們此處不急於下結論，不妨從他們相識之初論起。

在小說中，何靡施救了棋卿，卻不肯告知對方自己的姓名。天笱不解，詢問之，靡施答曰：「以吾輩身世學問，皆非可為情渲染者，浮花浪蕊，吾又何屑？倘女子屬巨家，則自有矩範，在勢不易以情自種荊棘。若由男子以術誘致，則男子為可誅。故予立意，凡遇此種關頭，皆當力為避去……人亦孰無情者，撥予心至於深坎，且欲先自陳說，況又重以柔情款接呼？特理欲交閧，利害接觸，吾最後之把持，竟足空滿前之障翳。天笱，今吾心中為態至舒，即此可見制欲之樂。」〔註32〕從這一段話不難看出靡施的愛情觀：若女子主動，則被認為是浮花浪蕊；若女子自有矩範，而男子以術誘之，則男子可誅。也就是說，在靡施眼中，兩性之間充滿了陷阱，愛情是引誘與被引誘的危險關係，但凡遇到，皆應極力迴避，同時他亦深入剖析了自己的內心，承認了情的存在，但其自身所固有的倫理道德，又不允許接受不見容於社會所可能產生的後果，致使其選擇以儒家的克己之說來約束自己，並通過對情慾的克制來獲得道德的勝利。在現代自由婚戀觀剛剛傳入中國之際，這樣的觀點具有一定的代表性，即張定璜所謂的「中國人祖先傳來的人生觀」。從何靡施口中得之，似乎並不值得奇怪。然而小說中曾有交代，何靡施從天津水師學堂到上海南洋公學，再到泥城公校，在在都為反抗專制政治、追求個人自由與公民權利、喚醒民眾覺醒

〔註31〕梁啟超：《中國唯一之文學報〈新小說〉》，《新民叢報》第十四號，1902 年 8 月 18 日。

〔註32〕秋桐（章士釗）：《雙枰記》，《甲寅》1 卷 4 號，1914 年 11 月 10 日。

而努力，但其婚戀觀卻仍如此保守傳統，這不能不說正表現近代知識分子在面對現代文明之際，在理想與實踐之間的矛盾與猶豫。此後何靡施雖然沒有能抑制住自己的感情，終於墜入情網，但傳統禮教觀念始終束縛著他，與其內心情感不斷交戰，致使「每赴棋卿之約，乃癡想驅之而行，待予歸來，則復大悔，不應多種荊棘，自害害人」〔註33〕。而靡施對二人之間愛情的看法，亦借身毒之口宣之，認為自由婚姻絕難達成，即便達成，亦難以成一安樂之家。小說中棋卿之兄亦曾指出，婚戀自由雖好，但對於中國來說，卻相當於黃口小兒尚不會走便要學跑步。所以，靡施與棋卿之間的愛情阻力，看似來自家族勢力，實則更多來自靡施自己的傳統道德，或者說是來自於整個社會的道德壓力。由於個人是社會的一份子，靡施個人的倫理道德源於社會並參與構成了整個社會的倫理道德，因此這兩種道德壓力其實難以區分，正如硬幣的兩面。《雙枰記》的可貴之處便是真切地描寫了這種新舊過渡時代的社會風氣與人心變化，當先覺者為了真理與理想努力奮鬥時，他們所面對的不僅僅是革命、國家、共和制度的建立，更重要的是隱伏於每一個人（包括其自身）身上的傳統文化的魅影。身為民族革命者的靡施尚無力擺脫數千年的傳統思想與文化的影響，更何況是未曾真正接受過新思想的普通民眾？

　　如果說愛情失意是這篇小說的主線，那麼政治理想的破滅則是一條時隱時現的副線。在小說中，「予」與靡施為泥城公校校友，泥城公校即現實中的愛國學社。〔註34〕學社最富特色之處是學生自治制度，「校中無監學、無師、無弟子之稱，共編校中人為若干聯，每聯若干人，聯各置長，聯長由票舉，三月一更選，號曰聯法。教員由校中上級生自充，上級生則別就傅他校，不足亦復求益於外焉」，「是時也，人醉於共和論，顧實行之者厥惟此校」。所以，學生在校內享有很大的權利和自由，「顧此後浸淫共和，權界漫滅，校友間恒有意見衝突之事，益以外間逼拶，愈不可支。」在蔡元培等人創辦此校時，是以灌輸民主思想為己任，並在校中實行民主管理制度，雖然此後愛國學社由於受到了「蘇報案」的牽連，迫於清政府的壓力而解散，似乎印證了章士釗的觀點，即沒有好的政治基礎便無法進行社會改革，但早在「蘇報案」之前，愛國學社便因經費問題而與中國教育會決裂而獨立，吳稚暉與章太炎二人各成一派。如文中所述「章炎叔大家也，在予校講政治，病學生不中程，責各撰國文一首，

〔註33〕秋桐（章士釗）：《雙枰記》，《甲寅》1卷4號，1914年11月10日。
〔註34〕獨秀山民（陳獨秀）：《〈雙枰記〉序》，《甲寅》1卷4號，1914年11月10日。

以其精窳，分為二班，而講程以異。學生不悅，與炎叔齟齬，而群樂與吳紫暉。循至章吳大鬧，而學生中分子複雜，同僚屢屢傾軋，予為調人，日不暇給。」在愛國學社中，新型的管理制度受到的挑戰更多的來自其內部，學員們相互傾軋以獲得某種特權，形式民主的制度建立並沒有平息人們對於權力的追求。所以，身處新的制度之中，以普及民主思想為己任的先鋒者自身是否真切理解了民主思想的精髓，而當其無法理解民主精神時，又是否會濫用這得來不易的權力與自由，這些均需打上問號。主人公靡施身處漩渦的中心，卻無能為力，心中識得民主真諦，卻無力實踐，這無疑是小說在愛情之外所揭示的又一悲劇。

　　章士釗在為蘇曼殊的《絳紗記》所作的序言中說：「彼已知人生之真，使不得即，不死何待。是固不論不得即者之為何境也，吾友靡施之死，死於是。」〔註35〕這裡所謂的「人生之真」，既指愛情，也指主人公所追求的人生理想和政治目標。對於愛情，靡施與棋卿二人相戀至深，可謂是真正識得情之三昧之人，然無論是社會亦或是靡施個人，均無力擺脫延續千年的舊習，只得任情枯萎；對於政治理想，即便已經落實為現實制度，但仍無力從根本上改變人的觀念與思維方式，只能坐視新制度敗壞、潰散。這種明知彼岸就在眼前，卻深陷泥沼無力到達的絕望感才是促使靡施自盡的真正原因，而這種無力感與絕望感也正是這篇小說所要表達的、在哀歎愛情悲劇之外的更深一層的內涵。在辛亥革命勝利之前，它已經隱隱反映出章士釗對其從事的革命事業與政治改革的一絲疑慮。然而小說只停留於「不得即死」的層面，對於為何「不得」，即先覺者為之奉獻生命的革命事業為何沒有取得應有的效果，為何沒有獲的民眾的認同與理解，章士釗並沒有給出明確的答案。

　　《雙枰記》在《甲寅》重新發表時，陳獨秀為之作了一篇序言。這篇序言所傳遞出的信息，預示著陳獨秀將走上與章士釗不同的道路。作為與章士釗共同奮鬥多年的戰友，陳獨秀對小說所蘊含的內在的無力感和絕望感頗能感同身受：「予讀既竟，國家社會過去未來之無限悲傷，一一湧現於腦裡，今不具陳，人將謂予小題大做也。」〔註36〕對於小說二次發表的原因，在序言中也略有透露。原來，章士釗在主筆《民立報》時，因與同盟會政見不合而屢受攻擊，其中便有人抓住他曾向立憲派的《帝國日報》與《國風報》上投稿一事大做文章，更有甚者，竟利用楊篤生的「遺書」來攻擊章士釗，而《雙枰記》的首次

〔註35〕爛柯山人（章士釗）：《〈絳紗記〉序》，《甲寅》1卷7號，1915年7月10日。
〔註36〕獨秀山民（陳獨秀）：《〈雙枰記〉序》，《甲寅》1卷4號，1914年11月10日。

發表正是在《帝國日報》上。故《雙枰記》的重刊，實質上是章士釗對批評者的一種回應。聯繫小說第一次發表之前，章士釗因「頓悟黨人無學，妄言革命，將來禍發不可收拾，功罪必不相償」〔註37〕而拒絕參加同盟會，意圖苦學救國時，昔日友人均不能理解，馬君武甚至飽以老拳，章太炎，孫少侯者「則動之以情，更劫之以勢」。他對革命已行而個人之自由權利難申的感觸，可謂俱已融入小說之中。陳獨秀對章士釗拒入同盟會之事知之甚詳，故觀書中靡施之境遇，比之章士釗之境遇，思數年前民黨之狀況，比之現今民黨之狀況，不禁發出這樣的感慨：

> 泥城公校，固革命精神所充滿者也，靡施為之奎，旋以內訌外患交逼而僕，其凌亂可憐之狀，不啻為今日民黨寫一小影。靡施以一死解脫其無窮悲憤誠無聊之極思，使靡施尚在，其悲憤恐更甚於當年，豈復有解脫之善計，據此觀念而讀雙枰記，欲自制其同情之淚，末由也矣。〔註38〕

在面對社會停滯不前，革命事業步履維艱，民眾思想不開化，黨人相互傾軋，民主共和真諦無人領會的局面時，章士釗雖有革命的熱忱，卻無力提出解決辦法，唯有使靡施一死了之，以死求解脫，以死求民眾覺醒。然而烈士枉死，直至民國成立，威權政治仍然繼續，黨爭依然不止，革命事業與政治改革的前途看不到希望，這才是陳獨秀不能不灑下一掬同情之淚的原因。對於這種政治局面形成的原因，此時的陳獨秀已有了自己的答案，即「偏狹之人」加之「偏狹社會」推波助瀾，遂造成「專橫政治之結果」。偏狹之人的形成，除天生之性格外，最重要的是長期浸淫於偏狹之社會，這也正是上文所提到的理想為何「不得」的原因。所以，專制政治的直接原因正是偏狹之社會，欲去除專橫政治，必先糾正社會偏狹之風，欲糾正偏狹之風，必須從思想文化入手，進行社會改革。如果說此時及以後的章士釗仍然主要堅持政治變革優先的思路，那麼陳獨秀顯然已經確立了從政治變革走向社會思想文化改革的基本傾向。

對於這一點，作為陳獨秀晚年同志的鄭超麟可謂是眼明心亮。他在對陳獨秀的《愛國心與自覺心》的評論中說：「但不從文字數量來說，而從內容和影響來說，則陳獨秀與《甲寅》雜誌確有密切關係」。又說：「那唯一的論文，好

〔註37〕孤桐（章士釗）：《答吳稚暉先生》，《甲寅週刊》1卷22號，1925年12月12日。

〔註38〕獨秀山民（陳獨秀）：《〈雙枰記〉序》，《甲寅》1卷4號，1914年11月10日。

像一顆炸彈放在甲寅雜誌中間，震動了全國論壇。那篇論文是本雜誌之中唯一不與本雜誌論調相調和的文字。他以違反甲寅的論調，去同甲寅發生密切的關係。《甲寅》在陳獨秀思想發展上是一個重要的環，他開始從政治的改革又走向更深刻的文化的社會的改革了。」〔註39〕或許正是通過《愛國心與自覺心》所引發的爭論，以及為《雙枰記》作序，陳獨秀對自己與章士釗的思想差異有了明確的認識。這也許正是他另起爐灶，創辦《新青年》的內在思想動因之一。1916年2月，陳獨秀在《新青年》上發表了《吾人最後之覺悟》，在這篇文章中，他將中國國民之覺悟歷程分為七期，而當前正處於第六期覺悟之時，即明確厭惡專制之心雖已明確，「然自今以往，共和國體果能鞏固無虞乎？立憲政治果能實行無阻乎？」〔註40〕這裡提出的無疑正是《雙枰記》沒有解決，而章士釗急欲解決的問題。歷史以此為分界，昔日親密的同道自此漸行漸遠，分道揚鑣。陳獨秀大聲疾呼：「倫理的覺悟，為吾人今後最後覺悟之最後覺悟」，以倫理的重建為出發點，重構現代中國的思想文化，由此引發了一場影響深遠的文化革命——新文化運動，並最終走向了馬克思列寧主義；而章士釗則始終熱衷於政治改良，並從學理探討走向了政治運作的前臺，成為顯赫一時的政客。在文化立場上則日趨保守，以至成為自己所反對的舊文化之信徒，這不能不說正是歷史的弔詭所在。

第三節 《甲寅》·易白沙·《新青年》——以孔教討論為中心

　　如第一、二章所述，《甲寅》對於《新青年》有著顯而易見的影響。許多《新青年》討論的重要問題其實《甲寅》早都有所涉及，其中最引人注目的便是對孔教問題的探討。《甲寅》和《新青年》的出版，恰逢孔教會活動的兩個高峰期，所以這兩份雜誌對於孔教的討論，均與孔教會的活動有直接的關係，而且時間前後彼此銜接，〔註41〕或可視為一個整體。但通過對兩份雜誌的比較研究便可發現，雖然它們在對同一問題的探討上具有大致相同的指向，其具體

〔註39〕鄭超麟：《陳獨秀與〈甲寅〉雜誌》，《安徽史學》2002年第4期。
〔註40〕陳獨秀：《吾人最後之覺悟》，《新青年》1卷6號，1916年2月。
〔註41〕《甲寅》持續時間為1914年5月10日至1915年10月10日，從第一號至第八號涉及對儒學的討論，《新青年》則從1916年2月15日的第一卷第六號起，以易白沙的《孔子平議》為標誌，開始對傳統儒學的批判，其中的間隔僅數月。

的觀點卻不盡相同，或者說關注的重點有所差異。但在不同中兩者卻又表現出了某種內在的聯繫，這種聯繫與不同，正是本節所試圖疏解的。

在這裡我想給予易白沙格外的關注。當從孔教角度思考《甲寅》與《新青年》之間的思想聯繫時，我們會發現易白沙可以作為一個有利的切入點。他以在《新青年》時期對孔教的反思和批判知名，而這種反思可以追溯到《甲寅》時期。事實上，他是兩位先後參與了《甲寅》和《新青年》兩次孔教討論的作者之一。〔註42〕因此，我們便以《甲寅》和《新青年》的孔教觀討論為範圍，以易白沙在其中的作用為線索，對《甲寅》雜誌與新文化運動的內在聯繫進行微觀的考察。

作為《甲寅》雜誌的靈魂人物，章士釗對孔教的看法在一定程度上主導著整個《甲寅》的孔教觀，正是由於章氏發表在《甲寅》第一期的《孔教》一文，才拉開了《甲寅》對孔教問題持續討論的序幕。因此，我們有必要先對章士釗的儒學觀進行深入的梳理與分析。章士釗出身於傳統文人家庭，從小受到了良好的傳統教育，有著深厚的古典文化功底，雖然成年後留學海外，接受了西方思想的薰陶，在政治觀念上鼓吹英美議會民主，但不論是其文學趣味還是道德理想，均較為保守。就文學趣味來說，章士釗於歷代的文學家中最為欽佩柳宗元，一生研習柳文不輟，於九十歲高齡時出版了《柳文指要》一書。同時，他對於桐城派的文章亦十分欣賞，年少時曾希望繼承與光大桐城派。人到中年時，還曾在文章中提及到，因未能實現這一理想而頗有悔意。〔註43〕桐城派在文學上繼承唐宋八大家，在思想上推崇程朱理學，提倡通過完善自身的道德修養，建立不屈從於自然欲求的主體意志，成為內聖外王的道德精英，從而起到榜樣作用，正風俗，清人心，最終達到整個社會道德的提升。〔註44〕所以，由其文學趣味可以看出，即便接受了西方教育，章士釗所秉持、親近的仍是典型儒家式的道德理想，其內心仍舊是以儒家道德觀為標準。這一點在其所著的與儒學相關的文章中，均有所表現。例如，在寫於1903年的《箴奴隸》一文中，章士釗談到：

> 夫孔孟考道德之本原，明出處之大義，由其道而無弊，可為公

〔註42〕另一位是高一涵。
〔註43〕孤桐（章士釗）：《藉甚——答馬其昶》，《甲寅週刊》1卷16號，1925年10月31日。
〔註44〕李澤厚：《中國古代思想史論》，天津社會科學院出版社2008年版。

民，為豪傑，為義俠，為聖賢。乃老子浸淫而奪其席，易之以鄙夫、
鄉愿、學究、偽君子之名目，昭告於天下，天下之人且以為真孔也，
相率而傚之，唯恐其不肖，於是孔子遂為養育各項奴隸之乳嫗，生
息而不盡。〔註45〕

　　我們可以從這段話一窺章士釗早期對於儒家思想的看法。在探討國人為
何被冠以奴隸稱謂時，章士釗得到的結論是，並非是孔孟之道致使國人淪為奴
隸，恰恰相反，偽孔才是罪魁禍首，而擺脫奴隸地位的唯一出路就是實現真正
的孔孟之道。在儒學漫長的發展過程中，類似看法屢見不鮮，即看到了儒家學
說的侷限性，但在試圖改變時，仍肯定了孔子的聖人形象，而將責任置諸他人
或後人身上，如今文經學派歸咎於劉歆，以及章士釗歸咎於老子等等。他們主
張找到所謂的「偽孔」，恢復儒學真實面貌，進而著手改革，是從儒家內部尋
求出路。只是在清末民初，西方文明的衝擊更為強烈與直接，儒學的不適應現
代社會的一面越發暴露，受到的質疑也更加強烈，從而使得改革的心聲被更為
直白地呼籲出來：「偽孔之害，如此其甚，安得有路得其人，以改革宗教之手
段，為我一改革學派也耶？」〔註46〕雖然在章士釗這篇文章發表兩年之前即
1901年，梁啟超在其所著的《南海康先生傳》中，稱康有為是「孔教之馬丁路
得」〔註47〕。然而，康有為並非章士釗所呼喚的那個「路得」。事實上，十一
年後《甲寅》對儒學的討論，恰恰是針對康有為所創立的孔教而展開的。

　　發表於《甲寅》第一期的《孔教》一文，開宗明義地表達了章士釗對於孔
教的態度。他認為，「神所不語，鬼不能事，性與天道，不可得聞，且口說所
垂，刪定所著，皆以傳諸門人，未嘗普及兆庶，範圍不越乎大學書院，庸童婦
人未或知焉。」即儒學不事鬼神，且不像宗教一般普度眾生，而是侷限於書生
士子之間，所以「本非教也，而強以教名之不存之皮，圖以毛傅，是誠心勞日
拙之事耳。」〔註48〕也就是說，雖然宗教具有清政俗的作用，中國也確因無宗
教而致使頑者壞法亂紀，儒者苟延殘喘，但孔子之道並不具備宗教的特徵，強
行賦予宗教的名頭，也不能使儒學產生宗教的威懾力，只會心勞日拙而已。需
要說明的是，章士釗個人雖然並不認為儒學是宗教，但在其後的文章中，也曾

〔註45〕章士釗：《箴奴隸》，《章士釗全集》第1卷，第51頁～52頁。
〔註46〕章士釗：《箴奴隸》，《章士釗全集》第1卷，第52頁。
〔註47〕梁啟超：《南海康先生傳》，《飲冰室合集》第一冊第六卷，北京：中華書局1988
　　　　年版，第67頁。
〔註48〕秋桐（章士釗）：《孔教》，《甲寅》1卷1號，1914年5月10日。

提到「當世之信孔子者，彼自有其權利為之，無論何人不得詰難」〔註49〕，即提倡信仰自由，尊重他人，而這也是和孔教會的排他主義相衝突的。在他看來，「惟今之尊孔者，捨其所習，喪其所守，離學而言教，意在奉孔子以抗耶穌，使中華之教，定於一尊，則甚矣其無當也。」建立孔教，排斥耶教，不符合章士釗自由主義的文化理想，也是他所堅決反對的。

刊登於《甲寅》一卷三號的《孔教》一文，是章士釗對讀者張爾田來信的回覆。張爾田是張東蓀之兄，也是民初一位著名的學者，曾擔任過《孔教會雜誌》的編輯。從這封回信中，我們可以進一步看到章氏此一階段的儒學觀及其對孔教的態度。他說：「愚之不滿意於今之倡立孔教者，非於孔子之道，有所非難」，「當世之信孔子者，彼自有其權利為之，無論何人不得詰難，即以愚之無似，有欲脫愚於尊孔之籍，愚決不承，惟不如世俗所為，奉為教主耳。」〔註50〕可以看到，章士釗至始至終對於儒學的思想都是認同的，並自覺地將自己置身於儒生之列。他與康有為等人的分歧只在於是否應將儒學宗教化，以及是否應該將孔教定位為國教。我們可以將之視為儒家思想內部不同觀點之間的爭論，這樣可能更符合事實。

如前所論，章士釗的儒學觀更接近宋明理學，即更重視人格的培養與道德的提升，其之所以提出改革儒學，並不是要全盤否定儒家的道德規範，而是因「聖人之道不宜世用」，即無法將良好的願望落於實處，從而導致整個倫理體系的空洞化，他在文章中對西方社會秩序與公民道德的美化，實質上是因為耶教的教義與儒家的道德規範有相近之處，而耶教的宗教力量對世道人心更具控制力。所以，章士釗所呼籲的改革是希望借鑒宗教或功利主義，將儒學所提倡的倫理道德落在實處。〔註51〕與章士釗所不同的是，康有為的儒學思想更為重視儒學中經世致用的部分，即更強調儒學在現實中的政治作用。他對儒學的宗教化改革是為制度革新尋求理論依據，達到託古改制的目的。梁啟超對此可謂洞若觀火：

> 先生之言宗教也，主信仰自由，不專崇一家排斥外道，當持三

〔註49〕記者（章士釗）：《孔教——答張爾田君》，《甲寅》1 卷 3 號，1914 年 8 月 10 號。

〔註50〕記者（章士釗）：《孔教——答張爾田君》，《甲寅》1 卷 3 號，1914 年 8 月 10 號。

〔註51〕記者（章士釗）：《功利——答朱存粹君》，《甲寅》1 卷 5 號，1915 年 5 月 10 日。

> 聖一體諸教平等之論，然以為生於中國，當先救中國，欲救中國，
> 不可不因中國人之歷史習慣而利道之，又以為中國人之公德缺乏，
> 團體散渙，將不可以立於大地，欲從而統一之，非擇一舉國人同戴
> 而誠服者，則不足以結合其感情，而光大其本性，於是乎以孔教復
> 原為第一著手。〔註52〕

也就是說，康有為對儒學的宗教化改革，始終都伴隨著救國、強國的政治
訴求，其之所以建立孔教，也完全是因為儒學深植於國人的意識深處，可以用
來作為一項更為便利的政治工具。章康二人同樣看到了宗教力量的強大，都希
望能從中借鑒以改進儒學，但因其本身對儒學的理解不同，從而也表現出不同
的態度。康有為希望通過成立孔教，發明升平、太平、大同之義，達到推動制
度革新，實現君主立憲、虛君共和的政治理想。而接觸到更多外來文明的章士
釗雖然將政治理想寄託於西方憲政主義，但是在倫理道德方面則更為謹守儒
家傳統，並提倡通過改革，將儒家的道德規範實際化，使其更為可行。同時，
他還提出新舊調和，希望將東方的道德觀與西方的政治觀融為一體。

值得注意的是，章士釗的儒學論述並未如此後的《新青年》一樣刻意挖掘
孔教與意識形態的關係，將儒學與君主專制、國力衰弱、民智不開等聯繫在一
起加以批判，而是從更為學術化的角度探討儒學與宗教的區別。他對孔教／
「國教」問題的討論，也更多表現出自由主義的立場與寬容的心態。《甲寅》
雜誌上對儒學問題的討論，也大多能表現出這樣的風度。同時，由於章士釗較
為自由、多元的學術思想和辦刊風格，《甲寅》成為一個開放性的思想平臺，
以探求學理的態度，包容著各種不同的見解。對儒學問題的探討多集中於時評
與通訊欄目，在眾聲喧嘩之中，儒學問題不僅引起了讀者廣泛的注意，而且在
往返辯難之中逐漸深入，隱然造成了一種不可忽視的公共輿論。這一媒介技
巧，在此後的《新青年》雜誌上也可見其蹤影。

《甲寅》中涉及孔教問題的文章不少，其中較具代表性的是署名陶庸的
《孔教與耶教》與 CZY 生（楊昌濟）的《宗教論》。在《孔教與耶教》一文中，
陶庸認為儒學確是一種宗教，而且將儒教置於西方宗教之上：「揆之中國古代
宗教之原理，西方宗教之真詮，何嘗不殊途同歸耶。惟孔子無形式，無專說，
無信仰，無強迫，故孔子之道大，非耶穌所能幾及」。針對章士釗所提出的儒
學倫理體系的空洞化，不及耶教對世俗社會作用有力的觀點，陶庸也給出了自

〔註52〕梁啟超：《南海康先生傳》，《飲冰室合集》第一冊第六卷，第67頁。

己的解釋。他認為孔教被後世的專制之術鉗制，「強者利用之以愚民而毀學，點者假借之以欺世而盜名，上無禮，下無學，賊民興」，所以才會反不如耶教，他更進一步提出「以今之世，言今之治，唯有真共和，真自由，真平等，可以挽狂瀾於既倒，回白日之西沉。何者？孔子所謂仁也，禮也，忠也，恕也，孝也，信也，即三真之要義也，耶穌之精訓，亦三真之精理也。」〔註53〕在這裡，作者不僅要將儒家思想與「共和、平等、自由」等現代思想整合起來，而且認為西方宗教的教義與儒家學說並無本質的區別，表現了近代知識分子在面對外來衝擊時，企圖將儒學與現代文明聯繫在一起，從而為其在現代社會尋求立足點的一種調和折衷的文化態度。而章士釗此時提出的政治調和說，在五四時期發展為文化調和論。因此，這篇文章在一定程度上或可代表主編章士釗的看法。

署名為 CZY 生的《宗教論》為楊昌濟所作。在關於儒學與宗教的關係上，他同樣認為，從廣義上來說儒術確實可稱得上是一種宗教，針對章士釗提出儒學不具備宗教特質的質疑，他引用了英人斐斯托的話來作答：「舉凡足以陶鑄一民族之道德，維繫一民族之風化，範圍一民族人民之精神者，即無不足為一民族之教，為一民族人民之忠。雖或教義之深淺不論，神人殊趣，而其為教則一也。」〔註54〕也就是說，只要具備有以上這些特質，不論其形式如何，均可以稱之為宗教，而以此來觀儒學，則確實具有宗教精神，而他自己也是儒家思想的信奉者。但他並不贊同將儒術定為國教，載入憲法。因為本著信仰自由的原則，無論以耶教救國還是獨尊儒教都不足取，國家更不應該干涉宗教問題：「孔子之道，本為吾所服膺，固無論矣。他教之流行，亦盡可聽其自由。為國者對於民間之信仰，義在放任，無存干涉，建立國教，無益事實，圖召政爭。」在這裡，作者同樣體現出由主義的寬容精神。楊昌濟本為宿儒，又在日、英、德等國遊學近十年，既有深厚的舊學根砥，又對於西方文化浸淫頗深，人生閱歷和知識結構與章士釗頗有相似之處。因此他的觀點被章士釗推崇為《甲寅》的「北斗」和「斯世之靈光」〔註55〕，也就毫不奇怪了。

綜上所述，這兩篇文章的觀點雖略有差異，但聯繫章士釗對於孔教的論述，便可大致勾勒出《甲寅》作者對於孔教的看法。首先，雖然清楚地看到儒

〔註53〕陶庸：《孔教與耶教》，《甲寅》1卷3號，1914年8月10日。
〔註54〕CZY 生（楊昌濟）：《宗教論》，《甲寅》1卷6號，1915年6月10日。
〔註55〕《宗教論編者識》，《甲寅》1卷6號，1915年6月10日。

學被現代思潮所衝擊而呈現的窘境，但《甲寅》諸人仍是站在儒學內部尋求方法，既借鑒西方文明或現代理念將其改革，又以民族文化為本位推動儒學的發展，為儒學在現代社會的生存找尋合理性。其次，與孔教會諸人所不同的是，不論是否將儒學看作宗教，《甲寅》作者大多是將儒學作為一種道德準則來恪守，在倫理層面堅守儒家思想，而留學海外的背景使得他們大多瞭解並接受民主共和精神，因此並未在儒學上寄託過多的政治訴求，而是提倡現代民主政治，將道德／宗教與政治看作兩個獨立的、不能彼此干涉的層面，而這正是以托克維爾為代表的歐陸自由主義思想家的立場。〔註56〕

因孔教問題本身的複雜性及《甲寅》雜誌的開放性，使得對於儒學的討論得以從多個角度展開，雖然討論的重點是上述兩點，但圍繞這兩點實際衍生出了多個問題，如對於耶教的態度、對於宗教的態度等。其中對於宗教問題的討論，因高一涵的加入而顯得尤為特殊。高一涵對宗教的態度，表現出不同於《甲寅》諸人的傾向，從中亦可探得其對孔教的態度。而關於宗教的探討，也伴隨著對儒學的討論，一直延續到《新青年》時期。

在《孔教》一文中，章士釗除了表明自己對孔教的態度之外，另一重點就是其對於宗教的態度。為了說明反對孔教的原因，他引用了章太炎的《駁建立孔教議》一文，雖然在儒學是不是宗教，能不能定為國教的問題上二人觀點一致，但章太炎反對孔教的原因除了認為儒學不具備宗教的特質之外，更重要的是他認為儒學之功在保民開化，而宗教至為鄙陋，是太古愚民所行之迷信，故儒學不能稱之為宗教。章士釗則並不認同這一點，他將宗教與迷信看做兩回事，認為「歐人所謂宗教，乃視為身心性命之所寄，而決非如吾神道止於迷信崇拜之倫。歸依之誠，實無間於愚哲。」〔註57〕章士釗所謂的宗教，實質上是特指歐洲耶教這樣有極強的道德約束性，且教義與儒學所提倡的倫理道德十分近似的宗教。從他屢屢對耶教徒道德修養的讚賞甚至是刻意美化中，可以看出章士釗是借用耶教描繪出了一個理想中的道德世界，而他對於耶教的肯定，仍是出於對儒家傳統道德的認同與追求。此後《甲寅》諸人在論述宗教問題時，亦始終停留在道德層面，將其作為討論孔教問題的旁證。

〔註56〕托克維爾認為美國幾乎人人信仰宗教，但並沒有變成道德理想國，其原因就在於宗教和政治的分離和互不干涉，見〔法〕托克維爾：《論美國的民主》，北京：商務印書館1988年版。
〔註57〕秋桐（章士釗）：《孔教》，《甲寅》1卷1號，1914年5月10日。

真正使對宗教問題的討論深入至哲學層面的是高一涵,他在致《甲寅》編者的信中,開篇便談到「余所欲就正者,非尊孔尊耶之執,乃人類應否終有宗教問題也。」〔註58〕他對於宗教的質疑,並非是簡單的否定,而是從追求真理的角度,以科學的精神質疑神明的存在:「宇宙既形此顯象,懸示吾人之前,斷非徒有象而無理,事有象而理難徵者,乃吾知之有崖,不得謂彼為神秘。」即萬事萬物既然存在,則均可以探求其成因,即便一時無法解釋,也是因為當下人類的知識有限,不能因此將其歸咎於神秘,更不能因不可知者的存在而塑造出神明。在回信中,面對這樣的質疑,章士釗引用了笛卡爾「我思故我在」的理論來證明上帝的存在,從而走向斯賓諾莎的自然神論,為宗教的存在找到依據。宗教與科學孰真孰偽不在本文的討論範圍,但我們可以看到,高、章二人的通信在《甲寅》雜誌眾多討論孔教的文章中顯得與眾不同。高一涵對宗教的態度顯然受到現代科學與理性主義的洗禮,而這樣對宗教的認識在此後的《新青年》作者如陳獨秀、李大釗等人身上同樣可以發現,這恰恰反映出《甲寅》與《新青年》在討論孔教問題時顯著的區別。章士釗與《甲寅》在討論儒學問題時,是在認同儒學所提供的一整套道德規範的前提下,探討儒學的性質,並為其尋求更生之路,而高一涵與《新青年》則是在進化論的影響下,以理性態度審視儒學與現代文明的差異,從而試圖推翻儒家思想所創造的一整套禮教制度。

易白沙的儒學觀

提起易白沙,人們總會想到《孔子平議》在新文化運動中所起到的重大作用,並將其視為最早舉起打倒孔家店大旗的思想先驅。然而,通過將易白沙的儒學觀念與《甲寅》、《新青年》的儒學觀進行比較,並對《孔子平議》進行細緻分析,我們便可以發現,易白沙的儒學觀是有其獨特性,而且在《甲寅》與《新青年》之間扮演著過渡者的角色。

如果說高一涵是跳出儒學之外,從宗教的宏觀角度參與了《甲寅》對儒學的討論,易白沙則從教育的角度表達了自己對儒學的看法。在《教育與衛西琴》中易白沙沒有將注意力集中於孔教問題上,而是針對英人衛西琴的中國教育只需發揮孔子之精神、不必取法歐美的觀點,提出了自己的見解。易白沙認為,中國的教育不能等同於孔子的教育,「孔子為教育之一部,而非教育之全體,

〔註58〕高一涵:《宗教問題》,《甲寅》1卷4號,1914年11月10日。

此非孔子之小，實中國教育之大也。」〔註59〕他分別詳述了道家教育與墨家教育，指出它們各具有特長之精神，「一為神明，一為物質，孔子不能範圍之」，只有「倜乎塵埃之表，醇然禮樂之懷，輔以道家之神明，墨家之物質」才是完整的中國教育。易白沙顯然是要以平和說理的態度，將諸子從儒學的壓制下解放出來，亦將儒學從神壇上請了下來，使其置於平等的地位，將諸子百家都看做是傳統文化的一部分。

與《教育與衛西琴》相比，刊發在《新青年》上的《孔子平議》對儒學的探討顯然更為全面，亦更為成熟，易白沙不再侷限於教育一方面來談孔子之道，而是站在整個思想文化的角度，客觀的評價孔子學說的得失。一方面，《孔子平議》延續了此前易白沙對儒學的看法，同時更進一步指出，「孔子當春秋季世，雖稱顯學，不過九家之一。」即從學術的角度講，儒學也不等於國學，而只是國學的一部分，「非孔學之小，實國學範圍之大也。」〔註60〕另一方面，真正使《孔子平議》引起巨大反響的，是易白沙一反往日人們為維護儒學而提出的「偽孔」論，指出孔子之所以被歷代野心家所利用，正是因為其思想中有可以被專制主義利用的成分，點明了儒學與數千年來專制制度之間的聯繫，深入分析了儒學思想所固有的弊端，並將其歸納為四點：

其一，「孔子尊君權，漫無限制，易演成獨夫專制之弊。」易白沙認為，墨家以天制君，法家以法為軌，此二家均對君權有所限制，而儒家則將君等同於天，使君權超乎法律道德之外，沒有任何外力來規範君王的思想與行為，僅僅依靠其個人的道德修養來治理國家，言人治而非法治，是專制主義的直接根源。過分依靠個人道德又缺乏應有的監督，其結果便如章士釗所說的一樣，是整個倫理體系的虛化。章氏希望在依照西方建立一套完善的法治制度後，繼續保留與提倡儒家的道德規範，但他並沒有看到這一道德體系中尊君權的部分，其專制精神與民主共和精神顯然是相對立的。在這一點上，易白沙的認識無疑是極其深刻的。

其二，「孔子講學，不許問難，易演成思想專制之弊。」易白沙通過列舉許多事例指出，春秋時期諸子並立，學術思想極其發達，孔門弟子在面對其他學說時，不免產生疑問，時常向孔子問難，然而「孔子以先覺之聖，不為反覆辨析是非，惟峻詞拒絕其問，此不僅壅塞後學思想，即儒家自身學術，亦難闡

〔註59〕白沙（易白沙）：《教育與衛西琴》，《甲寅》1卷2號，1914年6月10日。
〔註60〕易白沙：《孔子平議》（下），《新青年》2卷1號，1916年9月1日。

發。」不僅如此，孔門「師徒受授，幾丈森嚴，至禁弟子發言」，他們講求天地君親師，有著嚴格的等級制度，維護在上者的權威。在這裡，易白沙實質上已經觸及到了新文化運動儒學批判的核心問題——禮教制度，並將禮教中這種等級制度與思想專制聯繫了起來。

其三，「孔子少絕對之主張，易為人所藉口。」易白沙指出孔子「立身行道，皆抱定一『時』字，教授門徒，皆因時因地而異」，生平行事並無一定目的，空有殺身成仁這樣的豪言壯語，卻並沒有以身踐之——「美其名曰中行，其實滑頭主義耳！騎牆主義耳！」他毫不留情地直斥孔子本人的虛偽性，並指出後世暴君之所以可以假借儒學行不義之事，也正是源於這一點。

其四，「孔子但重作官，不重謀食，易入民賊牢籠。」易白沙認為，孔子明列國政教，其學說目的在於干七十二君，故其弟子均不善謀生之道，這使得儒家的生計完全維繫於帝王身上，獨夫民賊以此為餌，遂使儒術成為謀求利祿的捷徑，演變成奴顏媚上，捐廉棄恥之風俗，並經千百年的潛移默化，最終形成民族性格中的奴性成分。

易白沙分別從制度層面與思想層面對儒學所衍生的專制、禮教、虛偽、奴性進行了剖析，並揭示了儒家思想與中國專制主義之間的內在聯繫，對《新青年》同人對儒學的批判大有啟發。同時，作為具有過渡意義的人物，易白沙的儒學觀也表現出一定的複雜性，除了有所批判之外，亦有從學術角度對儒家思想的客觀分析，這與此後《新青年》諸人對儒學的全盤否定是有一定距離的。在《孔子平議》的下篇中，易白沙指出，儒家之學、九家之學與域外之學「三者混成，是為國學」〔註61〕，所以，不能以孔子一家學術，代表中國過去未來之文明，駁斥了將孔子描述成能夠預知未來的荒誕說法，認為「如八股家之作截搭題，以牽引附會今日學術，徒失儒家之本義耳」。而針對尊孔者提出的「古代文明，創自孔子，即古文奇字，亦出諸仲尼之手」的說法，易白沙則通過梳理文字史指出，「人文孟晉，決非一代一人能奏功效，文字創造，歸美倉頡，猶切不可，況倉頡兩千年後之孔子乎？」尤為難能可貴的是，易白沙並未將孔子全盤否定，而是進一步說明，孔子雖不曾創造文字，然訂六書、正文字，所以中國文字的統一誠不能不拜儒者之賜。通過將儒學與道墨法農兵等幾個思想學術流派進行比較之後，易白沙將孔子定位於顯學而非素王，從而將儒學從象徵專制精神的神壇上拉回到與諸子百家平等的地位中。

〔註61〕易白沙：《孔子平議》（下），《新青年》2 卷 1 號，1916 年 9 月 1 日。

　　如果我們比較易白沙與章士釗的儒學觀，可以發現，章士釗雖不認同將儒學作為宗教，但在其心目中儒學的地位顯然遠高於其他學說，是一種與宗教具有同樣作用的人生信仰，為人處世的道德準繩。所以他雖然讚賞耶教，但也說「有欲脫愚於尊孔之籍，愚決不承」〔註62〕，堅持自己的儒家思想認同。易白沙則始終將儒學看作中國歷史上一個重要的學術流派，將其與其他學派處於平等地位，指出其學說既有所長亦有所短，提倡用學術的目光和理性的思維對儒學進行客觀深入的分析，以扭轉世人對儒學的迷信、盲從和誤解。另一方面，易白沙的儒學觀與《新青年》主流觀念也有所不同。易白沙雖然揭示出了儒學與專制精神之間的聯繫，啟發了《新青年》對於儒學的批判，但他並未徹底否定儒家思想的價值，而是肯定了儒學作為一個學術流派，自有其不可磨滅的精華。推而廣之，對於傳統文化與現代文明的關係，他也是主張「以東方之古文明，與西土之新思想，行正式結婚禮」〔註63〕，表現出更多的靈活性和寬容姿態，與《甲寅》的立場更為接近。

　　事實上，我們可以將易白沙視為某種象徵性符號，通過他，人們可以發現《甲寅》與《新青年》在儒學問題上有著延續性的思路。例如，在《新青年》諸多反對孔教的言論中，「毀孔廟」可算是引人注目的一條，至今仍以「過激」而為人所非議。而陳獨秀「毀全國之孔廟而罷其祀」的口號，實際上與《甲寅》是有一定關係。如前所論，《甲寅》在對國教問題進行討論時，作者們大多提倡信仰自由，反對設立國教。而陳獨秀則指出「中國文廟遍於郡縣，春秋二祀，官廳學校，奉行日久，蓋儼然國教也。」〔註64〕也就是說，國家雖然還沒有確立孔教的國教名分，但千百年來，孔教實質上一直佔據著國教的地位，並由朝廷／國家主導進行祭祀，這對於其他的宗教是極不公平的。所以，不僅要反對在形式上將孔教定為國教，還要打破已然存在的孔教獨大的局面，而各教教徒，所應爭取的亦不僅是信教自由的權利，還應爭取國家待遇各教平等的權利，因此對於孔教，不僅不能定為國教，還「應毀全國已有之孔廟而罷其祀」。〔註65〕由此可以看出，陳獨秀所謂的「毀孔廟」並非僅僅是要剝奪人們在公共場所祭拜孔子的權利，更是從各宗教地位平等的角度出發反對以國家的名義、

〔註62〕記者（章士釗）：《孔教——答張爾田君》，《甲寅》1 卷 3 號，1914 年 8 月 10 日。

〔註63〕易白沙：《孔子平議》（下），《新青年》2 卷 1 號，1916 年 9 月 1 日。

〔註64〕陳獨秀：《再論孔教問題》，《新青年》2 卷 5 號，1917 年 1 月 1 日。

〔註65〕陳獨秀：《再論孔教問題》，《新青年》2 卷 5 號，1917 年 1 月 1 日。

由政府出資來進行祭祀，其指向的是孔廟祭祀背後的官方勢力。也就是說，他看到了長久以來儒家思想與國家之間千絲萬縷的聯繫。

《新青年》對儒學問題的探討延續自《甲寅》，而又跳出了《甲寅》的討論範圍，如陳獨秀所說，「今所討論者，非孔教是否宗教問題，且非但孔教可否定入憲法問題，乃孔教是否適宜於民國教育精神之根本問題。」〔註66〕其所關注的焦點與《甲寅》雜誌是完全不同的，而這種不同正反應了二者儒學觀的不同。首先，與《甲寅》關注政治制度的改革不同，在經歷了多次政治運動的失敗後，《新青年》更為關注思想文化的變革，並通過對傳統文化與國人的思想意識進行反思與考察後，最終將儒學作為發動這場變革的突破口。如果說從《甲寅》到易白沙，對儒學的看法經歷了從道德準則到學術流派的轉變，那麼《新青年》對儒學的看法，則是再次將其還原成一種倫理道德，只是這種還原是帶有批判性的。陳獨秀等人將三綱五常從儒學中抽離出來，將其命名為孔教的根本教義，同時認為，溫良恭儉讓信義廉恥諸德是全世界所共有的道德準則，並非是儒學所獨有的，所以「孔教之精華曰禮教，為吾國倫理政治之根本」，指出儒學經歷代發展之後，已形成一系統的倫理體系，從而將儒學等同於禮教，確立了所要批判的目標。

其次，《甲寅》諸人將道德與政治看作兩個層面，並認為其相互之間並不產生影響，所以可以在提倡西方民主政治的同時，保留了對於儒家道德觀的認同，而這種道德觀不同於《新青年》所批判的禮教的倫理規範，指的是儒學作為一種人文精神所蘊含的宇宙觀、人性觀，更強調被陳獨秀稱為世界共有價值的那一部分，同時在看到儒學的不適應性後，試圖從內部進行改革，使其更為貼近現代社會。而《新青年》的作者們，則是在現實的民族危機的壓迫下，以及由進化論而衍生的進步歷史觀的觀照下，對傳統文化產生質疑並進而否定，將東西方文明完全對立起來，試圖從對傳統文化的批判中，來找尋解決問題的方法。所以他們延續了易白沙對儒學與專制精神之間內在關係的揭示，並進一步指出所謂「禮」就是別尊卑明貴賤，是階級制度的理論依據，而其對「禮」的批判重點就是三綱所對應的「忠、孝、節」三個概念。正如馬克斯·韋伯所指出的那樣，在儒教中國，孝是引出其他各種德行的元德，是官僚體制最重要的等級義務的考驗與保證。〔註67〕《新青年》等人對「忠、孝、節」三義的批

〔註66〕陳獨秀：《憲法與孔教》，《新青年》2卷3號，1916年11月1日。

〔註67〕〔德〕馬克斯·韋伯：《儒教與道教》，王容芬譯，北京：商務印書館1995年版，第208頁。

判亦集中在了孝這一概念上。《孝經》說「君子之事親孝，故忠可移於君；事兄悌，故順可移於長；居家理，故治可移於官。是以行成於內，而名立於後世矣。」吳虞同樣指出了孝在禮教倫理規範中的重要性，認為忠、節等義均是由孝衍生出來的，通過對孝的強化與制度化，使得人與人之間的關係簡化成子女對父母的從屬模式，最終形成森嚴的等級制度，而這樣的等級制度與從屬模式，無疑是與鼓吹民主、自由、平等的現代思潮不相符的。《新青年》的作者們由此找到了專制主義的傳統思想根源，揭示了它與民主思想的衝突和不協，並將其視為中國走向現代國家的障礙。正如陳獨秀所說：「我們反對孔教，並不是反對孔子個人，也不是說他在古代社會無價值，不過因他不能支配現代人心，適合現代潮流，成了我們社會進化的最大障礙。」〔註68〕究其本源，《新青年》對儒學的批評帶有強烈的功利主義色彩，是一種策略。所以我們也可以說，《新青年》並不反對儒學，而是反對封建禮教。〔註69〕現實與理想的雙重壓迫使得這一代知識分子急欲建立一個現代化、西方化的國家，這種重建不僅需要組織新式的政治制度，更要輸入與新制度相適應的新倫理、新道德，而包含著人權與平等概念的新道德與以孝為核心的禮教道德無疑截然相反且並無調和的可能。《新青年》同人對禮教乃至孔教的指責、批判，正是來源於此。

　　與《甲寅》相比，易白沙、《新青年》的儒學觀無疑是更為激進的，前者側重從精神層面對儒學的肯定與完善，後者則是側重制度層面的否定。然而，當我們將其重新放回歷史語境中進行考察時，不難發現，從改革儒學並為其在現代社會尋求發展之路，到全盤否定儒學中的禮教成分，指出其與現代精神完全不相容，雖程度不同，但兩者實質上均反映出一代知識分子在面對民族危機時，對傳統文化的審視及由此而產生的「認同的焦慮」。所以，儘管章士釗逐漸走向了文化保守主義，在他和《新青年》的老友身上找不到「態度的同一性」，但「認同焦慮的同一性」的存在，卻是誰也不能否認的。

〔註68〕陳獨秀：《孔教研究》，《每週評論》第 20 號，1919 年 5 月 4 日。
〔註69〕歐陽軍喜：《五四新文化運動與儒學》，太原：山西人民出版社 2001 年版。

第六章 「以匹夫操報章之權」[註1]：
民初公共空間與新文化的起源

第一節 晚清報刊的發展：近代輿論興起的物質性
　　　　條件

　　晚清中國社會，在充滿混亂、衝突的同時也蘊藏著無窮的可能性。在充滿未知數的命運面前，無論是皓首窮經的傳統文人還是沾染歐風美雨的新派知識分子，都在摸索、尋找著一種與新時代相適應的思想和表達方式。在這一過程中，近代報刊發揮著舉足輕重的作用。張靜廬曾談到：「新聞紙有製造輿論，宣傳主義的能力，所以中國的革命，實與中國的新聞紙有密切的關係。」[註2] 其實何止革命，近代報刊以及它所代表的社會輿論，在極大程度上改變了近代知識分子的存在方式和價值，甚至連他們根本的生活方式也被波及。正是通過「輿論」這樣一種複雜的社會意識形態的聚合產物，知識者才能夠組織在一起，並迅速而有效地傳佈知識，以一種現代的方式實現自己的歷史使命。

　　這一過程只有在近代才得以開始。

　　無論柯文的「在中國發現歷史」一說在當下如何流行，我始終認為，西方

〔註1〕《代售澳門知新報、天津國聞報、星加坡天南新報告白》，《清議報》第 16 冊，
　　　　光緒二十五年四月二十一日。
〔註2〕張靜廬：《中國的新聞記者與新聞紙》（下編），上海：現代書局 1932 年版，第
　　　　24 頁。

世界的衝擊和介入方是中國社會啟動近代化進程的主要原因。軍事和經濟的入侵首先震撼著先覺者的精神世界，使他們更注重從政治層面理解危機並尋找解決危機的方式。他們對報刊的認識也是建立在這一思維模式的基礎上。因此我們可以看到，在中國近代報刊剛剛起步、尚未發育完全之際，知識階層已經有了對報刊相當早熟的政策化的解讀。王韜、鄭觀應、陳熾、陳衍、何啟、胡禮垣等人都有專文討論辦報之利，康有為的公車上書文、李端棻的《奏請推廣學校設立譯書局報館摺》、宋伯魯的《奏改時務保衛官報摺》和伍廷芳的《奏請推廣報館摺》更是鼓吹興辦報紙的名文，甚至外人李提摩太也作《新政策》長文獻於清廷，力陳設立報館之要。由於傳統士大夫和朝臣往往對近代報紙存有偏見和戒備，〔註3〕新派知識分子起初比較溫和地將報紙的作用限制為傳佈信息以免刺激政府：「今夫萬國並立，猶比鄰也；齊州以內，猶同室也。比鄰之事而吾不知，甚乃同室所為，不相聞問，則有耳目而無耳目；上有所措置不能喻之民，下有所苦患不能告之君，則有喉舌而無喉舌。其有助耳目喉舌之用而起天下之廢疾者，則報館之為也。」他們力圖使朝廷相信，報紙的效力在於「朝登一紙，夕布萬邦」，〔註4〕能夠加快信息的流動並鞏固而非削弱政府的統治。汪康年也宣稱政府可以「設報館以達民隱，凡中外交涉選舉、獄訟報銷，悉由官登之報，新理新法及一切民間之事及其怨抑，無不可登，則上下之情通矣。」〔註5〕但隨著政治形勢的發展，維新主義者很快就暴露出「以二三報館之權力以變易天下」〔註6〕的真正意圖，使興辦報館帶有更明顯的意識形態目的，成為一種純粹的政治行為而非經濟行為。但是，由於封建皇權體制的存在，一點一滴的變革都須藉重政權之力，因此維新派不得不「借權改革」，在辦報方面亦是如此。這就決定了近代政論報刊從誕生之日起就與官方有千絲萬縷的聯繫。

就拿最著名的維新派報紙《時務報》來說，在創辦和發展的過程中始終存

〔註3〕姚公鶴曾說：「左宗棠在與友人書中，有江浙無賴文人以報館為末路之語，其輕視報界為何如。惟當時並不以左之詆斥為非者，蓋社會普通心理。……故每一報社之主筆訪員，均為不名譽之職業，不僅官場仇視之，即社會亦以搬弄是非輕薄之。」見氏著《上海報紙小史》，《東方雜誌》14卷6號，1917年6月15日，頁197。

〔註4〕梁啟超：《論報館有益於國事》，《時務報》第一冊，光緒二十二年七月初一。

〔註5〕汪康年：《中國自強策下》，《時務報》第四冊，光緒二十二年八月初一。

〔註6〕吳恒煒：《知新報緣起》，《晚清文選》（卷下），鄭振鐸編，北京：中國社會科學出版社2002年版，第214頁。

在著官方的干預。首先，《時務報》在創辦初期得到了一些政府要員的大力支持。如張之洞就曾經稱讚《時務報》「識見正大，議論切要，足以增廣見聞，激發志氣，凡所採錄，皆係有關宏綱，無取瑣聞……實為中國創始第一種有益之報」，並飭令湖北全省文武大小衙門及各局各書院各學堂購閱此報，費用由政府支出。〔註7〕不少省份的官員也紛紛傚仿，要求下屬訂閱《時務報》。在官員們看來，《時務報》的好處除了「議論切要、採擇謹嚴」之外，還在於「於一切舟車製造之源流，兵農工商之政要，旁搜博紀，尤足以廣見聞而資治理。」〔註8〕他們普遍將報紙比擬為古之采風，而報紙的功能也仍然以「通知中外情勢為急」。他們支持報紙，往往不過是想博得一個咸與維新的名譽，未必真的贊成康梁的主張，所以這種「支持」有時就變為一種掣肘。例如，《時務報》最初的開辦經費，張之洞的資助佔有很大比例。〔註9〕因此，《時務報》雖名義上屬民營，但實際上仍不免受張之洞的操控。在張之洞的支持下，汪康年不僅掌握經濟和人事大權，且不時過問梁啟超的言論，使梁自覺有「視主筆若資本家之於雇傭」之感。〔註10〕其他維新派報紙如《湘報》等亦無不如此。由於中國近代報紙並不是伴隨市民社會的成熟而自發出現的，而是近代知識分子向西方學習模仿、有意為之、承擔著多重使命的產物，因此必須借助上層政治勢力。即使是一些號稱民間報紙的著名大報，也難以完全擺脫官方勢力的影響。〔註11〕有趣的是，日本近代報紙的最大特點之一，也是這些近代報紙在創辦之初，都程度不等的受到官方的指導、保護或控制。〔註12〕因此，報紙與官方之

〔註7〕 《鄂督張飭行全省官銷時務報札》，《時務報》第六冊，光緒二十二年八月廿一日。

〔註8〕 《浙撫廖分派各府縣時務報札》，《時務報》第十八冊，光緒二十三年正月二十一日。

〔註9〕 梁啟超在《〈時務報〉源委》中詳細記載了《時務報》最初的開辦費用來自於上海強學會餘款，其中張之洞承擔了相當一部分。見《〈飲冰室合集〉集外文》（上），夏曉虹編，北京大學出版社2005年版，第45頁。另廖梅也在指出，《時務報》最初的資金基礎，來自上海強學會關閉後的「餘款」銀六百二十餘元，見氏著《汪康年：從民權論到文化保守主義》，上海古籍出版社2001年版，第44頁。

〔註10〕 朱傳譽：《報人‧報史‧報學》，臺北：商務印書館1985年第5版，第89頁。

〔註11〕 例如《新聞報》的主持人福開森、《申報》的趙竹筠等與清政府官員均有聯繫，《蘇報》案發生後，光緒二十九年閏五月十二日兼湖廣總督端方致福開森轉金熙生電云：「六犯皆係著名痞匪，竟敢造言污毀皇上，妨害國家安寧，與國事犯絕不相同。務將此義著為論說，登諸報端……此報一出，眾論翕然，不必游移。」

〔註12〕 寧新：《日本報業簡史》，北京：中國社會科學出版社1981版，第14頁。

間存在錯綜複雜的關係，在亞洲後發國家的現代化進程中並非特例，反而可能
是一種常態。

　　值得注意的是，這些維新派報刊所代表的社會輿論及其成功，在滿清帝制
的架構中是相當脆弱和不穩定的。作為一個封建帝國，清廷對近代化報刊的出
現還沒有做好準備，或者說，近代報刊的出現，首先面對的是古老亞細亞生產
方式下完全陌生和不利的制度環境。梁啟超對此深有體會：

> 今設報於中國而欲復西人之大觀，其勢則不能也。西國議院議
> 定一事，布之於眾，令報館人入院珥筆而錄之，中國則諱莫如深，
> 樞府舉動，真相不知，無論外人也；西國人物物產民業商冊，日有
> 記注，展卷粲然，錄副印報，與眾共悉，中國則夫家六畜未有專司，
> 州縣親民於其所轄民物產業末由周知，無論朝廷也；西人格致製造
> 專門之業，官立學之始立學會，講求觀摩，新法日出，故亟登報章，
> 先睹為快，中國則講此學之人已成鳳毛麟角，安有專精其業，神明
> 其法，口出新制也。坐此數故，則西報之長，皆非吾之所能有也。
>
> 〔註13〕

　　由於中西社會環境的巨大差異，報刊的方方面面都必須做出妥協，才有可
能在近代中國生存下去，而這種妥協又往往削弱了報刊的內在力量，使其難以
長久支撐下去。除了《申報》等寥寥幾家商業性報紙，絕大多數近代政論性報
刊都避免不了屢起屢撲的命運，原因就在於此。梁啟超在《清議報》出版一百
期之際，曾分析中國近代報業發展緩慢的原因：「一由於創設報館者，不預籌
相當之經費，故無力擴充，或小試輒蹶；二由於主筆訪事等員之位置，不為世
所重，高才之輩，莫肯俯就；三由於風氣不開，閱報人少，道路未通，傳佈為
難；四由於從事斯業之人，思想淺陋，學識迂愚，才力薄弱，無思易天下之心，
無自張其軍之力。而四者之中，尤以第四項為病根之根焉。」〔註14〕其實，明
眼人都可以看出，將報紙發展緩慢的原因歸結為報人素質低下，不過是無奈的
一種託辭。阻礙報業發展的真正原因，此時亡命海外的梁啟超可謂是心知肚
明，只是形勢所迫，不能明言罷了。這就是專制政府對輿論的鉗制和迫害。

　　儘管如此，除了官方與市場等制約因素之外，近代中國社會的劇烈轉型仍

〔註13〕梁啟超：《論報館有益於國事》，《時務報》第一冊，光緒二十二年七月初一。
〔註14〕梁啟超：《清議報一百冊祝辭並論報館之責任及本館之經歷》，《飲冰室合集‧
　　　　文集之六》，第53頁。

給報刊留下了廣闊的活動空間。近代士紳階層參與意識的覺醒，使報紙擁有一定的獨立性。有清一代，民間結社議政素來為統治者所忌諱，而清末民族危機中逐漸凸現的一個重要問題就是，不在政治體制之內、也不掌握政治權力的知識分子，是否可以參與國家政治生活，是否具有對政治的發言權？汪康年提出的「重紳權」的主張，可以視作是對這一問題的積極回應。「重紳權」顯然主張士紳應當而且有權對國家大事發出本階層的聲音，而政府也應該認真聽取和對待士紳們的意見。〔註 15〕這就使近代社會輿論的出現和成熟成為可能。《時務報》的出現無疑有著伸張「紳權」的意味。它的辦報經費全部來自捐款，捐款不作墊款，也不算股份，不是商業性報紙，也不是官辦報紙。它不掛洋牌，報館設在英租界，但性質仍「係中國紳宦主持，不假外人」〔註 16〕。雖然避免不了官方的干涉，但仍屬於開明士大夫階層的民辦報紙，基本能夠反映和代表這一階層的思想和意見。正因為如此，在各大城市和開放口岸，維新派報紙比官報更受讀者的歡迎，近代政論報刊獲得了長足的發展。1896～1898 年間，僅在長沙一地，《湘報》、《時務報》即各能銷售千餘份。〔註 17〕根據時務報館在出版第三十九冊時統計，各地代派處的銷售情況以京津滬三大城市為最多，其中上海一年來共售出 4655 份又 7256 本（各期累計並含合訂本），其中每份按 16 本計算（上海之外其他地方按每份 33 本計算），共為 81738 本，數量極為可觀。〔註 18〕梁啟超自己也回憶道：「甲午挫後，《時務報》起，一時風靡海內，數月之間，銷行至萬餘份，為中國有報以來所未有，舉國趨之，如飲狂泉。」流風所及，在當時沿海都市之中也出現了不少宣傳維新的報紙，「大率面目體裁，悉仿《時務》，若惟恐不肖者然」〔註 19〕。維新變法失敗之後，康梁在海外辦的報紙仍然能夠透過各種管道輸入國內，發揮影響輿論的作用。清政府雖嚴加封禁，《清議報》仍能以洋行、商號為掩護，發行至漢口、安慶、黑龍江、上海、福州、天津、廣州、蘇州、北京等重要城市。其後的《新民叢報》更是極一時之盛，銷行之廣，難以確計。據現有資料來看，僅江南陸師學堂一校就

〔註15〕廖梅：《汪康年：從民權論到文化保守主義》，第 32 頁。
〔註16〕《鄂督張飭行全省官銷時務報札》，《時務報》第六冊，光緒二十二年八月廿一日。
〔註17〕譚嗣同：《與唐紱丞書》，《譚嗣同全集》（增訂本），第 262 頁。
〔註18〕《本館告白》，《時務報》第三十九冊，光緒二十三年八月二十一日。
〔註19〕梁啟超：《〈清議報〉一百冊祝辭並論報館之責任及本館之經歷》，《飲冰室合集·文集之六》，第 52，53 頁。

訂有該報百餘份〔註20〕。當時在陸師學堂求學的汪希顏在給其弟汪孟鄒（後亞東圖書館老闆）的信中說：「惟在上海購得新書、新報數種，日夕觀覽，大鼓志氣，……其得力最多者為日本新出之《新民叢報》，……吾謂學遊六年，不如讀此報一年；讀書十卷，不如讀此報一卷。此報一出，而一切之日報、旬報、月報，皆可廢矣。……兄既自購一份，又為吾弟另辦一份，負欠典衣，在所不顧，而此報終不可不閱也。」〔註21〕對《新民叢報》的威力，曹聚仁也記憶猶新：「《新民叢報》雖是在日本東京刊行，而散播之廣，乃及窮鄉僻壤。清光緒年間，我們家鄉去杭州四百里，郵遞經月才到，先父的思想文筆，也曾受梁氏的影響；遠至重慶、成都，也讓《新民叢報》飛越三峽而入，改變了士大夫的視聽。」〔註22〕其他類型的報紙如白話報也有不錯的銷量。例如《安徽俗話報》第六期曾登出一份《本報各期銷售本省各處數目表》，從中可以看出，《安徽俗話報》在安徽省範圍內每期大約售出 1346 份，但到第 12 期，該報的銷數已經從一千份左右增加到三千份，「銷路之廣，為海內各白話〔報〕冠」。〔註23〕可以想見，至少在二十世紀初年，閱讀報紙已經成為江浙京津等風氣開通之地日常生活中不可缺少的一部分。以下兩份《浙江潮》上刊登的報紙銷數表，可略為佐證：

表 1 《杭城報紙銷數表》 （原載《浙江潮》第 3 期，光緒二十九年三月二十日）

報　名	銷　數	所銷處
中外日報	約五百張	官場商家學堂住民皆備
蘇報	約五十張	學堂為多
新聞報	約二百三四十張	官場商家學堂住民皆備
申報	約五百數十張	官場商家為多
杭州白話報	約七八百分〔份〕	普通住民
新民叢報	約二百分〔份〕	學堂學生為多
譯書彙編（現改名政法學報）	約二百五十分〔份〕	同上

其餘上海日本新出各種雜誌日報設立未久尚未暢行故不列。

〔註20〕《蘇報》1903 年 4 月 6 日。
〔註21〕汪原放：《回憶亞東圖書館》，第 2 頁。
〔註22〕曹聚仁：《文壇五十年》，第 31 頁。
〔註23〕《本社廣告》，《安徽俗話報》第 12 期，甲辰八月十五日。

表 2 《海鹽報紙之銷數》 （原載《浙江潮》第 7 期，癸卯陰曆七月二十日）

新民叢報	三十份	新小說	五
浙江潮	八	繡像小說	三
湖北學生界	一	中外日報	三十份
遊學譯編	二	同文滬報	六
新世界學報	三	新聞報	七
科學世界	一	申報	一
外交報	三	繁華報	二
女學報	二	笑林報	一
白話報	四	國民日日報	未詳

雜誌皆銷於讀書社會及學堂中，日報除中外日報新聞報外，亦皆銷於讀書社會為多。

從這兩份表格可以看到，《杭州白話報》、《申報》、《中外日報》等在杭州的銷量均在 500 份以上，《新聞報》、《新民叢報》也有不小的市場，同時報刊的讀者來源也更為廣泛，包括了官員、商人、學生和一般市民。即使在小小的海鹽縣，各種時新報刊也都有銷售，《中外日報》和《新民叢報》甚至可以有 30 份的銷量。雖然這些只是杭州、海鹽兩地的數據，未必能夠代表廣大內陸地區，但它卻比較直觀而真實地顯示了近代報刊在沿海城市甚至縣城可能具有的影響力。

近代報刊能夠逐漸滲入社會，除了維新派（也包括民族主義革命者）的極力鼓吹之外，與中國社會生活的轉型也有重要的關係。我們甚至可以認為，社會環境的變動才是近代報刊出現、生存和發展的根本性原因。其中與新聞事業直接相關的是西式印刷技術的引進和近代郵政的發展。1819 年，英國傳教士馬禮遜創辦的英華書院出版《新舊約中文聖經》，成為了第一部用西方活字印刷技術印行的中文書籍。1843 年，墨海書館成立於上海，採用較為先進的鉛印設備，具備了「一日可印四萬張紙」的生產能力〔註 24〕。最遲在 1833 年，已經有傳教士在廣州用石印術印行書刊。〔註 25〕19 世紀 70 年代後，以《申報》為代表的出版機構開始廣泛使用石印術。至 19 世紀末～20 世紀初，鉛活字凸印、石印術、製版照相術、平版膠印、雕刻凹印、影寫凹版、泥版、紙型

〔註 24〕王韜：《瀛壖雜誌》，上海古籍出版社 1989 年版，第 118～119 頁。
〔註 25〕崔福章：《從活版到影印》，《古典文獻與文化論叢》，北京：中華書局 1997 年版，第 413 頁。

鉛版和珂羅版等現代出版技術已經進入中國，並逐漸得到廣泛採用，為報刊業的發展奠定了堅實的技術基礎。同時，近代郵政的發展也為現代輿論的興起提供了必要的制度環境。黃天鵬在《中國新聞事業》一書中談到：「郵電與新聞事業之繁榮，至有關係。……明清信局興起，近世報紙最初遂託附之以銷行，及光緒時，設郵局，交通四通八達，報紙遂由郵局傳遞，且訂專章，受有優待之例，報紙之銷行受郵局之助至多也。其次為電報，乃報紙消息靈通之命脈。報紙之最初興也，消息轉錄京報，至為遲滯，各地通信寄到，亦非時日。自光緒五年設立電線，消息為之大變，新聞日見敏捷，近電業日興，又有新聞電優待之例，在傳遞方面已大便當」〔註26〕。事實上，幾乎全由外人控制的郵政或許是近代中國發展最為迅速和富於效率的現代化機構。到 1903 年，由海關總稅務司英人赫德兼管的大清郵政已經擁有總局 33 處，分局 700 餘處，除甘肅蘭州外，其他省城均已通郵。而截至 1907 年底赫德回英前夕，全國各州府縣則已經擁有郵政局所等 2800 餘處。這些深入中國腹地的郵政機構為近代報刊的發行提供了廣闊而暢通的渠道。

如果說印刷技術和郵政事業提供了近代報刊發展的物質與制度支持，那麼識字率的提高、新知識分子的湧現與租界的存在則是影響近代輿論形態更重要的文化與社會因素。

機器生產背景下的近代報刊，必須有一定數量的讀者才能存活，但前現代中國的社會識字率似乎並不令人滿意，而且能夠識字與擁有閱讀文章的能力完全是兩回事，這也使閱讀在傳統農業中國始終只是極少數精英階層的專利。依照勞詩靜（Evelyn Rawski）的估計，19 世紀中國的識字率大約為 20%。〔註27〕現在看來，這一數字也許是過於樂觀。在《萬國公報》的一篇文章中，作者估計中國「四萬萬人中，其能識字者，殆不滿五千萬人也。此五千萬人中，其能通文意、閱書報者，殆不滿二千萬人也。此二千萬人中，其能解文法、執筆成文者，殆不滿五百萬人也。此五百萬人中，其能讀經史、略知中國古今之事故者，殆不滿十萬人也。此十萬人中，略知外國語言文字，知有地球五大洲之事故者，殆不滿五千人也。此五千人中，其能知政學之本源，考人情之條理，而求所以富強吾國、進化吾種之道者，殆不滿百數十人

〔註26〕黃天鵬：《中國新聞事業》，上海聯合書店 1930 年版，第 103 頁。
〔註27〕張朋園：《知識分子與近代中國的現代化》，南昌：百花洲文藝出版社 2002 年版，第 270 頁。

也。」〔註28〕在維新變法前夕的一篇文章中，章太炎也表達了對國人知識水準的憂慮：「中國四百兆人，識字者五分而一……其知文義者，上逮舉貢，下至學官弟子，無慮六十萬人。誦習史傳，通達古人者，百人而一。審諦時務，深識形便者，千人而一。以此提倡後進，郡不過數人，則甚少矣！」〔註29〕儘管這種精英階層對國民文化水準的自我估量可能並不準確，但它無疑間接反映出前現代國家基層民眾缺乏教育的普遍現狀。稍後的學者則更悲觀地認為，在那個時期，只有百分之五的中國人識字，「而百分之九十五為目不識丁者」。〔註30〕

另一方面，即使在受過教育、具有閱讀能力的知識階層，由於知識結構和文化背景的限制，十九世紀中葉，願意接觸報紙和西書的人依然是極少數。文人士夫的閱讀要麼以傳統經典為主，要麼以應對科舉的參考書為主，多數傳統文人對西式書報不屑一顧，這也使得報紙在當時難有銷路。章士釗曾轉述康有為之言曰，上海製造局譯印新書中經康有為購買、自讀及送人者，共三千餘冊。甲午後詢之該局中人，三十年間鬻書總額不過一萬一千餘冊，而康一人所購，竟達四分之一以上，可見當時風氣之不開，以及彼開風氣負責之巨云云。〔註31〕康氏之言固然不足全信，但當時士人思想之閉塞則足見一斑。即使是商業性報紙，也曾長期受到冷落、乏人問津，送報人不得不「於分送長年定閱各家者外，其有剩餘之報，則挨家分送於各商店，然各商店並不歡迎，且有厲聲色以詢之者，而此分送之人，則唯唯承受惟謹。乃屆月終，復多方以善言乞取報資，多少即亦不論，幾與沿門求乞無異。」〔註32〕在這樣的社會背景下，無論是報刊的普及還是新政的推行都是極為困難的，現代輿論的生成也是根本無從談起。

但是，隨著西式教育制度逐漸引入近代中國，國民受到現代教育的機會大大增多，報紙的潛在讀者也被大量生產。1901年，清政府發布「興學詔」，「著各省所有書院，於省城均改設大學堂，各府及直隸州均改設中學堂，各州縣均

〔註28〕 古黔孫鑒清：《論中國積弱在於無國腦》，《萬國公報》第183冊，1904年4月。

〔註29〕 餘杭章炳麟：《論學會有大益於黃人亟宜保護》，《時務報》第19冊，光緒二十三年二月初一日。

〔註30〕 蔣國珍：《中國新聞發達史》，上海：世界書局1927年版，第59～60頁。

〔註31〕 章士釗：《孤桐雜記》，《章士釗全集》第6卷，第274頁。

〔註32〕 姚公鶴：《上海報紙小史》，《東方雜誌》第14卷第6號，1917年6月15日，第197頁。

改設小學堂，並多設蒙養學堂」〔註33〕，正式將新式學堂合法化。1905 年廢除科舉之後，新式學堂更是得到快速的發展，據研究者統計：「學生人數從 1902年的 6912 人增加到 1909 年的 1638884 人，1912 年更達到 2933387 人。加上未計算在內的教會學堂、軍事學堂、日、德等國所辦非教會學堂以及未經申報的公私立學堂學生，總數超過 300 萬人，成為一股重要的社會力量。」〔註34〕另一組數據則顯示：「清朝於 1907 年設立學部，命令全國各省普設新式學堂。1909 年各式學堂略為五千七百所，其中千所有中學以上程度；學生一百六十餘萬人，中學以上者十九萬餘人。」〔註35〕據 1916 年民國教育部刊布的統計，不包括川、黔、桂三省和未立案的私立學校，學生已達 3974454 人。1912～1922 年「中華基督教教育調查團」的報告則表明，五四前夕中國學生總數為5704254 人。〔註 36〕雖然相對於中國總人口，新式學堂與學生仍處於相對少數，但就絕對數字而言，受過新式教育的人口已有千萬之眾。對於這樣一個知識階層結構轉變的過程，朱自清曾有過扼要的概括：

> 從清末開設學校，受教育的人大量增多。士或讀書人漸漸變了質；到這時一部分成為軍閥和官僚的幫閒，大部分卻成了游離的知識階級。知識階級從軍閥和官僚獨立，卻還不能跟民眾聯合起來，所以是游離著。這裡面大部分是青年學生。〔註37〕

這些「青年學生」——知識結構不同以往士大夫的新式知識分子，成為了近代報刊的主要讀者群。魯迅在南京礦路學堂接觸到《天演論》的故事已膾炙人口，而周作人回憶在水師學堂的閱讀活動時也說：「所看漢文書籍於後來有點影響的，乃是當時書報，如《新民叢報》、《新小說》、梁任公的著作，以及嚴幾道林琴南的譯書，這些東西那時如不在學堂也難得看到。」〔註38〕正是這些受過西式教育的新式知識分子，支撐了晚清報刊的迅速發展。閱讀報紙已經成為學堂學生日常生活中重要的組成部分，甚至具有重要的政治意味。例如廣東大學堂學生就曾經因為總辦禁止閱讀《新民叢報》、處分閱報學生並焚毀報

〔註33〕《光緒朝東華錄》，朱壽朋編，北京：中華書局 1958 版，第 4719 頁。
〔註34〕桑兵：《晚清學堂學生與社會變遷》，上海：學林出版社 1995 年版，第 2 頁。
〔註35〕張朋園：《知識分子與近代中國的現代化》，第 7 頁。
〔註36〕陳景磐：《中國近代教育史》，北京：人民教育出版社，第 271、305 頁。
〔註37〕朱自清：《文學的標準與尺度》，《朱自清全集》第 3 卷，南京：江蘇教育出版社 1996 年版，第 136 頁。
〔註38〕周作人：《知堂回想錄·上》，石家莊：河北教育出版社 2002 年版，第 130頁。

紙而集體退學。〔註39〕事實上，這一時期的學堂風潮，多有因為校方禁止閱報而起者。〔註40〕現代報紙與讀者及政治運動之間密切的互動關係，在青年學生參與的中國近代民族革命運動中得到了典型的體現。

於此同時，晚清出現的留學潮對近代輿論發展也有積極的影響。據現有統計，清末留日運動從 1896 年開始，在大約十年的時間裡，至少有五萬人在日本接受了不同程度和類型的教育。〔註41〕這批留日學生不僅是新式報刊的忠實讀者，不少人還親自投身其中，一試身手。有身歷者回憶道：「乙丙之際，留東諸子，競從事於雜誌，若《江蘇》、《浙江潮》、《漢聲》、《湖南》、《雲南》、《四川》等不下十餘種」〔註42〕。留學生熱衷於輿論活動，有多方面的原因。政治思潮的推動當然是其內因，而另一方面，日本先進的印刷技術和發達的出版業也為中國留學生出版雜誌提供了良好的物質環境。正如包天笑所言，那個時候「日本於印刷術很為進步，推進文化的力量很大」，「為了日本的印刷發達，刊物容易出版，於是那些留學生，便紛紛的辦起雜誌來。」〔註43〕這些留學生的出版活動當然難言盡善盡美，前人也也已經指明其弊病在於：「持久者殆無一焉。固由風氣未開，閱者不多，然組織之基礎不完固，實為一大原因。蓋此種事業，非有適當之人才與目的，適當之資本與機關，固不能久大而有裨於社會也。」〔註44〕但除了這些近代報刊在所難免的通病，留學生主導下的輿論事業對社會變革的貢獻亦不容抹煞。張元濟對此曾有較為公允的評價：

> 光緒己亥以後，東遊漸眾，聰穎者率入其國法科。因文字之便利，朝受課程於講室，夕即迻譯以餉祖國，斯時雜誌之刊，前後相繼，稱為極盛，鼓吹之力，中外知名。大吏漸為所動，未幾而朝廷有考察憲政之使命，又未幾而仿行立憲政體之國是定矣。溯厥原因，雖至複雜，然當時輸入法學，廣刊雜誌，不得謂無絲毫助力也。〔註45〕

〔註39〕《廣東大學堂紀聞》，《選報》第 32 期，1902 年。

〔註40〕見桑兵：《晚清學堂學生與社會變遷》，頁 74～83。章士釗所在的江南陸師學堂，俞明震任總辦時，曾一度允許閱讀新書報，學生僅購閱《新民叢報》就達百餘份之多，後因校方變更章程，令學生「除武備課程不得旁閱一字」，並欲搜檢書報銷毀之，《南洋陸師學堂退學生公函照錄》，《蘇報》1903 年 4 月 11 日。

〔註41〕尚小明：《留日學生與清末新政》，南昌：江西教育出版社 2002 年版，第 2 頁。

〔註42〕陸費逵：《宣言書》，《大中華》第 1 卷第 1 期，1915 年 1 月 20 日。

〔註43〕包天笑：《釧影樓回憶錄》，太原：山西古籍出版社、山西教育出版社 1999 年版，第 202、203 頁。

〔註44〕陸費逵：《宣言書》，《大中華》第 1 卷第 1 期，1915 年 1 月 20 日。

〔註45〕張元濟：《法學協會雜誌序》，《東方雜誌》8 卷 5 號，1911 年 7 月 20 日。

　　今天看來，留日學生報刊出版的活躍還有一個重要的外因，就是身處海外、言論不受清政府約束。事實上，這樣的有利條件，並非只有海外報刊才能夠沾潤。如果我們放寬視界，就會發現象徵近代中國恥辱遭遇的租界（Settlement）以及以租界為代表的西方勢力，在近代報刊的發展歷程中卻扮演著一個重要的角色。許多危機時刻，租界這一殖民主義的產物成為了民族報紙的保護者。但是，近代報刊卻無疑是民族主義最有力的催化劑，並最終回過頭來消滅了租界。這樣的情節儘管匪夷所思，卻也不過是近代中國無數弔詭歷史現象之一。

　　其實，自誕生之日起，近代報刊就始終與外國勢力有複雜的關係，借助洋人的勢力辦報幾乎成為一種常態。早期的近代化報紙如《中外新報》、《華字士報》、《彙報》、《新報》等背後均有著洋商、洋務集團和買辦官僚的影子。〔註46〕王韜的《循環日報》開設在香港。著名的《大公報》，其資金來源也有天主教及外資色彩，言論也是先親法後親日。《時報》的實際負責人為狄楚青，但卻掛日商招牌，由日人宗方小太郎出面任名義發行人。以刊登嚴覆文章而名噪一時的《國聞報》，雖然主事者均為中國人，而且都是清廷官員〔註47〕，但需仍將報紙假盤給日人西村博並刊登「明治」年號，為自己塗抹上一層外國保護色。至於像《重慶日報》邀請日語教員竹川藤太郎擔任名義上的社長，則更是近代報刊業司空見慣之事。有學者就曾總結道：「上海的大報紙，從前都會向外國註冊，如《申報》為日本，《時事新報》、《時報》、《中華新報》為法國，《新聞報》、《新申報》、《新中外報》、《商報》為美國，《神州日報》為日本是。」〔註48〕即使一時找不到洋人出面，也須與外國勢力保持某種關係，使清政府有所顧忌。例如革命派報紙《國民日日報》最初由章士釗、張繼、何靡施、盧和生、陳去病等籌辦數月，「因慮易招清政府仇視，乃以廣東東莞人盧和聲為發行人。蓋盧係英國海軍工程畢業之老留學生，自幼生長香港，曾任上海西報記者有年，國民日日報可用其名在英領屬註冊，以避免清吏魚肉也」。〔註49〕從中頗可見

〔註46〕方漢奇：《中國近代報刊史》，太原：山西人民出版社1981年版，第63頁。
〔註47〕嚴復時為天津水師學堂總辦，王修值時任天津北洋學堂總辦，夏曾佑為天津育才學堂總辦，杭辛齋以本州博士弟子員肄業於北京同文館，在主編《國聞報》之前曾上書光緒，被授以內閣中書。為了保護自己，《國聞報》還報館設在租界，且主事者均隱其真實身份。
〔註48〕蔣國珍：《中國新聞發達史》，第69頁。
〔註49〕馮自由：《革命逸史》第1集，北京：中華書局1981年版，第135頁。

出外國勢力對清廷的威懾能力。

為了尋求更直接可靠的保護，許多報刊索性就設在租界。租界之所以特殊，是由於被外國勢力控制，清廷法律在此形同虛設。早期清政府官員在租界尚有一定法律管轄權，但「自 1866（同治五年）年起，華官已失去了在法租界逮捕和提審華籍被告之權。……可是不久之後，在公共租界逮捕華人，亦須經領事團團長的同意。」〔註 50〕隨後出現的公審會廨也只具有形式上的意義，不少轟動一時的大案要案，都受到租界當局的干涉而得到緩衝。對此，臺灣學者吳圳義的一段論述頗值得注意：

> 一九零三年（光緒二十九年），在「蘇報案」發生之後，伍廷芳在針對會審公廨的奏摺中說：「最近幾年來，外籍會審官時常袒護非華籍的當事人，使會審一詞成為空談。現在洋官公開地干預純粹華人案件。如果華人被控犯罪，理應由華官依照個別情形及以往的判例，加以量刑。但是現在外國領事只以本人的見解，而不考慮中國法律及判例，去判決訴訟案件。這種本質不正常的判決日愈增加，因此使租界的華籍商人和居民根本不知受何種法律所統治。」伍廷芳的奏摺顯示著滿清政府的不滿……對於中國人的指責，外國政府不會有絲毫的讓步。〔註 51〕

在《劍橋中華民國史》中，美國學者費惟愷也認為：「中國的主權在理論上是完整的，但實際上租界是外國人的自治飛地。在這些地方，外國人不僅享有治外法權和特權，公共租界當局還實際上行使對中國居民的司法權。中國人雖在人口中占絕大多數，但在市政機構中卻毫無參與權。中國當局只有得到有關外國領事的批准，才能逮捕在租界裡的中國人。在上海的公共租界，中國人之間的民事或刑事案件是由會審公廨審理的，而會審公廨實際上（並非根據條約賦予的權利）經常由外國陪審員控制。」〔註 52〕況且租界本身法律制度就不夠完備，對新聞報刊的管理更是沒有一定之規。例如，遲至 1919 年 6 月 29 日，法租界的第一部新聞出版法才得以頒布。〔註 53〕租界當局對待新聞出版寬

〔註 50〕吳圳義：《清末上海租界社會》，臺北：文史哲出版社 1978 年版，第 25 頁。
〔註 51〕吳圳義：《清末上海租界社會》，第 26 頁。
〔註 52〕費正清主編：《劍橋中華民國史》（第一部），上海人民出版社 1991 年版，第 146～147 頁。
〔註 53〕《法租界第一部新聞出版法》，見《老話上海法租界》，中共上海市盧灣區委黨史研究室編寫，上海人民出版社 1994 年版，第 105 頁。

鬆的態度。與試圖嚴厲控制輿論的清政府顯然存在著矛盾。

由於治外法權的存在，中國政府的勢力不能達到租界，因此華人在租界出書辦報就成為較為普遍的現象。姚公鶴曾經分析上海報紙發達之原因在於歷史最早、交通便利、商業發達，而這三者「已全出外人之賜」，而報紙發達之最大原因，「以託足租界之故，國內政治上之暴力不得而施」。〔註54〕今人也認為：「平心而論，我國人在租界內經營出版事業比較方便些，這是事實。」〔註55〕蔣國珍則明白指出：「國內政變起時，反對方面的政治家，和像外國亡命一樣，預先把反對言論的機關，遷移到租界，向外國領事署註冊。這是清末以來，攻擊專制武斷政府而避免其壓迫的長套手段。」〔註56〕因此，近代史上眾多著名報刊均設在租界便並非偶然——老資格的《申報》社址幾經變動，但始終都在租界範圍之內；《新聞報》也設在公共租界；《時務報》從創刊起就設在英租界；《大公報》社址先在天津法租界，後遷往日租界；《蘇報》、《國民日日報》也設在英租界。

不僅如此，由於租界在中國有其「排他性的專享權利」，在一定條件下較便於革命黨的活動，因而與辛亥革命關係極為密切。〔註57〕因此，主張民族主義的革命派報紙也得益於租界不少。首先，「租界成為革命刊物的散佈站」，革命黨人將革命報刊從海外帶回租界，然後由沿海租界而向內陸流傳，「即由點而面，最後秘密流傳到教堂、學校、軍隊等各種角落。」〔註58〕其次，租界本身便是革命黨報紙理想的棲身之地，「民國以前的國內報刊，因受清廷的壓制，不敢隨意發揮，只有在上海的租界刊行的報紙，還可以有相當的言論自由。」

〔註54〕 姚公鶴：《上海報紙小史》，《東方雜誌》14 卷 6 號，1917 年 6 月 15 日。

〔註55〕 朱聯保編撰：《近現代上海出版業印象記》，上海：學林出版社 1993 年版，第 5 頁。

〔註56〕 蔣國珍：《中國新聞發達史》，第 69 頁。

〔註57〕 已有學者指出，各國對於租界的管理似以法國為鬆弛，法租界魚龍混雜，「從事革命活動者比較易於掩護身份，而一旦事機洩露，若涉及擾害治安，僅受租界當局的取締與懲處，不至直接受清府之迫害」，而且即使清政府施加外交壓力，租界當局常常能基於人道立場，把革命黨人視同政治犯處理而不加引渡，所以革命黨人樂於在此尋求庇護。見陳三井：《租界與中國革命》，《中國現代史專題研究報告》(二)，臺北：中華民國史料研究中心編印，1985 年版，第 228 頁。

〔註58〕 海外革命報刊在國內的傳播，還有其他兩種方式。一是將刊物封面撕毀，代之以其他非政治性出版物封面，由於海關檢查較為鬆懈，可以帶入國境；二是利用滿族人特殊身份攜帶回國。

雖然租界當局有時也應清廷之請，封閉租界報館、拘捕編輯記者，但在申請辦報方面似乎並無太多限制，革命者因此可以借用外國人名義繼續創辦新報，租界中帶有革命色彩之報紙因此層出不窮，先有著名的《蘇報》、《國民日日報》，繼之以蔡元培辦的《警鐘日報》，于右任所辦的《神州日報》、《民呼報》、《民吁報》、《民立報》，陳其美所辦之《中國公報》，李懷霜、周桂笙創刊的《天鐸報》等等。〔註59〕

民國政府成立之後，言論管制的短暫缺失使報刊對外國勢力的依附性一度有所減弱，打著洋人旗號的報紙顯著減少。但隨著南北政府重新收緊輿論尺度，眾多報紙放棄幻想，不得不重新託庇於租界。張靜廬認為名記者邵飄萍、林白水等被軍閥殺害，原因就在於北平雖為首都，但究竟是中國的土地——「為有槍階級統治權力所能及到，所以在北平辦報的，確是比上海天津為困難，因為上海天津有外國人的租界呀！中國人辦的新聞紙一定要在租界上出版，才敢說話——自然是說中國話！——而外人在中國境土內辦的新聞紙，卻可以自由地批評中國的政局，這是怎樣的矛盾，而可痛心的事呀。」〔註60〕面對兩難的處境，以喪失國家主權和民族尊嚴為代價尋求租界的庇護，就成為中國報人無可奈何的選擇。

在租界的報紙雖然能夠避免中國政府的直接迫害，卻又不得不受租界當局的干涉。事實上，租界無論是有利或阻礙中國革命，都受一定客觀條件和政治情勢的制約，其根本出發點還是西方列強的在華利益，只有在不損害租界當局利益的情況下，租界的新聞輿論才能夠得到一定的保護和發展。否則，在各方利益的博弈和權衡之下，租界當局有時也會對輿論進行管制。出版機構即使設在租界，清政府也可以通過與租界當局的約定，加以干涉，其出版自由程度仍然有限。〔註61〕例如，1907年創刊的《神州日報》因為宣傳反清和民族主義而受到工部局干涉，稍後創刊的《民呼日報》則由於主編于右任、陳飛卿則被工部局以「毀壞名譽」罪名拘捕，被迫停刊。繼之而起的《民吁日報》又被租界當局查封，「永遠禁止出版」。這一系列默契的動作背後，隱伏著租界當局

〔註59〕陳三井：《租界與中國革命》，《中國現代史專題研究報告》（二），第224頁。
〔註60〕張靜廬：《中國的新聞記者與新聞紙》（下編），第48頁。
〔註61〕例如1898～1900年間，大同譯書局出版康、兩所著各書，被清政府焚板禁售；1903年，大同書局出版鄒容《革命軍》一書，被清政府禁售；1904年上海啟文社、時中書局、鏡今書局、東大陸圖書譯印局等經售陳天華《警世鐘》一書，被清政府通過公共租界工部局控告，各店主被判拘押三月至二年不等。

與清政府某種耐人尋味的關聯。

　　如上所述，中國近代報刊脫胎於一個極為複雜和富於東亞特色的社會環境，中國社會百年來動盪多變又新舊雜糅的特性，使近代報刊以及在此基礎上出現的近代輿論在深受西風薰染的同時，又具有與西方現代輿論相當不同的外在形態和內在特徵。民意的起伏、精英的參與、官方的操縱、租界的存在與市場的力量等諸多因素於此匯流並互相博弈，使中國近代輿論具有多元的內涵與多維的動態結構，從而成為具有自身發展邏輯的獨特的歷史存在。這一發展軌跡，值得認真追尋。

第二節　從清議到輿論——公共言論的近代演變

　　誠如曹聚仁所言：「一部近代文化史，從側面看去，正是一部印刷機器發達史；而一部近代中國文學史，從側面看去，又正是一部新聞事業發展史。」〔註 62〕百年來的中國文化運動和文學潮流與以報刊為代表的現代輿論有著不言而喻的密切關係。但是，我們這裡所說的「現代輿論」與傳統中國的社會輿論有哪些不同？它具有怎樣的現代化特徵和功能，並為新文化的發生提供了哪些準備？在這一節中，我們將對這些關鍵問題試作回答。

　　顯然，這裡的關鍵詞是「輿論」。今人對輿論較全面的一個定義是：「輿論是公眾關於社會以及社會中的各種現象、問題所表達的信念、態度、意見和情緒的綜合，具有相對的一致性、強烈程度和持續性，對社會發展及有關事態的進程產生影響。其中混雜著理智和非理智的成分。」〔註63〕本章對輿論的討論也是以這一定義為基礎。但是，這並不是說這一定義完全沒有值得商榷之處。很顯然，這是個更適合現代社會輿論狀態的定義。例如，「公眾」一詞就具有顯而易見的含混的現代性意味，在不同的語境中解讀，很容易產生歧義。中國封建社會是否有和「公眾」概念相稱的群體，實在值得討論。因此，如果嚴格按照這一定義，那麼古代中國社會是否具有輿論也很值得懷疑。所以，儘管絕大多數研究者都默認古代中國社會存在一定形式的社會輿論，但我們必須清楚，它們的輿論主體與現代輿論的主體——公眾——有相當的區別，而且這種區別具有根本性的影響。

〔註62〕曹聚仁：《文壇五十年》，上海：東方出版中心 2006 年版，第 83 頁。
〔註63〕陳力丹：《輿論學——輿論導向研究》，北京：中國廣播電視出版社 1999 年版，第 11 頁。

　　毋庸置疑，在漫長的歷史發展過程中，中國社會形態雖幾經變化，最後形成高度集權的帝國體制，但始終存在著社會性的群體意見表達。這些群體意見的表現形態非常特殊，既有諫鼓、攔轎、民謠、揭帖、演劇等民間表達方式，也有春秋時代的「王官采詩」、宋代的「登聞鼓院」、明清的「諫諍之制」等體制內反映輿情的方式，更有士人在「鄉校」、「太學」書院、朝堂、講會、黨社等場合表達意見的「清議」。清議屬於許多易於理解卻難於給定明確定義的概念之一，但它也是中國封建時代社會輿論的典型形態。「清議」一詞似乎最早見於《三國志·張溫傳》：「（暨）豔性狷厲，好為清議」，但在三國時代之前就已經有清議存在，是指漢代民間士族對人才選拔的議論，稱為「鄉議」或「鄉論」，朝廷選官每以為依據。到東漢末年，朝政為宦官集團所把持，士族知識分子和太學生遂「激揚名聲，互相題拂，品核公卿，裁量執政」，以月旦人物為手段，批評時政，招致兩次黨錮之禍。到了魏晉，隨著士族名士的利益得到保證，清議逐漸轉變為脫離實際政治的清談，「虛無放誕之論盈於朝野」，就不成其為輿論了。其後宋代太學生的政治活動、明代東林黨人、復社以及晚清清流派都被視為有代表性的清議運動。

　　清議在高度集權的傳統政治體制中發揮了重要的制衡作用，其意義也一度被提升到「而國無是不足以立」的地步，〔註64〕但較之於現代輿論，它仍有先天的侷限性。首先，清議是一種重要權力，但它一般被上層階級或士大夫階層操縱，普通民眾無與焉。雖然清議被稱為「公論」，「凡所謂清議者，皆忠於君，利於民之言也」，〔註65〕但很多時候，這只是士人階層的自我想像。清議的主體是「清流」，也即士大夫階層，與底層民眾沒有多少關係，因此清議缺乏足夠的代表性和公共性，它主要還是體現士人階層的利益，正如趙園所說：「在通常的使用中，清議更指非居權力中樞的士人干預朝廷政治的言論形式。其所表達的與其說是模糊的『民間』，無寧說是士集團的意志與願望。」同時，清議之所以具有力量，在於它以儒家內在的倫理道德為基礎，對社會問題進行嚴厲甚至苛刻的評價，「清議強調的是言論的合道德性（『清』）」，〔註66〕但對道德標準的闡釋權也完全掌握在士人階層手中，不屬於民眾。從形式上來說，

〔註64〕王夫之：《讀通鑒論·卷十·三國·二三》，北京：中華書局1975年版，第282頁。

〔註65〕方苞：《書楊維斗先生傳後》，《方苞集》（上），上海古籍出版社2008年版，第120頁。

〔註66〕趙園：《明清之際士大夫研究》，北京大學出版社1999年版，第209頁。

清議常常採取小範圍、精英化的傳播，或是口頭輿論，或是私人著述如日記、筆錄、文稿，或是官方文件如臺諫官員的彈劾奏摺，流傳範圍有限，一般民眾很難接觸和理解。因此，在與官方博弈的過程中，士大夫階層往往是孤軍奮戰，不能與民眾聯合起來對政府施加實質性的壓力。〔註67〕由於清議只能代表士人階層的意見，而很難反映民眾的看法（即使對下層民意有所反映，也是往往經過了士人的加工、修飾或扭曲），因此清議並非真正意義上的「輿論」，而是局部、群體性的意見表現，因而容易被集團利益化，被個別政治勢力操縱。朱一新在《無邪堂答問・卷三》中就認為：「梨洲但知清議之出於學校，不知橫議之亦出於學校也；但知陳東歐陽澈之為太學生，不知為賈似道頌功德者亦太學生也。學校之習一壞，則變亂是非之說，多出乎其中。」〔註68〕在封建時代，士人自身已經意識到這一問題的嚴重性。

以清議為代表，我們可以觸及古代中國社會輿論存在的諸多問題：其一，民眾對社會中的重要問題和現象是否都知情？其二，由於民眾沒有話語權，由遠離民眾的士大夫階層作為民眾的代言人是否合適？第三，沒有合適的媒介，個人的異議能否成為普遍的觀點？第四，沒有制度層面和法律架構（憲政）對輿論合法性的保護，輿論能否成為常態？顯然，以「清議」為標本，答案都是否定的。輿論的本義是「公眾意見」，是西方啟蒙時代以來市民社會發展的產物。但是，這種「公眾意見」在傳統中國是無從尋覓的。首先，如果沒有現代意義上的「公眾」，也就沒有輿論。絕大多數民眾的失語，使封建時代的中國難有真正的輿論。其次，沒有社會事務的知情權也就沒有輿論。但主宰封建時代社會事務與與民眾關係的觀點是「民可使由之，不可使知之。」統治者非常高明地切斷了信息的傳遞，民眾對國家重要事件和社會問題一無所知，當然也談不上有自己的意見。因此，要想有真正能夠代表民意的輿論，就必須使信息盡可能完整地傳達給民眾。再次，輿論必須有一定的傳播媒介和表達方式。如果人們的意見只停留在內心而沒有表達出來，那麼顯然這不構成輿論。而如果這種意見僅僅表達出來而沒有傳播開去，形成一定數量人群共同的意見，這也不是輿論。顯而易見，這一過程需要更發達的媒介和傳播手段，正是這種表達

〔註67〕當然這並不絕對，在士人利益和民眾利益重合一致之際，士人們的言論和行動也會得到民眾的廣泛支持，這樣的例子在歷史上並不鮮見。但在大多數時候，民眾與士大夫階層之間相當隔膜。
〔註68〕轉引自章炳麟：《論學會有大益於黃人並宜保護》，《時務報》第 19 冊，光緒二十三年二月初一日。

方式的變化構成了古代輿論與現代輿論的不同。媒介形態的不同甚至可以決定輿論的一些根本特徵的變化。最後，除非有健全的制度設計給輿論以合法保護，否則輿論的地位不會真正穩固，也不可能充分真實的反映民意。有學者指出：「在現代民主社會中，社會輿論構成了維持政府法紀和官僚士氣的重要力量，但在傳統中國則並非如此，它缺乏把民間清議納入政治調解的合理機制。」〔註69〕雖然自古就有「防民之口，甚於防川」之訓，但在高度集權制的政治體制下，掌權者不會認真對待民眾的意見。宋欽宗在學生運動高潮過後就迅速罷免李綱並將太學生領袖陳東處死，就是明證。清議固然可以憑藉道德力量影響時政，但相對於堅固的皇權，它最終是軟弱和不穩定的。

但是，中國社會的輿論形態在清末民初發生了根本性的轉變。簡言之，就是從古典形態的「清議」轉變為以報刊為基礎的近代輿論（現代輿論）。當然，近代輿論的興起有多重助力：中西交通的展開、中央政府控制力的削弱、地方勢力的崛起、通商口岸的增設、市民社會的繁榮等等，都是中國社會輿論形態發生變化的原因。然而我認為，近代報刊的出現和興起才是其最重要的因素。正如梁啟超所云：「夫輿論之所自出，雖不一途，而報館，則其造之之機關之最有力者也。」〔註70〕報刊作為大眾傳媒和輿論載體，不僅提供了近代輿論的物質性基礎，而且深刻地改變了輿論的生成、存在和表達方式，賦予輿論以鮮明的現代性特徵。從這個意義上說，報刊的出現正是中國現代輿論誕生的標誌。

那麼，近代報刊出現之後的中國社會輿論又具有哪些特點？換言之，近代報刊在哪些方面對輿論產生了何種影響？輿論的建構又在哪些方面改變了近代報刊的面貌？

我以為，以機器印刷、週期出版為標誌的西式報刊大大增強了近代社會輿論的公共性，從而使輿論真正成為有代表性的、公眾意見的體現。

報刊的出現使公共意見的傳播媒介發生了根本改變。如前所述，傳統輿論的載體主要是口頭傳播，紙質媒體還包括奏章、書稿、私家著述、信函，到了明代坊刻發達之後還包括揭帖、傳單等等，但是傳播範圍十分有限，時效性也較差，很難就某一事件形成多數共同意見。但是，近代報刊出現之後，紙質媒

〔註69〕閻步克：《西晉之「清議」呼籲簡析及推論》，《中國文化》第 14 期，1996 年 12 月。

〔註70〕梁啟超：《國風報敘例》，《飲冰室合集·文集之二十五》，第 21 頁。

介很快取代口頭成為社會輿論的主要傳播媒介。報刊的發行從心理上拉近了不同地域之間的空間距離，報刊的定期出版和快速流通則使社會意見的生成節奏逐漸一致，報刊可以使民眾的注意力集中在同一主題，使「公眾意見」成為可能，報刊可以長期保存和被多人傳閱的特點更使社會意見的「公共性」大大增強。簡言之，輿論傳播媒介的物理性質改變從根本上決定了近代輿論的性質和特點，報刊為社會提供了公共議題，並從空間和時間兩個方面改變了社會意見的生成方式，從而促使以小農經濟為主的鬆散前現代社會向具有凝聚力的、作為現代民族國家雛形的「想像的共同體」〔註71〕轉變。

　　不僅如此，報刊功能的進化為輿論提供了充分的生成空間。眾所周知，報刊的功能極為豐富。但由於意識形態的因素，國人創辦報刊之初，更強調其傳遞信息的基本功能，希望以此打動當權者為報刊開禁。他們鼓吹報紙之利在於「通」——能夠「通上下」、「通內外」，故能使國富民強。正如梁啟超所說：「閱報愈多者，其人愈智；報館愈多者，其國愈強。曰：惟通之故。」〔註72〕在梁氏所辦報刊中，向國人輸入常識始終是一項重要的內容。〔註73〕在報紙日興之後，政府也刻意突出報紙溝通朝野官民的作用。袁世凱所辦的《北洋官報》就明白表示：「求其所以交通上下之志，使人人知新政新學為今日立國必不可緩之務，固不能無賴於官報也。今設直隸官報，以講求政治學理，破錮習，濬智識，期於上下通志，漸至富強為宗旨。」〔註74〕1906年創刊的《政治官報》，其目的也在於「使紳民明悉國政，為預備立憲基礎之意」。〔註75〕這些官辦報紙的主要功能還是傳播官方信息，使民眾瞭解並支持政府的政策。但是，隨著政治形勢的變化和西方新聞理論的傳入，報紙不再被視為被動的信息傳遞工具，而是具有更主動、積極的社會參與功能。1903年，一位署名「築髓」的作者撰文認為，歐美之報章已經不僅僅是「第四種族」，而且「於一切方面皆操其絕高之主權焉」，特別是在對民眾的啟蒙教化方面：「教育國民，尤報館最重之責任。政法也，經濟也，社會也，倫理也，凡夫一學一說，有關乎人文之發

〔註71〕 見〔美〕本尼迪克特‧安德森：《想像的共同體——民族主義的起源與散佈》，吳叡人譯，上海世紀出版集團2003年版。

〔註72〕 梁啟超：《論報館有益於國事》，《飲冰室合集‧文集之一》，第101頁。

〔註73〕 滄江（梁啟超）：《說常識》，《國風報》第1卷第2號，宣統二年正月廿一日。

〔註74〕 例如《國風報》發刊詞就開宗明義：「本報以輸進常識為一最要之宗旨」。轉引自曾虛白：《中國新聞史》，臺北：國立政治大學新聞研究所1966年版，第113～114頁。

〔註75〕 轉引自曾虛白：《中國新聞史》，第118頁。

達者，必奮筆直書，以灌輸於國民之腦。且更為照魔鏡，為聽音器，……朝作道德說而夕出無量數之大君子，夕唱尚武論而朝產無量數之軍國民，報館之左右社會，其勢力為何如也耶？」他進一步指出，現代報館、新聞記者有「引導現代社會創造未來世界之大主義大目的」，因而對於社會要盡「報告的、代表的、判斷的、命令的」四大職責。〔註76〕在這裡，作者其實已經看到現代報刊對於輿論的重要作用。同一時期，在日本發達的報章輿論環境的刺激下，流亡的梁啟超也明確意識到報紙有製造、引導輿論的可能，報紙不應只發揮傳遞信息和灌輸常識的作用，而是更應該刊登政治性的評論和批評，用以宣傳自己的觀點，並且儘量使之成為民眾的公共意見，從而實現最終的政治目的。〔註77〕他在《敬告我同業諸君》中認為，報館有監督政府、嚮導國民的兩大天職。輿論操名譽監督之權：「輿論無形，而發揮之代表之者，莫若報館。雖謂報館為人道之總監督可也。」又說：「西人恆有言曰，言論自由，出版自由，為一切自由之保障。誠以此兩自由苟失墜，則行政之權限萬不能立，國民之權利萬不能完也。而報館者即據言論自由出版自由，以襄行監督政府之天職者也。故一國之業報館者，苟認定此天職而實踐之，則良政治必於是出焉。」針對當時有些人認為報紙的作用在於「為政府之顧問」，「為政府之拾遺補闕」的言論，梁啟超認為報館並非政府的臣屬，而是與政府處於平等的地位：「政府受國民之委託，是國民之雇傭也，而報館則代表國民發公意以為公言者也。故報館之視政府，當如父兄之視子弟，其不解事也，則教導之，其有過失也，則撲責之，而豈以主文譎諫畢乃事也？」〔註78〕顯而易見，梁啟超對西方新聞與輿論理論已頗為熟稔。同一時期，《國民日日報發刊詞》更深入地談到輿論、報刊與平民的關係：

> 輿論誰尸之？……夫貴族與貧民之界既分，則不在貴族而在貧民無疑……自十九世紀歐洲有所謂第四種族之新產兒出世，而輿論

〔註76〕 築髓：《論歐美報章之勢力及其組織》，《浙江潮》第4期，光緒二十九年四月二十日。

〔註77〕 例如《新民叢報》就設有「輿論一斑」一欄，在第一期的「輿論一斑」中選錄了《國文滙報》、《新聞報》、《新中國報》、《中國日報》等報紙對李鴻章的評價，形成對一個話題較為集中的討論。在這個討論中，各種意見都得到了表達，主持者的傾向性也得到了體現。這表明，梁啟超等新知識分子不僅對「輿論」概念已經有了比較清晰和現代的認識，而且已經把報刊視為「輿論」的代表，並能夠熟練地製造輿論。

〔註78〕 梁啟超：《敬告我同業諸君》，《飲冰室合集·文集第十一》。

乃大定。……此種族者何物也？乃為一切言論之出發地，所放於社會之影光，所佔於社會之位置於是。

蓋即由平民之趨勢，迤邐而來，以平民之志望，組織而成，對待貴族而為其監督，專以代表平民為職志，所謂新聞記者是也。……故記者既據最高之地位，代表國民，國民亦即承認為其代表者。一紙之出，可以收全國之觀聽，一議之發，可以輓全國之傾勢……雖然，言論者必立於民黨之一點而發者也，有足為事實之母之言論，必先有為言論之母之觀念，所為〔謂〕民族之觀念是也。故歐洲之有第四種族，必平民得與三大種族之列，而後以平民多數之志望，併合發表而為第四種族，乃足以抵抗貴族教會而立於平等之地位。〔註79〕

文章確認了平民（公眾）是輿論的主體，同時也確認了新聞記者（報刊）代表民眾體現社會輿論的重要功能，充分體現了當時知識界對報刊與輿論關係的認識水平。

與此同時，為了適應代言輿論的功能，近代報刊的形態也發生了一些變化。在形式上，「論」的出現和演變是較為突出的例子。早期的中國近代報刊上已經出現了論說文，雖然也有像王韜這樣傑出的政論家，〔註80〕但論說大多形態粗糙、意圖模糊、視點散亂，反映的也更多是個人的政治訴求和意見，不足以代表輿論。但隨著思想和政治活動的日漸活躍，變法改制等國家公共事務引發了知識階層越來越濃厚的興趣，報刊之「論」的公共性和社會性也在逐漸增強。在《時報》發刊例》中，梁啟超對報紙論說的特點做了一些原則性的界定：

第一　本館論說以「公」為主，不偏徇一黨之意見。非好為模棱，實鑒乎挾黨見以論國事，必將有辟於所親好，辟於所賤惡。非惟自蔽，抑其言亦不足取重於社會也，故勉避之。

第二　本館論說以「要」為主。凡所討論，必一國一群之大問

<hr />

〔註79〕《國民日日報發刊詞》，《國民日日報彙編》（第一輯），東大陸圖書譯印局，1904 年 9 月。

〔註80〕柯文認為，「在中國近代新聞業初期，出版報紙僅是為了獲利，很少對某問題表態或影響群眾輿論。王韜的報紙卻是少見的例外，經常刊登社會，且多是出自王韜的手筆。」見氏著《在傳統與現代性之間——王韜與晚清改革》，雷頤、羅檢秋譯，南京：江蘇人民出版社 1994 年版，第 75 頁。

題。若遼豕白頭之理想，鄰貓產子之事實，概不置論，以嚴別裁。

第三　本報論說以「周」為主。凡每日所出事實，其關於一國一群之大問題，為國民所當屠意者，必次論之。

第四　本報論說以「適」為主。雖有高尚之學理，恢奇之言論，苟其不適於中國今日社會之程度，則其言必無力，而反以滋病。故同人相勖，必度可行者乃言之。〔註81〕

這四點總結，反映出時人對報紙論說的公共性和社會性已有深入瞭解。當然，這裡的「公」指的還是「公正」而非公眾。但梁啟超隨後就明確指出，公正的言論正是來自於公眾：「夫健全輿論云者，多數人之意思結合，而有統一性、繼續性者也。非多數意思結合，不足以名輿論；非統一繼續，不足以名健全。」〔註82〕現代輿論的公共性和傳統儒家文化中對公正、公平的期待在這裡都被濃縮為一個「公」字，成為當時報刊普遍的追求，以至於清末民初的各類時政報刊，無論政治立場如何，大都將「公」作為辦刊的首要原則。梁啟超的《國風報》宣布：「凡時評不攻擊個人」、「凡論說及時評皆不徇黨見」〔註83〕民國成立後出現的《雅言》則聲明：「本雜誌以條陳時弊、昌明文學，不徇黨私，不尚意氣為宗旨」、「本社經濟同人均係獨立，所作一本良知，不受黨牽，不為勢迫」。〔註84〕《正誼》在廣告中自稱：「本雜誌以公平之主張，發穩健之言論，不涉一黨偽私之見，足為政論之模範。」〔註85〕谷鍾秀在《發刊詞》中則進一步說明：「必有建言者，竭至誠之忱，揚大公之大纛，不憚苦口曉音，以與世相周旋，而後能漸入人心，冀挽回於萬一。」〔註86〕其實不僅僅是「公」，「誠」、「正」、「恒」〔註87〕等當時報紙經常標榜的一些辦報準則，在傳統的道

〔註81〕梁啟超：《〈時報〉發刊例》，《〈飲冰室合集〉集外文》（上冊），第154頁。
〔註82〕梁啟超：《國風報敘例》，《飲冰室合集·文集之二十五（上）》，第20～21頁。
〔註83〕梁啟超：《國風報敘例》，《飲冰室合集·文集之二十五（上）》，第25頁。
〔註84〕《甲寅》封底所刊《雅言》之廣告。
〔註85〕《正誼》廣告，《甲寅》1卷6號，1915年6月10日。
〔註86〕谷鍾秀：《發刊詞》，《正誼》1卷1期，1914年1月15日。
〔註87〕「恒」是梁啟超在解釋《庸言》雜誌的命名時提出的：「庸之義有三，一訓常，言其無奇也；一訓恒，言其不易也；一訓用，言其適應也。振奇之論，未嘗不可以驟聳天下之觀聽，而為道每不可久，且按諸實而多闕焉。天下事務，皆有原理原則，其原理之體常不易，其用之演為原則也，則常以適應於外界為職志，不入乎其軌者，或以為深賾隱典，而實則布帛菽粟，夫婦之愚可與知能者也。言之龐雜，至今極矣，而其去治理若愈遠，毋亦於茲三義者有所未愜焉，則庸言報之所為作也。」梁啟超：《庸言》，《庸言》1卷1期，1912年12月1日。

德內容之外，也都具有現代的公共性與社會性意味。

同時，論說的內容也日漸豐富，跳出了早期報紙狹隘淺陋的侷限，將更多公共性事務納入視野：「其對象，則兼政治上與社會上。政治上者，納誨當道也；社會上者，風厲國民也。其選題，則兼抽象的與具體的。抽象的者，汎論原理原則也；具體的者，應用之於時事問題也。」報紙論說在時政之外也涉及國計民生，具有更廣泛的社會性：「凡社會上所睹之利病，無不陳，而於道德風習，三致意焉，端本也。」〔註 88〕

不過，由於公眾力量不夠強大，制度保障不足，輿論的公共性和社會性往往需要依靠新聞從業者的道德修養來保證。報刊政論能否反映輿論，與報刊主筆的個人品質有直接關係。在《論日報漸行於中土》中，王韜就認為輿論的代言人必須有特殊的道德標準：「西國之為日報主筆者，必精其選，非絕倫超群者，不得預其列。今日雲蒸霞蔚，持論蜂起，無一不為庶人之清議。其立論一秉公平，其居心務期誠正。」因此，秉筆之人「不可不慎加遴選。其間或非通材，未免識小而遺大，然猶其細焉者也。至其挾私評人，自快其忿，則品斯下矣，士君子當擯之而不齒。」〔註 89〕只有報紙的主持者出於公心，才能夠真實反映公眾意見。在《國風報敘例》中，梁啟超也認為「直道」和「公心」是健全輿論所不可缺少的要素：「故必有柔亦不茹、剛亦不吐，不侮鰥寡、不畏彊禦之精神，然後輿論得以發生，……故必無辟於其所好惡，然後天下之真是非乃可見。」〔註 90〕輿論的公正依賴於諸如新聞從業者的道德之類的偶然性因素，正反映出近代報刊發展環境的先天不足。以至於論說的公共性不是從論者對公共意見的熟悉程度而是從論者的個人道德節操表現出來，成為了中國近現代輿論的一大特徵。

近代報刊之所以能夠反映輿論，具有更強的公共性和社會性，與報刊讀者的公共化也有直接的關係。傳統中國的邸報之類的官方媒介，為政府信息的單向傳播工具，受眾面相當狹窄。但早期近代報紙出現之後，報紙的讀者面就大大擴展。同時，報紙的流行也培育了不同層次、數量日增的讀者。商業性報紙的讀者主要是市民和商人，政論性報刊的讀者則主要是官僚士大夫階層。隨著

〔註 88〕梁啟超：《國風報敘例》，《飲冰室合集·文集之二十五（上）》，第 24 頁。

〔註 89〕王韜：《論日報漸行於中土》，《韜園文新編》，北京：三聯書店 1998 年版，第 109～110 頁。

〔註 90〕梁啟超：《國風報敘例》，《飲冰室合集·文集之二十五（上）》，第 20 頁。

報刊的發展，商業性報紙和政論性報紙的功能逐漸重合、趨同，它們的讀者群也相互滲透，形成了以社會大眾為主、兼及政府官員的讀者群結構。由於這樣的讀者群結構的存在，報紙就具有了溝通官民的作用。輿論是不同於政府的社會聲音，甚至常常是與政府相對抗的聲音，但這些聲音只有被統治機關所瞭解，才能夠發揮效力。所以，近代報紙論說的預設對象往往不只是社會大眾，還包括政府官員，報刊要在兩者之間發揮橋樑的作用，正如梁啟超所說，報紙要以自己的言論、對策「以獻替於有司，而商榷於我國民。」〔註91〕報紙之所以不同於請願書，就在於報紙不只反映民眾的意願，也能夠傳遞政府的意圖：「報紙誠常有代表國民請求之事，然尋常請願書，僅限於一時一事，而報紙之代表國民請求，可隨時隨事而發，且請願書大抵但為國民請求政府之一種手段，而報紙則既可代表國民向政府為請願，亦可代表政府向國民為請願，又可為國民與國民間之相互請願，且可為國與國間之國際請願，其範圍至廣，斯其作用至繁，匪可同日語也。」〔註92〕1903 年《蘇報》刊登的一篇文章闡述了讀者公共化背景下報紙、輿論與政府之間互動的過程：

> 報館者，發表輿論者也。輿論何自起？必起於民氣之不平。民氣之不平，官場有以激之。是故輿論者，與官場萬不相容者也。既不相容，必生衝突。於是業報館者，以為之監督曰某有事礙於國民之公利，曰某官不能容於國民，然後官場有所忌憚，或能逐漸改良，以成就多數之幸福，此報館之天職也。此天職者即國民隱託之於報館者也，苟放棄此天職，即不得謂之良報館。〔註93〕

拓展讀者群、獲得更廣泛的民眾支持，給報刊的公共性帶來了堅實的保障，同時也給報刊的形式提出了新的要求。換言之，近代報刊必須在外在形式上作出變化，以適應讀者公共化的趨勢。事實上，從近代報刊出現之後，這種變化就始終存在，通信欄的出現和流行就是其中最典型的例子。如同近代報刊一樣，「通信欄」也是西方舶來品。英國老牌報紙《泰晤士報》的通信欄歷史悠久，《旁觀者》等週刊的通信欄也各有特點，明治維新之後日本報刊的通信欄也辦得有聲有色。因此，通信欄是世界範圍內報刊所慣用的一種加強與讀者

〔註91〕梁啟超：《上海〈時報〉緣起》，《〈飲冰室合集〉集外文》（上冊），夏曉虹輯，北京大學出版社 2005 年版，第 153 頁。
〔註92〕劉蕭和：《勖報》，《甲寅》1 卷 6 號，1915 年 6 月 10 日。
〔註93〕《論湖南官報之腐敗》，《蘇報》1903 年 5 月 26 日。

聯繫的手段，也是報刊作為公共言論空間在形式上具體而微的體現。不過，通信欄在中國報刊的出現和流行卻經歷了一個漸進的過程。就早期政論報刊而言，通信欄或類似的欄目出現甚早，但地位並不重要。在《時務報》時期，就已經有了雜誌與讀者的互動溝通，它從第六冊開始設「奉覆來函」欄，以簡短之隻言片語集中答覆讀者的來信。但此欄並非每期都有，且不為編者所重，只是聊備一格而已。《新民叢報》上也設有「問答」一欄，但其內容多為編讀之間關於西學常識的問答，幾乎從不討論時政問題，殊少興味。此外《新民叢報》還在「雜俎」中設有「尺素五千紙」一欄，由編者對讀者來信進行統一答覆，但見不到讀者的意見。在「飲冰室師友論學箋」中也偶而會看到一些編者友人的來信，但是數量不多，且摻雜著私人關係，不足以代表一般讀者。隨著中外報界交流日漸頻繁，一些新派報紙逐漸開始重視通信欄。秦力山主持的《國民報》闢有「答問」，其主旨是「主客問難，究詰事理，此送一難，彼通一義，庶幾明辨，闡發宗旨」〔註94〕，立意與歐西報紙的通信欄已相當接近，且更注意讀者意見的表達。此外《二十世紀大舞臺》、《中國白話報》、《民報》、《有所謂報》、《江西》、《京話日報》等報刊都開闢了「答問」、「郵筒」、「來信」、「來書」之類的欄目。〔註95〕

在清末民初的報人中，章士釗是少數擅長利用通信的一位。他在辦《蘇報》、《國民日日報》時就開闢了通信欄，所謂「尺書千里，疑義與析；腦海相通，江山鐵筆」〔註96〕，將讀者的回應視為「鐵筆」——也即報紙輿論——必不可少的一部分，獲得了讀者的普遍歡迎。留學英倫之後，英國報刊發達的通信部分給章士釗留下了更深的印象，以至於他在稱讚《帝國日報》的通信欄時對英國報紙的這一優長亦念念不忘：「其尤足以盡新聞之職務而為他報所忽者，則為唱（倡）導投函一事。英人之言曰：『英倫社會有一不安之象，《泰晤士報》投函欄中必有一相應之函。』斯言當也。英人之好投書與英紙之樂受投書，實為英紙之發達史中之一要鍵。吾人未審利用新聞紙以抒吾見，陳吾苦，而新聞紙復未能與此加之〔注〕意，是乃割棄新聞天職之一部分，且為社會不活動之一表徵也。」〔註97〕1912 年，章士釗和王無生合辦《獨立週報》，也設

〔註94〕秦力山：《〈國民報〉序例》，《秦力山集》，中華書局 1987 年版，第 35～36 頁。
〔註95〕方漢奇：《中國近代報刊史》，第 656 頁。
〔註96〕《國民日日報發刊詞》，《國民日日報彙編第一輯》，東大陸圖書譯印局，1904 年 9 月。
〔註97〕秋桐（章士釗）：《老大帝國之少年新聞》，《帝國日報》1910 年 11 月 15 日。

有「投函」，內容日漸活躍。1914 年《甲寅》創刊之後，通信一欄更是辦得風生水起，為這份嚴肅政論雜誌增加了活潑靈動的一面。在發刊詞中，章士釗明確表示通信為輿論重要之一部分：「本志既為公共輿論機關，通訊一門，最所置重，務使全國之意見，皆得如其量以發表之，其文或指陳一事，或闡發一理，或於政治學術有所懷疑，不以同人為不肖，交相質證，俱一律歡待，俾先登錄，若夫問題過大，持理過精，非同人之力所及，同人當設法代請於東西洋學者以解答之。」〔註98〕顯然，章士釗在這裡對通信的重視並非是出於討好讀者，也不單純以辦刊技巧視之，相反，章士釗始終把是讀者的意見當作自己刊物觀點和立場的重要來源和參照，以平等的態度與讀者交流，進而使自己的政治思想獲得廣泛的民意基礎。在刊物提供的「公共空間」中，無論讀者對編者的意見贊同與否，暢所欲言的通信和交流，本身就足以使讀者產生對刊物的信賴。因此，對通信的倚重和精心打造就成為章記報刊的顯著特徵。〔註99〕正如一位讀者所說：「自大記者主持《民立報》以來，僕即見其對於通信一門，頗為注意，意在步武歐美諸大週刊、日刊諸報，以范成輿論之中心。」〔註100〕特別是《甲寅》時期，章士釗在通信欄上更是耗費心力、苦心經營，時人認為《甲寅》的通信「固為博採旁搜，集思廣益起見。然質證疑難，妙有折衷，則讀者之興味頓增，於國人政治學術上思考力之策進，尤賴有此。貴志之用心良苦矣！」〔註101〕給予很高的評價。以至於時至今日，有學者認為在《甲寅》的諸多欄目中，「以通信最為出色」。〔註102〕其後，《新青年》之通信欄在陳獨秀手中雖青出於藍，產生更大影響，〔註103〕但追根溯源，則與《甲寅》注重通信的特點不無干係。

〔註98〕《本志宣告》，《甲寅》1 卷 1 號，1914 年 5 月 10 日。

〔註99〕當時報刊雖大多設有通信一欄，但有自身特點者不多，一些報刊也不甚注重此欄，只是聊備一格而已。如與《甲寅》同時期的《大中華》即沒有通信欄，雖設有「來稿」一欄，但多是讀者投寄之完整文章，並非編讀之間的往來互動。

〔註100〕李芟：《憲法會議——致甲寅記者》，《甲寅》1 卷 1 號「通信」，1914 年 5 月 10 日。

〔註101〕周悟民：《政與學——致甲寅雜誌記者》，《甲寅》1 卷 1 號「通信」，1914 年 5 月 10 日。

〔註102〕《辛亥革命時期期刊介紹》，第 4 集，北京：人民出版社 1986 年版，第 529 頁。

〔註103〕見李憲瑜：《「公眾論壇」與「自己的園地」——〈新青年〉雜誌「通信」欄》，《中國現代文學研究叢刊》2002 年第 3 期。

通信欄之發展雖是一個漸進的過程，但對近代輿論而言卻具有重要之意義。它絕不僅僅只發揮事務性的功能——在說明投稿須知、提醒郵購事項、糾正錯別字等瑣事之外，內容充實的通信欄往往意味著報刊／輿論代言人和讀者／輿論主體之間的互動。通過通信，編輯和主筆可以和讀者維持廣泛而及時的聯繫，同時也可以使來自讀者的意見傳播開去，從而使讀者相信自己的觀點可以成為輿論的一部分並在一定程度上影響事件的進程。雖然由於報刊的讀者也主要是知識階層因而無法代表全體民眾，但市民階層的興起和參與以及報刊讀者面的擴大，使得報紙體現民意的可能性大大增加。通信對報刊公共性／輿論的建設性作用並非只存在於理論層面，我們可以輕易在近代報刊中找到經典案例，這就是《蘇報》。

在清末民初的眾多報刊之中，1896年創刊的《蘇報》有著特殊的地位。但最初它只是一份再普通不過的市民報紙，由中國人胡璋（鐵梅）的日籍妻子生駒悅擔任「館主」，在上海的日本總領事館註冊，〔註104〕報館設在上海英租界三馬路中市。1900年，由於經營不善，胡璋將《蘇報》盤給了曾經做過知縣的陳範（夢坡）。事實上，直到章士釗擔任主筆之前，《蘇報》都是一份平庸無奇的報紙，其規模也是家庭作坊式的。〔註105〕但正如日本學者高田淳所言，癸卯（1903）之年，對於章士釗或中國革命史而言，都是一個重要的轉折年頭，原因即在於這一年發生了「蘇報案」。〔註106〕蘇報案對於當時民族革命運動所產生的影響，今天已經無須贅述。需要提醒人們注意的，是《蘇報》的通信欄在造成輿論進而催動實際革命運動中扮演的重要角色。

1903年6月1日，章士釗出任《蘇報》主筆。章氏少年氣盛，剛剛上任就大膽改革，在欄目設置和體制形式上下了不少工夫，使《蘇報》面目一新。除了一些技術性措施如「特於發論精當，時議絕要之處，夾印二號字樣」以引起讀者的注意之外〔註107〕，明確宣布：「本報務以單純之議論，作時局之機關，

〔註104〕 方漢奇：《中國近代報刊史》，第231頁。
〔註105〕 陳夢坡接手《蘇報》後，由自己寫論說，兒子則發新聞，女兒則有時編些詩詞小說之類，「所以他們是闔家歡，不另請什麼編輯記者的。」見包天笑《釧影樓回憶錄》，太原：山西古籍出版社、山西教育出版社1999年版，第230頁。
〔註106〕 〔日〕高田淳：《章炳麟‧章士釗‧魯迅》，劉國平譯，呼和浩特：遠方出版社1997年版，第172頁。
〔註107〕 《本報大改良》，《蘇報》1903年6月1日。

所有各省及本埠之瑣屑新聞，概不合本報之格，嚴從沙汰，以一旨歸。」〔註108〕擺脫過去對新聞的時間性依賴和單純作為報導新聞事件的工具性特徵，將《蘇報》定位於嚴肅的政論性報紙。為了配合《蘇報》對政治時事的關注，章士釗又將原有的「學界風潮」欄目位置提前，緊跟「論說」之後，吸引讀者的注意；同時新增「輿論商榷」一欄，歡迎讀者來稿討論問題，〔註109〕為發表讀者觀念、造就輿論提供了充足的言論空間。

　　《蘇報》上最引人注目的「學界風潮」一欄，其初衷不過是想借學生運動的聲勢拓展銷路，〔註110〕而且並非由訪員或主筆撰稿，而是由眾多讀者來函組成，如《錄某君自東京成城學校來函》、《來函述杭州美國浸禮會蕙蘭書院學生退校始末記》、《來函述嘉興塘灣蒙養學堂徐教習之野蠻》（均見1903年5月7日）、《揚州篤材學堂來函》（1903年5月8日）、《函述江寧水師學堂之腐敗》（1903年5月28日）、《再述江寧水師學堂之腐敗》（1903年5月29日）等等。個中原因，可能並非出於編輯刻意設計，而是因為報社財力、人手所限，無力派訪員親自調查各地學生運動實情，只得依靠讀者自行投函充數。但就是如此倉促上陣的欄目，卻順應時勢，迅速吸引了讀者的注意。很快即有讀者來信稱讚《蘇報》「於學界最為留心，實為報界特色，改良以後增學界風潮一門，遍徵來函，以飼同志，不勝欽佩」。《蘇報》也憑藉其對於教育新聞的專注而得到了教育界讀者的廣泛歡迎。同時，由於編者的政治立場顯而易見，其用意也在於依靠學生從事革命運動。因此報社沒有僅僅把讀者來信刊登出來了事，而是通過論說、點評與讀者進行互動，將發生於一時一地的學校風潮擴大為波及整個社會的公共議題，進一步造成輿論。在1903年5月11日的「論說」欄中，編者就刊登了《讀杭州蕙蘭書院學生退校始末記書有感》一文，認為學生的反抗「是為政治界反抗力之先聲」，讚揚退學學生「處教會勢力極熾之時，而毅然為此，且動必以律師直為壯，而又合力以有所建設，非如焚堂殺人、卒聚卒散者之野蠻暴動也，是真不愧文明國民之資格者。嗚呼！吾安得不崇拜讚

〔註108〕《本報大沙汰》，《蘇報》1903年6月3日。
〔註109〕《本報大注意》，《蘇報》1903年6月2日。又見《「輿論商榷」告白》，《蘇報》1903年6月4日。
〔註110〕章士釗曾回憶：「辛壬之間，江南學堂多事，該報承南洋公學以墨水壺退學之餘波，增闢『學界風潮』一欄，藉資號召，聲價大起，夢坡意動思更以適時言論張之，擴其銷路，而未必有醉心革命，道人木鐸之堅決意志也。」見氏著：《蘇報案始末記敘》，《章士釗全集》第8卷，第150頁。

歟而以為我國民之一大紀念乎！」另一方面，《蘇報》的編輯也深諳新聞「炒作」之術，不失時機地拿出版面刊登一些對學潮的異議。例如，有讀者致信《蘇報》，認為該報所記載事實「誣者十九也」，至於其中原因，「有謂貴報受人賄賂以污人名譽者，有謂貴報受外人嗾使破壞中國學界之萌芽以戕賊同種者，有謂貴報省各處訪事之費藉此以為報料者。種種物議，雖不免過實，然亦貴報之記事不實有以授之隙也。……然貴報必曰，此來函之咎，報館不擔責也。有聞必錄，報館之例則，然也。然天下賴有貴報者，將賴以主持公理乎？抑視如黏貼匿名揭帖之牆壁乎？……如欲主持公理，似不應如是之漫無區別也。……且貴報屢以脫除奴隸性根教人，義主正大，而奈何疏於覺察，甘為來函者之奴隸而不辭？甚或據為定論，加以品評，亦蹈吠影吠聲之惡習耶？」〔註 111〕面對這樣嚴厲的指責，《蘇報》則不動聲色地予以辯解：「本報之學界風潮無非關係全體，個人問題類不登載，其有登載者，必以個人問題而與學界全體有關係者也。且登錄實事，兩無偏袒，或兩說並存，以質當世，而俟公論……」〔註 112〕在鼓動學潮的同時，也刊發對於學潮的不同意見，《蘇報》編輯此舉頗為高明。如此一來，既能顯示自己作為輿論代言人的公允與寬容，也能通過對保守論點的駁斥產生「借力打力」之效果，而兩方爭辯所造成眾聲喧嘩的熱鬧局面也正是編者所樂於看到。

　　《蘇報》通信欄目的成功，不僅僅體現在報紙銷數的增加，其時轟動江南社會的一些學潮事件，背後都有《蘇報》言論的影子。〔註 113〕《蘇報》自身也因為激烈的反清色彩而釀成轟動一時的「蘇報案」，遭到「永遠停刊」的命運，成為晚清民族革命運動中的重要事件。正如章士釗所言：「查清末革命史中，內地報紙以放言革命自甘滅亡者，《蘇報》實為孤證。此既屬前此所無，後此亦不能再有。」〔註 114〕因此，蘇報的通信欄目——「學界風潮」與「輿論商榷」——典型地體現了晚清報刊的公共性：在這裡，報紙、民眾和政治行動之間不僅僅具有意識形態上的聯繫，而且產生了實質性的互動。司法的介入，也使「蘇報案」成為清末輿論興起後公共言論、租界當局與清政府多方勢力對抗、制衡、博弈的標誌性事件。由於第一次成為輿論的主要來源，公眾意

〔註 111〕　《侯井心來函》，《蘇報》1903 年 7 月 3 日。
〔註 112〕　《覆侯君書》，《蘇報》1903 年 7 月 3 日。
〔註 113〕　如 1902 年 11 月南洋公學學生因「墨水壺事件」而起的退學風潮就得到了《蘇報》的輿論支持。
〔註 114〕　章士釗：《蘇報案始末記敘》，《章士釗全集》第 8 卷，第 150 頁。

見的參與在這裡顯得格外重要；同時，正是由於第一次真正以公眾意見作為自己的基礎，輿論才具有了介入社會事務、改變社會現實的實踐性力量。

以上所舉《蘇報》之例，只不過是為了說明近代報紙形式的變化如何促進公眾意見的表達並進而形成公共輿論，以及報刊成為輿論代言人之後對社會事務的實際干預能力。事實上，報刊輿論在清末民初的社會轉型中起到舉足輕重的作用，正如時人所說：「我國共和告成，強半藉報紙鼓吹之力。」〔註115〕而報刊之所以有如此強大的力量，其根本原因就在於以民意為基礎。公共意見的重要常常使報刊在報導事實與順應輿論之間倒向後者，完全成為輿論的工具。在辛亥革命時期，這一傾向更為明顯。例如轟動一時的「密諭事件」中，《蘇報》所刊登之清廷嚴拿留學生密諭，本屬子虛烏有，而當清廷譴責《蘇報》捏造上諭時，《蘇報》卻堅稱密諭係從江督署借鈔得來，完全屬實。為了造成輿論，不惜虛構事實，「要之當時凡可以挑撥滿、漢感情，不擇手段，無所不用其極。」〔註116〕馬敘倫也曾這樣描述公眾意見對報紙的操縱：「袁世凱叫馮國璋攻破了漢陽，上海各報不敢發表，因為那時人民寧信民立報為宣傳捏造的消息，而對於真實的如革命軍失敗的消息，就會打毀報館的，申報新聞報就被打過，這是民意的測驗。」〔註117〕民國成立之後，由於南北政治勢力的對峙，報刊新聞獲得了更大的發展空間，出現了短暫的輿論「黃金時代」。即使是在北洋政府專權的北方，公眾意見也可以在各種政治力量犬牙交錯的縫隙中存在，甚至可以公開以監督政府為號召。〔註118〕關賡麟在回憶民初輿論的活躍時指出：「共和初造，人人自以平等，公論國事，意氣發抒。項城雖梟雄，對於指目而謗責之者，未嘗公然加罪。蓋其時塗飾宣傳、掩覆事實之術未工，而仇視清議、摧殘輿論之手段亦未敢不顧一切而行之也。」〔註119〕臺灣學者丁中江也認為：

> 民國締建時的輿論很有許多敢說敢講的文章，北京兵變後許多
> 報紙的評論都很激烈，對袁世凱的批評也毫不留情……像這類的文

〔註115〕徐良：《美國報紙史略》，《庸言》1卷21期，1913年10月1日。

〔註116〕章士釗：《疏黃帝魂》，《章士釗全集》第8卷，第206頁。

〔註117〕馬敘倫：《我在十八歲以後・參與辛亥革命》，《新文化》第3卷第6期，1947年2月5日。

〔註118〕黃遠庸和張君勱等創辦《少年中國週刊》時，就明確提出對於袁世凱政府，「願普天下皆以公明之正義督責之，而我今則為其前驅者也」。見黃遠生：《少年中國之自白》，《遠生遺著》，上海：上海書店據中國科學公司1938年版影印，第10頁。

〔註119〕關賡麟：《黃遠生遺著序三》，《遠生遺著》，第3頁。

章很多，足以想見當日的輿論並不畏懼權勢和軍閥，也可以看出當
年推翻清廷締造民國的一段時期，寫文章的人對當時是有重大的鞭
策力量。〔註120〕

但是，儘管輿論在清末民初中國社會的轉型過程中發揮了重要的作用，我
們仍需注意其侷限性。這種侷限性來源於兩種因素：一、輿論自身的先天弱點；
二、在近代中國社會的具體歷史語境中，輿論作用的有限性。換言之，我們既
要看到輿論在近代中國的巨大影響，也要看到它的實際作用常常受制於環境
和歷史條件因而相當有限，不能給予過高的估計。〔註121〕換言之，由於歷史
語境的限制，近代中國輿論體現出的只是「未完成的公共性」。以下試分述之。

首先，報刊輿論既是人的意識形態產物，也是通過人的意識形態產品——
文字——來傳播，其受眾也是人群社會。因此，雖然輿論主體是多數民眾，輿
論也不可能完全客觀的反映社會，而只能是主觀性極強地、間接地反映現實。
民初輿論界人士對輿論的先天主觀性已有充分的認識，梁啟勳在文章中深入
地論述了輿論產生過程中的感情與道德因素：

> 輿論為實事之母，而感情則輿論之母也。感情如電，其力之強
> 弱，當以發電機與受電機之大小為比例差，若人之神經受感情之刺
> 戟，舒之則演為勇敢，鬱之或變為狂易。若在眾人，則神經受刺，
> 輿論斯起，輿論之結果，即成事實矣。……
>
> 輿論者感情之浪也，感情起輿論而輿論又回復以起感情，遞進
> 無已，其勢非見諸事實者不休，事實見而輿論熄，輿論熄則感情得
> 而靜也。故曰輿論為事實之母而感情則輿論之母也……
>
> 感情之力既如此其大，感情之用既如此其妙，於是群眾之中，

〔註120〕 丁中江：《北洋軍閥史話》第 1 卷，北京：中國友誼出版公司 1992 年版，第
282、284 頁。

〔註121〕 據宋晞回憶，在浙江沿海地區識字的人大約有百分之二十，但能拿到報紙看
到雜誌的卻達不到百分之一，只有讀過大學或經濟能力較好的讀書人，到上
海、杭州去訂，才可以看到報紙雜誌，而這還是 4、50 年代的事情，若在晚
清輿論的力量更達不到百分之一。張玉法並且指出，在晚清時代，報紙雜誌
對民意的影響，還不如口頭的傳播。有學問有見解的人，很多是在喝茶、趕
集、走親戚家的時候傳播自己的意見，這同樣也影響到民意，應該考慮到這
種情形。此外，識字率和閱報率也是兩回事，能夠識字並不一定就具有閱讀
理解報紙和寫作的能力。機器設備等外在物質條件也是制約報刊發行和傳播
範圍的重要因素，應把這些因素估計在內。見《中國現代史專題研究報告》
（十），臺北：中華民國史料研究中心編印，1985 年版，第 161～170 頁。

其神經較為敏捷者，輒利用此機械以操縱人群，而震盪社會。若此
等神經敏捷之人之心術如端正也，則群眾受其賜………若此等神經
敏捷之心如心術不端也，則群眾受其禍。蓋彼之率眾以進，為私利
非為公益也。感情之易動已如前所言，若須要時而以手段挑撥之，
固易易耳，所以人之操持不可不慎也。〔註122〕（省略號為引者加）

　　另一位輿論界的代表人物梁啟超輿論自身的侷限也深有體會。早年梁啟
超曾經認為，為了實現變法的政治目的，可以採取激進的宣傳策略推動群眾覺
悟，但在此時，他也意識到民眾情感的過度參與並非輿論之福：「近儒之研究
群眾心理學者，謂其所積之分量愈大，則其狂熱之度愈增，百犬吠聲，聚蚊成
雷，其湧也若潮，其飆散也若霧，而當其熱度最高之際，則其所演之幻象噩夢，
往往出於提倡者意計之外，甚或與之相反，此輿論之病徵也。而所以致病之由，
則實由提倡者職其咎。蓋不導之以真理，而惟務撥之以感情，迎合佻淺之性，
故作偏至之論，作始雖簡，將畢乃巨，其發之而不能收，固其所也。」意識到
輿論因其主觀性的弊端之後，梁啟超從正面闡述了建立「健全輿論」的重要性。
他指出輿論本身並不可貴，可貴的是健全的輿論。產生健全的輿論，要有「五
本」：常識、真誠、直道、公心、節制。〔註123〕這「五本」無疑是居於輿論中
樞地位的報刊業者，為了制約輿論主觀性而採取的自我約束機制。其中的「節
制」一語，更是提醒人們不要濫用民意。

　　其次，在中國社會步履蹣跚的現代化進程中，報刊輿論受到外部環境的諸
多限制，其作用也大打折扣。

　　這裡的外部環境，首先是指近代中國極不發達的社會經濟。由於缺少足夠
的財源，除了少數幾家商業性大報，多數近代報刊始終被經濟問題所困擾。這
些報刊往往依靠捐款創刊，〔註124〕但隨後便經營乏術，坐吃山空，最終倒閉

〔註122〕梁啟勳：《說感情》，《庸言》2卷3期，1914年3月5日。
〔註123〕梁啟超：《國風報敘例》，《飲冰室合集·文集之二十五（上）》，第20頁。
〔註124〕《清議報》的創刊經費有三個來源：英籍旅日華商馮鏡如和馮紫珊、林北泉
　　　　等人的投資；梁啟超逃亡時帶出的「赤金二百兩」；黃遵憲等人的捐款，此外
　　　　該報還得到了日本當局的支持。《新民叢報》的開辦費一萬元，由馮紫珊、黃
　　　　為之、鄧蔭南、陳侶笙、梁啟超等分頭向旅日僑商籌措。《民報》成立之初，
　　　　曾在由同盟會在會員大會上議定每個會員捐助出版費五元，充當《民報》的
　　　　經費。此後《民報》還曾徵集捐款，僅在紀念《民報》創刊週年的一次集會
　　　　上，就當場募得捐款七百餘元。見方漢奇：《中國近代報刊史》，第184～188
　　　　頁。又見《中國革命運動二十年組織史》。

了事，即便是一些銷行甚廣的政論性報刊也逃脫不了這樣的命運。例如《時務報》，以捐款開館，其後廣受資助，兩年以來「捐款至萬餘金」。而後逐漸依靠自身經營維持運轉，算得上是「民辦報館在並無其他經營項目收入的情況下，主要依靠書報收入進行運營的典範。」〔註125〕按照梁啟超和汪康年再三估算，《時務報》能夠每期銷售四千份，就可維持。〔註126〕。但即便如此，也不能改變《時務報》多數時間處於虧損的局面。〔註127〕文人學者辦報，雖然可以保證優質的稿源，但往往不懂經營，而晚清社會經濟環境的惡劣、各地代派處和讀者拖欠報資、郵費的陋習更嚴重影響著報館的生存，甚至常常出現銷量越大、虧損越多的奇怪局面，成為許多報刊難以為繼的重要原因。對此深有體會的梁啟超認為，辦報第一難關，在於經濟不易獨立。〔註128〕張靜廬曾談到晚清康有為、梁啟超、章太炎、蔡子民、吳稚暉、于右任、狄平子、汪穰卿等人辦報，雖然都是著名的學者，「可惜都是一班文人，除了下筆千言的做做文章外，不明經營之術，因此，經濟發生困難，便漸漸的消滅。」〔註129〕直到五四時代，「叫好不叫座」依然是困擾《甲寅》、《新青年》編者的重要問題。學者客串報人不懂經營固然是報刊難以為繼的原因之一，歸根結底，紊亂、脆弱的社會經濟環境才是報刊發展緩慢的根本原因。

由於經濟常常陷於困窘，部分報刊便不得不投靠政黨勢力以求生存，加上原有的政黨機關報，清末民初的報壇便常常呈現「泛政治化」的局面，政治勢力成為制約輿論的另一重要因素，輿論被政黨所操縱，喪失公信力，從「清議」變為「橫議」：「今之以言論號召於天下者，多挾其黨見之私，黃種瓦缶，雜然並作，望風捕影，各阿所私……是者非之，非者是之，反唇相詆，循環無已，馴至惡聲遍於國中，士庶之聽聞，亦因以大惑。」〔註130〕報刊與政治勢力相絞纏本是輿論界的常態，但這種情況在清末民初的輿論界顯得格外嚴重。姚公鶴在《上海報紙小史》中指出：「上海報界之有政治意味，當以前清季世某上海道購買某報始，繼是而官僚購報之風盛行，其不能全部購買者，則又有

〔註125〕廖梅：《汪康年：從民權論到文化保守主義》，第64頁。

〔註126〕梁啟超：《〈時務報〉源委》，《〈飲冰室合集〉集外文》（上），第46頁。

〔註127〕廖梅：《汪康年：從民權論到文化保守主義》，第66頁。

〔註128〕梁啟超：《〈時事新報〉五千號紀念辭》，《飲冰室合集·文集之三十六》，第67頁。

〔註129〕張靜廬：《中國的新聞記者與新聞紙》（下編），上海：現代書局1932年版，第19頁。

〔註130〕李大釗：《是非篇》，《言治》第1年第4號，1913年9月1日。

津貼之名。報紙道德一落千丈矣。惟以今日世界報紙論，機械作用，本非所諱，顧在彼為發表政見之用，而在此乃庇護私黨之助，於是上海報紙始有黨派。」〔註131〕民國成立之後，報刊介入實際政治的程度變本加厲，而時人也視為理所應然之事：「至於指揮國民政治之方針，與夫開導國民之常識，則非賴報紙之力不為功。政治家非籍報紙之力，亦無以表其政見於國民也。且政治家及政客之歷史，亦賴報紙然後廣傳於世。準此而談，則報紙之在政治上其勢力如何，從可知矣。報紙既佔有政治上之勢力，則有操縱官吏及政客之權。即由此中之特權，不法之輩，常倚之以行其政治上之私心矣。」〔註132〕由於黨爭激烈，報紙多為政黨利用，接受政黨與政客之津貼，不能持公正立場，變身為黨爭之工具。當時的有識之士對此也有嚴厲的批評：「未幾南北意見蜂起，報紙之功用，純為私黨之利器，互相攻訐，互相詆諆，而全國報紙，遂無復虛心討議之心矣。……故二次南方之革命，未始非報紙激成之。」〔註133〕劉鼎和在《勱報》中也認為西式政黨的機關報傳入中國後逐漸趨於惡質化：「乃自報紙中有機關說興，而公道每為私鬥所掩，而其毒乃獨中於吾國幼稚報界為最深。蓋文明列強所謂某報為某機關，不過表其抽象的性質而已，至其具體的平常的論記，仍必以公正態度為原則，即令隱為某某衛護，亦必擇遇偶現之一二重要事件，仍設法以公正之論調，立批評之地位，而行衛護之大凡。真實衛護，必求效力。使為機關報者，一切失其公正態度，則已失社會之信仰。雖力行衛護，亦不過屢見衛護之事蹟，並不得衛護之功效，其為機關之作用，不啻自行取消，智者決不為此。」他進一步指出，經濟獨立對於報刊保持公共性和社會性極為必要，報紙要「養其公」，就必須從市場而非官場獲得支持：「蓋辦報實必本於營業主義，而後其報乃有日進發達之望。吾國近來報界辦法，頗中法國報界之惡弊，即多半以報紙為機關的，而非營業的。」〔註134〕

除了經濟問題和政黨勢力的介入之外，近代輿論還需應對前現代國家建立在專制政治基礎上的一整套嚴厲的思想言論整肅制度。社會輿論是不同於政府的公共言論，很多時候甚至是與政府直接對抗的聲音，是在與官方思想相衝突、鬥爭的過程中產生的。正是在這一過程中，近代中國報紙從政府教化的

〔註131〕姚公鶴：《上海報紙小史》，《東方雜誌》14卷6號，1917年6月15日，第198頁。
〔註132〕徐良：《美國報紙史略》，《庸言》1卷21期，1913年10月1日。
〔註133〕劉陔：《新聞記者與道德》，《甲寅》1卷2號「通信」，1914年6月10日。
〔註134〕劉鼎和：《勱報》，《甲寅》1卷6號，1915年6月10日。

工具轉變為民眾的代言人。如前所述，清政府根本沒有意願根據社會輿論的發展調整自己蠻橫、專斷的封建法律體系，北洋政府也將新聞輿論視為仇讎加以重重限制。因此，清末民初的法律和行政系統給輿論帶來的是普遍的迫害和壓抑。《大清律例》中規定：「凡造讖緯妖書，及傳用惑眾者，皆斬」、「凡妄布邪言書寫張貼，煽惑人心，為首者斬立決。為從者斬監候。」又規定：「各省抄房，在京探聽事件，捏造言語，錄報各處者，係官革職，軍民杖一百，流三千里」。這些意義含混、執法者可以隨意解釋的陳舊法規對近代報刊完全適用（《蘇報》案判決時曾引用之），使得宣布一家報刊有罪成為輕而易舉之事。除了正式國家法律之外，地方政府也曾發布過禁止「偽造謠言刊賣新聞紙」和「私自刊刻新聞紙」之類的禁令。〔註135〕戊戌政變之後，慈禧驚恐於維新派報紙鼓動之力，曾下諭嚴禁報館：「館中主筆之人，率皆斯文敗類，不顧廉恥，即飭地方官嚴行訪拿從重懲辦。」1906年清政府開始頒布報律，先後制訂《大清印刷物專律》共六章四十一款及《報章應守規則》；1908年1月，又在前二者基礎上參考日本報紙法制定了《大清報律》共四十五條，對報刊出版發行加以嚴格的限制。此外，一些地方官員還單獨頒有自己「手訂」的「報律」，〔註136〕對報刊出版隨意干涉。〔註137〕在1898年～1911年的十三年間，據不完全統計，至少有五十三家報紙遭到迫害，占當時報紙總數的三分之一強，內被查封的三十家，被勒令暫時停刊的十四家，其餘的分別遭到了傳訊、罰款、禁止發行、禁止進口、禁止郵遞等處分，辦報人遭迫害的不下二十人。〔註138〕除了民初短暫的興旺之外，袁世凱政府治下的新聞輿論同樣備受桎梏。1912～1914年間，北洋政府相繼頒布《戒嚴法》、《治安警察法》、《報紙條例》和《出版法》等一系列法律，對新聞輿論進行鉗制。在政治上，「二次革命」之後，國民黨系報紙幾乎全被查禁。到了1913年底，全國繼續出版的報紙只剩下了一百三十九種，較之1912年初的五百種比較起來，銳減了三百多種，被稱為「癸丑報災」。在袁世凱統治的短短數年中，全國報紙至少有七十一家被封，四十九家受傳訊，九家被反動軍警搗毀；新聞記者至少有二十四人被殺，六十人被捕

〔註135〕 方漢奇：《中國近代報刊史》，第133頁。
〔註136〕 方漢奇：《中國近代報刊史》，第596頁。
〔註137〕 例如1906年8月，兩廣總督岑春煊曾以行政命令禁止《東方報》、《日日新報》進口；1907年7月，又以「議論既多狂悖，紀載尤多虛誣」為名，箚飭廣東巡警總局禁止《世界公益報》等進口。
〔註138〕 方漢奇：《中國近代報刊史》，第596頁。

入獄。〔註139〕對於這樣恐怖的氣氛，章士釗雖在海外，亦感同身受：

> 一載以還，清議絕滅，正氣銷亡，遊探遍街，道路以目。新聞之中，至數十日不著議論，有亦只談遊觀玩好無關宏旨之事，或則滿載陳篇說帖塵羹土飯之文，尤且禁錮記者，頒定條例，既嚴誹謗，複重檢閱，歐洲中古之所未聞，滿洲親貴之所憚發，毀及鄉校，智下於子產，禁至腹誹，計踵乎祖龍，自古為同，斯誠觀止，則又暴民專制之所不敢為，而今之君子以為安國至計者也。惟防民之口，甚於防川，其抑之也至，則其爆發也愈烈。望前路之茫茫，曷隱憂其有極。〔註140〕

在政治高壓的情境中，一些新知識分子自身對輿論公共性、獨立性的信念也發生了動搖，放棄了輿論監督政府的職責，轉而贊同、維護政府對輿論的控制。這其中有不少是當時著名的輿論領袖。例如梁啟超就曾經向袁世凱獻策，希望袁能夠利用輿論，認為「善為政者，必暗中為輿論之主，而表面自居輿論之僕」，又說「然在共和國非居服從輿論之名，不能舉開明專制之實」。〔註141〕「二次革命」失敗之後，張東蓀也為袁世凱政府制定報律大唱讚歌：

> 報律之定，非僅國民受其益，即報章亦得其保護，大凡法律無不為雙方之保護，雙方之制限，絕無專為一方面而設者也。今之人苦報章之詆毀也久矣，苟一一訟之於法庭，而不待其更正，則一日之間，訟事必數十起，報館固受其病，而法庭亦不勝其煩，是故取締之責，宜屬之有司，而容人民告發，斯為正當耳。辛亥之役，一二報館，煽惑人心，以促鼎革，此後乃思以此故智，隨時施設，此所宜嚴重監督者也。又況民智幼稚，邪說易入，保育之職，端在政府矣。〔註142〕

其後以反袁而見重於世人的名記者黃遠庸，也曾經認為報律的制定未嘗無益於輿論：「今論者舉律輒言日本，然日本之報律之為文明國所不齒，具有公論，況彼之司法及行政之可信任之程度尚遠倍於吾國耶？竊謂今日報界但能得法權之支配，不受司法以外之摧殘，其願已足，反對報律之時代，亦既過

〔註139〕以上數據均見於方漢奇：《中國近代報刊史》，第711～720頁。
〔註140〕秋桐（章士釗）：《政本》，《章士釗全集》第3卷，第11～12頁。
〔註141〕1912年2月23日梁啟超致袁世凱函，見丁文江、趙豐田編：《梁啟超年譜長編》，上海人民出版社1983年版，第617頁。
〔註142〕張東蓀：《亂後之經營》，《庸言》1卷17期，1913年8月1日。

去,故編訂報紙條例,未嘗不為吾人所贊成……」﹝註143﹞知識分子的普遍倒戈,既反映出輿論公共性的基礎——市民階層力量——的弱小,也體現了過渡時期知識分子思想的猶疑與立場的矛盾。這種思想的內在矛盾來自於新舊轉型時代知識分子身份的不確定性,正是這種身份的不確定性或者說社會角色的多重性,使他們無法擺脫對政治力量的依附。﹝註144﹞

余英時在《士與中國文化》一書中提出,應該「把『士』看作中國文化傳統中的一個相對的『未定項』。」在他看來,「所謂『未定項』即承認『士』有社會屬性但並非為社會屬性所完全決定而絕對不能超越者。所以『士』可以是『官僚』,然而,他的功能有時則不盡限於『官僚』。例如漢代的循吏在『奉行三尺法』時固然是『吏』,而在推行『教化』時卻已成為承擔著文化任務的『師』了。『士』也可以為某一社會階層的利益發言,但他的發言的立場有時則可以超越於該社會階層之外。……相對的『未定項』也就是相對的『自由』。」﹝註145﹞在變動不居的辛亥革命時期,知識分子的身份更突出地體現了「未定項」的特點,因而也具有了某種相對的「自由」。這種自由更多是指知識分子(包括傳統文人)在政治權力中心和社會空間之間的交叉、流動,導致了這一時期文壇出現的政客/文人以及輿論界出現的政客/報人角色互換的流行現象,這無疑使我們估量知識分子反映社會輿論時的公共性和獨立性時應該持更加謹慎的態度。

知識分子身份的游移首先反映在文學領域。政客的文人化與文人的政客化成為清末民初文壇的普遍現象,事實上這二者是如此相似,以至於我們有時很難分辨。許多政界人物都身兼文人一職,涉足於文學創作,並且並不僅限於古典文學——其中如蒲殿俊等甚至成為新文學的幹將;文人進入政界並有一番作為者也大有人在。產生這一現象的原因自然是多方面的。首先,文人政客

﹝註143﹞ 遠:《報紙條例》,《庸言》2卷4期,1914年4月5日。

﹝註144﹞ 知識分子依附權力並非中國的特例,市場如果發育不良,知識分子必然要尋求其他謀生之道。甚至在英國,直到18世紀中葉,也才把寫作視為一種職業。劉易斯·科塞指出,職業作家的出現需要更多的讀者,而在18世紀之前,「知識成果雖為行家欣賞,但並不能在較大範圍出售,只要這種情況依然存在,文人就必須依賴財富和權力的庇護。」見〔美〕劉易斯·科塞:《理念人——一項社會學的考察》,郭方等譯,北京:中央編譯出版社2001年版,第39頁。

﹝註145﹞ 余英時:《士與中國文化·自序》,《士與中國文化》,上海人民出版社1987年版,第11頁。

化常常是出於謀生的需要。章士釗在 1911 年寫了一篇雜文《詩人之生活》，議論的就是文人的政客化。他讀到時人某家詩話有曰：「先生以文學負盛名，為王湘綺所傾倒，駢文高淡似汪容甫，詩以唐人為歸，雍容爾雅，卻到好處。生平所致力者，尤莫若詞，……近以一官需次江左，上峰委辦海口釐捐，局處寂寞之鄉，日以填詞自遣。」對此章士釗不禁感歎：「詩卷與籌算雜陳，太覺沒趣。」並認為文人不在文學裡討生活，當了釐捐委員卻一味填詞，「吾國百事莫舉，茲為病源。」但事實上章士釗自己也是遊走於文壇宦海之間，對其中甘苦自然深有體會，所以又說：「然先生辦釐捐必非所甘，文人糊口之艱，於茲可見。」〔註 146〕至於政客的文人化，則是由於中國士人重視文章辭賦的文化傳統所致。一方面，封建時代士大夫階層舊有的風雅還未褪盡，詩詞文章依然是官僚們固有的趣味；另一方面，出身現代教育的技術官僚還未大批進入政治體制，文學依然是政治人物知識結構中重要的組成部分。

與此同時，作為公共輿論代言人的新聞從業人員也與官場有著千絲萬縷的聯繫，其中許多人本身就曾為官員。在渴望干預時政乃至圖謀成為帝王師的一些知識分子看來，利用輿論與政治權力發生關係並非什麼壞事，反而值得期待。梁啟超就曾認為新聞界與政界的人員流動值得歡迎：「其有益於國事如此，故懷才抱德之士，有昨為主筆而今作執政者，亦有朝罷樞府而夕進報館者。」〔註 147〕事實上，梁啟超自己就是這樣一位遊走於官場和報壇之間的近代知識分子的典型。梁氏去世之後，有人曾用一個公式概括了他周旋於政治、學術、輿論的一生：

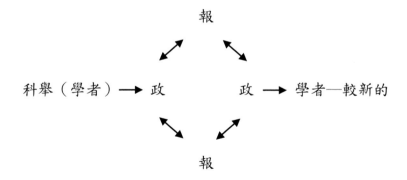

其實這個公式不僅可以概括梁啟超的一生，更可以用來代表當時許多知識分子的人生歷程。雖然作者在文末認為梁啟超「始於學，終於學，可云無

〔註 146〕秋桐（章士釗）：《詩人之生活》，《帝國日報》1911 年 7 月 27 日。
〔註 147〕梁啟超：《論報館有益於國事》，《時務報》第 1 期，光緒二十二年七月初一。

憾。」〔註148〕但實際上較之於學術，梁顯然更鍾情於政治，一生中投身政治的歲月遠超耕耘於學界的時間。問題在於，依違於輿論與政治兩者之間，並不能使知識分子在兩造都獲得成功。相反，在各種政治勢力的夾縫中，由於難以處理公眾、政府和自身之間錯綜複雜的關係，等待這類知識分子的往往是悲劇結局。張蔭麟在總結梁啟超這一代知識分子時，曾一語道破梁氏的尷尬處境：「他不能不說話，而且最能說話，而且說的話最多，但他說的話，不獨對於原來的目的，全不濟事，而且使他受著左右夾攻。」〔註149〕

無獨有偶，另一位著名報人──創辦三份《甲寅》、身兼兩部部長、風頭一時無兩的章士釗也擺脫不了同樣的命運。如前所述，章士釗所辦之報刊與政治皆有密切關係。章士釗本人雖標榜不入任何政黨，但其實頗熱衷於政治。他前期所創辦的《獨立週報》、《甲寅》月刊，受政治勢力影響之痕跡已經頗為明顯，到他放棄北大教職、身入宦海之後創刊《甲寅日刊》、《甲寅週刊》，則已屬於典型的政客辦刊。背靠北洋政府，手握行政資源，如此辦報，其堂皇氣度自然不同於流亡東京時的窘迫寒酸。一些讀者也趁機大肆吹捧：

> 記者進而為國務員，吾國先例，容或有之，身為國務員，同時執筆作新聞記者，先生實為開山之祖。夫國務員者，位分尊嚴，率皆自重其身，不肯以真面目示人，偶答客問，亦皆撲朔迷離，令人不得其旨。先生乃欲以國務餘閒，披瀝肝膽，出其真實言語，以與社會相周旋。如此乖世戾俗，安得不令人疑其自白，疑其攻人，疑其漏洩密勿，並疑其別有作用？……雖然，先生有主張之政論家，而具有實行之願力者也。政黨既不適於吾國，則施行政策，惟有執政者能之。先生身居施政之地，手疏論政之文，雙方並力，載馳載驅，其收效當倍宏而且速。〔註150〕

但既然有人抬轎，也自然有人對其行徑並不買帳。張客公在給章士釗的信中，就毫不客氣地指出《甲寅》週刊的問題就在於章身為政府大員卻偏要充當輿論導師：

> 先生居密勿之重地，作輿論之導師，譬之雜劇登場，獨腳兼扮，

〔註148〕彬彬：《梁啟超》，《追憶梁啟超》，夏曉虹編，北京：中國廣播電視出版社1997年版，第14頁。
〔註149〕張蔭麟：《梁任公辛亥以前的政論與現在中國》，《大公報·史地週刊》第79期，1936年4月3日。
〔註150〕《王曾生致章士釗函》，《章士釗全集》第5卷，第202頁。

聲容迥異，情感立殊，施受一身，牽強兩失，此其一也；臨時執政府，雖無內閣之名，而國務會議相沿，仍具聯責之實。政府措施不當，今恒有之，持異則見惡於同僚，扶同則有違於清議，此其二也；朝野易位，主客易觀，環境感受不同，體察各有得失，先生所掌教育，國務之至狹部分也。部議所是，眾或非之，為敵楚咻，不辭白戰，既貽官報之誚，徒尸護短之名，此其三也。〔註151〕

讀者「重世」也致函章士釗，談自己讀到《甲寅週刊》之後，感受到章士釗前後文風的變化：「此章君乙丑之文，非甲寅之文也……甲寅之歲，章君為文，乃流居異域，處士橫議之文也。今年乙丑，章君為文，乃執政府兼長兩部，臺閣之文章也。文固出於一人，而時地不同矣。斯名也，實不可假借。」〔註152〕委婉地指出了章士釗身份地位的變化對其文章產生的負面影響。

事實證明，章士釗在仕途和輿論兩方面都一敗塗地。從章士釗剛剛上任就採取四大措施來看，他並不是一個成熟的政客。至少從現在看來他的施政並不成功，反而引起了不小的騷動。他驟登高位，又無經驗，不免流露出書生意氣、好大喜功的一面，以至於最後淪為整個知識界的公敵，不得不在輿論的攻擊下落荒而逃。到了後期，《甲寅》週刊已經幾乎完全成為一個官方刊物，喪失了最後一點公信力，徹底淪落為段祺瑞政府的言論工具。近現代史上的政客型文人或文人型政客，其創辦刊物往往是在下野之後，如果此後再入政界，刊物就難以為繼。換言之，一旦身為宦海中人，再想重執輿論牛耳，不免困難重重。事實上，章士釗續刊《甲寅》，既有性格執拗、不甘服輸的原因，也似乎是無奈之舉。身入侯門而欲操縱輿論，他對自己將要面對的困境心知肚明。個中原因，章士釗以自己應段祺瑞之邀、擔任總長為例，說得異常透闢：「猥以下材，備員樞府，庶政倥傯，更無暇時，以言文事，相去又遠。……身居政府，凡屬秘要，例不得外泄，縱有異見，只能貢之密勿，未可論於堂皇，攻入既所不宜，自白時嫌未便，為文之不能精也如彼，持論之受制也如此。自有《甲寅》以來，重刊斯誌之機，宜莫狹於今日也矣。」〔註153〕後期《甲寅》影響力減弱，不能不說與章身兼教育、司法兩總長有關。章士釗雖明於此理，奈何深陷泥潭，身不由己，最終將自己的士林聲譽毀於一旦。

〔註151〕《張客公致章士釗函》，《章士釗全集》第5卷，第276頁。
〔註152〕《重世致章士釗函》，《章士釗全集》第6卷，第72頁。
〔註153〕孤桐（章士釗）：《大愚記》，《甲寅週刊》1卷1號，1925年7月18日。

古語有云：「一為文人，便無足觀」，但對於追求輿論公共性和獨立性的知識分子而言，卻可謂是「一為政客，便無足觀」。政客在民初的社會聲譽本不甚佳，李大釗就曾說，政客在惡濁的政海潮流中謀生活，其目的就在於「國務員座位」和「黃金」，然而「斯二者之數量有限，而政客之欲望無窮」，所以大多數失望政客，墮入「鬼混的生活」，「蓋政界者，游民之活動場所也。不問誰何，一入其中，即為洪爐所熔冶，荒奢逸惰之餘，即或厭倦此生涯，亦不能去而之他。為生活計，尤不得不鬼混其間。」〔註154〕政客在國人心目中形象既如此之差，知識分子一旦進入政壇，便難以避免「同流合污」之譏。當然，構成輿論主體的新知識分子和學生，其意見本身並不一定具有天然的合理性與道德的正面價值。但毫無疑問，知識分子與政治權力的結合一旦蔓延開來，輿論也就喪失了最基本的生存能力。二次革命失敗之後，國內輿論界的凋敝和無力就是最好的說明：「一年以來，吾國報紙之態度，已成江河日下之勢。上海地處交通，言論界託庇外人範圍之內，對於當局之政見，尚時有所短長於其間，以之比較往日，雖大形退步，然平心而言，以衡都門報紙，尚高一等，……繼而業報紙者，苦於銷路日狹，支持維艱，於是將昔日揣摩政府之心理，移之揣摩社會一般人士之心理。社論既少，閒評遂多。偶檢報紙，非敘京華之風月，即談八埠之聲歌。絲竹而外，無覆文章。北里之遊，頓成習慣。」〔註155〕胡適曾經不解，何以政論會在1917年之後突然式微。我以為答案並不難找到。袁世凱死後政治困局久久不得疏解固然是原因之一，近代輿論的侷限性逐漸暴露，從而喪失公眾的信任才是最根本的原因。報刊和輿論知識分子易受政治權力操縱，政客文人身份的雙重性，知識分子對話語權的壟斷，都使近代報刊輿論的公共性和獨立性處在「未完成狀態」。在當時的社會歷史條件下，這種未完成狀態不可能得到任何實質性的改變。

第三節　公共空間的拓展與新文化的發生：從《甲寅》到《新青年》

在上一節中，我們討論了中國近代社會意見從傳統的「清議」轉變為具有現代性的公共輿論的過程，同時分析了近代輿論的侷限——未完成的公共性

<hr>

〔註154〕李大釗：《政客之趣味》，《言治》第1年第4期，1913年9月1日。
〔註155〕劉陔：《新聞記者與道德》，《甲寅》1卷2號「通信」，1914年6月10日。

——產生的幾種原因。需要注意的是，我的用意並非是為了否定輿論在近代中國的意義和作用——儘管它發育不良並與西方現代輿論是如此不同。事實恰恰相反，分析並瞭解近代社會輿論的先天性疾病，可以使我們對它何以和怎樣發揮歷史作用有恰如其分地估量。在這個基礎上，我們對近代中國社會是否存在公共領域這一重要問題將會有自己的解答——這個答案並非全無意義，事實上，它關係到我們將如何回應以下諸問題：新文化運動從何而來？它是否是一個與社會生活、制度環境無關的偶發事件？如果不是，新文化運動與近代社會輿論又有怎樣的關係？

我認為，本書詳細討論的以政論雜誌為代表的近代社會輿論，可以被視作近代中國社會「公共領域」的一部分。輿論的「未完成的公共性」，只是它在中國社會語境中形成的東方式特徵，並不能以此否定公共領域的存在。

這裡需要首先對「公共領域」概念加以討論。當下對公共領域和公共空間的討論，大多都建立在哈貝馬斯對這一問題的闡釋基礎上。他認為，「所謂『公共領域』，我們首先是意指我們的社會生活的一個領域，在這個領域中，像公共意見這樣的事物能夠形成。」〔註156〕在著名的《公共領域的結構轉型》中，他又指出「有時候，說到底公共領域就是公眾輿論領域，它和公共權力機關直接相抗衡。」〔註157〕在討論本文問題時，我大體上接受哈貝馬斯的觀點，因而著重考察近代社會輿論的生成，並且認為，如果不能否認近代中國社會出現了與國家權力相對抗的社會公眾意見，就不能否認公共領域在中國社會的存在。但是，在使用哈氏「公共領域」理論的時候，需要注意「公共領域」概念的特殊歷史時效與階段性內涵。西方的理論框架移植於中國，要看其具體的移植是否能真正改變我們提問歷史的方式。一個不可忽視的事實是：如果說清末民初出現了中國的「公共領域」，那麼顯而易見，它與國家、政府的關係要比在西歐出現的同類現象緊密得多。無論就何種角度而言，大量的證據都證明，在清末民初的社會環境中，國家、政治力量始終對公共空間有「相當重要的」——如果不是「絕對的」——影響。在中國，公共領域的形成未必與「高度制度化意義上的社區共同體」有關，中國的城市化是前現代且發育極不充分，因此在這裡生存的「公共性」是極為有限的。但也正因為極為有限，所以才格外

〔註156〕汪暉、陳燕谷主編：《文化與公共性》，北京：三聯書店 1998 年版，第 125 頁。
〔註157〕〔德〕哈貝馬斯：《公共領域的結構轉型》，曹衛東等譯，上海：學林出版社 1999 年版，第 69 頁。

值得重視並加以嚴肅的討論。我們必須摒棄那種將哈貝馬斯理論簡單套用在中國近代史研究上的傾向——這種套用最好的結果也不過是驗證了哈貝馬斯理論在東亞同樣有效，而事實上這種套用的嘗試在多數時候都是極為拙劣的，以至於人們反而對哈貝馬斯理論自身的意義和價值產生了懷疑。

另一些學者更明確指出了中國式「公共領域」與哈貝馬斯定義之間的差異。瑪麗‧蘭金認為，中國出現的公共領域與哈貝馬斯所描述的有很大不同：「晚期帝國公共領域（或更為確切地說：諸領域）是地方性的，而且對國家政策幾乎沒有直接影響，它與商業的興起及商品經濟有關，而不是與資本主義——也不是與混血的紳—商精英的對立面中產階級——相聯繫。其核心的特徵是管理，而不是開放的公共討論。地方事務中官方與精英活動之間的關係通常是在雙方意願下建立的，而不是相互對抗，精英不打算捍衛與國家對立的權利，或給國家權利劃定一條正式的界限。在缺乏公開的公共討論的情況下，中國的公共領域不屬於理論上界定的那種形態。」〔註158〕但是，瑪麗‧蘭金並沒有完全否認中國近代公共領域發揮作用的可能性。她指出，在民國初期，市民社會的某些因素得到了發展（儘管市民社會最終沒有出現），例如報刊出版業為國家的辯論提供了一個論壇。〔註159〕臺灣學者李孝悌也認為，在二十世紀初的中國社會，「即使沒有出現過制度性的與國家相制衡的『公民社會』，但民間各種蓬勃的自發性活動，其性質很顯然的已經與傳統的『士紳社會』有別。這樣一個『民間社會』的出現，不只在清末和民初的歷史脈絡中有意義，放在1949 年之後權力國家的形成，以及各種社會勢力——不管是傳統的『士紳社會』，或我在本書中所謂的『民間社會』——土崩瓦解後的情勢中來考量，也應該有更多讓人省思的空間。」〔註160〕因此，由於與國家相對並在一定程度上自主於國家的市民社會的出現，同時也由於各種因素導致的中央集權力的削弱，統治者想要壟斷言論、禁止不同意見已不可能。

那麼，近代公共空間是由哪些社會活動所構成？近年來，學界對此已進行了頗為深入而廣泛的討論，報刊、學校、學會、書局、講演、閱報處、戲園以

〔註158〕 〔美〕瑪麗‧蘭金：《中國公共領域觀察》，《中國研究的範式問題討論》，黃宗智主編，北京：社會科學文獻出版社 2003 年版，第 202 頁。

〔註159〕 〔美〕瑪麗‧蘭金：《中國公共領域觀察》，《中國研究的範式問題討論》，第 211 頁。

〔註160〕 李孝悌：《再版序》，《清末的下層社會啟蒙運動：1901～1911》，石家莊：河北教育出版社 2001 年版，第 6～7 頁。

及一些民間活動都被納入研究的範圍。這裡主要對與輿論的建構有更緊密聯繫的報刊、學會略作闡述。

首先，近代報刊是形成公共領域的主導性力量。正如蔣國珍所說：「Journalism 的發達是和 Democracy 相併行的。」〔註161〕作為公共性最強的一種社會活動，報刊出版是近代輿論不可或缺的組成部分。一方面，晚清以來社會環境的巨變為報刊的發展提供了一定的空間；〔註162〕另一方面，無論是商業性報刊還是政論性報刊，都在形制上不斷改變，不斷豐富和進化自身的社會功能，以適應社會不斷增強的對輿論公共性和獨立性的要求。早期中文報紙的讀者大多數是在港口經商的中國商人，因此當時的中文報紙勢必強調商業性新聞。這些早期報紙，無論是《新報》、《申報》還是《滬報》，都是以增加銷量與利潤為最終目的。為此這些報紙紛紛在內容形式以及發行方式上謀求改進和革新，「他們以明白易解的筆法來寫新聞稿，改良版面設計，使用標點符號，使忙碌的讀者可以迅速瀏覽。」〔註163〕雖然這些商業性報紙總是極力避免傾向性過於明顯的政治訴求，但它對市場的迎合也為公共領域的出現提供了適宜的溫床和土壤。換言之，商業性報紙對通俗性、市民性的追求推動了

〔註161〕蔣國珍：《中國新聞發達史》，上海：世界書局1927，第51頁。

〔註162〕我在本章第一節中對此已有所論述，此處再補充兩點：其一：清末民初更靈活的民間出版機構紛紛湧現，大大降低了報刊的成本。據蔣國珍回憶：民國初年辦報極為容易，「自己無印刷機，又無探訪記者，只須陋居於一室中的社長兼主筆編輯長，做幾篇宣傳自派，攻擊反對派的論說，並雇了幾個傭人奔走於印刷所與編輯室之間，則機關報即可早就。其經費如一個月有二百元，則每日可出一千份的報紙。所以共和政府肇建未久，只就北京言，即有三四十種的報紙於剎那間發生。」——見蔣國珍：《中國新聞發達史》，第54頁。其二：民國初年政府對新聞輿論的管制也相對寬鬆，各地政府對報刊多持寬容態度。1912年3月4號，南京臨時政府內務部頒布了《民國暫行報律》（《臨時政府公報》第30號），遭到了上海報界俱進會、長沙報界聯合會等組織的反對。過了五天，孫中山就頒布《令內務部取消暫行報律文》，宣布廢除前令（見《臨時政府公報》第33號）。因此，民初出現了報刊出版的短暫高潮，社會輿論盛極一時。武昌起義後的半年內，全國的報紙由十年前的一百多種，陸增至近五百種，總銷數達四千二百萬份——見戈公振：《中國報學史》。另一個數字是，僅北京一地，從1911年12月25日至1912年12月22日這一年間在內務部立案註冊的新報紙就有《京話真報》等九十餘種，再加上原有的《國民公報》等，共有報紙百餘種以上，增幅驚人——見黃遠生：《北京之黨會與報館》，《遠生遺著》，第255頁。

〔註163〕〔美〕黎安友（Andrew J. Nathan）：《近代中國輿論之興起》，《中國現代史專題研究報告》（十），臺北：中華民國史料研究中心編印1985年版，第140頁。

報刊形式上的現代化，而政論報刊則在思想文化領域有意識地拓展公共空間。
維新運動時期出現的政論報紙，雖多為同人性質，建構公眾意見平臺的意圖已
經十分明確。《實學報》鼓勵公眾積極參與報章討論，宣告「雖報館設在租界，
並不假外人為護符，提倡維持則海內宏達與有責焉」，又說：「但本館論說期於
敬業樂群、集思廣益，五洲方聞如有撰述不吝賜教，當謹署大名，列入文編；
或於本報論說有所諮詢、有所匡正，倘以爵里姓氏見示，定當酌刊報後，以表
大公。」對於那些無力將自己學術研究成果刊刻的讀者，該報也願意「每期付
印，俾成完帙」。〔註164〕著名的《時務報》，不定期設有「時務報館文編」一
欄，即該報所收到之外稿，擇優刊出之場合。《時務報》的論說雖然以本館主
筆為主，但也兼採外稿。第五十三冊就發表了姚錫光、趙而霖、高鳳謙的來稿，
並在封底告白中宣布從本期開始仿照歐洲各報之例，兼錄外來文字，由總主筆
選定入報，並循例略奉潤資。同時，《時務報》還多次設定議題進行徵文，提
供讀者參與報章言論的機會。它發布公告稱滬上同志擬設一會課，「略取會文
輔仁之意」，每年開課兩次，由同人公同擬題，全國讀者可以將文章寄送《時
務報》，由《時務報》評出名次，予以獎勵，並「擇佳卷匯刻」。第一次的兩個
題目是「問中國不能變法之由」、「論農學（詳論中國農學治宜興暨農學新法各
省土宜）」。〔註165〕到了第三十八冊，在封底將第一次會課名次姓氏登出，取
前五十名，並公布第二次會課題目「問泰西日本維新以前，一切弊政與今日中
國多相類者，能條舉之否？」、「中東戰紀本末書後」。從《清議報》的「規例」
來看，報中所登論說是由報館主筆所作，但也採用外稿。〔註166〕民初之後，
特別是在民眾對民國政黨政治日漸失望之際，政論報刊更注重標榜「不偏不
倚」的客觀性和公正態度，政論報紙逐漸從為黨派立言轉變為替民眾（國民）
代言，在主觀上有意識地增強輿論的公共性和獨立性。黃遠庸在談到《庸言》
的理想時，明確表示要建設一個客觀的、「公同論辯之機關」：「吾曹此後，將
力變其主觀的態度，而易為客觀。故吾曹對於政局，對於時事，乃至對於一切
事物，固當本其所信，發揮自以為正確之主張，但決不以吾曹之主張為唯一之
主張，決不以一主張之故，而排斥其他主張。……蓋吾人此後所發表者，演繹
的理論，決不如歸納的事實之多。以今日大勢，固以指導吾人趨於研究討論之

〔註164〕《實學報啟》，《時務報》第三十六冊，光緒二十三年七月二十一日。
〔註165〕《新設時務會課告白》，《時務報》第十七冊，光緒二十二年十二月十一日。
〔註166〕《橫濱清議報敘例》，《清議報》第一冊，光緒二十四年十一月十一日。

途，決不許吾人逞臆懸談騰其口說故也。」又說：「以是吾曹不敢以此區區言論機關，據為私物，乃欲以此裒集內外之見聞，綜輯各種方面之意見及感想，凡一問題，必期與此問題有關係之人一一發抒其所信，以本報為公同論辯之機關，又力求各種方面之最有關係人士，各將其所處方面之真見灼聞匯為報告，以本報為一借給材料之寶庫……」〔註167〕晚清政論報章鼓勵公眾積極參與公共事務，並將公眾意見公開發表，使政論報章逐步擺脫了團體、派別和個人色彩，具有了真正意義上的輿論代言作用。

其次，從年鑑學派的長時段理論來看，從晚清（甚至可以上溯到明代）至民國初年一直存在於中國社會的民間社團和自願結社，可以等同於前現代的市民社會，並在公共領域的形成中起到了比某些短暫的外部衝突更重要的作用。學會、團體的設立，首先是政治運動的需要。維新派知識分子已經意識到公共性的社會活動對於實現政治目的的重要性，他們稱讚光緒對結社的支持將有力地促進政治改良：「皇上至聖至明，洞知時務一道，非講習則不明，非群聚以講習則不能得其要領……」〔註168〕梁啟超也多次談到開設學會的必要：

> 嗚呼！欲救今日之中國，捨學會末由哉。自強學一役，被議中綴，而京師一二劬學之士，猶為小會，月輒數集，相與講論，治平之道，疊疊勿絕，今琉璃廠之西學堂是也。惟歲以來，此風漸嚚，於是桂林有聖學會，長沙有湘學會，武昌有質學會，蘇州有蘇學會，上海有算學會、務農會、不纏足會等，次第興起，……蓋公理既明，此風以盛，實中國剝極而復一大鍵也……〔註169〕

開設學會社團，其目的固然有強烈的現實針對性和政治功利性，但對於社會更深遠的意義，則在於促進了公共空間的生成。蘇學會在開辦啟事中明確提出要建設一個公眾意見的交流機構：「國家廣設學堂，力開風氣，兩湖兩粵，皆興學會，雖僻郡小邑，亦知自新……長洲章鈺、元和張一麐、吳縣孔昭晉，今擬各集同志，量為醵資，多購書籍，以增智慧，定期講習，以證見

〔註167〕遠生（黃遠庸）：《本報之新生命》，《庸言》第 2 卷第 1、2 期合刊，1914 年 2 月 15 日。
〔註168〕《都城官書局開設緣由》，《時務報》第一期，光緒二十二年七月初一。
〔註169〕梁啟超：《會報敘》，《時務報》第三十八冊，光緒二十三年八月十一日。《時務報》所設的「會報」欄目專門記載各學會情況，「凡各會辦事情形及序記章程等皆入焉」。

聞，不開標榜之門，力摒門戶之見……」〔註170〕葉瀚、曾廣銓、汪康年、汪
鍾霖等人創辦的蒙學會，其公共性則更為突出：1. 學會的對象為公眾，「本
報以啟蒙為主，而婦學師較為正蒙之原」。2. 以公共性的教育、普及為目的：
「本會開設學報原為開通風化起見」、「本會設報之意為急於勸世起見，事關
公義，極願廣送以開新智」。〔註171〕3. 將宗旨、章程等在第一時間刊布於報
紙，以引起世人注意。4. 將辦報印書作為自己的主要任務，如出版《蒙學會
報》。事實上，由於報刊得不到有效的制度保障，在清末民初數十年的政治動
盪中，以士紳為主體的民間學會、社團，始終是公共領域賴以存在的重要社
會組織。在政爭激烈的民初，有人曾這樣概括講學結社對於政治權力的制衡
作用：

> 是故今日之社會固極污濁，然誠得其人而轉移之，則變齊變魯
> 以至於道，正未必不可為也。然則轉移之道宜如何？其第一之急務，
> 在提倡講學結社之風而已矣。蓋社會既已污濁，欲以獨力與之抗，
> 則因寡眾之勢不敵，終莫能如之何，不寧惟是，以一人而抗社會，
> 其在志氣強毅之士，猶可獨立不撓，不至轉為所化也，若中材之人，
> 則因勢力之孤，其志氣亦從而餒，有同化於社會而已矣，安能與之
> 對抗？是故今日欲與惡社會宣戰，必不可不結成團體，內之則可互
> 相慰藉以長其志氣，外之則可互為聲援以厚其勢力……〔註172〕

　　值得一提的是，這裡將報刊和學會社團作為公共空間發生的兩個領域分
別加以討論，並非是因為它們之間有涇渭分明的區別，而只是為了論述的方
便。實際情況是，這些民間團體和學會的活動與創辦報刊常常緊密結合在一
起，從而將公眾意見的討論、生成和表達合二為一。由此所構成的社會輿論
以及在此基礎上形成的公共領域，就不再是理論敘述中孤立、碎片、分散的
狀態，而是擁有動態、多元結構的「有機物」。對此，史家已有共識：「學會
成立後，主要的任務是辦報。因為報紙是『民之喉舌』，在報紙上可以指出外
患日迫，中國的危急情況，進而指出成立學會對挽救世變的重要性。同時，
報紙也可以推廣學會的宣傳，登載各地學會成立的情況，各地學會的章程，

〔註170〕 蘇州來稿：《蘇學會公啟》，《時務報》第三十三冊，光緒二十三年六月二十一
　　　　　日。
〔註171〕 《蒙學公會》，《時務報》第四十二冊，光緒二十三年九月二十一日。
〔註172〕 吳貫因：《社會與人物》，《庸言》1 卷 5 期，1913 年 2 月 1 日。

促進學會的推廣，達到『以書報為起點，而以學會為歸宿焉』的目的。進而醞釀變法的風氣，造成變法的輿論。」〔註173〕在這方面，《時務報》對「不纏足會」的報導，〔註174〕《清議報》對橫濱華商團體活動的報導都是學會團體、報紙以及輿論互動的典型案例。〔註175〕

　　下面，我們需要回到本節的根本問題：如果把《甲寅》和《新青年》看作兩個同類項——彼此緊密銜接的、1910年代的代表性政論刊物——在近代公共空間興起的背景下，它們對於新文化運動的發生有怎樣的意義？常乃惪曾在他不甚出名、但現在已引起廣泛注意的《中國思想小史》中談到了《甲寅》

〔註173〕朱傳譽：《報人・報史・報學》，第84頁。

〔註174〕《時務報》從第四十七冊開始登載讀者對於不纏足會的反應，並附有林琴南的《新樂府・小腳婦（傷纏足之害也）》，以文學的形式鼓吹不纏足的主張，造成輿論。在第五十冊的「會報」欄中，登出了《嘉定不纏足會章程》、《福州戒纏足約章》、《不纏足會廣議》等文章，同時又將不纏足會的董事、捐助人的姓名與捐助金額髮表。這些地方性社團組織的活動消息，出現在全國性報紙之上，使得原本屬於地方事務的不纏足活動具有了一定的「公共性」，成為公眾議題。

〔註175〕義和團運動爆發之後，海外華人十分關注，橫濱華商舉行集會，表達了對事件的觀點。《清議報》對此作了詳盡的報導，實際上對華商的立場表示支持：「橫濱商人，於五月二十六日大集於中華會館，集者千有餘人。熱心之士，相繼演說，皆大略謂今日中國至於危急，皆由團匪之與外人為難，而團匪之縱橫，實由權奸之黨庇，而權奸之得志，總由皇上之失權，故欲平團匪，靖內亂，以安外人，則非皇上復行親政不可。諸國今日深恨北京政府之無禮，且憤怒權奸之助匪徒而絕外交，以至各國皆受其害也，莫不宣言中國已無政府，欲平此亂，非中國立新政府不可。由此觀之，各國之痛嫉奸賊，而欲請我皇上復政可知。今各國兵艦雲集，且皆思我皇上，我中國正當請其扶我皇上復位，以平內亂而善外交。日本與我國同洲同種，誼本至親，且我輩旅居日本，當合眾求其提倡公義，協商各國，復我皇上，以保東亞太平之局云云。演說既畢，大眾歡呼踴躍，千喙一聲，鼓掌稱善。於是議定聯名，發電求請日本政府，即夕簽名者千餘人，捐助資款以為電報各費者百數人。即以二十七日電達日本政府，且發電聯合神戶、長崎諸埠華商均各電求日本政府，且以六月初一日合橫濱、神戶、長崎諸商聯名同上一書於日本內閣總理大臣。翌日其地西報盛道其事，謂支那人能急國家之難，雖外洋商人，亦能急公愛國如此，孰謂支那人無愛國心也。聞上海紳商及南洋星加坡諸埠亦均發電英京，求英政府聯合各國扶上復辟云……」《記橫濱華商會議事》，《清議報》第五十冊，光緒二十六年六月十一日。光緒二十七年八月二十七日，為了紀念孔子誕辰二千四百五十二年，旅居橫濱的中國紳商和大同學校共同舉辦了崇祀之典，這同樣也是一個富於政治意味的公共活動。典禮的詳細記述見《橫濱第四次崇祀孔子聖誕記》，《清議報》第94冊，光緒二十七年九月初一。這兩個事件完整地再現了公眾意見的生成→表達→宣傳→傳播的全過程，對於認識輿論的生成機制頗有助益。

的作用：「章士釗雖然也並不知道新文化運動是甚麼，但他無意間卻替後來的
運動預備下幾個基礎。他所預備的第一是理想的鼓吹，第二是邏輯式的文章，
第三是注意文學小說，第四是正確的翻譯，第五是通信式的討論。這五點──
除了第二點後來的新文化運動尚未能充分注意外──其餘都是由《甲寅》引申
其緒而到《新青年》出版後才發揮光大的，故我們認《甲寅》為新文化運動的
鼻祖，並不算過甚之辭。」〔註176〕常乃悳的論述極富見地並給我許多啟發。
但在這裡，我想從其他角度做出一些新的回答。

　　首先，從知識社會學的角度來說，五四新文化運動的發生並不是孤立、偶
發的歷史事件，相反可以視作此前長時間的知識（思想／觀念／意識）積累的
產物。正是這些「知識」與新式教育、近代出版等社會性因素共同構成了新文
化運動得以發生的必備的一整套資源譜系。以《甲寅》、《新青年》為代表的民
初政論雜誌，本身既是這種資源譜系的一部分，同時又直接提供了新的知識。
這些政論雜誌對「民主」、「憲政」、「法治」等政治問題的討論，實際上是為新
文化運動進行了理論上的準備。從對西方政治理論和中國政治現狀理想化的
描述，到後來對民主憲政理論的多維度反思，都是從否定之否定的角度引出了
五四新文化的諸多重要命題，如從國家架構中的民主到以社會為本位的民主
（社會性的民主）等等。五四新文化最終從「民主」理論中衍生出反民主，從
憲政架構下的民主主義走向以社會為本位的激進的大民主，與此不無關係。基
於此，下述論斷便顯得恰如其分：「應該說《甲寅》月刊是中國思想界從對民
初那一場民主政治實驗失敗的反省中，逐步走向新文化運動的一個重要中
介。」〔註177〕

　　正由於這樣，從較為傳統的研究視角──這裡我指的是啟蒙視角──來
看，早在「五四」之前，這些政論刊物已經在進行啟蒙，因而像《甲寅》、《大
中華》、《正誼》等民初政論雜誌，甚至更早的《清議報》、《新民叢報》等改良
派刊物，都不應像通常那樣被視為新文化的批判對象，而是廣義上啟蒙運動的
組成部分。因為從知識積累的角度來說，這種啟蒙是政治性的啟蒙。對於中國
而言，啟蒙應該包括政治啟蒙（如章士釗所譯介的著名口號「不出代議士，不
納租稅」）。1917 年發生的主要是新文化啟蒙，同時也包括以蘇俄社會主義為

〔註176〕　常乃悳：《中國思想小史》，上海古籍出版社 2005 年版，第 137 頁。
〔註177〕　鄒小站：《章士釗社會政治思想研究（1903～1927）》，長沙：湖南人民出版社
　　　　　 2001 年版，第 85 頁。

主的新一輪政治啟蒙。但是資產階級代議政治的啟蒙在維新運動之時就已經開始，並一直持續。1911 年辛亥革命勝利之後，共和政治啟蒙更是充斥著當時的報刊，因為絕大多數國民對新建立的政治制度還缺乏最基本的瞭解。政治啟蒙發展為新文化啟蒙，說明政治啟蒙的作用不明顯。在一定程度上可以說，政治啟蒙的失敗開啟了新文化啟蒙運動。政治啟蒙是最直接的作用於社會制度的，是最應該發揮作用而沒有發揮作用的啟蒙思想，原因何在？但是，文化啟蒙就完全成功了嗎？社會制度的變革，歸根結底是政治問題，或者說要體現在政治制度的變遷上，需要最終從「文化的現代化」落實為「政治的現代化」。因此從這一角度來說，《甲寅》的意義不可抹煞，其經驗教訓值得借鑒。時至今日，在表面商業化、內則依然強調政治的今天，社會民眾依然缺乏現代政治意識、觀念，依然需要政治的啟蒙，以走向健全、理性的政治、法治和社會生活，這或許就是研究《甲寅》雜誌的現實意義吧。正因為上述原因，《甲寅》雜誌在政治理念上的「新」就與在文化理念上的「舊」形成了鮮明的對比，而這種狀況也就很好理解了：它並非表明《甲寅》反對新文化運動，而是恰恰說明作為一個整體的中國現代啟蒙運動的重心，在這一階段合乎邏輯的、同時無可避免地處於政治啟蒙階段，這是中國知識分子的當然選擇（除了魯迅等少數人以「立人」為目標）。只有在經過這一歷史階段之後，《新青年》才會在《甲寅》的停刊與「甲寅作者群」的解體中誕生，新文化運動也才會水到渠成。

其次，以《甲寅》、《新青年》為代表的一批政論雜誌，參與並主導了這一時期知識生產的過程。具體說來，清末民初知識界的關注焦點（即知識生產的主題），表現為國家──社會──文化的演變過程。在以往的思想史研究中，人們大多只看到從「政治」到「學術文化」的跳躍，卻忽略了「社會」這一重要的環節。晚清時期從西方引入的「社會」概念，在民初、特別是袁世凱當政之後，逐漸成為知識討論／生產的中心話題，知識階層對時局的看法普遍發生了從「政治性」到「社會性」的轉變。在實際社會生活中，知識階層從熱衷組黨轉而標榜「不黨不群」，從強調政治層面的改革轉而注重社會的改良。這種由外向內的轉化，既是社會參與策略的轉變，又代表知識分子對自身公共性、社會性的初步自覺。親身經歷這一思想轉向過程的張東蓀，對此相當生動的描述：

　　　　當清末造，不佞與三數友人，聚談於東京，憤政治改革之無術，乃欲先從事於社會改良，即所謂 Social Reform 者，以為預備焉。惟

政治改革，為功也速，社會改革，為功也遲，二者雖相助互為表裡，然其成事之遲速，固不可同日而語也。未幾革命起，以為政治改革，得其機會矣，方色然而喜，詎知革命以後，政治之泯棼愈甚，干戈之紛起也，蓎符之滿地也，黨爭之亂政也，暗殺之流行也，學校之毀棄也，商業之凋敝也，種種惡現象，皆為革命前之所無，孰知凡吾人當日以為可以強國者，今日盡反以弱國。然則政治改革，果不可行耶？吾思之重思之，知非政治改革之不可行也，社會未經改良以相適應耳。夫政治與社會相表裡，社會程度未齊，乃欲施以理想之政治，鮮有不敗者……〔註178〕

在這一轉移過程中，作為當時輿論重要組成部分的政論雜誌發揮了相當關鍵的作用。〔註179〕《庸言》明白宣布：「以是吾人造言紀事決不偏於政治一方，以事到今日，吾人已深知一社會之組織美惡決非一時代、一個人、一局部之所為，在此大機軸中一切材料以及動靜，無不為其因果，而向者之徒恃政論或政治運動以為改革國家之道者，無往而非迷妄。故欲求癥結所在，當深察物群，周知利病，……故於政治的論述以外，凡社會的理論及潮流與社會事實，當為此後佔有本報篇幅之一大宗也。」〔註180〕梁啟超也把「注重社會教育，使讀者能自求得立身之道與治生之方，並了然於中國與世界之關係，以免陷於絕望苦悶之域」作為自己創辦《大中華》的首要目的。〔註181〕同時，在1914～1916年間，這些政論雜誌內容的「社會性」也逐漸增強，關於人生、宗教、社會、道德、倫理等方面的文章逐漸增多，最後從政論刊物演變為綜合性的、具有更多開放性的刊物。以《大中華》雜誌為例，從第1、2期來看，《大中華》立意將注意力從政治轉移到社會，梁啟超、吳貫因、梁啟勳等人的文章都提出

〔註178〕 張東蓀：《中國之社會問題》，《庸言》1卷16期，1913年7月16日。

〔註179〕 戈公振在《中國報學史》中談到，民國以來的雜誌可以分為學術與政論與改革文學思想及批評社會之三大類，而關注點有一個變化的過程：「一國學術之盛衰，可於其雜誌之多寡而知之。……歐戰以前，民國初造，國人望治，建議紛如，故各雜誌之所討論，皆注意於政治方面，其著眼在治標。歐戰以後，國人始漸了然人生之意義，求一根本解決之道，而知命運之不足恃。故討論此種問題之雜誌，風起雲湧，其著眼在將盤根錯節之複雜事匯，皆加以根本之判斷」。見戈公振：《中國報學史》，上海古籍出版社2003年版，第217頁。

〔註180〕 遠生（黃遠庸）：《本報之新生命》，《庸言》2卷1、2期合刊，1914年2月15日。

〔註181〕 天民：《梁任公之著述生涯》，《大中華》1卷1期，1915年1月20日。

「社會」的重要性。在第2期上，雖然仍有《中日最近交涉平議》等政論文，但更多地是《德國民法淺說》、《尊孔與讀經》、《英雄與社會》、《中國古代之社會政策》、《中國之鹽稅問題》、《活動幻影之發達及影片之製造》、《香港上海之公眾衛生問題》、《埃及之學校狀況》等文章，涉及社會、文化、教育等方方面面。《甲寅》雖然仍以政論為主，但陳獨秀、李大釗關於「愛國心與自覺心」的討論、章士釗和讀者關於孔教、邏輯和翻譯的討論，已經能夠間接體現知識界關注重心的轉移。耐人尋味的是，「社會性議題」的凸顯，並沒有促使知識階層在制度層面尋求突破，反而使知識階層的訴求集中在道德感和倫理主義，並由此引發對傳統文化問題的集中反思。至《新青年》出，這一傾向就更為明顯，並最終使「社會」和「文化」成為五四時期知識生產的主題。就此而言，《新青年》與此前的《庸言》、《甲寅》、《大中華》等民初雜誌顯然存在某種思想史的延續性。

　　最後，還是從知識社會學的角度而言，新文化運動可以被視為一種新的知識生產。近代政論雜誌作為輿論的主要表現形式以及公共領域中的特殊結構和主體，作為新知識分子的一種典型交往模式，改變了原有的知識生產方式，從而為新文化的發生奠定了基礎。

　　第一、清末民初數十年的輿論參與，使知識分子的社會角色和功能發生了改變：從輔佐型的「帝王師」到獨立的、公共性的「社會人」（學術的、社會的、為民眾代言的）。當然，仍然有一部分知識分子處在政治體制之內，但在體制之外已經出現了報刊、學校、書局、學會、公益性組織等流動的生存空間。隨著民間社會的發展，體制外知識分子也逐漸分化，出現了學術型精英（現代學院派知識分子的前身）、社會型精英和為民眾代言型的精英。必須承認，由於新式教育施行不久，新知識、資源的生產和積累都侷限於一定的範圍，換言之，只有一定的社會階層才能成為這些知識的直接被影響者和受益者，民眾在知識生產過程中的下游狀態並未得到根本改變。但是，近代輿論的出現和報刊的廣泛傳播，畢竟使得知識分子可以在權力體系之外獲得自身價值，使他們可能與下層社會建立更廣泛的聯繫，並從輿論的公共性獲得改造社會的力量。

　　第二，知識分子存在方式的改變直接影響了知識生產的方式。如果說新文化運動主要是由中國的精英知識分子發動並推行的，那麼，分析並描述1911年之後的中國社會是怎樣在一種完全不同於傳統帝制的共和體制下（不論這共和體制是多麼名不符實）選擇並組合這些精英，應該不是毫無意義的。這個

問題還可以有另一些問法：如果說新文化運動的核心部分是新文學，那麼為什麼新文學的倡導者不是來自文學領域（既不是來自桐城、選派等舊派文學圈子，也不是來自鴛鴦蝴蝶派，也不是來自於王國維、林傳甲等文學研究者）而是來自於其他領域（法律／政治／哲學／邏輯）？換言之，文學的變革為什麼是依靠其他知識背景的知識分子而不是文學家的推動而成功？這些知識分子各有自己的專業領域，他們對於文學都有所瞭解，但並不是文學家（至少在剛剛開始鼓吹新文學時還不是）。他們為什麼會成為文學這一領域的知識生產者？在知識的生產角度上，我們應該怎樣理解其他知識領域對文學的強行進入和強行改寫？這些新文學的提倡者在中國知識界第一次的亮相，往往是以政論家的面貌出現——不應忘記，第一章已經指出《新青年》作者群的首次集體亮相併不是為了討論什麼文學問題，而是出現在《甲寅》上——原因何在？所有這些，也許就是我探討清末民初的政論雜誌與新文學關係的最初動因。

　　社會學家 R.柯林斯在《哲學的社會學：一種全球的學術變遷理論》一書中提出了知識的傳承和創新的解釋模型——互動儀式鏈理論和網絡結構理論，頗可借鑒。他認為，「學術群體、師生鏈條，同時代的競爭對手，是他們共同構成了結構性的力場，學術創新就是在這裡面發生的。」〔註182〕「這個力量的結構場域就是知識分子社區。在這個知識分子社區裡有他們自己的互動儀式。智識活動是通過這些儀式發生的。互動儀式鏈由文化資本，情感能量和分層的網絡結構組成。沒有知識分子社區，對知識分子來說，要有創新的智識活動如果不是不可能的，也是非常困難的，沒有知識分子社區，形成不了知識分子網絡。但是，根據柯林斯，包括代內和代際的知識分子網絡對思想觀念的提出是不可或缺的。」〔註183〕實際上，柯林斯強調的是交流和對話對於知識生產的作用。不論是知識分子的互動、知識分子社區或是網絡結構，都為觀念的交流和對話提供了平臺。柯林斯主要以這一理論分析古希臘以來世界範圍內哲學思想的生成。但我認為，這一理論對於闡釋以十年為單位的微觀歷史現象（相對於數百年）同樣有效。為什麼幾乎全部中國近現代重要知識分子都出現在晚清至五四的大約三十年（一代人的時間），而這三十年為什麼成為中國近現代知識生產的黃金時代？以柯林斯的理論來看，清末民初知識生產的

〔註182〕〔美〕R. 柯林斯：《哲學的社會學：一種全球的學術變遷理論》（上），北京：新華出版社 2004 年版，第 9 頁。
〔註183〕陳心想：《知識的傳承創新與知識分子社區》，《讀書》2004 年第 11 期。

迅速增長，與這一時期知識分子網絡和知識分子社區的蓬勃發展有直接而密切的聯繫。例如俞樾──章太炎──章門弟子的師生鏈條，以萬木草堂為中心的維新派知識分子網絡，包括《新民叢報》、《民報》等論敵在內的東京知識分子社區（從表面上看，論戰非常激烈，彼此視若仇讎，但從知識的傳承和創新來看，這既是觀念的競爭，也是一種有效的交流，並且促進了知識的生產）〔註184〕、英美留學生群體、以上海為中心的近代知識分子網絡、以蔡元培為中心的浙江籍新知識分子群體等等。根據不同的線索和標準，可以劃分出不同的知識分子社區，但它們都是有意義的。其中，公共領域的出現，創造了一種知識分子的新的交往場域。在各大都會，學堂、報館、酒家、茶肆、番菜館甚至妓院都成為知識分子交流溝通的場所，各種團體、集會也日趨活躍，提供了更廣泛的思想言論交流的空間。因此，近代報章的流行直接導致了一種以刊物為中心的知識分子社區的形成，《甲寅》和《新青年》就是其中的典型代表。

　　那麼，政論雜誌又是怎樣建構知識分子社區的呢？一方面，雜誌的公共性使意見的表達和交流成為可能，圍繞雜誌，讀者與編者、讀者與讀者之間形成了「想像的共同體」，這在《新青年》表現的更明顯。在這裡我們可以借用本雅明的一個概念──「虛空的共時性」，意指當人們閱讀報紙或期刊時，會覺得自己和作者、編者、其他讀者生活在一個共同的空間，有共同的日常生活，也有共同的喜怒哀樂，共同的社群由此形成，一定的知識分子群體也由此形成──因為能夠讀書讀報者特別是喜讀某種書報者，其知識背景、思想觀念也應比較接近，有助於一個有共同思想傾向的知識分子群體的形成。這種「虛空的共時性」可以幫助我們理解《新青年》何以在短時間內產生如此廣泛的影響。通過《新青年》這個平臺，具有比較相同的思想和文化理念的新知識分子集合在一起，組成了一個鬆散而富於彈性的網絡。這些來自不同地區的民間的意見和觀念通過陳獨秀的組織和選擇，凝聚為一種聲音和輿論，並在全國範圍內逐漸傳播開來。另一方面，雜誌作為公共言論空間，對爭論的容忍使不同意見得以共存。異質思想的對立、衝突、反駁，觀點之間的公開競爭，立場的種種差

〔註184〕 辛亥革命之前的東京值得深入研究。中國各派知識分子雲集於此，接受東西方文化的共同薰陶，產生劇烈的碰撞、交流和對話，形成了一個「知識分子社區」，激發出各種不同的思想走向：有的漸趨激烈如劉師培、張繼，有的以文學救國、立人如魯迅，有的從「廢學救國」一變而為「苦學救國」如章士釗，有的則以留學為資本投身清廷如金邦平，這些都大大促進了當時的知識生產。

異,都是知識生產必不可少的條件——「儘管流傳的神話與此相反,大多數知識分子不能在孤獨中創作自己的作品,他們需要和同行進行辯論和討論,以形成自己的思想。」〔註185〕儘管這些政論雜誌有時仍不免有門戶之見,但就本質而言它們更歡迎爭論,有時甚至主動挑起爭端。激烈的論戰不僅能夠吸引同道中人,也能夠牢牢地吸引對手的眼球,從而將競爭對手納入自己的網絡之中。

需要注意的是,和其他類型的知識分子網絡/社區一樣,圍繞刊物形成的知識分子社區也是動態而不穩定的,隨時可能發生分化、解體和重組。圍繞《甲寅》而形成的知識分子社區以章士釗組織領導者,當刊物停刊、章士釗投身仕途之後,這一社區隨即解體,並在原有作者群基礎上形成以《新青年》為中心的知識分子社區。其中胡適是這個結構中的學術上的領導者,陳獨秀則是組織領導者。當陳獨秀試圖擺脫原有的知識分子網絡,重建新的馬克思主義知識分子社區的時候,原有的知識分子社區就立刻面臨解體,必須重組。知識分子社區中學術領導者和結構組織者的身份可以重合,也可以互相轉化。在這個結構中是學術領導者,在那個結構中可能就會成為結構組織者。例如,胡適在五四後期形成以的學院派知識分子社區中就扮演了學術領導者和結構組織者的雙重角色。

綜上所述,借助自身的公共性和開放性,政論雜誌建構了一種民初新知識階層的對話、交往、溝通模式,包括前所未有的以現代報刊為載體的政治、思想、文化、宗教的廣泛辯論,導致了我所謂的「異議時期」的出現(儘管這時期非常的短暫)。在政論雜誌形成的公共空間中,由於有了一致的討論主題,知識生產圍繞著國家、社會、文化(文學)進行,知識分子自身的專業背景不再成為障礙,反而成為新的知識生產的有利條件(例如胡適的哲學背景、傅斯年的史學背景、李大釗的政治學背景等等)。〔註186〕幾乎所有知識分子都可以

〔註185〕〔美〕劉易斯・科塞:《理念人——一項社會學的考察》,第4頁。

〔註186〕在其他知識生產領域如文學也是如此。在清末民初的一段時期內,文人的身份是混亂而不固定的,而種種文學社團的結構也是複雜多樣的,進入文學社團的人並不都是純粹的文人——甚至我們可以說,在當時沒有「純粹」的文人存在。這樣一種結構和文人身份的含混性,都直接影響了當時的文學面貌,一方面,使文學寫作、文學閱讀與各個社會階層相聯繫而不至於成為狹隘的小眾化活動;另一方面則使社會各方面的政治、生活、思想、觀念、風俗、信仰等等在文學中得到充分而多元化的反應。不同身份的文人把攪動那個時代的一切重要觀念、行為和思想都帶到了文學中,從而使文學的社會性大大增強了。

對一個共同話題發言並彼此爭論，知識背景在這裡不再重要，重要的是自由交流、溝通、討論的機制。〔註 187〕如果沒有晚清以來輿論的發展和公共領域的出現，這一切將不可能。從這個意義上說，公共領域的出現，是新文化運動發生的前提條件之一，或者說，從公共性的角度來看，新文化運動就是一次成功的輿論事件。

〔註 187〕這似乎也可以用來解釋 1980 年代中國社會出現的「美學熱」和「文學熱」，不同專業背景知識分子的加入，使之成為超越了學科界限的公共大討論。

結語　尋求「整個的知識」

　　在本課題行將結束之際，我想對自己的研究動因、理路和方法略作交代。

　　近二十年來，在漢語學術圈內，對五四新文化／新文學運動的研究依然是引人注目、眾聲喧嘩的熱點之一。但在海外中國學研究界，除了少數華裔學者之外，對新文化／新文學運動的研究興趣卻日漸寥落，甚而出現了「將五四去中心化」（decentering the May Fouth）的趨勢。〔註1〕誠然，由於新文化運動是一場由知識分子推動的、自上至下的思想啟蒙運動，並且以往的研究大多屬於政治史、思想史和觀念史範式，在反思啟蒙現代性、提倡「眼光向下」、注重研究庶民社會和日常生活的今天，自然難以獲得學者的青睞。啟蒙知識分子所鼓吹的「全盤西化」和批判「國民性」命題，在後殖民理論盛行的當下，也顯得有些不合時宜。具體到中國現代文學研究領域，王德威主張「沒有晚清，何來五四」，極力消解新文化運動在中國文學現代化進程中的獨尊地位；陳平原雖然沒有提出類似的口號，但他和錢理群等人在 1980 年代中期提出的「二十世紀中國文學」概念，卻已經隱含了淡化五四新文化作為現代性進程「起點」的意味，而他多年來對晚清文學、學術和文化的跨學科研究，正是在學術實踐中對 1949 年以來神聖化的「五四」的祛魅。事實上，無論是「被壓抑的現代性」（王德威語）還是「未完成的現代性」（李歐梵語），在新的問題域內，新文化運動的地位早已不再顯赫。

　　儘管如此，本課題卻依然願意選擇以新文化運動為對象，採取個案研究的

〔註1〕參見王晴佳《五四運動在西方中國研究中的式微？——淺析中外學術興趣之異同》，《北京大學學報》哲學社會科學版，2009 年第 6 期。

方式，通過對民初政論雜誌的梳理考辨，來回答「新文化運動是如何起源」這一問題。換言之，本課題的意圖是希望以以小見大的方式，來寫作一段新文化運動的「前史」。如此對新文化運動情有獨鍾，並非因為我對當下史學研究的潮流懵然無知，也不是因為沉溺於思想史研究的固有套路中無法自拔，而是因為在我看來，五四對當代中國學人的意義並未消散，它依然是一個非常「中國化」以及個人化的問題；「將五四去中心化」並未全盤瓦解五四的歷史價值，反而凸顯，即使在新的研究範式和文化語境中，新文化運動依然是反思的前提、對話的目標以及無法迴避的歷史存在，而在借鑒新的理論資源和研究視野之後，我驀然發現，言說、闡釋五四的空間竟然異乎尋常的寬廣，新的問題不斷浮出水面，更多隱藏在歷史褶皺中的細節也等待呈現。

然而，從哪裡尋找切入點呢？一位備受爭議的學者的話引起了我的注意：

在 1915 年復辟的背景之上，《新青年》高度關注共和的成敗，但卻拒絕直接討論國體和政黨等所謂「政治」問題（就成員而言，其實未必），轉而將青年問題、婦女問題、家庭問題、教育問題、勞工問題、人口問題、語言和文學問題置於討論中心，不但修改了那種將政治僅僅侷限於國體與政黨等層面的格局，而且為新的政治營造了基礎。政治範圍的擴展也為反思新政治的異化提供了持續批判和異議的資源。〔註2〕

汪暉這裡提到的「政治」當然是一個值得討論的、有待於進一步確定的概念。即使《新青年》真的如同汪暉所言，以不談政治為「新的政治營造了基礎」，也應該是並非有意為之，洪憲時期惡劣的輿論環境或許才是他們避談政治的直接和現實原因。也就是說，策略性是《新青年》創辦者考慮的一個重要因素。但是，汪暉在此向我們提出了一個不容迴避的問題──什麼才是政治，什麼又不屬於政治？重新理解「政治」，對我們重新解讀清末民初的政論雜誌無疑是非常重要的。毫無疑問，晚清以來的政論雜誌一直將國體、政體、政黨等現代政治中的基本命題作為討論的主要內容，這也導致了晚清以來知識界極端「政治化」的特點和傾向，但是，如果僅僅關注政論雜誌對狹義的「政治」內容的表達，就無法跳出陳舊的研究視野和框架，而只能在啟蒙／蒙昧，激進／保守，革命／立憲等固有的二元對立的研究模式中打轉，只能查遺補缺而無法有根本性的創新和突破。這就需要我們在現代性的綜合背景下去看待政論雜誌，分

〔註2〕 汪暉：《異議的困境與必要性》，《天涯》2009 年第 2 期。

析它在清末民初扮演的多重角色。我們發現，晚清民初的政論雜誌關於美學、文學、語言、家庭、婚姻這些屬於文學藝術或私人領域的討論，其實都可以歸之於廣義的「政治」，都可以視為視為某種政治的表現。對社會、思想問題和文化（文學）問題的重新發現和討論，其實是民初知識分子在特殊的歷史情境中政治參與的一條途徑。

然而，這又帶來了一系列新的問題：政論雜誌「廣義的政治表達」對於新文化運動有怎樣的意義和關係？我們是否可以從知識生產的角度來理解它？應該怎麼理解這些政論雜誌內容的多元化和複雜性？在同一本雜誌上的政治論說和文學文本之間，是一種怎樣的關係？「政治」與「小說」之間（聯繫到清末翻譯的日本政治小說），僅僅只有前者對後者的利用關係嗎？政論文體的演變是否也是一種政治？最後，政論雜誌在民初的大量湧現究竟意味著什麼？它們在五四中後期的忽然消失，是否又蘊含著知識分子對自己的反思？

對於這些廣義的思想史命題，如果按照固有的從觀念到觀念的推演過程去論證，可能事倍功半，勞而無功。相反，正如羅志田在談到學術史研究的思路轉換時所言：「唯有時稍轉換視角跳出文本之外，則片言也可獲殊解。」〔註3〕在本課題中，我引入了知識社會學理論以及新文化史研究的某些方法，視新文化運動為此前長時段知識生產和積累的產物，從社會層面／外部因素對以上述問題進行了考察，從而發現了民初政論雜誌與新文化運動之間複雜多面的深刻聯繫。我認為，這些政論雜誌既是政治的（參與實際政治鬥爭），也是文化的、思想的（廣義政治），更是知識的（深刻地介入了清民鼎革之際的知識生產）。這些雜誌上發生的討論，在晚清民初新知識生產機制中扮演了非常重要的角色；政論文體的變化，也在古文／散文演進的過程中發揮了少有人知卻極為關鍵的作用。在這樣的理論架構中，政論雜誌對於傳統「清議」向民初現代輿論的轉化、新知識分子群體的形成以及民初新知識生產機制的復原等問題的意義逐漸彰顯，其本身傳述的政治觀點和理想反倒顯得不是那麼重要了。

這一對於文學研究而言有些「越軌」的思路，直接決定了課題研究的基本框架，將不會採納一般的逐卷逐期的整理性研究，而是以《甲寅》與《新青年》淵源、《甲寅》文體、現代輿論與新知識分子群體等問題與現象為骨幹，傳統

〔註3〕 羅志田：《昨天的與世界的：從文化到人物》，北京大學出版社 2007 年版，第 145 頁。

的思想史和文學史研究將退居次要和輔助的位置。我試圖通過對這些具體問題的思考和觀照，對辛亥之後的思想、文化與五四新文化運動之間的關係，進行多面向、多角度的立體觀照，以此勾勒新文化運動前夕知識生產的模式。包括以下幾個方面：一、對《甲寅》雜誌的微觀研究。包括編輯出版情況、人員構成、作者群體、欄目構成等等。尤其注重與《新青年》雜誌的比較研究，著重從刊物形成、發展的人事、經濟等外因重新解讀二者之間的淵源，進而復原新文化運動前夕新知識分子群體聚散流變的歷史過程。二、對以《甲寅》雜誌為代表的政論文體的考察。梳理民初政論文與中外文學傳統的關係，並指出以章士釗為代表的文言政論文與新文學在接受、闡釋與建構文法學等現代學科體系上內在共通的知識生產策略和模式，以及所遭遇的相似歷史困境。三、對以政論雜誌為代表的民初輿論的歷史分析，這也是本課題的重點內容。近年來，楊早的《清末民初北京輿論環境與新文化的登場》〔註4〕涉及到輿論與民初社會文化的互動問題，林郁沁的《公共激情：施劍翹案與民國公眾同情的興起》〔註5〕、顏浩的《北京的輿論環境與文人團體：1920～1928》〔註6〕也採用了相近的觀察視角。但我以為，對於輿論在清末民初社會演進過程中扮演的角色，現有的認識還遠遠不夠。因此本課題圍繞具體的刊物，從作者群、言論、觀念、論爭入手，重新敘述輿論的生成過程，以及影響五四前夕知識生產的具體情形。進而指出，從「清議」轉型而來的現代輿論及其背後的報刊知識分子，與現代知識的生產有密切的關係。在現代教育體制和學院體制尚未成熟的時期，輿論是主要的知識生產場域，而輿論知識分子扮演了主要的知識生產者的角色，這在章士釗身上體現的尤為典型。

　　顯而易見，我的論述對象已不再侷限於文學，而涉及思想、政治、傳播、輿論和知識分子群體等等領域，而這也必然要求研究方法的多元化。因此，本課題既採用傳統的史料考證和梳理，如第一章對《甲寅》創刊史的鉤沉和附錄對於《綠波傳》的考辨；也有正統的思想史研究，如第四章對章士釗調和論、翻譯論的辯證，和第五章對《甲寅》作者與新文化運動思想聯繫的討論；更有跨學科的嘗試，如第二章、第三章和第六章就運用了新文化史和知識社會學的

〔註4〕楊早：《清末民初北京輿論環境與新文化的登場》，北京大學出版社2008年版。
〔註5〕Eugenia Lean. *Public passions: The Trial of Shi Jianqiao and the Rise of Popular Sympathy in Republican China*. University of California Press ,(2007).
〔註6〕顏浩：《北京的輿論環境與文人團體：1920～1928》，北京大學出版社2008年版。

某些理論。研究方法的多元化或曰不統一，固然和研究對象本身的複雜性有關，也和我數年來的認識發展有關。我以為，中國現代文學研究必須同時是「中國研究」。如果僅僅把研究的時間段限制在從五四到 1949 年這三十年（儘管這個時間概念早已經被突破，但仍然作為二級學科的體制性軀殼限制著研究的發展），或者僅僅把對象限制為「文學」，都會在一定程度上導致研究的碎片化和扁平化，從而使之淪為學院派自娛的、與現實無關的智力遊戲。中國現代文學學科由於研究對象的先天不足——時間跨度短暫、創作水準不高，如果一味拘泥於固有的學科觀念，不敢越出雷池一步，則會導致一個奇怪的現象出現——越是費盡心機去追求所謂的「專業性」研究，則研究的學術意義越渺小；越是沉溺於瑣碎的史料，則史料的價值越被取消。這也就導致在學科隊伍迅速膨脹，學術「成果」大量出現的今天，中國現代文學研究的影響力卻與之成反比，不僅失去了社會影響力——這在有些人看來並不重要——而且在整個人文社會科學領域也喪失了提出議題和理論創新的能力，這和 1980 年代正形成了強烈的對比，而這是不能以「回歸學術規範」、學術研究專業化為藉口的。究其根源，就在於人們沒有意識到，中國現代文學研究其生命力和動力在於它應該是「中國研究」。這意味著，中國現代文學研究不僅在學術視野的劃分中應該屬於中國研究的一部分，而且其理論視野和研究的出發點——或者說思考的起點——應該是整個中國的政治、文化和思想問題。在某種意義上，真正的學術問題有著自身的邏輯，它能否得到解決，與人為的學科建制無關。因此，就嚴格的字面含義而言，「中國現代文學」就成為一個值得進一步追問的概念，一個有待重新審視的學科建制。我們可以分析、解構其中隱含的意識形態話語，將其還原為中國現代歷史的一部分，在整個繼續發生的中國現代問題（包括當代問題）中，獲得自己的意義。

　　將中國現代文學放回到歷史情境中去，將其視為中國現代性進程的一部分和一個縮影，則必然要求跨學科的研究路徑。例如，文體為什麼在晚清顯得很重要，因為存在著文體的政治，使用何種文體不僅僅是寫作問題或美學問題，而且是意識形態問題。在政治上主張改良主義的「康梁」，文風反而怪異龐雜、肆無忌憚，思想激進推崇革命的章太炎、章士釗，文風卻是保守持重，而陳獨秀在主持《新青年》初期，對文言也偏愛有加。粗粗看來，在文人的政治立場與寫作風格之間，簡直是一種矛盾的關係。因此，討論文體必然要涉及政治和意識形態的研究。我曾在一篇舊文中提到：「在人文學科之間的聯繫越

來越密切、邊界越來越模糊的今天，現代文學研究的困境，不能不說與史料意識的劃地自限、史料工作的停滯不前有直接的關係，而破除學科之間的界限，擴張史料搜集的範圍，或許正是一劑對症良藥。跨學科史料問題的提出，實質上是對文學史研究的本質的還原。作為專門史的文學史研究，本身首先是一種歷史研究。學科為了建制的需要可以人為劃分，而史料則無需區別對待。只要有利於文學史研究的進展，任何史料均可以加以應用。因此，將原屬教育史、宗教史、政治史、語言文字史的材料合而用之，便非但不是擅自越界，反而是歷史研究的題中應有之義了。」其實，跨學科研究何嘗僅限於史料的搜集？不同學科理論和方法的貫通融會，才是跨學科研究的真正價值所在。

所以，一方面是對本民族歷史情境的理解、認同和貼近，一方面是回歸史學傳統，將現代文學研究拓展為多學科視野下的文學和歷史研究，這便是我所主張的「在地的文學史」研究進路。史家李濟曾反覆強調歷史研究的目的，是要獲得「整個的知識」，也就是要打破舊史學只在文字材料中兜圈子的「內循環式」研究範式，利用一切可能的材料認識歷史。其實，對於文學史研究來說，只有告別那種固步自封的「學科意識」，在樸素、平實地閱讀和體會民族歷史的基礎上，自覺地穿越學科之間的藩籬，也才能造就一種博洽宏觀的學術視野，從而獲得關於中國現代文學的「整個的知識」。

參考文獻

一、中文研究著作目錄

1. 《清末上海租界社會》，吳圳義，臺北：文史哲出版社，1978。

2. 《報刊史話》，方漢奇，北京：中華書局，1979。

3. 《黃興評傳》，左舜生，臺北：傳記文學出版社，1968。

4. 《章士釗先生年譜》，袁景華，長春：吉林人民出版社，2001。

5. 《章士釗社會政治思想研究（1903～1927）》，鄒小站，長沙：湖南教育出版社，2001。

6. 《章士釗傳》，鄒小站，鄭州：河南人民出版社，1999。

7. 《文學語言與文章體式——從晚清到「五四」》，夏曉虹、王風等，合肥：安徽教育出版社，2006。

8. 《五四新文化的源流》，陳萬雄，北京：三聯書店，1997。

9. 《新文化運動前的陳獨秀》，陳萬雄，香港：香港中文大學出版社，1979。

10. 《近代名家評傳》（初集），王森然，北京：三聯書店，1998。

11. 《桐城文派評述》，姜書閣，上海：商務印書館，1934。

12. 《中國思想小史》，常乃惪，上海：上海古籍出版社，2005 年。

13. 《中國散文史》，陳柱，上海：商務印書館，1937。

14. 《中國散文小說史》，陳平原，上海：上海人民出版社，2004。

15. 《中國近代文學之變遷‧最近三十年中國文學史》，陳子展，上海：上海古籍出版社，2000。

16. 《中國近百年政治史》，李劍農，上海：復旦大學出版社，2002。

17. 《現代中國文學史》，錢基博，北京：中國人民大學出版社，2004。

18. 《近代中日詞彙交流研究：漢字新詞的創製、容受與共享》，沈國威，中華書局，2010。

19. 《中國新聞事業》，黃天鵬，上海：上海聯合書店，1930。

20. 《中國新聞發達史》，蔣國珍，上海：世界書局，1927。

21. 《新聞史上的新時代》，胡道靜，上海：世界書局，1946。

22. 《中國的新聞記者與新聞紙》，張靜廬，上海：現代書局，1932。

23. 《中國報學史》，戈公振，上海：上海古籍出版社，2003。

24. 《李大釗早期思想與近代中國》，朱成甲，北京：人民出版社，1999。

25. 《清末的下層社會啟蒙運動：1901～1911》，李孝悌，石家莊：河北教育出版社，2001。

26. 《晚清報業史》，陳玉申，濟南：山東畫報出版社，2003。

27. 《晚清學堂學生與社會變遷》，桑兵，上海：學林出版社，1995。

28. 《大眾傳媒與現代文學》，陳平原、〔日〕山口守編，北京：新世界出版社，2003。

29. 《八股文概說》，王凱符，北京：中華書局，2002。

30. 《文章辨體序說‧文體明辨序說》，吳訥、徐師曾，北京：人民文學出版社，1982。

31. 《文史通義》，章學誠，瀋陽：遼寧教育出版社，1998。

32. 《晚清小說史》，阿英，上海：東方出版社，1996。

33. 《革命逸史》，馮自由，北京：中華書局，1981。

34. 《中國政治思想史》，蕭公權，瀋陽：遼寧教育出版社，1998。

35. 《章太炎年譜摭遺》，謝櫻寧，北京：中國社會科學出版社，1987。

36. 《晚清國粹派文化思想研究》，鄭師渠，北京：北京師範大學出版社，1997。

37. 《甲午戰爭前後之晚清政局》，石泉，北京：三聯書店，1997。

38. 《國家與學術：清季民初關於「國學」的思想論爭》，羅志田，北京：三聯書店，2003。

39. 《清末新知識界的社團與活動》，桑兵，北京：三聯書店，1995。

40. 《中國近代思想史論》，李澤厚，北京：人民出版社，1979。

41. 《中國現代思想史論》，李澤厚，天津：天津社會科學院出版社，2003。

42. 《五四運動史》（修訂版），彭明，北京：人民出版社，1998。

43. 《中國的文藝復興》，王富仁，桂林：廣西師範大學出版社，2003。

44. 《死火重溫》，汪暉，北京：人民文學出版社，2000。

45. 《汪暉自選集》，汪暉，桂林：廣西師範大學出版社，1997。

46. 《現代中國思想的興起》，汪暉，北京：三聯書店，2004。

47. 《夏濟安選集》，瀋陽：遼寧教育出版社，2001。

48. 《嬗變——辛亥革命時期至五四時期的中國文學》，劉納，北京：中國社會科學出版社，1998。

49. 《王曉明自選集》，王曉明，桂林：廣西師範大學出版社，1997。

50. 《現代性社會理論緒論》，劉小楓，上海：上海三聯書店，1998。

51. 《張灝自選集》，〔美〕張灝，上海：上海教育出版社，2002。

52. 《中國思想傳統的現代詮釋》，〔美〕余英時，南京：江蘇人民出版社，1998。

53. 《政治秩序與多元社會》，〔美〕林毓生，臺北：聯經出版事業公司，1989。

54. 《中國傳統的創造性轉化》，〔美〕林毓生，北京：三聯書店，1988。

55. 《從傳統中求變——晚清思想史研究》，〔美〕汪榮祖，南昌：百花洲文藝出版社，2002。

56. 《五四運動——現代中國的思想革命》，〔美〕周策縱，南京：江蘇人民出版社，1996。

57. 《中國文化的展望》，殷海光，上海：上海三聯書店，2002。

58. 《寬容與妥協——章士釗的調和論研究》，郭華清，天津：天津古籍出版社，2004。

59. 《文論十箋》，程千帆，哈爾濱：黑龍江人民出版社，1983。

60. 《論文偶記·初月樓古文緒論·春覺齋論文》，劉大櫆、吳德旋、林紓，北京：人民文學出版社，1959。

61. 《十七世紀英國文學》，楊周翰，北京：北京大學出版社，1996。

62. 《譯學概論》，張振玉，臺北：人人書局，1969。

63. 《英國散文的流變》，王佐良，北京：商務印書館，1994。

64. 《楊昌濟的生平和思想》，王興國，長沙：湖南人民出版社，1981。

65. 《汪康年：從民權論到文化保守主義》，廖梅，上海：上海古籍出版社，2001。

66. 《中國文學批評‧中國散文概論》，方孝岳，北京：三聯書店，2007。

67. 《陳石遺集》，陳衍撰、陳步編，福州：福建人民出版社，2001。

68. 《呂思勉論學叢稿》，呂思勉，上海：上海古籍出版社，2006。

69. 《說八股》，啟功、張中行、金克木，北京：中華書局，2000。

70. 《文筆散策‧文思》，曹聚仁，北京：三聯書店，2007。

71. 《氣勢論：中國古代文學理論專題研究》，第環寧，北京：民族出版社，2002。

72. 《中國文章學史》，周振甫，南京：鳳凰出版集團、江蘇人民出版社，2006。

73. 《文章例話》，周振甫，南京：鳳凰出版集團、江蘇人民出版社，2006。

74. 《談藝錄》（補訂本），錢鍾書，北京：中華書局，1984。

75. 《七綴集》，錢鍾書，北京：三聯書店，2002。

76. 《桐城派文論選》，賈文昭編著，北京：中華書局，2008。

77. 《桐城文派述評》，姜書閣，上海：商務印書館，1933。

78. 《中國現代文學史‧上》，任訪秋，南陽：南陽前鋒報社，1945。

79. 《桐城文派述論》，吳孟復，合肥：安徽教育出版社，2001。

80. 《義法與經世——方苞及其文學研究》，〔新〕許福吉，上海：學林出版社，2001。

81. 《國文評選》，王靈皋編，上海：亞東圖書館，1930。

82. 《明清文法理論研究》，陸德海，上海：上海古籍出版社，2007。

83. 《盧前文史論稿》，盧前，北京：中華書局，2006。

84. 《文言和白話》，張中行，哈爾濱：黑龍江人民出版社，1997。

85. 《現代國學大師學記》，卞孝萱，北京：中華書局，2006。

86. 《中國文學批評史》，郭紹虞，上海：上海古籍出版社，1979。

87. 《西學東漸與晚清社會》，熊月之，上海：上海人民出版社 1994。

二、國外研究著作（包括翻譯著作）

1. 《劍橋中華民國史》（第一部），〔美〕費正清主編：上海：上海人民出版社 1991。

2. 《名學淺說》，〔英〕耶方斯，嚴復譯，北京：商務印書館，1981。

3. 《現代漢語詞彙的形成——十九世紀漢語外來詞研究》，〔意〕馬西尼，黃

河清譯，上海：漢語大詞典出版社，1997。

4. 《上海法租界史》，〔法〕梅冊‧傅立德，倪靜蘭譯，上海：上海譯文出版社，1983。

5. 《章炳麟‧章士釗‧魯迅》，〔日〕高田淳，劉國平譯，呼和浩特：遠方出版社，1997。

6. 《想像的共同體——民族主義的起源與散佈》，〔美〕本尼迪克特‧安德森，吳叡人譯，上海：上海人民出版社，2003。

7. 《民族與民族主義》，〔英〕埃里克‧霍布思鮑姆，李金梅譯，上海：上海人民出版社，2000。

8. 《民族與民族主義》，〔英〕厄內斯特‧蓋爾納，韓紅譯，北京：中央編譯出版社，2002。

9. 《現代性的五副面孔》，〔美〕馬泰‧卡林內斯庫，顧愛彬、李瑞華譯，北京：商務印書館，2002。

10. 《世界範圍內的反現代化思潮——論文化守成主義》，〔美〕艾愷，貴陽：貴州人民出版社，1991。

11. 《發達資本主義時代的抒情詩人》，〔德〕本雅明，張旭東、魏文生譯，北京：三聯書店，1989。

12. 《救亡與傳統——五四思想形成之內在邏輯》，〔日〕近藤邦康，太原：山西人民出版社，1988。

13. 《中國的啟蒙運動——知識分子與五四遺產》，〔美〕微拉‧施瓦支，太原：山西人民出版社，1989。

14. 《理念人——一項社會學的考察》，〔美〕劉易斯‧科塞，郭方等譯，北京：中央編譯出版社，2001。

15. 《在傳統與現代性之間——王韜與晚清改革》，〔美〕柯文，雷頤、羅檢秋譯，南京：江蘇人民出版社，1994。

16. Liu Kang and Xiaobing Tang ed. *Politics, Ideology and Literary Discourse in Modern China: Theoretical Interventions and Cultural Critique.* Durham: Duke University Press, 1993.

17. Lydia H.Liu ed. *Tokens of Exchange: The Problem of Translation in Global Circulations.* Durham: Duke University Press, 1999.

18. Randall Collins. *The Sociology of Philosophies: A Global Theory of*

Intellectual Change. Cambridge: Belknap/Harvard, 1998.

三、史料類目錄

1. 《柳宗元集》，北京：中華書局，1979。

2. 《安徽俗話報》，北京：人民出版社影印本，1983。

3. 《蘇報》，臺北：中國國民黨中央委員會黨史史料編纂委員會，羅家倫主編，《中華民國史料叢編·A11》影印本，1983 年 4 月再版。

4. 《民立報》，臺北：中國國民黨中央黨史會影印本，1969。

5. 《獨立週報》原刊，中國國家圖書館館藏。

6. 《甲寅雜誌》原刊，北京師範大學圖書館藏。

7. 《甲寅日刊》，微縮膠片，中國社會科學院近代史研究所圖書館藏。

8. 《甲寅週刊》原刊。又北京：國家圖書館出版社影印本，2009。

9. 《時務報》，臺灣：華文書局影印本，1967。

10. 《清議報》，臺灣：成文出版社影印本，1967。

11. 《新民叢報》，北京：中華書局影印本，2008。

12. 《浙江潮》，杭州：杭州古籍出版社影印本，1985。

13. 《民報》，北京：科學出版社影印本，1957。

14. 《國風報》，北京：中華書局影印本，2009。

15. 《庸言》原刊，河南大學歷史文化學院資料室藏。

16. 《言治》原刊，河南大學歷史文化學院資料室藏。

17. 《正誼》原刊，河南大學歷史文化學院資料室藏。

18. 《大中華》原刊，河南大學歷史文化學院資料室藏。

19. 《太平洋》原刊，河南大學歷史文化學院資料室藏。

20. 《新青年》原刊，河南大學圖書館藏。

21. 《新潮》，上海：上海書店影印本，1986。

22. 《臨時政府公報》，中國國民黨中央委員會黨史史料編纂委員會，中央文物供應社影印本，1968 年 1 月。

23. 《秦力山集》，彭國興、劉晴波編，北京：中華書局，1987。

24. 《黃興集》，北京：中華書局，1981。

25. 《弢園文新編》，王韜，北京：三聯書店，1998。

26. 《弢園文錄外編》，王韜，上海：上海書店出版社，2002。

27. 《嚴復集》，王栻主編，北京：中華書局，1986。

28. 《中國近代文學大系‧散文集》，任訪秋主編，上海：上海書店出版社，1992。

29. 《蘇曼殊全集》，北京：中國書店影印本，1985。

30. 《梁漱溟全集》，濟南：山東人民出版社，2005。

31. 《弢園文新編》，王韜，北京：三聯書店，1998。

32. 《老話上海法租界》，中共上海市盧灣區委黨史研究室編寫，上海：上海人民出版社，1994。

33. 《章士釗全集》，上海：文匯出版社，2000。

34. 《遠生遺著‧黃遠生遺著附錄》，上海：上海書店，據中國科學公司1938年版影印。

35. 《歷史人物資料叢編之八‧政學系與李根源》，存粹學社編集，香港：大東圖書公司，1980。

36. 《中國新文學運動史資料》，張若英編，上海：光明書局，1934。

37. 《中華民國史檔案資料彙編‧第二輯‧文化》，中國第二歷史檔案館編，南京：江蘇古籍出版社1991。

38. 《知堂回想錄》，周作人，石家莊：河北教育出版社，2002。

39. 《國民日日報彙編》，東大陸圖書譯印局出版，中華民國史料叢編，1968年9月1日影印出版。

40. 《新聞界人物‧一》，《新聞界人物》編輯委員會編，北京：新華出版社，1983。

41. 《飲冰室合集》，梁啟超，北京：中華書局，1989。

42. 《〈飲冰室合集〉集外文》，夏曉虹輯，北京：北京大學出版社，2005。

43. 《文壇五十年》，曹聚仁，上海：東方出版中心，2006。

44. 《我與我的世界》，曹聚仁，香港：三育圖書文具公司，1973。

45. 《朱自清全集》第6卷，南京：江蘇教育出版社，1996。

46. 《回憶亞東圖書館》，汪原放，上海：學林出版社，1983。

47. 《名家小說》，章行嚴編，上海：亞東圖書館，1916。

48. 《釧影樓回憶錄》，包天笑，太原：山西古籍出版社、山西教育出版社，1999。

49.《陳獨秀詩存》，安慶市陳獨秀學術研究會編注，合肥：安徽教育出版社，2003。

50.《報人生涯三十年》，張友漁，重慶：重慶出版社，1982。

51.《辛亥革命前十年間時論選集》，北京：三聯書店，1977。

52.《翻譯論集》，羅新璋編，北京：商務印書館，1984。

53.《辛亥革命回憶錄》，中國人民政治協商會議全國委員會文史資料研究委員會編，北京：文史資料出版社，1961。

54.《辛亥革命時期期刊介紹》，北京：人民出版社，1983。

55.《五四運動回憶錄》，北京：中國社會科學出版社，1979。

56.《五四運動回憶錄》（續），北京：中國社會科學出版社，1979。

57.《五四時期的社團》，北京：三聯書店，1979。

58.《五四時期期刊介紹》，北京：三聯書店，1959。

59.《五四運動與中國文化建設──五四運動七十週年學術討論會論文選》，北京：社會科學文獻出版社，1989。

60.《五四運動與二十世紀的中國──北京大學紀念五四運動八十週年國際學術研討會論文集》，歐陽哲生、郝斌主編，北京：社會科學文獻出版社，2001。

61.《社會巨變與規範重建──嚴復文選》，上海：上海遠東出版社，1996。

62.《康有為大同論二種》，北京：三聯書店，1998。

63.《譚嗣同全集》（增訂本），蔡尚思、方行編，北京：中華書局，1981。

64.《章太炎全集》，上海：上海人民出版社，1984。

65.《章太炎政論選集》（上、下），湯志鈞編，北京：中華書局，1977。

66.《革故鼎新的哲理──章太炎文選》，姜玢編，上海：上海遠東出版社，1996。

67.《章太炎年譜長編》（上、下），湯志鈞編，北京：中華書局，1979。

68.《民國章太炎先生炳麟自訂年譜》，臺北：臺灣商務印書館，1980。

69.《章太炎生平和學術》，章念馳編，北京：三聯書店，1988。

70.《劉師培全集》，北京：中共中央黨校出版社，1997。

71.《劉師培年譜》，萬仕國編著，廣陵書社，2003。

72.《獨秀文存》，安徽人民出版社，1987。

73.《陳獨秀文章選編》，北京：三聯書店，1984。

74. 《陳獨秀著作選》，上海：上海人民出版社，1984。

75. 《陳獨秀書信集》，北京：新華出版社，1987。

76. 《陳獨秀年譜》，王光遠編，重慶：重慶出版社，1987。

77. 《周作人自編文集》，止菴校訂，石家莊：河北教育出版社，2002。

78. 《周作人日記》（影印本），鄭州：大象出版社，1996。

79. 《胡適文集》，北京：北京大學出版社，1998。

80. 《蔡孑民先生言行錄》，濟南：山東人民出版社，1998。

81. 《蔡元培全集》，杭州：浙江教育出版社，1997。

82. 《蔡元培年譜長編》，高平叔編撰，北京：人民教育出版社，1998。

83. 《黃興年譜》，毛注青，長沙：湖南人民出版社，1980。

84. 《傅斯年全集》，長沙：湖南教育出版社，2003。

85. 《新編增補清末民初小說目錄》，〔日〕樽本照雄編，濟南：齊魯書社，2002。

86. 《楊昌濟文集》，王興國編，長沙：湖南教育出版社，1983。

87. 《李大釗生平史料編年》，張靜如、馬模貞、廖英、錢自強編，上海：上海人民出版社，1984。

88. 《追憶梁啟超》，夏曉虹編，北京：中國廣播電視出版社，1997。

89. 《追憶章太炎》，陳平原、杜玲玲編，北京：中國廣播電視出版社，1997。

90. 《達化齋日記》，楊昌濟，長沙：湖南人民出版社，1981。

91. 《吳虞日記》，中國革命博物館整理，成都：四川人民出版社，1984。

92. 《胡適留學日記》，合肥：安徽教育出版社，1999。

附錄 《綠波傳》非章士釗所作

　　在近現代文學史上，章士釗的政論和舊體詩自有其地位，小說則非其所長，且章士釗也說自己「夙不喜小說，紅樓從未卒讀」[註1]，可見他也志不在此。不過，十卷本《章士釗全集》（文匯出版社 2000 年）中還是收錄了兩篇小說《雙枰記》與《綠波傳》，雖然數量不多，但篇幅都甚長，很能增加章氏文學創作的分量，一些研究者也就據此展開論述。但是其中的《綠波傳》並非章士釗所作，採入全集，實屬誤收。不僅如此，民初還有幾部署名「孤桐」的小說，作者也非章士釗。

　　《綠波傳》最初連載於《東方雜誌》第九卷第十至十二期（1913 年 4～6 月），單行本由上海商務印書館於 1914 年 9 月出版，作者署名「孤桐」。這是一篇「取烈女遊俠而一之者也」[註2]的言情小說，敘寫了女主人公綠波與飛雲的感情糾葛，其中穿插技擊之事，全篇寄託了作者「美人英雄」的浪漫情思。我初讀《章士釗全集》，便隱約感覺《綠波傳》與章士釗其他作品文風不類，並且奇怪章士釗在民初政爭激烈、間不容髮之際，何以不去寫政論，而有興致作這樣一篇兒女情長的小說？《章士釗全集》收入這篇小說，顯是因為作者署名與章士釗盡人皆知的名號「孤桐」一致，但章士釗本人在《字說》一文中明明說得很清楚，自己早年自號「青桐」，《帝國日報》及《民立報》、《獨立週報》、《甲寅雜誌》時期起用「秋桐」，《新聞報》時期用本名「行嚴」，直到二十年代中期辦《甲寅週刊》時才改用「孤桐」：

　　　　愚以桐為號，乃有取欲桐德，至別構一字以狀之，本無一定。……

〔註1〕孤桐（章士釗）：《字說》，《甲寅週刊》1 卷 1 號，1925 年 7 月 18 日。
〔註2〕孤桐（章士釗）：《綠波傳》，《東方雜誌》9 卷 10 期，1913 年 4 月。

> 香山孤桐詩云：「直從萌芽拔，高見毫末始。四面無附枝，中心有通
> 理。寄言立身者，孤直當如此。」孤桐孤桐，人生如爾，尚復何恨？
> 誦雲居之詩，取嶧陽之義，愚其皈依此君，以沒吾世焉矣。因易字
> 孤桐，緣週刊出版布之。〔註3〕

如果章士釗所言不虛，那麼 1912 年寫《綠波傳》的「孤桐」便應另有其人。但是，這僅僅是一種間接的推測，當時並沒有直接證據可以證明此「孤桐」非彼「孤桐」。然而不久之後，我又讀到朱銘先生的《〈說君〉及其他》一文，進一步印證了我的懷疑。朱文談到，《綠波傳》非章士釗所作，「民初的孤桐另有其人，寫過不少小說。」〔註4〕但是，朱文也只有結論，而省略了論證的過程。證據在哪裡？這位名不見經傳的小說家「孤桐」又是誰？他還有哪些作品？——朱文的言之鑿鑿而又語焉不詳，使我心中的疑慮非但沒有消散，反而愈積愈濃。直到 2006 年，我在上海圖書館查到了另一部署名「孤桐」的小說《遊俠外史》，方才有了一點線索。這部《遊俠外史》由上海文明書局 1921 年6 月印行，1924 年 3 月再版。正文之前有一短「敘」，透露了一些蛛絲馬蹟：

> 吾沉酣小說有年，間一為之，以公同好，此語所謂非曰能之，
> 願學焉者。若當世即以吾之論相督過，則吾知懼矣，吾知愧矣。中
> 華民國四年十月東臺蔡達敘於淮陰縣北之農圃。

小說正文之前還有署名「如皋黃髯客」的「題辭」：

> 驚看滄海數揚塵，一卷文章涕淚新。感爾抱冰存壯志，前身合
> 是釣鼇人。虎頭猿臂拜將軍，擊鼓鳴笳動暮雲。公戰無人私鬥勇，
> 更從何處問商君。掃眉從古辱胭脂，快讀奇文劇可思。寄語投林悲
> 國難，不須求變作男兒。淮南有客夢江潭，寫出芳菲九畹蘭。珍重
> 國香猶往日，玉釵未肯掛君冠。

從「敘」和「題辭」來看，小說作者「孤桐」應是原籍江蘇省東臺縣的蔡達，而且這位蔡達很可能也是《綠波傳》的作者。這不僅僅是因為它們署名相同、創作時間相近（分別為 1912、1915 年），更因為兩部小說的語言風格和故事情節頗為相似：它們都是文言小說，而且語言典雅幽婉，屬於典型的文人小說；不僅如此，它們在發表時都標明自己是「言情小說」，且情節也如出一轍——《遊俠外傳》也是敘寫主人公行俠仗義而獲佳人芳心，幾乎照搬了《綠波

〔註3〕孤桐（章士釗）：《字說》，《甲寅週刊》1 卷 1 號，1925 年 7 月 18 日。
〔註4〕朱銘：《〈說君〉及其他》，《讀書》2004 年第 9 期。

傳》「烈女遊俠」的故事模式。章士釗的《雙枰記》雖然也是言情小說，但故事取材於章氏摯友何梅士的真人真事，與這兩部小說的純粹虛構截然不同。因此，《綠波傳》和《遊俠外史》的作者很可能為同一人，即筆名孤桐的江蘇東臺人蔡達。至於那位「如皋黃髯客」，也許是蔡達的友人，或者就是蔡達本人也未可知。

　　然而，無論上述推論看起來多麼合情合理，它依然只停留在假設階段，如果缺乏更有力的證據，這樣的假設充其量也只稱得上「言之成理」，卻絕不可能成為定論。可是遍查各種人名工具書，近人之中，「孤桐」除章士釗之外並無二解，而「蔡達」之名更是杳如黃鶴。無奈之中，只好利用作者的籍貫碰碰運氣了。

　　由於舊屬東臺縣的部分區域現已劃歸如東縣，與如皋縣同屬南通市，因此從南通開始查找此人，或許不至於太離譜。於是我便利用假期赴南通查找資料，看看能否有所收穫。幸運的是，在《南通市志》中果然記錄有一位蔡達（觀明），此人筆名正是「孤桐」，著作有《孤桐館文甲編》、《孤桐館詩》等多種。〔註5〕雖然《南通市志》並沒有提及蔡達寫過小說，但無論如何，查找的目標變得更明確了。工夫不負有心人，在南通市圖書館的地方文獻和特藏部，蔡達塵封已久的十餘部著作、手稿使此前的推測一一得到印證，而《綠波傳》的真正作者也終於水落石出。在自傳《知非錄》中，蔡達對自己寫小說的經歷有清晰的記述：

　　　　民國元年在上海為解決旅費問題，首先做的一部小說，——《筠娘遺恨記》，——不過把舊日筆記小說拉長了，和當時報章雜誌上的小說派頭差不多。……接下來便做了一本《綠波傳》，約三萬幾千字。每天在滬江第一臺，不起草稿，奮筆直書，最多的時候，竟寫到五六千字。書成之後，寄給《東方雜誌》社，不久接到覆信，邀往寶山路商務印書館編譯所面談，以每千字二元定議——不能謂之「議」，還不是聽他吩咐麼。——但又不照字數算，止〔只〕給了大洋六十元，由張菊生簽發支條。……在當年《東方雜誌》第十期至十二期，連續登出。〔註6〕〔省略號為引者加〕

　　〔註5〕南通市地方志編纂委員會：《南通市志》（下），上海社會科學院出版社2000年版，第2543～2544頁。
　　〔註6〕蔡觀明：《知非錄》，1933年自印本，第16～17頁。

> 做《綠波傳》的時候，完全是空中樓閣，事實也不過是《兒女
> 英雄傳》、《七俠五義》的化裝，但言情的地方，摻雜一點發乎情止
> 乎禮的舊禮教思想罷了。那時向王劍賓借了一部《晉書》在看，所
> 以文章仿《晉書》做的。加之向日對《文選》用過一番功，所以這
> 部書的文章方面，頗有點和時派不同。但這部書不是悲劇，所以感
> 動讀者的力量差些。〔註7〕

至於《遊俠外史》，書中也有詳盡的回憶：

> 《遊俠外史》的內容，和《綠波傳》是一貫的，可是結構方面，
> 進步多了。事實是虛構的，可是那時正在淮陰農校，這便是臥雲莊
> 的幻象建築的基地，而且淮泗本是英雄的出產地，外侮日深，也不
> 無想有幾個歷史上的武士出現。至於文章和《綠波傳》大不相同。
> 這書的文章，有些和林琴南相近的，——我看林譯小說自《茶花女》
> 起，差不多他老人家生平所譯十分之七八都看過了，——所以內容
> 也受了司各得的《十字軍英雄記》、《撒克遜劫後英雄略》、《劍底鴛
> 鴦》三部書的影響——人物也有些歐化了，——此外帶點喚起軍國
> 的思想的意味罷了。〔註8〕

字數、情節、發表時間、發表刊物，種種細節都與《綠波傳》完全吻合，
而《遊俠外史敘》中的「淮陰縣北之農圃」也有了著落。可見，這位蔡達（觀
明）才是《綠波傳》的真正作者，至於筆名「孤桐」和齋號「孤桐館」，則是
得自蔡達故鄉舊宅前的一株梧桐。〔註9〕據蔡達自述，所作小說除《綠波傳》，
還有《筠娘遺恨記》、《遊俠外史》、《吳箋》、《清波嚮往記》、《花月新痕》、《誤
吻》、《玉無瑕》、《青衫紅粉》等。

至此，《綠波傳》非章士釗所作，似乎可以定論。士釗一代文宗，自然無
需他人文章為己增色；而蔡達雖非名家，且中年後足不出南通，影響侷限一隅，
但一生心血，所作詩詞文章及學術著作均有可觀之處，時至今日，理應得到公
正的評價。以下便是整理出的蔡達小傳，以供學界師友參考，兼以紀念這位湮
沒已久的作家：

蔡達（1893～1970），原名達官，又名爾文，字觀明，筆名孤桐，號觀明

〔註7〕 蔡觀明：《知非錄》，1933 年自印本，第 111 頁。
〔註8〕 蔡觀明：《知非錄》，1933 年自印本。
〔註9〕 蔡觀明：《知非錄》，1933 年自印本，第 5 頁。

識博室主人，江蘇東臺栟茶鎮（今屬如東縣）人，通文史，兼擅金石書畫。1909年入通州國文專修科，師從屠寄習古文。1917 年後從事教育工作，曾任江蘇省立第七中學和南通中學國文教師。時有文名，與梁啟超、錢基博、姚鹓雛等遊。1924 至 1926 年在上海聖約翰大學、光華大學任教。1928 年回鄉，任栟茶行政局局長。後退居鄉里，對地方文化建設貢獻良多。曾創辦國故專修學社，出版《國故叢刊》。1949 年後曾任江蘇省文史館館員、南通市文物管理委員會副主任、南通市政協委員，並長期在南通市圖書館工作。勤於著述，惜多未正式出版。藝文類除了小說之外，還有《孤桐館文甲編》、《孤桐館詩》、《知非錄》、《孤桐館餘韻》等多種；學術著作有《文學通義》、《中國文學史》、《經學指津》、《中國文字學》、《孤桐館語言學論叢初集》、《吳嘉紀年譜》、《金滄江年譜》、《談談桐城文派》等十餘種，另有《國醫蠡測》等醫書多種。〔註10〕

　　（本文寫作得到了南通市圖書館、南通市政協文史委員會、南通市檔案中心、南通市社科聯的鼎力協助，特此致謝。）

〔註10〕 參見蔡觀明：《知非錄》、《孤桐館文甲編·自序》（1926 年線裝本）、《談談桐城文派》（南通圖書館油印本），政協如東縣學習文史委員會：《如東大觀》（第三卷），《南通市志》等。

後　記

　　本書源自我的博士後出站報告，也是我申請的 2006 年度國家社科基金青年項目「民初政論雜誌與新文化運動的發生」的結項成果——現在算起來，已經是十七年前的事——這足以證明我的懶惰拖延已經病入膏肓，只配打入阿鼻地獄勞動改造，不得假釋。如今，它能以書籍的形式問世，使這個項目不至於完全魂飛魄散、形神俱滅，要真誠感謝李怡老師的推薦和臺灣花木蘭文化事業有限公司的慷慨支持。書寫得實在不怎麼樣，新意無多而四面漏風，我自己很清楚，但已經無力也無暇修改，就像懷孕超期的產婦，無論胎兒如何醜出天際，也只想著趕快卸貨了事，至於貨品之有礙觀瞻，也只能請顧客海涵了。

　　需要說明的是，本書在一定程度上也是集體產品。第四章第二節初稿由孫曉婭博士執筆完成，此外項目組成員劉濤、王軍偉、齊心、劉春勇等也各有智慧貢獻，在此一併致謝。本書的部分章節曾在《中國現代文學研究叢刊》、《河南大學學報》、《漢語言文學研究》、《解放軍藝術學院學報》、《勵耘學刊》、《人文》等刊物發表，得到高遠東、程民生、姬建敏、王波、陳會亮等師友的悉心指教，慶澍亦銘感在心。

　　最後，要把這本書獻給劉增傑先生。他是我的博士後導師，沒有他的寬容仁愛，就沒有我進站的機會，也就沒有這本書。他於 2022 年 12 月 29 日因新冠疫情逝世，沒能看到這本書。在他去世之後，我本應撰文紀念。但千言萬語，鬱積心頭，一時不知從何說起，就只好拿這本不像樣子的小書先為塞責，望先生地下有知，罪我恕我。

孟慶澍草於北窪路寓所

2023 年 3 月 30 日